大宋诡案录
九霄鼓
I
枝雀静——著
中国友谊出版公司

图书在版编目（CIP）数据

大宋诡案录. 九霄鼓 / 枝雀静著. — 北京：中国友谊出版公司，2018.8
ISBN 978-7-5057-4428-8

Ⅰ. ①大… Ⅱ. ①枝… Ⅲ. ①长篇小说–中国–当代
Ⅳ. ①I247.5

中国版本图书馆CIP数据核字（2018）第161263号

书名	**大宋诡案录. 九霄鼓**
作者	枝雀静
出版	中国友谊出版公司
发行	中国友谊出版公司
经销	新华书店
印刷	天津旭丰源印刷有限公司
规格	700×980毫米 16开
	18印张 299千字
版次	2019年3月第1版
印次	2019年3月第1次印刷
书号	ISBN 978-7-5057-4428-8
定价	42.00元
地址	北京市朝阳区西坝河南里17号楼
邮编	100028
电话	（010）64678009

如发现图书质量问题，可联系调换。质量投诉电话：010-82069336

目录

/ 一击鼓 /

/ 二击鼓 /

/ 三击鼓 /

一击鼓

第一章 | 通天河

通天河，八百里。

江面如漆如墨，狂风吹过，凶涛阵阵。据说河底不知淹没了多少冤魂，哀号而不能投生。

只有在每年鬼门大开之时，这些冤魂才能在青天朗月的光辉中，重见一花一世界。

有人听到河底隐约有缥缈哀伤的歌声，想要靠近再听得仔细些，一个失足之后，河面上不见半点涟漪，人已经没有了踪迹。

暮春三月，通天河流到曲阳县县城外。本来宽阔的河面，骤然变成了狭窄的河道，仿佛是年轻女子的纤纤细腰，弯出一道蜿蜒的曲线。

这里只有一个摆渡人，所有的人都喊他阿六。

阿六的摆渡船只能坐三个人，如果想要过河，必须有耐心，因为阿六有三不渡：没钱的不渡，和尚、尼姑不渡，长得丑的不渡。

渡河的钱不少，一个人要一钱银子，童叟无欺。虽然这规矩听起来不算靠谱，但是几十年来人们却一直遵从了下来。曾经有人眼红这独门独家的生意，想要抢了阿六的生意，自己做摆渡人，但没等到第三天，那些人便连人带船沉到了通天河里，连个尸首都找不见。从此再没有人敢来抢这买卖。

有传闻说阿六的祖辈和河底的冤魂签下过买卖契约，死后沉在通天河底，生生世世不得翻身，以此换来在通天河顺顺利利地摆渡，所以阿六得到了保佑，不会翻船。

听过几百次不同版本的传闻之后，阿六压根儿没有把这当回事。闲着无事的时候，他会打一角曲阳县特制的桂花酿，整半只肥鸡，坐在他的乌篷船中，离岸边半里远时，吃得啧啧作响。

忽然，阿六站了起来。在通天河上，他不用眼睛看，不用耳朵听，只要用鼻子闻一闻就知道出现了状况，而且这一次还是个大状况。

他单手掀开船上的油布，抓过长篙。这根长篙是他家特制的，篙头有个铁爪，能够伸缩自如，阿六用它在通天河里捞到过不少好东西。

看着被长篙抓回来的东西，阿六的眼睛发了直——一个女人！女人他没少见，但是这么美，美得又这么邪气的女人，他还是头一回见到。

篙头的铁爪带着她的衣带，把人拉到了船边。阿六看着那张美艳的脸，猜不透她是死的还是活的。如果是活的，能从通天河一路漂过来，纹丝不动，根本没这种可能；如果是死的，那么她的双颊怎么还能带着一抹粉粉的颜色，好似三月里的桃花，让人垂涎？

很快，阿六确定了，这是一具尸体。他弯下腰，伸手去摸了摸那女人的小脸，柔腻光滑，却冰冷刺骨，只有死人才会这么冷。

“既然是死人，就不让你上船了，免得坏了我的规矩。”阿六哑声说完这一句，用个铁钩把尸体往船外一推，准备回岸边去。

他刚把乌篷船转了个方向，整个人就都呆住了，河面上又漂来了一个女人。这个女人似乎比他刚才打捞到的那个衣饰更加艳丽，等到凑近了看，长得也比刚才那个更加美，美得阿六都心疼，生怕摸一摸又是尸体。

阿六在通天河上从来没有遇到过这种事情，他居然慌了手脚。他的第一个念头是自己的死期到了，这些女人是要来带他走的。他必须马上离开，想要保命的话，就到岸上去。

没等他手脚发软地往回划船，“砰”的一声，有重物敲打在他的船尾。阿六战战兢兢地一回头，便看到一只纤细苍白的手，搭在船尾的船板上，好像还对着他挥了一挥。

惨叫声从河面爆发出，传得很远很远。

曲阳县县衙中。

戴果子揉着眼被老拳喊醒——明知道他昨晚喝多了酒，老拳这会儿还是在其耳边吵得像是有人在敲锣打鼓一样，就不能让他安静地多睡会儿吗？

“出事了！”老拳一脸惊慌失措。刚才知县接了报案，就说让戴果子过来，马上！他在衙门里前前后后转了一圈，好不容易从厨房墙脚的草垛里，把这个祖宗给刨出来，“你的衣服呢？快穿上去见知县。”

戴果子嘴角一咧，就曲阳县这种小破地方，来衙门的成天不是要找丢失的鸡，就是昨晚上种的菜被人拔了，还能出什么事？他从身后把像抹布一样破烂的衙役衣装胡乱一穿，道：“又是谁家媳妇偷汉子了？”

偷汉子可是大案，也难怪老拳能紧张成这样了。

“阿六疯了。”老拳是个老实人，就说了四个字。

“阿六，哪个阿六？”戴果子懒洋洋地一掀眼皮，“总不能是那个划船的黑无常阿六吧？”

“就是他，他疯了。”老拳伸出手把人拉扯起来，“大人让你过去，大概就是让你去查一查，到底出了什么吓人的大事。”

戴果子扶正帽子往外冲，到了知县那里，才正经起来。他连咳了两声开口道：“大人，老拳说城外河边出了事。”

“出了人命案，你们两个速速去查看。要是阿六杀的人，直接把人绑回到县衙来审问清楚。”知县在曲阳县十年了，没审过命案，他的整个身体往外倾，恨不得自己亲力亲为。

“是，大人。”戴果子拿了朴刀，看了老拳一眼——没听到是命案，还不赶紧带着家伙？

两人行色匆匆地往城外去，戴果子脚底生风，却突然停了下来，老拳差点儿撞到他后背。循着他的目光，老拳看到了一个骑马进城的年轻人。

他骑的真是一匹好马，从头到尾都是墨黑色，只有四只蹄子是纯白的。那人也是华衣锦服，风流倜傥，和周围走动的人群显得格格不入。

“如此人物也会出现在曲阳县？”老拳的声音不大，对方却听见了，朝着他们这边看过来，还微笑着点头示意。

戴果子压根儿没有给老拳回礼的机会，直接拽着人就走。男人看男人，有什么稀奇的，脸上能开花都没兴趣。他平生最讨厌的就是这种看起来像纨绔公子哥儿一样的人。

老拳以为他着急查案，还在心中暗暗夸赞了两句：没想到果子平时吊儿郎当的，遇到正事很有责任心，不愧是知县的干儿子。

来到通天河边，看到被人像死鱼一样拖上岸，还在鬼哭狼嚎的阿六，戴果子想都没想便直接给了他一耳光，让他安静下来。

旁边两个帮忙的人，只会干瞪眼咽口水。曲阳县才多大，这两个人都认识戴果子，知道他是什么人。

戴果子看阿六双眼发直，口吐白沫，更加厌恶。这老小子的船乌漆麻黑，心也够黑的，渡一次河要收一钱银子，一天下来十几趟，都快赶上衙役的月俸了。

他越想越气，抬起脚往阿六身上招呼："这几个女的，都是你弄死的？胆子够肥的，知道有人报官，还装疯卖傻。你给我起来，不然踹死你。"

阿六张大嘴，忽然又是一声惨叫，身体簌簌发抖，一个字都说不出来。

"老拳，把人绑了，我看看尸体。"刚才戴果子已经偷偷摸了其中一具尸体的手，冰冷冰冷的，不是死人才怪。而且这三个女人的衣服和头发都是湿透的，很明显是在通天河里泡过河水，被打捞上来的。劫财劫色还要害人性命，判个凌迟阿六都不够偿命的。

"不要动那些尸体。"有人站在戴果子身后提醒。

戴果子差点儿爆粗口，官差查案，还有人反对，是不是同伙？！

一转身，他先看到了一匹四蹄雪白的大黑马，然后又看到那个玉树临风的青年，正好脾气地看着他："你是要翻动尸体吗，你会吗？"

戴果子炸了，小爷才是官差！要你个过路的来问东问西，你嫌日子过得太舒坦，找打是不是？

青年面上看起来客客气气的，眼底却有一层傲然："没关系，你不会，我会。"

"哪儿凉快待哪儿去。看你不像是个不识趣的，我才给你一次机会。"戴果子没好气地拔出朴刀，正对着对方的鼻尖，"否则妨碍官差查案，与嫌犯同罪。"

老拳赶紧过来和面团："这里是命案现场，我们是曲阳县的衙役，奉了知县之命，前来查看，闲杂人等一律回避。"

青年不退反进，踏前一步道："我刚才也是认真说的。曲阳县有仵作的话，请让他过来查看尸体。”

“曲阳县没有你说的那个什么作。”戴果子算是看出来了，这人是故意来找麻烦的。刚才他明明看着这人进了县城的，几时偷偷尾随上来的？他越想越觉得可疑，给老拳使了个眼色。

三条人命的案子，一个阿六做不成，肯定还有其他帮凶。别看这人穿得人模狗样的，谁知道扒了皮是个什么东西。

“你连仵作都不知道是什么，也敢来查人命案？”青年眼底的傲气变成了讥讽，“官差无论官职大小，为百姓负责尽职才是最重要的。”

戴果子也没见这人的手是怎么动的，朴刀便被打到一边，他差点儿没拿住。等他回过神来，这人已经在第一具尸体面前蹲了下来。

“此女至少已经死了五个时辰。”他抬起头看着咬牙切齿的戴果子，“我姓顾，顾长明。如果你有兴趣的话，也可以过来看看。”

顾长明报了姓名以后，用两根手指把女尸的脑袋转向另一边，继续说道：“你心里一定在想，我是怎么知道这个女人是什么时候死的。人死后大概两个时辰开始出尸斑，到三个时辰的时候，会变成她这样。”

戴果子没忍住多看了一眼，看到女尸的脖子：“那你又说是五个时辰。”

顾长明站起身来，平静地看着眼前的河面：“因为这样的季节，河水冰凉，有人故意把她们投掷到河水里，不想让人查到准确的死亡时间。”

不等戴果子张嘴，他继续往下说道：“通天河河水的流动速度一直很平缓，一旦获知精准的死亡时间，应该就能查出这些女尸是从哪里被抛下河的。所以，杀人的绝对不是这个官差要绑的疑犯，而是在很远很远的地方，依然能够掌控局面的那个人。”

“你算老几，你说什么就是什么啊？！”戴果子知道顾长明说得很有道理，但是他一点儿都不想承认。

“带我去见你们知县，你就知道我算老几了。”顾长明微微一笑道，“知县应该是你很亲近的人，但不是至亲，是你干爹？”

戴果子被他说得一愣一愣的，这小子……这小子……到底是从哪里看出来的？

“身为衙役，你竟然是第一次看到尸体，”顾长明转过来，眼底有一抹暗光，“对这个地方来说，倒是好事。没有命案，没有凶手，曲阳县治理得很不错。我听说知县大人孙友祥是因为在朋党之争中得罪了人，才被贬到这里的。”

戴果子不喜欢这个人，一副天上地下没有他不知道的表情，不过就是会察言观色而已，没准儿是事先都打听好的，特意来这里嘚瑟。不过越是这种人，越得罪不起。戴果子听不懂朋党之争是什么，以前听说过干爹是不想留在京都，自请下放到曲阳县的。

曲阳县挺好的，风调雨顺，物阜民康。戴果子把朴刀一收，眯了下眼道：“你说她们都是被人害死的，那我怎么没看见伤口？”

人肯定是死了，被杀害总要有个证据，哪怕是推到水里溺死的，也不是这么个表情。这人要是说她们都是淹死的，戴果子就打算一脚把这人也给踹下通天河，让大家来看看，淹死应该是个什么鬼样子。

“我暂时也看不出伤口在哪里。我只知道，她们被放进通天河里的时候，已经死了。”顾长明知道对方不想让他多接触案件，退让一步，“先把尸体搬回衙门，再慢慢商议吧。”

第二章 | 验尸

戴果子把那边的老拳拉过来，压着嗓子问衙门里到底有没有仵作。老拳当然知道仵作是什么，不过没有死人的话，要仵作有什么用？

老拳在衙门的时间长，摸着后脑勺想了半天：“有是有，不过他有三年没到衙门来蹲点儿了。知县大人关照了，仵作年纪大行走不便，没事不用来。”

戴果子眼睛一亮，想到个人：“难道是裘叔？”

衙门里就数裘叔年纪最大，腿脚还不好，戴果子记得这人天生是馋虫，一张嘴从早到晚吃个不停，戴果子小的时候，还经常问他要果干吃。

“可不就是他！大人心好，算是把他白养在那里。不过，他也是验尸的一把好手，那双手从年轻的时候起，就不知道摸过多少死人了。”老拳说得口沫横飞的，戴果子的脸色很是难看，他不知从那双摸死人的手里讨了多少吃的，以前怎么就没有人告诉过他这些！

“有死人肯定要验尸，我去找老裘。”老拳很客气地给顾长明行了个礼。这种贵公子打扮的，多少有些来头，曲阳县是小地方，得罪不起大人物。

戴果子没好气地等着后续赶来的几个衙役，让他们用装尸袋把三具女尸都给带回衙门。他一转头，看到顾长明还非常有耐心地站在原地等。

“你要是有事可以先走，我不会把你当嫌犯的。”戴果子巴不得这人早早离开，可这人像块狗皮膏药一样，撕都撕不下来，赶都赶不走。

“你准备怎么处置这个人？”顾长明的手指向渡工阿六，“这人受了重大的刺激，可能是失心疯了。”

“到底谁是衙门的人，是你还是我？”戴果子的火气噌噌噌往上冒，对方要是接话，他还能多发作两句，偏偏顾长明不温不火的样子，更让人生气。

“我虽然不是衙门里的人……”顾长明的话还没说完，便看到有人匆匆走了过来，那人走得太急，脚下踉跄了一下。

曲阳县知县孙友祥，远远便看到了临风玉树般立在戴果子身边的年轻人。这些年曲阳县风平浪静，现在出了这样的大事，他赶过来的时候，后背一阵阵冒冷汗。难道是老天爷觉得他的安生日子过到头了，要给他点儿颜色看看？

“这位是？出了天大的人命案，果子你还在这里磨叽！老拳呢！你们……你们都昏了头！”孙友祥推开要装尸体的衙役，“这些都是什么人，查出来了没有？！”

戴果子面对咆哮的知县，指着顾长明道：“这一位从头到尾插手要管，大人有什么问题都问他就好。”

“你是什么人？官差办案，还是命案，你们这种富家子弟就不要来凑这个热闹了。”要不是看对方穿得体面，举止文雅，孙友祥都想直接让衙役把碍眼的一干人等，全部给赶走，“嫌犯呢？阿六呢？都给我看紧了，别让人跑了。”

“阿六跑不了。”戴果子看着漫不经心，但绝对是眼观六路，耳听八方。身边谁在做什么，他一点儿都没有遗漏的。阿六的疯癫恐怕不是装的，装不可能装得这么像。他就是好奇，这个黑心的到底见到了什么，能直接被吓疯了？

顾长明见知县也是个急躁脾气，便从衣袋中取出一块小小的牌子，就这么在孙友祥的眼皮子前晃了一晃。

不知道是不是故意的，顾长明站的那个位置，正好挡住了戴果子的视线，能正面看到顾长明手中牌子的只有孙友祥。在看到牌子后，孙友祥的脸色在顷刻之间变了三下，从牙缝中挤出一句话：“原来是这个。”

顾长明把牌子收起来，依然客气地问道：“知县大人，我能留在命案现场了吗？”

“能！”孙友祥也在笑，但笑得有些假，“不知道是什么风把长明公子给吹到曲阳县这个小地方，来得还这么巧？”

戴果子忍不住用尾指掏了掏耳朵，刚才这小子自报家门说了姓顾，怎么大人还给他弄个“长明公子”的外号？一听也不像是善茬儿，别是朝廷派下来为难大人的。这么一想，他眼中的警惕之意更重。

“来得早不如来得巧，我原本是在等一个人，没想到会遇上这样的事情。”顾长明很简短地把三具女尸的情况大致说明了一下，“你们衙门里的人去找仵作，尸体带回衙门。除了失心疯的渡工，肯定还有其他的目击者，必须查问清楚，不能有遗漏。”

什么叫自说自话，什么叫反客为主，戴果子今天算是见识到了。偏偏知县还对他特别客气，连回程的时候，都让顾长明走在前面，态度也很恭敬。

这个长明公子到底是什么来头？他给大人看的那块牌子到底是什么？戴果子低头坏笑了下，真想看看还不容易，他往前走着，嘴里喊了一声“大人”，整个人看起来就像是没站稳，往顾长明的方向倒了一下。

然后，他的一只手神不知鬼不觉地伸了出去，被顾长明守株待兔一样，正好抓住了。两人对视了一眼，心知肚明。戴果子还龇了龇牙，这小子看着像个读书人，手劲儿还不小，捏得他骨头都要碎了。

“果子，你这是？”孙友祥见两人初次相见，就这样手拉手地对视，嘴角忍不住抽搐了两下。

“他没站稳，我扶他一把。”顾长明当然知道戴果子想要做什么，戴果子的手脚不慢，做这种事情绝非头一次，可惜，今天遇上的是他，还没等手碰到他的衣服，已经被他捏住了穴道。

“果子，还不谢谢公子？”孙友祥脸上写的是——人家是有头有脸的人物，你们别给老子丢脸。

顾长明一松手，戴果子便悻悻地捏着鼻子落到了后面，把被捏疼的那只手藏在身后慢慢揉，边走边听他们说话。

“衙门里是有个仵作，当年那是一把好手。这些年除了生病老死的，曲阳县没出过人命案，他年纪又大了，我寻思着让他在家休养，用得上的时候再让他出山。

本来以为他这辈子都不用出山了，世事难料。”孙友祥唉声叹气的，最多还有两年，他就预备辞官回老家去享清福了。

“我刚刚听到衙役说仵作姓裘。莫非就是京都的那位‘鬼见愁’？”顾长明听着裘这个姓有些耳熟，再想了想，想到了这么个人。

孙友祥一拍大腿道：“可不就是他！他查案的时候得罪了上头，一条腿被打折了，也不知道是怎么兜兜转转的，落到了曲阳县。我看着人挺好的，就把他留下了。”

“果然是他。”顾长明没有见过这个人，在翻查旧案时，听到过好几次这人的名字，没想到小小的曲阳县还真是卧虎藏龙。

一行人回到衙门，孙友祥交代今天出了大事，县内小事一律改日处理，然后便让衙役把三个尸袋送到后院，专门等着老裘过来。他又让人沏了茶，请顾长明喝。

顾长明接过茶盏，低头一笑道：“听家父说起过孙知县的过往，他只说可惜可惜。”

戴果子一刻也不放松，站在孙知县身后，听了这句话眼睛都瞪大了一圈。原来他们还有这么深的关系。

“顾大人盛年时就贵为提刑官，居然还能记得我这么个小人物，真是难为他了。”孙友祥眉宇间倒是一片平和，没有丝毫的激愤。

顾长明嘴角一动，刚要接话，老拳便大呼小叫地进来了：“大人，大人，老裘来了。”

孙友祥单手掩住额角，没见到这里有贵客吗？来个仵作都能喊得像敲锣打鼓似的。这个曲阳县县衙，一出命案恐怕连一个拿得出手的、像样的帮手都没有。

顾长明反而先站了起来，这位仵作的名气甚大，他真没想到会在曲阳县遇上。

老拳边喊边架着个人进来了，真的是架着。老裘全身软趴趴地不使劲儿，手里还握着个油腻腻的大鸡腿。见衙门里团团坐着几个人，他还客气上了：“早知道人都在，我把整只烧鸡都带来，大家一起吃才香。”

“老裘，三具尸体，吃完了开工。”孙友祥没有多余的话，要是拉拉扯扯的，这些人能磨叽到明天一早。

戴果子听着大人的话，觉得别扭。这老裘比他印象里的更加邋遢，身上的衣袍不知多久没洗过，都是油渍，怕是平时吃完东西都把油随手抹在了衣服上。他下意识侧头去看看顾长明的反应，这人锦衣华袍，衣冠楚楚的，这会儿见着老裘，不知道要嫌弃成什么样子了。

戴果子想错了，顾长明完全就是一副处变不惊的模样。这些年，他看了多少尸体，抓了多少凶手，一个仵作的邋遢哪能吓到他？连死了几个月，全身爬满蛆的尸体，他都可以面不改色地蹲下来，慢慢研究。

老裘进来的时候，明明像是没骨头一样，但看到顾长明的瞬间，他就像是见了鬼，头也不回地往外跑。

老拳第一下还没抓住他，他的衣服太油腻，滑不唧溜的。但老裘毕竟是个瘸子，没到门口就被老拳给摁住了，好不容易抓回来的，怎么能让这老小子给跑了？

“放我走，这里有我的克星在，我不想见到他。”老裘索性把眼睛都捂上了，一脸无赖相。

“他认识你？”孙友祥觉得不太对劲，这位长明公子以前肯定没有来过曲阳县，但他再看看顾长明的脸，似乎有些明白了。

第三章 | 虫卵

“他应该是见过我父亲。”顾长明大步走到老裘面前，“三具尸体，等你大展身手。等到案子告破，我请你好好吃一顿。”

“你不是他，他不会这样说话，他永远是用鼻孔对着我的。”老裘把脸凑上来，“我都老得快进棺材了，他不可能还这么年轻。”

“你认识的人是顾武铎，我的父亲。”顾长明的手指搭在老裘的手腕上，“这双手要是废在曲阳县，那真是太可惜了。”

“你小子怎么说话的！我是腿被打断了，不是手。”老裘把另一只手高举起来，连带着油花差点儿没一把抹在顾长明的脸上。

戴果子在旁边暗暗使劲儿：抹上去，最好抹成花猫一样，这人看起来就让人不顺眼。

老裘哪有这个胆子，顾武铎的儿子一样不能得罪：“话是你说的，案子破了请我吃一顿好的，馆子我来选。”

顾长明嘴角轻挑道：“行，馆子你来选。”

老裘把鸡腿的骨头随手一扔，正巧落在孙友祥的官服上。孙友祥的双眉之间皱得都能夹死苍蝇了，他在心里头反复念叨，查案要紧，先把尸体和这位长明公子一起打发走了才好。

“我记得裘仵作有一手绝活儿，一直想着哪天能亲眼见见，今天算是如愿了。”顾长明很会说话，把老裘哄得眉开眼笑的。

“不是我老头子吹牛说大话，绝活儿还在，这些年也没有耽误过。”老裘一瘸一拐地往前走，顾长明特意放慢步子等着他，“说是三具尸体，我今天就露一手。”

老裘做事有自己的规矩，进了停尸房，把所有人都关在外面。

戴果子想着老裘刚才还在啃鸡腿，这会儿就进去验尸了，那尸体上也会弄上一层油，他对这个老裘极其不信任，转头问知县：“大人，他真的能看出什么？”

“他能查出很多。”顾长明替孙友祥回答了。

“我没问你。”戴果子觉得这人一来，就把霉运带到了曲阳县，太平日子过得好好的，说死人就死人，他心里头相当不痛快。

顾长明被他明面冲了一句，倒也没生气，主要是戴果子那长相，娃娃脸，桃花眼，一般人还真气不起来，就当是被个孩子气的。

“果子，怎么和长明公子说话呢？他是来帮忙的。”随着顾长明的出现，孙友祥心里头的旧事像开了闸一样，关都关不住。话虽然不能明着说，但他心里想的和戴果子想的一样，这顾长明早不来晚不来的，似乎有些蹊跷。

“帮忙谈不上，正好碰上而已。”顾长明是个善于察言观色的人，早看出两人的心思，他本也不是为了曲阳县而来，索性落落大方道，“孙知县，我到这里是为了等一个人。我的同门师兄给我留了个口信，说是有重要的事情相商，让我务必到曲阳县来等他。”

“这位师兄现在何处，要不要我派人去打探打探？”孙友祥果然松了口气，顾长明为私事而来，总好过其他。

顾长明有意无意地把左手往身后掩：“他也没有说具体在哪里碰面。我想着曲阳县地方不大，应该很容易就能见面，过来我才知道这地方虽小，但要找个人还是和大海捞针一样。”

“等这个案子安排妥当了，我让衙役去找。你说得一点儿也不错，曲阳县是个弹丸之地，只要你师兄不是刻意躲藏起来，很快就能找到的。”孙友祥看了停尸房的门一眼，老裘咳嗽着出来了。

戴果子死死地盯着他的手，好像比进去的时候还干净了点儿，那些油水都擦在尸体的衣服上了？他突然有些同情那三具貌美如花的女尸了。

老裘顺着他的眼神，朝着他咧嘴笑道：“小果子想着小时候吃的那些零嘴儿，嘴馋了是吧？”

戴果子的脸都涨红了，感觉自己像是当着众人的面吃了死人肉一样：“我哪吃过什么零嘴？你老糊涂了！”

“一晃眼小果子都长这么大了。”老裘被孙友祥干瞪了一眼，赶紧转回正题上，“大人，尸体都查验清楚了。死了五个半时辰，女尸身上没有任何致命外伤，也不是中毒而死，面上没有丝毫痛苦之色，按照我的经验判断，均属于非正常死亡，死因未明。”

“你这说了和没说一样！”戴果子心惊的是，老裘说的死亡时间和顾长明说的一致，这小子看来有些能耐。

“裘仵作还有没说完的，我洗耳恭听。”顾长明看了老裘一眼，老裘想都没想，直接往孙友祥身后躲。

虽然知道这人不是顾武铎，但看着那张神似的脸，他心里头还是会发毛——老子不好应付，小子估计也不是善茬儿。顾家人都是先礼后兵，别看这会儿客气，翻脸不认人的事情绝对没少做。

“你说话就说话，别盯着我看。”老裘这话一出口，戴果子“嗤”的一声就笑开了，这老头儿还挺自作多情的。

“小果子，你别笑。等你哪天在姓顾的手里吃了亏，就知道我为什么要躲着他们了。”老裘咽了口口水道，“姓顾的眼睛尖，心思缜密，我可斗不过他们。本来想等会儿和大人说的，既然你都问了，我也不能藏着掖着，三具女尸有个共同之处。”

老裘的手一伸一翻，掌心倒是非常干净：“你们看。”

戴果子揉了揉眼睛，老裘这手里什么都没有啊，让他们看什么呢？

顾长明眼睛尖，先一步看出端倪来：“虫卵？”

戴果子就差把鼻子和眼睛都贴在老裘手心上了，他这才看到了细小的、黑褐色的点点。要不是听到顾长明说的，他还以为那是灰。

“三个人身上都有相似的虫卵，而且出现的位置都一样。”老裘把耳朵一拉，“耳孔中、眼睑下，我也没本事分辨出这是什么虫的虫卵，顾家小子见多识广，你认不认得？”

顾长明对“顾家小子”这个称呼觉得有些新奇，摇了下头，道：“我没有见过这种虫卵，或许我们可以尝试孵化一下。”

“这些虫卵早死了，孵化不出来了。”老裘一本正经地说道，“要是大人应允的话，我想开膛破肚，看看她们的五脏六腑里面还有什么秘密。”

戴果子吓得差点儿叫出来，却见左右两边的人都一脸镇定。原来说老裘有本事，就是有这个本事，还能把人用刀剖开来研究。

“这个暂且不急，先查出她们的身份来。”孙友祥也有顾虑。女尸身份尚不明朗，现在解剖开来，万一查出时发现是有头有脸的人，估计能把县衙翻个底朝天。

“那也行，我先搬回来住，等大人的决定。”老裘拿得起放得下，回头就问顾长明，“说好的请我下馆子呢？”

“等我和孙大人说两句就去。”顾长明毕竟不是官场上的人，帮忙可以，不能替孙友祥做决定。

“我立刻派人前往上游，按今天的水流速度来算，五个半时辰前的位置是哪里？”孙友祥的问题先把自己给难住了。

“那个撑渡船的想来是知道的。”顾长明及时从旁提点道。

“渡工阿六！通天河上的事情，没有人比他更清楚。果子，立刻去找他问清楚，从上游漂下来五个半时辰的精准位置。”孙友祥见戴果子不说话，一脸为难的样子，方才想起来，渡工阿六已经被吓得失心疯了。

老裘在旁边问了是怎么回事，然后回道：“这个不难，就是暂时被吓迷了心，我有办法。”

戴果子想问问清楚，到底有什么办法，千万别说把阿六的脑袋也给破开来。

顾长明却一个字也不问，直接跟着去了。

孙友祥给他使了个眼色：“还不过去盯着点儿，盯着那个顾长明。”

戴果子马上心领神会，原来大人对这个顾长明不太信任，他的心情一下子好了不少。就说嘛，好歹是他的干爹，他看不过眼的人，干爹怎么会不放在心里？要他说，没准儿顾长明知道三具女尸的事儿，刻意在这里等着的。

等戴果子再见到阿六的时候，面前的景象让他吃惊不已。这才多久的工夫，阿六简直像是变了个人。他被关在牢中，双手紧紧地抓住栏杆，眼神凶残狂暴，要是放出来估计能见人就咬。

“不是说得了失心疯吗？”老裘刚才走得近，差点儿被阿六拽过去扣住脖颈。顾长明眼疾手快把他拉扯回来，衣袖却被拉扯掉一长条。

阿六低头看着手中的破衣料，咧开嘴冲着他们舔了舔，牙齿都快要龇出来了。

“不对劲，这不像是失心疯啊。”老裘捂住胳膊，真是好险，刚才要是慢一点儿，就要见血了。

“是失心疯，不过是另外一种。”顾长明不退反进，站在牢门的正面，双眸含光看着阿六，“你要是不变着法儿地折腾，我还真看不出来，从头到尾你就是装疯。”

阿六明显愣了一下，被戴果子全看在了眼里。戴果子暗暗冷笑，人命案他虽然没遇到过，但这种装疯卖傻的可没少见。

第四章 | 血手印

戴果子直接拿了身边狱卒的钥匙，把阿六的牢门打开了。

阿六还没反应过来，戴果子一把按住了他的脖颈，在他的后脑勺上扇了几巴掌，比在河边下手还狠。

疯子也怕疼，阿六刚想挣扎着叫唤“官差打人了”，却听到一个女子阴恻恻的声音：“我和你无冤无仇，你为什么要取我的性命！我做鬼都不会放过你。”

阿六本就心虚，听到年轻女人的声音腿都软了，想要装什么都不像了。

一旁的顾长明看得反应不过来，这是曲阳县的县衙大牢，哪里来的女人？刚才那两句话分明就是从戴果子嘴里蹦出来的，他见过会变声音的，但没见过能变得这么自然的人。更何况，戴果子明显还在气头上，竟丝毫不影响他改变声音的本事。顾长明脸上很镇定，心里却想着，不知道这人是只会这一招，还是学什么像什么，如果是后者，那也算是一种天赋了。

“不是我杀的你，我见着你们的时候，你们已经是尸体了。”阿六在戴果子的手底下簌簌发抖，他摸过的，那根本不是活人的体温。

“不是你杀的，你为什么要装疯？”顾长明不等阿六回答，顺着说下去，“那是因为你在这些女尸身上做了更不堪的事情，然后你就发现自己不对劲了。”

阿六刚才是被戴果子吓得失了魂，这会儿被顾长明彻底说破后，他整个人都瘫软了下来。要不是戴果子紧抓住他的衣领，他能趴在地上软成一团。

“我……我真的就是看看她们身上有没有什么值钱的东西，其他的再没有了。”阿六常年在通天河上撑渡船，还是有不少忌讳的。哪怕三具女尸都年轻貌美，他也不会见色起意。这种落水鬼最会找替身，万一被她们附身，别说是撑渡船了，以后根本连河边都不能靠近。

阿六把尸体从头到脚都给摸了一遍，别说金银了，连一件首饰都没有，连绾头发的都是几根鲜红的丝带。他连喊几声晦气，但更晦气的事情还在后头。

“先把我松开，我什么都告诉你们。”阿六等戴果子一松手，抓紧脱衣服。

戴果子看他一身黑皮黑肉的，差点儿气得鼻孔冒烟，想要重新把他按住。都被关进来了，你老小子还给我来这一套！

听到顾长明喊了一句“等等”，戴果子伸出去的手才收了回来。

阿六已经三下五除二，把上衣脱了个干净，露出精瘦的上半身。

顾长明知道内有蹊跷，所以看得越发仔细。阿六的后背脊从脊椎第三节骨节开始，皮肤变成鲜红的颜色，腰部以下又恢复了原状。

“你怎么发现的？”顾长明见阿六后背大片的皮肤红得不正常，就像是直接被扒了一层皮，露出底下的血肉。

“疼，疼得像是被火烤着、燎着，就算跳下河去泡着，也丝毫不起作用。”阿六看到他们的反应，接着说，“这东西还会长，一开始的时候只有手掌大小。”

戴果子刚才还说这个印记的形状有些奇怪，被阿六一说就看出来了，那分明就是一只人手的形状：“不会是你的手吧？”

“一比对就知道了。”老裘看骨架筋肉那是行家里手，他让阿六把双手翻过来，看一眼再绕到其身后，“没错，就是他的左手。他的中指指节受过伤，再长好的话会比其他手指粗一些。”

阿六苦着脸道：“我也没有想明白，我的手印怎么会跑到自己后背去。”

“这印记要是长满他整个后背，估计他就活不成了。”老裘眉毛一挤，“你们别看着我，我只会看死人，活人的病痛治不了。”

戴果子像是自言自语："这东西应该就是因为他摸过尸体才会长的。你刚才也摸了。"

老裘原地跳起来，破口大骂，说戴果子故意咒他。他是摸了尸体，但那能一样吗？他是为了替死人查出真凶，要是还能报应在仵作的头上，这世上就没有人会干这一行了。

阿六在老裘的骂声里，眼神变得越来越绝望。他刚才提着一口气装疯，后背那种烧灼感似乎还能忍，这会儿就像是把他整个人都架在火堆上，连五脏六腑都要烧煳了。

"把后面的皮扒了，或许能保命。"戴果子把双手往胸口一抄。阿六明明是第一个发现尸体的，却装疯卖傻，妨碍官差办案，就该给他点儿教训。

阿六吓得左看右看，最后目光停留在顾长明身上。要说救星，估计就这位锦衣公子看着像了。

没等他爬过去，顾长明开口了："这个主意不错，可以试试。"

阿六哆嗦着道："我……我要是说知道她们是从哪里漂来的，你们能不能保住我的性命？"

这话说到点子上了，这些年渡工阿六都在通天河里求生活，对水流的速度、走向，整个曲阳县里没有人能比他更清楚。

顾长明走到他身后，伸手点了几下："死罪能免，活罪难逃。我应允你能保命，你把知道的一五一十全给我说清楚。"

阿六要了一碗清水，戴果子倒了给他，见他拉长着脖子喝了大半碗，用手指蘸着剩下的，在地上画起来。

戴果子差点儿又要一脚踢上去，老子给你水喝，你给老子画鬼画符。

顾长明却蹲了下来，看得非常仔细。

老裘赶紧从后面拉了果子一把，道："阿六画的是通天河的走向图，小果子就别添乱了。"

阿六一心要保命，画得很快，边画边小心翼翼地抬头看顾长明。

顾长明面如冠玉，但一点儿表情都没有，看得阿六心惊胆战，不小心手指一滑，画到别处去了，赶紧趴在地上用衣袖擦了继续画。

"他要把通天河全画出来？"戴果子没那么大的耐心，八百里的河床能画到他把牢底坐穿。

老裘翻了个白眼儿，孙知县太宠小果子了，该学的一点儿没学，一无是处，好苗子都给养歪了。

阿六画到一个点停了下来："这里，就是这里。唐县附近，通天河从十八渡转入支流，这个季节，水流缓慢，这些尸体又是漂浮在水面上……"

戴果子不等阿六把话说完，便直接跑了出去对外面等着的衙役说了"唐县"两个字，抓捕凶手宜早不宜迟，半点儿也不能耽搁。

顾长明盯着那幅水路图看了许久，缓缓站起来。

"我真的什么都说了，没有隐瞒啊！她们……她们打捞上来的时候，就像是还有气的，真死了那么久？"阿六像是抓住救命稻草一样，抓住了顾长明的裤脚，"真的不是我杀的，不是我杀的。"

"不是你杀的，你没有这个本事。"顾长明大步流星地往外走，"既然我保证了你能活着，你就不要担心了。我要等的那个人能够医治你，等他到了我就带他来给你医治。"

县衙衙役的动作很迅速，从老六这里得了精准的位置，老拳便骑着好马，疾驰而去。

说好了来回不超过两个时辰，顾长明松了一口气。等衙役回来，线索一确定案子就算破了，他也算没有白露这个脸。

孙友祥被戴果子缠着问，怎么以前从来没听他说过和提刑官是同窗的事情。他又是好笑又是好气："顾长明就在外面，你这像什么样子？人家都已经是提刑官了，我还在曲阳县做个小小的知县，旧事不提也罢。"

"那你对顾长明这样客气，他说什么就是什么，他真以为自己是神探了。"戴果子气得腮帮子鼓鼓的。

孙友祥笑了笑，抬手摸了摸他的头顶："以后你就知道小地方有小地方的好处了，天子脚下哪是什么人都能混得风生水起的？"

戴果子看着孙友祥的笑容，好像有点儿明白了。

顾长明被单独安排在外面，他是个耐得住性子的人，坐着把到曲阳县以后见到的林林总总回想了一遍，右手手指随便蘸了点儿茶水在案几上画了一幅水路图，忽然像是被什么戳到，差点儿没猛地跳起来。

本来顾长明一心想要查出那个抛尸点，等阿六真把位置圈出来以后，他却觉得似乎有哪里不对劲儿。唐县离此处不算远，走水路通常要比陆路慢得多，凶手有必要挑选这么相近的位置，故弄玄虚吗？

他本来判定死亡时间是五个半时辰，看的是尸斑，定下心来再细想，三具女尸看起来太整齐了，衣服裙带一丝不乱。根据阿六的口供，他对那些女尸的衣物也没有细心整理过。

死亡时间不代表抛尸时间，如果对方杀了人，等五个时辰，就在附近把尸体扔进河里的话，那么得到的效果是完全一样的。

如果是这样，凶手必然还在曲阳县，用手段让他们去唐县扑个空。唐县有什么在等着他们？

顾长明感觉后来冒出来的想法，似乎更能说得过去，后背起了一层冷汗，急忙去找孙知县。

尸体怎么能在通天河中漂浮五个多时辰，还能保证都流到相同的位置让阿六给截住呢？事出反常必有妖。

第五章 | 初初融雪

裘仵作一瘸一拐地进来，嘴里骂骂咧咧的，说是都只顾着自己跑了，把老人家扔在大牢里不闻不问的，如今一定要喝了酒才能解气。

戴果子看着顾长明拿出五两银子，啧啧作声，有钱人就是有钱人，他一年的年俸都没五两，便宜裘老头子了。

“听说渡工阿六身上出了问题，你这边有人能治？”孙友祥担心老裘喝多误事，拣要紧的先说。

“我来曲阳县是为了等我师兄，他医术极好，应该能够保住阿六的性命。”顾长明有了新的决定，唐县是个关键点。

“公子的师兄还没有新消息？”孙友祥知道顾长明来是为了等人的，如今三班衙役大部分都出去查案找线索了，留在衙门里的除了戴果子，就剩下几个年老腿脚不好的，没有人手能派给他找人。

顾长明摇了摇头，既然案子暂时没有进展，他想上街去看看，一来打听师兄的消息，二来看看有什么风吹草动。

“你初来乍到的，人生地不熟，我让果子陪你去。”孙友祥看向戴果子，“长明公子本来只是过路，果子你带他四处走走。如果能够打听到他师兄的消息，把渡工阿六的伤治了，也是正事。”

戴果子大大咧咧地走出衙门：“长明公子想要先去哪里逛？”

“不用这么客气，直接喊我名字吧。”顾长明站定脚，向两边看，师兄喜欢热闹，到哪里也不会委屈自己，“你们这里最好的酒楼在哪里？”

“你还欠着裘仵作一顿好饭，”戴果子揉了揉鼻尖道，“想去探探路子，尝一尝我们这里的好酒好菜？”

“也算是吧。”顾长明知道戴果子看自己不顺眼，但他看戴果子挺顺眼，他以前还没见过有这样天赋的人，非常有意思。

戴果子看着他嘴角一抹若有似无的笑，以为他在笑话自己。开封府来的了不起啊，看这里的都是乡下人，乡下人也比你这个纨绔子弟强。

他直接把顾长明往镇上最热闹的馆子一送：“天香阁，最好的馆子。”

顾长明抬头看了一眼，这里进出的人很多，生意很好，问：“这里有好酒吗？”

“杏花白。”戴果子只有在逢年过节的时候，缠着孙知县半天才能得一角好酒。刚才见过顾长明出手阔绰，他毫不客气，进去直接喊小二把好酒好菜都上齐全。

顾长明对银钱从来不上心，他随身还带着一袋金叶子以防万一，在这样的酒楼吃一年都花不完。

店小二认得戴果子，连忙迎上来笑着道：“今天衙门有什么好差事？裘仵作才上楼进了雅间，你又来了。”

“别问东问西的，都是公事。”戴果子眼珠子一转，“我们也要雅间。”

“不，我们要能看到门口的位置。”顾长明进门前观察过二楼的窗户，怕外头的人吵闹，雅间的窗户都关得紧紧的，不利于他观察。

“行，能看到门口的位置。”店小二把他们带到柜台边，那里有根梁柱，“坐在这里最好，你们能看得见别人，别人看不见你们。”

顾长明要的就是这个效果，又扔了一锭银子过去，店小二欢天喜地地接下去打点了。

“你师兄多大年纪，长什么样子？”戴果子拿了碟子里的油炸花生米，往嘴里一抛，正好接住。

“三十岁的年纪，高个儿浓眉，眼睛很亮。他喜欢穿天青色的衣服，裤子一定要盖过鞋面。”顾长明一回头，看着戴果子，“你见过这样一个人？”

“见是没见过，被你说得好像亲眼见过一样。”戴果子虽然不服气，但不得不承认顾长明有些真本事。

“这是我家传的本事，不算什么。”顾长明轻描淡写的一句话，把戴果子对他刚升起的一点儿好感又给压回去了。

这话听在戴果子的耳朵里，不就是要用他亲爹的官衔来压人吗？难怪大人会说，即便是同窗也没有什么联系，一溜儿的官职算下来，两人差了多少级，能安心在一张桌子上吃饭才怪。

顾长明看着天香阁门口人来人往的，一小会儿工夫就有十几二十个人进出，师兄要是到了曲阳县，肯定也会来这里的，只是不知道师兄为什么还不现身。

忽然，戴果子轻快地吹了一声口哨，顾长明把手中的酒杯放下，看到门口出现了一个妙龄少女。

“如果形容她，你会怎么说？”戴果子侧过头来，笑着问道。

“二八年华，家境极好，非富即贵，会武功，用剑，师出名门。”顾长明再定睛看了一眼，“她的那柄剑，我见过。”

“如此佳人，你怎么不说她的容貌，只说些其他的？”戴果子还真没有在曲阳县见过这样的美人。她长得粉雕玉琢，身上的衣裙、头上的珠钗也是非常华贵，就差在脸上写着“有钱人”三个字了。

“美人。”这一点，顾长明表示他没有其他的意见。男人看女人的标准都差不多，更何况他们两人年纪相仿，美就是美，不分地区。

“她肯定不是本县的人。”戴果子朝着他挤了挤眼睛，“那你能够看出来，她是从哪里来的吗？”

店小二明显也看直了眼睛，忘记上去招呼。

那个美人显然等得有些不耐烦了，自己朝着柜台走过来。

“她朝着我们这边过来了。”戴果子等她走近些，见她肤质胜雪，乌发如云，美得有些压迫性，几乎让人移不开眼。

“掌柜的，我要楼上的雅间。”美人一开口，声音也好听，出谷黄莺般清丽娇柔。

顾长明见戴果子的喉结动了动，嘴角也动了动，不由好奇地问道：“她这样的声音，你也能模仿？”

“我才刚听了一句！”戴果子被他说破心事，有些不高兴。他的确是听美人说话嗓音婉转，想着要学一学的。顾长明一说，他反而不想学了。

“这位姑娘，楼上的雅间都满了，要不你看看楼下的位置？”

掌柜的眼前一花，美人的粉嫩小手拍出一锭银子：“我只要楼上的雅间，这些银子够不够？”

“姑娘，银子是足够了，可雅间里有客人，我们也不能往外赶啊！没有这样做生意的。”掌柜的被她一双妙目看得有些心虚，“姑娘不如等一等，只要楼上有客人离席，我马上安排。”

“我要马上就去雅间！”美人的脾气不小，另一只手把自己的佩剑拍在柜面上，“要银子还是要看我出剑，你自己选！”

掌柜的冷汗都下来了，这样的人品、这样的脾气，开门做生意的都知道肯定不是善茬儿，天晓得她是什么来头，千万不能得罪。

掌柜的正想说要店小二上楼去看看，有没有能让一间出来的客人，戴果子便站起来出声了：“我说这位姑娘是不是第一次出门，第一次进馆子啊？”

美人没想到身后还会有男人搭话，飞快地转身，想都没想，手中的一柄剑已经出鞘了。

戴果子想过很多种可能，就是没想到她一言不合就出剑，压根儿没有准备，剑尖已经指到他的鼻尖。

要不是顾长明适时把住他的肩膀，把他往另一边扯开了几寸，那一剑绝对会在他脸上开花见血。

柳竹雪见自己一剑没有刺中对方，手腕一转，挽出几朵剑花还要再刺向戴果子。

顾长明已然有了准备，肯定不会让她伤到人，直接见招拆招，双指在她的腕间一抹。

柳竹雪觉得手腕一阵刺痛，力气全消，再握不住手中长剑，可她还是个硬骨头，咬着牙不肯松手。她以为自己遇到了厉害的对手，自己的手大概要废了，眼圈一红，差点儿要掉眼泪。

顾长明哪能真和她计较，他心中自有分寸，认出了剑就等于认出了人：“柳姑娘，少安毋躁，我们不是坏人。”

柳竹雪一听他喊出自己的姓氏，更加吃惊。手腕上的刺痛很快便消失了，她重新握住剑，不敢递招，横剑当胸以防对方攻击，双眸警惕。

“我们没有见过，在下顾长明。”顾长明从桌后站出来，长身鹤立，绝对是一副翩翩佳公子的模样，“我认得你手里的剑，初初融雪，盈盈见光。融雪剑去年被开封少尹柳大人掷千金购得，据说千金送千金。你手中有融雪剑，想必就是柳家的大小姐了。”

戴果子吃不消他说的一大通文绉绉的话，不过“开封少尹”四个字，他是能听明白的。今天刮的到底是什么风，来的都是官家的公子、千金，一个是前提刑官的儿子，一个是开封少尹的女儿。

柳竹雪听他把自己的身份说得那么明白，第一反应是转身就跑。这人肯定是父亲派来，要抓她回去的。她以为自己已经跑到很偏远的地方，没想到父亲早就算准了。

顾长明微微笑着，等柳竹雪回话。她的反应完全出乎他的意料，这人刚才吵着闹着要上二楼雅间，等他一开口，说走就走，招呼都不打一声。

戴果子见美人扭头就走，还连着“喂喂喂”了好几声：“她不是进来要雅间吃饭的吗？你怎么把人给吓跑了？”

顾长明被他说得啼笑皆非：“我说的都是再平常不过的话，她是怎么想的？”

“反正我看她一脸像是见鬼了的表情。”戴果子悻悻地坐下来，好不容易见着个美人，正经话没搭上一句呢。要是美人能给他个好脸，雅间还不容易？他上楼去把衾件作给拽出来就是了，只要美人不嫌弃那一间是让摸死人的吃过饭的就行。

“她会不会是心虚？”戴果子低下头看看自己穿的衙役衣服，“依照我的经验，一般做了亏心事的人，都怕见到官差。”

“你别想了，通天河女尸的案子和她没有关系。”顾长明虽然想不明白柳竹雪为什么要跑，不过他看美人也看得很清楚。

从县城外进来，有一小段路被泼了水，路上都是泥，只要是走路进来的，鞋子边多少会沾到点儿泥。柳竹雪的鞋子很好看，那泥渍还没有干透，很明显，她刚刚进了曲阳县，找到最大的馆子，想来吃顿好的，犒劳一下自己。

“是有些奇怪的地方。”顾长明想想不放心，“我们出去看看她。”

顾长明出了天香阁，已经没有了柳竹雪的身影。

不远处，传来一声女子的尖叫。

第六章 | 一剖为二

顾长明和戴果子这会儿倒是有默契，对视了一眼，谁都没多想，径直朝着发出声音的方向跑了过去。

“不是她。”戴果子忽然来了一句话。

“我知道。”顾长明听得懂他的意思，两人刚才听过柳竹雪说话，她的声音要娇柔得多。而且那么一个会用剑指着陌生人的姑娘，根本不会发出这种惨叫声。

柳竹雪前脚才踏进巷子，就见到一个年轻女子衣衫不整地歪在墙脚，旁边还有几个男人前后夹击。她先前被顾长明一招制住，正窝着一肚子的火没地方发泄，这些坏蛋正好出现，让她全给解决干净了。

这边几个大男人全倒地了，柳竹雪听到身后女子发出一声惨叫。她回过身来想安慰，那个看着奄奄一息的女子，突然对着她一扬手。

“小心！”戴果子见到一片灰白色，再迅速不过地对着柳竹雪扑了过去，直接把她整个人给压在自己的身体底下，“这是生石灰，要是落进眼睛里，能把眼睛给烧瞎的。”

“那你也先起来说话。”顾长明见戴果子四仰八叉地把柳竹雪盖在身体底下，她身形纤细苗条，快看不见人影了。

戴果子这才反应过来，他说身体底下软绵绵的，地上一点儿不凉，原来下面还有一层人肉的褥子。

“你……你给我起来！”柳竹雪以为自己喊了很大一声，没想到从嘴里飘出来，就像是一只猫儿撒欢地叫。

戴果子用手肘想要撑着起来，不知道是不是故意的，第一下没撑好，重新跌回去，压得柳竹雪都快要翻白眼儿了。

她不会饶过这个登徒子的，不要脸，占她的便宜。要是他再敢动一动，等她能起来了，她要杀了他！

戴果子真不是故意的，真不是。等他手脚并用，有些狼狈地起来，柳竹雪才恢复了力气，样子狼狈地贴墙而立。她忍着要哭的冲动，眼圈又红了。

戴果子看得目不转睛的，他觉得她眼圈红红的样子特别招人喜欢。柳竹雪一点儿也没和他客气，别以为谁的便宜都能占！甩手给了他一巴掌。那是连吃奶的力气都给用上了，指甲尖尖的正好当利器，把戴果子的脸给挠花了。

“果子，你怎么带着顾公子到了这里？大人说唐县已经有了回信，你们快些回去才是。”应该是听到了熟悉的声音，一个衙役循声找了进来。

“先把这些人都给抓回衙门再说。”会用生石灰烧人眼睛的，多半都是心狠手辣的。

“他们不是曲阳县的。”戴果子看出他的心思，一口反驳了。他对各地的方言口音特别上心，虽然别人听不出来，但是瞒不过他的耳朵。

“流窜作案的更要好好审，没准儿他们身上还背着人命案子。”顾长明逐一在那几个人身上点了几下，确定他们不能再伤人，“柳姑娘，我们有公务在身，先告辞了，要是有什么难事可以到县衙找知县孙大人。”

戴果子指挥着衙役过来绑人，再一转头，已经见不到柳竹雪的身影。

三具女尸上的虫卵、阿六背后的血手印，处处透着古怪。如今只有阿六一个目击者，唐县那边的消息处理好了就去审阿六，顾长明做好决定才道：“天香阁中，给你的熟人留句话，帮我留意我的师兄。”

戴果子点头道：“行，你先走，我回去和跑堂的说一声，要是见到那么个人，让他马上来县衙报信。”

他腿脚利索，来回跑一趟，很快又追上了顾长明：“唐县那边，你不看好吗？”

“果子，你看对面街角。”顾长明微微抬眼，眸光一沉，暗掩锋芒。

戴果子循着他的目光看过去，柳竹雪俏生生地站在那里。柳竹雪始终一动不动，她本来就长得好，眸光潋滟，戴果子走得近了，心口越发有些痒痒的。

顾长明走在后面，直接抬手抓住了戴果子的后衣领，硬生生把人往后拉开一尺有余。

戴果子看到眼前一片银光璀璨，瞳仁聚焦成尖锐的一点，分明是柳竹雪手中的融雪剑。皑皑白雪，被日光一晒，银光闪烁，晃得人睁不开眼。

要不是顾长明出手，融雪剑已经把人直接一剖为二，开膛破肚了。柳竹雪一招没有得手，转眼间又是三招，招招致命。戴果子连惨叫都来不及，顾长明顺势一甩，把他远远推开，免得他在跟前碍事，转身和柳竹雪战成一团。

“柳姑娘，柳姑娘！”顾长明连喊两声，柳竹雪怕是中了什么暗招，被控制住了。柳竹雪的招数越来越散乱，眼底有一层隐隐的血红色。

顾长明施了一招虚的，趁着柳竹雪身体往前倾倒送招的瞬间，手掌劈在她的后脖颈上。戴果子蹲下来把柳竹雪背起来，两个人健步如飞地回到了县衙。

老拳看到戴果子背上背着个年轻女子，眼珠子差点儿没掉在地上：“又发现第四具女尸了？”

“曲阳县有靠谱的好大夫吗？”顾长明在回来的路上琢磨过，柳竹雪的武功不弱，能够近身伤到她的东西，寻常大夫恐怕看不了，“如果没有合适的大夫，我还想借裘仵作一用。”

“老裘啊，我已经让他回衙门待命了，这会儿人又去了哪里？”孙友祥站在台阶处，一双眼却冷静地看着顾长明，“顾公子是要先听唐县的消息，还是要先给这位姑娘看病？”

“唐县的消息要听，她的病也要看，等裘仵作过来，请同时进行。”顾长明对唐县那边没有抱多大的希望，如果唐县那里有重大发现，孙知县也不会是这样的态度。

裘仵作是被老拳在后院的墙角找到的，他的面前有三两个杏花白的酒坛子，他正拿着一只肘子吃得满嘴冒油。

老拳直接把人拉到井台边，要求老裘一定把手洗干净。老裘认命地被老拳提着衣领带到孙友祥几人面前。

顾长明依然客客气气地说：“这一年杏花白的酒钱，回头我就去天香阁替裘仵作支付了，不知裘仵作意下如何？”

“顾公子这边坐，我先把从唐县回来的两个人喊过来。”孙友祥咳嗽一声，在门外待命的两个衙役很快便出现了，“你们把刚才跟我说的，一五一十都给顾公子再说一遍。”

“回大人的话，回公子的话，我们到了唐县，把顾公子给三具女尸画的画像拿出来，沿着河岸问那些百姓可曾见过。一路问了二三十人，他们都一口否认，说从来没有见过这三个人。”左边的络腮胡子衙役名叫郑和，右边年轻些的是胡文丘。

“最后，我们总算是问出些线索来了，有个老婆婆说见过其中的一个女子。”胡文丘快速地把其中一张画像挑出来，“她年纪大了，我们生怕她老眼昏花看错人，特意把画像打乱顺序，认了三次，她挑的都是同一张画像。”

孙友祥伸手过来，把画像拿在自己手中：“那个老妇人怎么说？”

“她说这个女子曾经问过她一句话，当时她没有在意，见我们追查才想起来。那个女子问的是‘通天河这个季节，水流得快不快’。”胡文丘办事仔细，“老妇人回的是‘如果秋风一吹，河水肯定要慢下来，若是再过一个月，河面有些地方会结冰’。那女子听了这话满心欢喜，还送给她一小块银饼作为酬谢。”

“没有其他特别之处？”顾长明始终在旁边静静聆听，到这个时候才开口询问。

“还真被顾公子说中了，老妇人说这个女子生前更美，笑的时候嘴角有个小小的梨窝，就是不知道为什么说话有些大舌头，吐字不太清楚。”胡文丘说到这里，抓了抓后脑勺，“我和郑和把那银饼也带了回来。”

顾长明取出更大的一块银子，给了郑和：“有时间再跑一次，把欠下的还给老妇人。”

“哎哟哟，不得了啦。”那边裘仵作又大呼小叫起来。

戴果子第一个冲了过去，见老裘站起来要掀开柳竹雪的帐子，他飞扑上去，双手把老裘拦腰给抱住了。

帐子被人从里面一把掀开，露出了柳竹雪没有表情的脸孔，还有一双纤细柔软的手。那双手微微勾起，五指张开把好好的一面帐子慢慢撕成长条。

老裘端了个火盆回来，里面烧着炭，一时之间，屋中浓烟滚滚，呛得人说不出话来。她受不了了，开始咳嗽起来，咳得好像心肺都能吐出来。

顾长明快步走到柳竹雪身边，虚虚地握住她的腕子，很快又放开。

柳竹雪感到手腕上有一丝暖流，顺着被他握过的位置蜿蜒而上：“我们不是在天香阁见过吗？这是哪里？我怎么会在这里的？”

“你与我们分开后，是不是又遇到了可疑的人？”顾长明接过裘仵作端来的茶水，对仵作倒是并不忌讳。

老裘看着柳竹雪把茶水一饮而尽，转过头笑眯眯地对顾长明说：“我替这位姑娘诊脉，虽然不知道她为什么会神志不清，见人就动狠招，不过遭暗算的道理都差不多，无非是让其丧失心智，用烟一熏，咳嗽出来，能暂时缓一缓。”

柳竹雪放下手中的茶盏，站起身，向着孙友祥行了个礼：“见过知县大人，也多谢诸位仗义出手。”

“你能想起来自己是几时遭的暗算，对方又是什么人吗？”孙友祥抬抬手示意她不用多礼，眼下曲阳县鱼龙混杂，作为地方官，他最想知道源头到底在哪里，这些非本地人到底从何而来，目的又是什么。

“我和他们分开以后，想要找个客栈落脚。”柳竹雪边说边回忆，记忆在慢慢打开，“迎面跑过来一个孩子，大概这么高，五六岁的样子，他喊我‘姐姐’。”

小男孩嘴巴甜，柳竹雪停下脚步，笑着问他有什么事情。小男孩把背在身后的双手拿出来：“我这里有个好东西，姐姐想不想看？”

柳竹雪出门少，心又软，对这么大的小孩子没有一点儿防备心。她看着两只小手，小男孩又问了她一声，她弯下腰来，把脸往前凑了凑：“好，让我看看里面到底是什么好玩的东西。”

“然后呢？”孙友祥听她忽然住口不往下说了，不由得追问起来。

“想不起来了。”柳竹雪老实地回答，忽而，柳竹雪在身上一摸，“我的佩剑呢？我的融雪剑呢？”

“你的剑。”戴果子发现柳竹雪对他的态度似乎有所转变，单手把融雪剑递到她面前，她的睫毛一颤一颤的，衬得她的面容更加秀美。

“你是顾长明，前提刑官顾大人家的公子，我才想起来，对不对？”柳竹雪的眼睛一亮，“也难怪你能认出我的融雪剑了。”

顾长明微微笑着点头：“柳姑娘，我们在七年前见过一面。”

“对，在包大人的府上。”柳竹雪用手一比画，“那时我才这么高。”

“大人，大人，出事了，又出事了！”外头跌跌撞撞冲进来一个人，“大人，通天河上又有尸体漂过来了。”

第七章 | 瘟疫来了

诸人见一道身影掠过，顾长明已经不在场。孙友祥坐不住了，第四条人命了，为什么会是曲阳县？这里有什么吸引着她们源源不断地过来？

戴果子与柳竹雪并肩而行：“刚才你说你胆子挺大，我可把丑话说在前面，那些女尸从通天河的上游而来，直接接触过尸体的人，后背会长出奇痒无比的大块红斑，你还想要去吗？”

“我师从峨眉派定远师太。三年前，西南发生瘟疫，她老人家带着我和几个师姐一起过去。我见到了成百上千的患者，比你刚才说的要恐怖得多。”柳竹雪低下头道，“每天都会死很多人，好在最后瘟疫总算被控制住了。”

两人说着话拐弯的时候，有父女模样的两个人直接撞了上来。柳竹雪怕被人暗算，手掌在墙上一撑，腾身而起跃过了两人的头顶。

“官差办案，闲杂人等一律靠边。”戴果子看看眼前头发花白的老头子手里拿了根竹棍，毫无目的地在那里点来点去，背后还背着一把胡琴，“你们从外乡来，卖唱的？”

“小凤，我们撞到的是官差大人？”老头子吓得声音都发抖了。

“好了好了，最近曲阳县有些不太平，你们既然是外乡来的，多留心些，别惹事。”戴果子手一挥，放父女两个走了。

柳竹雪一路过来，郁结的心事好像随着两人的交谈慢慢淡化了：“通天河上到底出了什么状况？”

“已经从上游漂来三具死尸了，都不是本地人，也查不出来历，知县大人正犯愁呢，现在又来了第四具。”戴果子刚开始想吓唬她一下，这会儿反而觉得没意思。

他们很快便到了通天河案发的地方，没有了渡工阿六，顾长明拨开看热闹的人群：“诸位，这里不是久留之地。前几天的尸体上留有不明之物，阿六已经被感染，性命攸关。”那些围观的百姓呼啦啦全散开了，用一种惊恐的眼神看着顾长明。什么！女尸上有瘟疫，有瘟疫！

不知道是谁大喊了一声：“瘟疫来了！”

顾长明蹲在女尸身边仔细查看，这些尸体都有瘟疫，阿六已经被感染了。他谨慎地从衣袋中取出一副鹿皮手套，慢慢戴上。鹿皮质地严密，一般的毒素渗透不进去。戴手套的时候顾长明也在想着重要的事情，微微仰着头，侧影如峰峦起伏，丰神俊秀。

戴果子连忙转移话题：“柳姑娘，刚才你不是问阿六是谁吗？前几天，他正在靠岸休息，忽然见到一具女尸顺流而下，漂到了这里。”

“阿六的话不能全信，我总觉得他隐瞒了重要的事情。”顾长明查看完尸体，和前三具差不多，没有任何致命的伤口，剩下的只能等裘仵作动手了。已经受了这样的苦头，还不敢说出来的事情，想必对阿六而言是非常重要的。顾长明决定马上沿着通天河一路而上，有些事情绝对不能再拖了。

三人分作前后，沿着通天河疾步而行。顾长明看起来不急不缓，直上十里路。

柳竹雪偷看了戴果子一眼，轻声细语地商量道：“喝碗茶再走，行不行？”

三人走到茶棚坐下来，戴果子点了两壶茶和几个油饼：“有一次我办差饿极了，一口气吃了六个。”

“我也吃过六个。那次在山里追个穷凶极恶的犯人，追了三天三夜，打了一天一夜，才算是不负使命。”顾长明微微侧过头，嘴角有条上扬的弧线，“饿过那一次以后也有个好处，以后吃什么都是香的好吃的。”

“那个……你上山抓的是谁？”柳竹雪勉强把一个油饼全吃了下去，这油饼对她来说有些大。

“一个叫杨赤的人。火巨龙，听说过吗？”顾长明想既然答应带柳竹雪这一程，有些东西可以和她说说，有些道理也可以和她说说。

柳竹雪还真听说过火巨龙：“是指那个在曹州连续作案七起，灭门后为了毁灭证据，还要放火烧个透的火巨龙吗？他手上至少有三十条人命，皇上下旨直接就地处决，人头送回开封。”

忽而，邻桌有人嗤笑了一声：“杨赤死了？我怎么听说去年他还做了一桩大案，你们几个小娃娃以为这里没人听得懂，牛皮吹破了吧？”

顾长明已经踱步走到戴果子对面，正好与那人面对面：“你家主人知道你偷了金银珠宝跑路吗？本朝偷窃主人家中之物也是大罪。”

“你……你凭什么说我偷了金银珠宝？！”那人的脸色都变了。

“这样的形状，这样的大小，里面至少有两串长珠链，还有些耳环、戒指。你一个男人家带这些赶路，正常吗？”顾长明一边说，一边注意对方的脸色变化，“当然，你可能会说，这些都是你自己的东西，可惜一个人的衣服会首先出卖他。你的衣服看起来质地还算不错，双肘与双膝处的衣料却比其他位置都要薄，经常下跪的人才会如此。看起来，你的主人非富即贵，你难道不怕后面有人来抓你吗？如此托大，还在茶棚中故意招惹我们。”

顾长明手持一根枝条，慢慢指向他的鞋子：“这种皮靴，有一种人特别喜欢穿，那就是大户人家的管家，在场的会问为什么呢，因为这种靴子底软，走路可以做到无声，不会让主人心烦。你怎么这样不当心，靴子边明明还写着一个‘景’字，你居然没有换掉，是因为皮靴太好穿不舍得，还是因为靴底还装了其他的好东西？”

“东西”两字出口，顾长明同时出手，把戴果子往后拖开，正面迎上那人的暗招。那人的靴子尖露出一段雪亮，明显就是利器。

他见顾长明出手，知道自己绝对不是对手，拔腿就跑。顾长明手中的枝条仿若是长了眼睛一般，“刺啦”一声将他的外衫割破，叮叮咚咚的声音不绝于耳，掉了一地的耳环、戒指，还有顾长明刚才说的两条长珠链，一条是红珊瑚的，一条是小手指头大的珍珠的，皆是好物。

顾长明单手放在背后，朝戴果子做了个手势：“让茶棚里的人都回避，果子，你安排一下。”

戴杲子伸长脖子看了看顾长明的身后：“你说你下手到底狠不狠，那人还能站起来吗？要是他装死，趁着我们一个不注意就开溜，忙到这会儿岂非是前功尽弃了？”

等顾长明再将目光重新放回官道上，一小队的人马已经到了跟前。

“你们要找的人在那里，你们要找的东西在这里。”顾长明随手点了两下，“茶棚后面都是路过的百姓，望你们不要惊扰他们。”

“我们是裕景将军府上的护卫，我是将军身边的苍鹰。将军气愤的是府上居然有人贪婪至此，而不是在意这些身外财物。公子有空的话请到将军府上喝一杯清茶。”领队的过来，亲自将一块铜牌双手奉上。

戴果子大大咧咧地走过去，正要从那领队手中接过铜牌看一眼是什么好东西。顾长明没想到他会如此鲁莽，阻止不及。对方瞬间变了脸色，从背后迅速拔出青芒刀直指戴果子的咽喉处。

“刀下留情！”顾长明被戴果子惊得差点儿出冷汗，一边高声喊道，一边又抓住他的衣领把人往后拖曳。

苍鹰出刀快，收势也快。青芒刀瞬间又归回刀鞘之中：“原来他与顾公子是朋友。我们要带人回去向将军复命，先走一步了。”

顾长明目不斜视，低头看着手中的铜牌。这铜牌半个巴掌大小，上面只有一个“景”字，这个“景”字和那管家皮靴上的“景”字一样。顾长明的瞳孔骤然收缩起来，盯着最后那一点。

顾长明的脚力极好，飞快追上了苍鹰的队伍。只见有人、有马倒在路边，那些人身上穿的正是护卫队的服饰，再往前一些，倒在路边的更多。苍鹰领队，另有十八人。

等顾长明终于听到兵器打斗声时，他看到了青芒刀的锐气，与方才苍鹰拔刀对着戴果子的时候一模一样。苍鹰就在前面的小树林中，他疾步而追。前面原本应该是一片桃花林，这个季节，无花无果，虬枝斑驳的桃树看上去格外丑怪。

苍鹰单手执青芒刀，背脊紧贴在桃树枝干上，一言不发，冷静地看着对手。鲜血蜿蜒，从他的左边肩膀一路而下，将青色的衣袍都染红了。

顾长明出手了，他没有一句多余的话，直接三招上去，把对方逼开，先确保苍鹰不会再受到攻击。

刚才戴果子问他的那句话，还真被说中了。顾长明对那个家贼下手颇重，第一次交手的时候，他感觉那人武艺不精，便没有把那家贼当成对手。转眼间，这人一连接了他三招，居然面不改色，还还了一招。

“他不知道一路下了什么东西，我们全中了招。”苍鹰认准顾长明是好人，撑着一口气也要把发生的经过如实相告。

“是我大意了。”顾长明嘴角微微上挑，“我只看到了皮相，况且你还故意卖了个这么大的破绽给我，生怕我看不出你是从裕景将军府上潜逃出来的。”

“什么，他不是金管事？”苍鹰左看右看，眼前的人明明就是金管事啊。

对面的“金管事”眼眸闪动，没有来得及掩饰。

顾长明足尖一点，腾身而起，顺手折了根桃树枝，手腕翻飞，树枝顿时冲着对手的脸皮而去。对手想要避开要害，但脚底下的步子却错乱，已然露出破绽。

“你与这件事情根本没有关系，为什么要苦苦相逼？”“金管事”感觉到树枝划开了他的脸，以顾长明招式的迅疾速度，怕是划开了七八道都不止。他的整张脸皮被树枝化成的剑气划得支离破碎，被风一吹，微微卷起，像是底下还藏着一张恶魔的脸孔，让人看了不寒而栗。

“露出你的真面目！”顾长明暴喝一声，衣袖飞卷，形成一道旋风，树枝从正中穿过，深深刺入对方的肩胛处，再对穿而出，激起一阵血雾后把“金管事”直接钉在了树干之上。

“金管事”的脸已经完全变了，本来是长脸细眼，笑起来挺和气，不笑的时候有些阴沉，此时此刻露出来的却完全不是中原人的长相。

“不是西夏人，也不是辽人。”顾长明想了想，“西南之陲，蛮荒之地。”

那人显然被他激怒了，挣扎着想要起来，却发现半边肩膀像是被锁住了一样，根本使不上力气。

“同样的错，我不会犯两次。你前头装得太好，我大意了。”顾长明看他的反应就知道自己猜对了，“既然不是西夏的，也不是辽人，我暂且可以留下你的性命，只要你告诉我，通天河上那些女尸都是怎么回事。”

苍鹰一脸的不解，这人也是一脸的不解，两人还挺有默契，同时开口问道：“什么通天河上的女尸？”

第八章 | 一线转机

“从通天河上游而下，漂到曲阳县的四具女尸，到底是怎么回事？”顾长明看到“金管事”的真实面容，脑中灵光一现。他想到那些女尸，容貌甚美，一个比一个艳丽，总感觉哪里不太对劲儿。

直到见到眼前人的五官长相，顾长明反应了过来，那些女尸都不是标准中原人的长相。虽然没有那么明显，她们又穿戴着平日常见的衣裙头饰，但多少还是与中原人有些差异的。既然如此，她们肯定与眼前的人有关。无论是唐县还是曲阳县，都是些流动人口很少的小县城。这些从西南来的人，突然同时出现，必有其内在的联系。

想到那些无辜丧命的少女，顾长明将树枝从“金管事”身上拔出，然后用血淋淋的树枝指着他的眼睛：“我再问一次。”

那人明明被顾长明的气势压住了，却还是坚持抬头正视着他的脸：“我不知道你说的女尸，我最近都在将军府，待了大半个月，出来两天，没来得及杀人。我要是真杀了人，在茶棚那儿，怎么可能主动和你们说话？又不是嫌自己的命太长。”

“大半个月？”顾长明确定了一下时间，见那人的神情不像作假。

苍鹰马虎地整理了一下伤口，又扑了上来：“你潜伏在将军府做什么？”

“将军府有钱，我想弄点儿好东西。”那人微微抬手把脸上的伪装彻底擦去，“如果不是我大意了，半个月弄到的那些珠宝首饰，随便找个当铺换成银子，够逍遥上一阵子了。”

顾长明把树枝拿开，看着他那张高鼻深目的脸，如果不是做贼，也算是相当年轻英俊了：“那你为什么会大意？”

“那个姑娘腰间的两块玉佩，还有她头上的发簪，一颗珠子有一个手指头那么大，”他的眼睛对值钱的东西过目不忘，“还有那剑柄上镶嵌的宝石。我一时贪心，想着这么娇滴滴的长相，就算是带着剑，能有多大的本事？”

“解药拿出来。”顾长明看他在怀里一通乱摸，然后拿出了个小瓶子，扔了过来，“这个就是解药？”

“拿过去在他们每个人的鼻子底下抹一下，一炷香的时间后，他们自然会醒过来。”他的身体摇摇欲坠，已经撑不住了。这人索性破罐子破摔，四仰八叉地在桃树下平躺。

“你伤的是手，可以自己走路，跟在我后面，抓紧。”顾长明没有多余的话，丝毫不担心他会溜走，“既然你不是金管事，那你是谁？”

“你可以叫我寸细。”他的伤口虽然包扎好了，但刚才失血过多，走得这么快有些头晕眼花。他实在跟不上了，肩膀的伤口牵扯得全身都疼，眼前一阵阵发黑。他不是软骨头的人，要不是真的撑不住，绝对不会张口求饶的。

“还有一点儿路，快到了。”顾长明看他伤口似乎崩裂开了，血又往外渗。他想了想才道，“你暂且在这里等着，我去找到同行之人，回头来带你走。”

寸细简直不敢相信自己的耳朵：“你就不怕我跑了？”

顾长明压根儿不给他怀疑的机会，人已经在三十步开外了：“你跑不掉的。”

等戴果子看到寸细的时候，扯了脸皮不够，还把寸细的头发全拉了一遍，实在没什么发现方才罢手：“我刚才看到的肯定不是这张脸，他是怎么做到的？”

“他有独门手艺，他会帮我们找到凶手的。”顾长明的话，寸细听了心里各种滋味，低垂着头不说话。顾长明继续说道：“那些女子都是无辜的，如果不早些破案，还会有更多的人死掉。”

他们重新回到官道上，寸细看了远远的河面一眼："你们说的女尸就是从这条河上游漂下来的？"

"是，通天河。"顾长明认真地回答他，既然寸细愿意协助破案，那么就应该给予尊重。

"你为什么认为我可以帮你，只是因为我是从西南来的？"寸细被他的认真触动，他们三个人如此奔波，是为了无辜死去的人。顾长明有句话说得不错，他不是个十恶不赦的人，也不想杀人。

"你给将军府护卫下的不是毒。"顾长明一开始就觉得哪里不对劲儿，后面变故太多，他始终来不及细想，刚才留下寸细，他一个人返程的短短时间，他想清楚了，"那是一种蛊。"

"姑娘，我就是想看看你的佩剑，没有其他的意思。你看我这半边肩膀都被顾公子给废了，要是我敢逃跑，他会把我的腿也打断的。"寸细见柳竹雪粉脸浮现红晕，心说中原的姑娘果然是标致的。哪像在他的家乡，女娃娃一个比一个凶悍，比男人有过之而无不及，他长这么大还没见过会脸红的姑娘。

"柳姑娘，让他试试。"顾长明摊开手掌，有他做担保，柳竹雪毫不犹疑地取下融雪剑，交在他手中，"我只给他看一眼，立即交还。"

寸细把融雪剑抢在手中，"铮"的一声抽出长剑。雪光一亮，半映着顾长明的俊容，剑刃离他的脸不过分寸之间，他连眼睫毛都没有动一下。

"看完了。"寸细重新把长剑收入剑鞘中，"剑鞘上有一颗犀角，对别人的蛊虫，我不敢说，对我养的蛊虫却正好是克制之物。也难怪我的那些小宝贝见着姑娘，只会装死了。"

寸细的手一伸，手腕位置有一段皮肤露了出来，那上面似乎爬着几只大小不一的虫子，见光畏惧，很快又躲了起来。

对蛊虫这一块儿，顾长明毕竟比不得白、苗两族的人。他曾经在自家府中的一本藏书中，见过部分描述，今天一见又觉得比书中描写的神秘有过之而无不及。

"寸细，如果是别人下的蛊毒，你看得出来吗？"本来顾长明脑海中有各种凌乱的线索，随着遇到的状况越多，线团仿佛滚雪球一般，越滚越大，很难控制了。

与寸细的意外相遇，反而像是一线转机。以前顾长明听人说起塞翁失马，焉知非福，最多微微一笑，今天落在自己身上，才深有感触。

“谁？谁也被下了蛊毒？”寸细眯起眼来，在他们三人身上转了一圈，尽管有些不确定，他还是锁定了柳竹雪，“要是中了蛊毒，那么只有这姑娘身上还留有一点儿蛊虫的气息。”

“你还有其他同伴也到了中原？”顾长明不给寸细多盘算的机会，单刀直入地问道，“把你知道的原原本本地告诉我们，不要有隐瞒。”

“哪里有那么多同伴？我就一个人。”寸细连忙举起三根手指，慎重地答道，“我肯定是没有见过其他的相识，虽然这位姑娘身上留有蛊虫的气息，白、苗两族向来各不相干，我是白族，万一对方是苗族，我哪会认识啊？真正是冤枉到家了。”

“顾公子，先去唐县，还是回曲阳县？”戴果子拿不定主意了。唐县暂时没有明确的线索，不过他也不想半途而废。

“带着他到唐县，然后再返回。”顾长明心底隐隐有种感觉，唐县并非两个衙役回来传话的那样毫无发现。如果没有那第四具女尸的话，他可能会以为案子就此了结了，如今算来，还远无止境。

“寸细，你想想看，有什么蛊虫会在尸体上留下虫卵的？”顾长明慎重地问道，“接触过尸体的人，身上会长出掌纹红斑，奇痒无比。”

“他摸了不该摸的地方吧？”寸细眼珠子溜溜转，一脸的坏笑。

顾长明把车窗掀开，让外面的风呼呼往里面吹。河边的风大，加上马车的速度，吹得每个人都精神一振。

“依我看外面那条河没什么特别的，怎么会有人成群结队地死在里面？”寸细不敢笑，他生怕又被戴果子打。这还是中原人的官差吗？完全不讲道理，想掐就掐，想打就打。他还是个外乡异族人，万一被打死了，随便往哪个犄角旮旯里一塞，谁会来找他？一想到这种客死异乡的可能，寸细缩了缩脖子，安分了。

顾长明索性转过头去看着车窗外的河面，通天河的这一段似乎要比曲阳县那里湍急些，河面上的水波像是借着风在往前滚动着，一刻都不停留。

这样的河面，如何能让尸体完好无损地漂流到曲阳县？特别是最晚出现的那具女尸。那尸体真是最好看的尸体，连神情都安逸得不像死人。到底用的是什么法子？

顾长明在心里盘算过几十种可能，总觉得有破绽说不过去。他忽然无比期待出现第五具尸体，让他能够在第一时间找到问题之所在。但是这样的念头很快又被他压制了下去，一个破案的人，怎么能够因为悬案而期待死更多的人？如果被父亲知道他此时此刻的心态，恐怕要让他面壁思过三天三夜都不止。顾长明想到那个对自己格外严厉的父亲，心生担忧，外头的人还不知道顾武铎无声无息地失踪，已经有一段时间了。

若非接到师兄的传书，顾长明或许会去往另一个方向，目的都是寻人。父亲，应该还安好吧？师兄怎么至今还没有出现？也没有新的口信传来？

“顾公子，顾公子？”柳竹雪连唤了两声，不见顾长明有所反应。她很识趣地住了嘴，他一定是在思索非常重要的问题，这种关键时刻，最是忌讳有人从中打扰的。

顾长明的目光从绿波点点的河面上收了回来，微微合起眼，修长的睫毛齐刷刷地扇动，仿佛是一只鸟雀在疲倦的时候收起的羽翼，异常俊美。

第九章 | 无人之境

马车中一时间安静了下来，其余的三个人都在看着顾长明，从眼神可以看出他们各自带着心事。

顾长明旁若无人，把四具女尸的情况按照顺序，在脑海中又过了一遍。从衣饰到发髻，每一张脸上都化过淡淡的妆容，这些都代表着什么？

掩饰，顾长明脑海中跳出这么两个字。美丽的女尸，让人惋惜而惊艳，却也让人在第一时间忘记考虑最基本的东西。这些人为的添加，把她们的真实身份完全掩藏，她们就像是从开封府城门口路过的任何一个美丽的女子。或者是去城外走走，或者是才从亲戚家回来。

不，这些都是错觉，极大的错觉。

顾长明再睁开眼的时候，眼底似乎有星光凝聚，在车厢中逼得其他人不能直视他。

“顾公子，你想到了什么？”柳竹雪看出他这样短短一瞬的异样，仿若是高僧顿悟一般，必然是有所发现了。

“到了唐县，帮我找一个这样的人。”顾长明扬起眉头，神采奕奕，“他能找到当地最好的裁缝，知道各大城镇中最流行的衣服花色、胭脂水粉，必然有这样一个人。”

“找这样的人做什么？”柳竹雪猜不出来，也不避讳直接问了出来。她又不是捕快，更不是破案的高手，她就是一边看热闹，一边来帮帮小忙，开开眼界的。

寸细也没听懂顾长明的话，戴果子给了他一个眼神，里面写着三个字：乡巴佬。

曲阳县虽然是小县城，但戴果子并不是井底之蛙。所以顾长明这样一说，戴果子的脑子里跳出来的那个地方，似乎有些奇怪。

“你想到了什么，可以说说看。”顾长明没有一点儿倨傲的样子，从头到尾都温和有礼。

“你刚才说，要知道时下最流行的衣服花色、胭脂水粉的人，我倒是知道唐县有这么一个好地方可以找到这样的人。”说“好地方”三个字的时候，戴果子的眉毛尖轻轻地挑了一下。

柳竹雪看着眼前的红粉青楼，二楼的窗户半开，有些长相艳丽的女子有意无意地露出半张脸。大概其中有一两个看到了她身边的顾长明，隐约有尖叫声，然后那扇本来还紧闭着的门居然自己打开了。

“柳姑娘不能进去。”顾长明深吸一口气，他是个男人，不管想没想过要进去，男人都知道这种地方。

“只是办事的话……”柳竹雪微微斟酌，如果要和寸细单独在一起，她宁愿跟着顾长明他们进去。

“办事也不能去，要顾及你的名声。”顾长明向四周望去，嘴唇微微上挑道，“那里有个喝豆花的摊子，你去喝上一碗，慢慢吃着等我们出来，我们争取速战速决。”

戴果子把人带到这里，想过没准儿会被顾长明劈头盖脸地训一顿。他像是个做恶作剧的孩子，想看看世家子弟进花楼会是个什么样的脸色。顾长明的镇定出乎他的意料，这么说来，顾长明是赞同他的想法的。

柳竹雪不明所以地看着不远处那个豆花摊，毕竟眼前是唐县最好的花楼。周围有饭馆，有成衣铺，为什么顾长明单单选了个连顶棚都没有、风呼呼吹的小摊子？

她是第一次离家出走，还没有在这种路边的小摊子吃过，目光停留在那些油腻腻的桌椅上，怀疑自己没有勇气坐下去。

“那豆花摊一看就是本地人的营生，你看那锅、那碗，少说是十年以上的旧物。而且那里四面都透风，走来走去的人看得清楚，一点儿小动作都不能做。”顾长明特意解释给她听，眼睫一扬，又看花楼的二楼，“等会儿我们进去，从楼上还能盯着这里，你会比较安全。”

“这里能有什么不安全？”戴果子不是想要给唐县的治安说好话，不过他三年内也没听过这里出过什么意外，和曲阳县一样，就是个安生太平的小地方。

“哪里都不安全。”寸细有胆子接话，没胆子看戴果子，生怕对方一巴掌又拍下来，虽然不至于受伤，但他脸上的巴掌印还没有淡下去，总归不太好看，“你们都说河面有死尸漂来漂去的，而且都是美人儿，眼前的这个美人肯定比我们都危险。”

柳竹雪一点儿都没迟疑，莲步轻移到了豆花摊前，细声细气地说道：“给我一碗咸豆花。”

她这么走过去，旁边那些男人，老的小的，眼睛都看直了。幸好柳竹雪是那种大家闺秀的美貌，一般人是生不出什么邪念的。豆花摊的老板娘直接把自家汉子挤开，亲自给柳竹雪盛了一碗咸豆花，佐料放得足足的，碗面上堆得小山一样，还让她慢慢吃。

老板老实地抓了抓头，没明白自家婆娘的意思，平时不是让客人吃得越快越好吗？老板娘瞪了他一眼，这样的美人坐下来，没瞧见旁边那些空着的桌椅全部都坐满了人？美人可以慢慢吃，慢慢坐，其他的人吃完就快走，除非再加一碗。

顾长明见柳竹雪被陌生的当地人里三层外三层地包围，反而更加放心了。这么多双眼睛帮忙盯着，即便有人想对柳竹雪不利，暂时也挤不进去。而且豆花摊的老板娘一双眼就差贴在柳竹雪的背后，这一举一动都瞒不过她那双见惯人的眼睛。

“三位爷脸生得很，恐怕不是唐县本地人吧？”一股浓郁的香气从一个穿红戴绿的妇人身上飘过来，她的眼睛对着顾长明的时候，里面就差要生出钩子来了。什么叫英俊多金，啧啧啧，应该让楼里的姑娘都来看看，这一位才配得上这四个字。

“大白天的，你们也开门做生意？”戴果子笑嘻嘻地往前挤，寸细老老实实地躲在最后面——他们族里的男人一辈子只能娶一个媳妇，这种场合肯定是不敢来的。

那妇人显然对戴果子没多大兴趣，笑嘻嘻地上前要抓顾长明的手。顾长明的手一抽，哪会让她抓住？对方还不信邪一连抓了三次，再低头看着自己空空的手，呆住了。

“我这位兄弟有些事情想要进你的花楼找人商量。”戴果子见顾长明脸上不动声色，眼底还是有些嫌弃的，没关系，正人君子不喜欢的，他才喜欢，“要是帮他把事儿解决好了，银子绝对不是问题。”

这话说得太过隐晦，妇人明显是想错了，用手中的帕子把鲜红的嘴巴挡住，不停地笑：“他这是有身上的毛病解决不掉，所以来这里取经了？不妨事不妨事，只要到了我们这里，保管什么都能给解决好了。回去以后，再没有可犯愁的。”

这一下，连寸细都看到顾长明的嘴角抽了两下，被当成销金窟里的冤大头没关系，要是被花楼里的人错以为身体有什么隐疾，消息一传十、十传百的，到了谁的耳朵里都不好听。

顾长明不解释，有些事儿越描只会越黑。他掏出一块银子，抛给妇人道：“在门口站着说话，是你们的待客之道吗？”

“对对对，我今天见着贵客太高兴，居然把自己的家门都给堵住了，三位请进。”妇人把手上的帕子在半空中一挥动，“上茶，上好茶，让莺莺和巧巧先过来陪着。”

顾长明长腿一迈，跨了进去。两扇门在他的身后合上了，妇人生怕他不乐意，赶紧解释道：“三位大概是第一次来，不知道我们花楼的规矩，平日里是要天色黑了，挑亮了楼外那两只红灯笼才迎客的。三位出手这么大方，我才破一次例。”

妇人把他们安置在偏厅中，果然有两位年轻的女子前来沏茶。戴果子给了顾长明一个眼色：这是唐县中有名的好地方，和开封府的相比如何？

顾长明虽然没有进过花楼，但多少还是了解一些的。越是高档的花楼，越不会上来就把客人往屋子里带，讲究的是个情调，弹弹琴、唱唱曲什么的。等他想明白戴果子眼神暗示的意思，差点儿没把案几的一角捏下来，开封府的花楼，他没有去过，所以无可奉告。

莺莺擅长茶艺，一把香玉小红壶，把三人面前的茶杯斟满，正好与杯口齐平，一分不多一分不少。巧巧进屋的时候，双手已经抱着琵琶，端坐在一旁，等着客人点曲子。

顾长明的目光从莺莺的发髻扫视到巧巧的裙摆，一点儿细节都没有放过。那妇人本来以为他是个初来乍到的，没想到他看人如此老到，而且进屋以后始终一声不吭，心中暗想，莫非他是觉着进屋来陪的两位不合胃口？

方才顾长明给出的银子足有五两，虽然她在花楼见惯了出手大方的，不过结合着他的人品，又不太一样了。妇人清了清嗓子，刚要开口说要是不喜欢莺莺和巧巧这样的，楼中还有其他各色的，可以随时换人。

“你梳的这发髻有什么名堂？”顾长明问的是抱琵琶而坐的巧巧。

巧巧已经准备好起身走人了，被他一句话问得直接又坐了回去：“公子是问这流云长仙髻吗？”

“原来是流云长仙髻，我只是瞧着好看，没想到名字也好听。”顾长明温和的声音十分动听，既有世家子弟的从容，又有翩翩公子的优雅。

巧巧一听这话，眼睛都亮了：“虽说唐县是个小地方，却也有特别之处。这流云长仙髻，上个月从唐县开始，听闻如今连开封、洛阳那样的地方都流行起来了。”

顾长明点点头，表示对她的说法很认同。戴果子在旁边摸着鼻子笑，长明公子装什么都自有一套，那双眼看女人的时候，估计没几个女人能够扛得住。

莺莺听顾长明只问巧巧，哪肯放过。她将手中的香玉小红壶轻轻放在桌角，未语先笑道：“那么公子可认得我身上穿的这一套衣裙，是什么名堂？”

顾长明自然是不知道的，他轻轻摇头道：“看着是很好，却是不知名称。”

“这是唐县十天前才出的新样子，起的名儿更好听，叫作黄莺鸣柳装。”莺莺说的时候，神情里带着一点儿骄傲。这衣服与她的花名正好相合，别人也穿不出她的味道。

黄莺鸣柳，顾长明看着那鹅黄色的上衫，底下粉绿的百褶裙，真是很形象、很贴切，道：“果然很有意思，我倒是想问一句，这些都是两位姑娘自己想出来的？”

这话就问到点子上了，莺莺和巧巧齐声娇笑道：“我们哪有这样的本事？还不是柳相公的功劳。若是没有他在唐县，我们也没有如此的好福气了。”

顾长明没有多余的话，又拿出银子来，同时人已经站了起来：“行，既然如此，请你们引见，带我去见见这位雅致过人的柳相公。”

在花楼里，银子最大，莺莺和巧巧相互交换了一个眼神：“原来三位是来找柳相公的，那这些银子恐怕是不够用的。柳相公做出的事情虽然雅致，性子却是最市井、最俗气的。找他说话不难，三百两银子，见你们其中的一个人。”

第十章 | 画册

戴果子一听要三百两银子，直接冷笑：“没有银子不见人是吧？”他的桃花眼里透出了点儿戾气，案子破不了，又没头没脑地跑腿儿，这是个什么见鬼的地方，见个男人也要花三百两？捕快的月俸才一两三钱，难道要他存十年的银子，来看一个人？哪怕顾长明有银子，他也不愿意做这样的冤大头。

寸细在旁边低头默算三百两银子能有多少。他在裕景将军府上蛰伏一个来月，做了一个来月下人，偷出来的首饰折合折合，有没有三百两还是个未知数，中原的日子艰难，他今天算是领教了。

“不给银子，你们难道还想……”莺莺的话语还没说完就被自己的尖叫声打断，她没有想到出手的是那个看起来丰神俊朗的公子，旁边两个看着穿戴寒酸的，她以为是跟班呢，就没有当回事。

顾长明站起来，气定神闲地一脚把屋子正中的那张雕花八仙桌踢出了屋子。本来桌面就大，要小心翼翼才能从门口搬出去，他这一脚的力道太大，连门框都被踢得木屑飞溅。八仙桌出了门，余力不减，在走道上磕磕碰碰弄出了巨大的声响。

这时午时已过，花楼没有正式迎客，否则的话，怕是能惊动不少人出来看热闹。

莺莺尖叫过后，不敢再有其他举动了。这三个人摆明着是来砸场子的，他们到底要的是什么？直接说出来，不要误伤无辜才好。

戴果子差点儿要起身给顾长明拍手，他做了这么凶残的事情以后，单手负在身后，依然是云淡风轻的神情。这种表面上的功夫，别人想学都学不来。不错，真不愧是前提刑官的公子。

“公子，你……你是找谁来的？”巧巧见这样大的动静，也没人来救一救，只能自己硬着头皮问道。她怕等会儿这位公子不开心了，把她们两个人都从门口踢出去。

“把他喊出来，马上。”顾长明的态度很明确，“相同的话，我不会说两次，听见了就马上去做。”

“我……我去喊人。”莺莺抱头而逃，听声音仿佛是从楼梯上一路滚下去的。巧巧慢了一步，正在犹疑要不要慢慢蹭到门口，一走了之。无冤无仇的，这一位看起来气派这么大，总不能和两个女人过不去吧。

顾长明不会拦着，不代表别人不会。巧巧看到戴果子笑嘻嘻地伸出手臂把破掉的房门一挡，头皮都发紧：“我……我也去看看能不能早些把人请过来。”

“柳相公，就住在这里吗？”戴果子认真地问她。

“是，就住在这里，后院，单独住。”巧巧一句话分成四五下才勉强说完。

“你说，我们要不要过去找他？万一这老小子听闻消息跑了呢？”戴果子很客气地征求顾长明的意见，顾长明刚才的一脚实在是太对他的脾气了。

“不用，我们就在这里等着。”顾长明重新坐回去，把案几上的茶盏端起来，送到嘴边喝了一口。那人要是跑了，才更有意思。再说了跑得了和尚跑不了庙，聪明的人都懂这样的道理。

“还不过来沏茶？”戴果子决定今天都听顾长明的，大大咧咧地往他身边一坐。

巧巧本来想说，莺莺才会沏茶，平时她只负责弹琵琶，但眼下情况特殊，这话她是肯定不能说的，低眉顺眼地上前往三人杯中又斟满了茶，老老实实在角落里站好。

顾长明的手指在桌角有节奏地敲打，一下、两下的。戴果子听着，怎么还带个回音？凝凝神才发现，回音是从外面传来的，有人拾级而上，往这边来了。

“好大的火气，好俊的功夫。”一个身形清瘦的男人出现在门口，嘴角含笑，看看八仙桌，再看看门框，最后把目光停在了顾长明的身上，“楼子里的姑娘都被吓得不轻，闭着门不敢出来了。这位公子芝兰玉树一般的人物，怎么不明白怜香惜玉的道理呢？”

顾长明抬起眼，与男人的目光在半空中碰撞：“我原来也想怜香惜玉一番的，但是美人漂在河面上，统统都成了尸体，让我心里不太舒服。活人要哄着，那死人呢？”

柳相公的脸色微微一变：“尸体？你们是衙门里的人？”

戴果子想，这男人果然很聪明，很会动脑子，不知道为什么会待在花楼里过日子，成天被莺莺燕燕包围着，岂非埋没了人才？

“三百两不是小数目，要是官府查案还要出银子，那么穷苦百姓的冤情就更加控诉无望了。”顾长明朝着戴果子使了个眼色。两人还挺有默契的，戴果子马上取出曲阳县县衙的令牌，放到对方面前。

“公子说得是。这三百两的数目也是柳某人不想阿猫阿狗都见，才随口定下来的规矩。如果是正经要事，我宁愿给上三百两银子，给无辜受害者一个交代。”柳相公轻轻扫了一眼戴果子的手，“可我还是不喜欢看官府的东西，请收回吧。”

“你不怕我们是冒充的？”戴果子挑衅地笑着问道。

“冒充官差讹要银子的，我见过；冒充官差要破案的，大概是没有的。”柳相公对着顾长明很客气地拱了拱手道，“在下柳三，这一间屋子破破烂烂的，扰人清闲。请几位跟我换一个好地方，再闻其详。”

戴果子的嘴巴动了动，顾长明根本不是官府中人，要是算起来，他还真就是那个冒充官差来破案的。孙知县从头到尾也没求着他来协助，所以这个柳三还是说错了。

既然柳三客气，顾长明自然不会再动手，四人换了房间，换了茶水，其他不相干的人全都退了下去。

“这一个月里，有人愿意出三百两来见一见你？”既然把话挑开了，顾长明单刀直入想问个清楚。

“有时候大半年也没有一个，上个月真是奇怪了，居然有三拨人都花钱来看我。”柳三低头轻笑，他真是瘦得太单薄了，一张脸更是白得有些病态，但是他端坐在顾长明对面，戴果子一点儿也不敢轻视他，随随便便就能赚小一千两银子的人，怎么能够轻视？

“三拨人，他们来见你的目的各不相同？”顾长明看人很准，他知道柳三既然现身，就应该不会撒谎。他都已经说明是为了无辜女子被杀的案子，如果柳三还要掩饰，那就十分无趣了。

“都被你说中了，其中两拨人还问了我一些话。第三拨人直接坐在我对面，看了半个时辰，看得我后背脊发凉，才走了。”柳三笑着饮茶，“所以说银子也不是那么好赚的。”

顾长明立刻把不说话的那一拨人给排除在外了，柳三虽然精通女子的妆容打扮，自己穿着却十分随意，身上的一袭青衫宽大，更显得身材伶仃：“那两拨人问了你什么，可否告知？”

柳三沉默了一下，很快闷声笑起来："我要是不说的话，这次你会不会把我从窗口踢出去？"

"公事，不开玩笑。"顾长明知道线索可能真的在这里了，"我想问是不是有人求了最近流行的发髻式样、衣服花色，诸如此类的。"

柳三收敛起了笑容："原来你都知道。"

"口说无凭，你还给了对方相应的画册。"顾长明的视线从柳三的手指上收回来，这双手一看就是擅长墨宝的，想必是写字作画无一不精通。

"公子真是让我大开眼界，请继续往下说。"柳三这样一说，等于是默认了顾长明的猜测。

"你另外收了一大笔银子，为了给对方个交代，画得非常认真仔细，并且言明只要照着你画的穿戴，必然就是街上惹人不断回首的美人儿。对方大喜过望，随即辞行。"顾长明越说越顺溜，"可你也没有想到，对方拿了你的画而去，并不是给活色生香的美人打扮，或者说那些美人穿戴起来的时候，还是活着的，穿完却死了。"

柳三的脸色终于阴沉了下来："死了几个人？"

"四个。"顾长明的话听起来平平淡淡，却像是锐利的针尖，直刺在柳三的胸口，"敢问你为他们画了几幅像？"

"五幅。"柳三站起来的时候，仿佛是没有站稳，飞快地用手扶了一下身边的桌角，"这些画不是专门为谁而画的，我平日里无所事事，闲得发慌时也会作画。你们等一等，等一等，我去看看是否有相同的底稿。"

"你还记得是哪五种打扮？"顾长明算是用话语激将柳三了。

"我自己作过的画、写过的字，从来不曾忘记。要是找不到一样的底稿，我立时再给你画出五幅一模一样的，就当是给你一个交代了。"柳三跌跌撞撞地往外走。

顾长明看出了他内心的激荡，偏偏在这个时候，又补了一句道："不知道你画这五幅人像收了对方多少银子？"

戴果子见柳三来的时候侃侃而谈，弹指间被顾长明压得情绪低落至此，他吧唧了一下嘴，道："他应该也不知道，人家拿了那画是去杀人的。"

顾长明抬眼看着他："谁告诉你，是去杀人的？"

第十一章 | 拿剑的姑娘

戴果子现在对顾长明的信任度上升了好几级，要是换成刚认识那会儿，他肯定已经拂袖而去，哪会在这里听他神神道道的。

他按捺着性子仔细问道："没有杀人，那四具女尸是从哪里来的？"

"果子，你记得那些女尸身上的穿戴吗？"顾长明说这话的时候，眼睛始终看着门口。

连在旁边的寸细都听不下去了，一个问题解决之前，能别立刻问下一个问题吗？特别是他这种半途才参与进来的人，脑子里都是浑水，想不出正确的答案。

戴果子憋屈地回道："记得，特别是前面三具女尸，我闭着眼睛都能描述出来。"

"其中有一具是不是和刚才的莺莺特别像？"顾长明明显也在回忆中，他到达现场略晚，分不出那三具尸体的先后顺序了。

顾长明不提，戴果子还真没想到，如今一想，那尸体和莺莺还真是从发髻到衣裙，连配饰都相差无几。要是莺莺倒在那些女尸旁边，他根本分不出谁是谁了。

"除了妆容都很像，毕竟是经过水面的冲刷，再好的胭脂水粉都无法保留了。"顾长明见柳三快去快回，手中捏着几张宣纸。他直接伸手要过来，一幅一幅对比，其中有三幅和女尸的装扮一样："只找到四张？"

"嗯，我明明记得五张都是放在一起的，怎么就少了一张？"柳三努力想要解释，"我真不知道这些画会被拿去当成'凶器'，那些女子都已经救不回来了吗？"

"救不回来了，打捞上来的时候就都咽气了。"顾长明单单把那张和三具女尸不一样的拿出来比对。

"溺水而死的？"柳三是真的懊恼，他蛰伏在花楼中，吃吃喝喝，写字作画，以为这辈子能如此混沌地过去了，看来躲不过去的，终究是躲不过去。

"不是溺水，女尸腹中没有积水。至于死因，我找了另外一个高手，他应该能够给我详尽的答案。"顾长明头也不抬，指了指缩在旁边的寸细。

"他不是中原人。"柳三的注意力微微分散了一点儿过去。这个人的存在感真弱，三个人应该是同时来的，他居然想不起来还有这么个人。

“眼光不错，他从西南边陲之地而来，想要做些小买卖。”对顾长明而言，寸细在裕景将军府做的那些小偷小摸的事儿，不算什么。如果能够协助破案，他会给寸细这个人情。

寸细一脸哭笑不得的表情，又不能否认他的话，连连点头应道：“我来做些小生意，不过没做成，如今本金都赔进去了，准备打道回府了。”

“这张看起来有什么不同吗？”柳三看顾长明只在一张画纸上反复确认。

“这张上面的人，我没有见到。”或许说马上就会见到？顾长明匆匆把画纸收起来，对柳三客气地行了个礼，“既然该问的已经都问到，我们便不多打扰了，这楼子里晚上还要做生意的。”

柳三哪还有心情说生意，整个人都恹恹的：“没见过的这个，是接下来要死的那个？”

顾长明给了他赞许的目光，然后看了看戴果子。戴果子傲娇地把脑袋扭过去，人家随便画一画就是上千两银子，别说他比不上，顾长明也没有这样好的营生。

“那我们就先告辞了。”顾长明带头走人，柳三说什么也要把他们送到花楼门口。

“哎，你不问问那些来找他的人，长什么样子、有什么特征，就这样走了，也太可惜了。”戴果子不懂顾长明的做法，柳三可以算是亲眼见到线索的证人，一句话不问就走了？！

“你可以问的。”顾长明的嘴角微扬，看起来有种别样的冷峻。

戴果子一听他的话，不客气地挡在柳三面前：“喂，我问你，找你画像的人什么长相？什么特征？一共多少人？”

“刚才那个姑娘不是说了，三百两银子只能见一个人。”寸细在旁边好心地提醒道。

戴果子瞪了他一眼：“你不说话没人当你是哑巴，给我闭嘴。”

“这个我不知道，来的人全身黑衣黑袍，连眼睛前面也用黑纱遮挡住了，根本不想让我看出来历。”柳三的话让戴果子一怔，难道说顾长明已经算到了，所以才没有多嘴问这一句？

“身高胖瘦呢？”戴果子咬着后槽牙，今天务必要问出些什么才对得起自己。

“身高胖瘦可以伪装，一双鞋子里垫上东西，立刻身材拔高。衣服里多穿几层，看起来也会异常魁梧。”这时柳三眼角一挑，露出个像狐狸一般的狡黠表情，“我只能肯定这人是个女的。”

“你怎么能够肯定？”戴果子已经快走到楼梯口了，被身后的顾长明不客气地飞起一脚，踹在膝盖后面。要不是他眼疾手快地抱住了旁边的围栏，能一股脑儿滚下去。

“行了，这么蠢的问题不用多问。他在花楼里见过的女人比谁都多，他说是女的，就是女的。”顾长明见戴果子跳脚要发作，一句话把他的怒气全部给压了回去。

戴果子垂头丧气地应了一声，顾长明说得也有道理。柳三在纸上寥寥几笔能够把一个美人的神韵全画出来，这人这辈子不知道见过多少形形色色的美人，他又如何能够与之相比。

“走这一遭，还是有些收获的。”顾长明把第四张美人图深深地拓印在了脑海之中。

柳三一直把三人送出花楼门口，又殷切地说明，要是有用得上他的地方，随时可以过来找人。

“不要三百两银子的见客费了？”戴果子念念不忘这个，又拿出来怼他。

“要是你以后喜欢什么姑娘，感觉心中没有把握的话，尽管来找我。我一定会为你出谋划策，帮你抱得美人归。”柳三的一张嘴，也不是省油的灯。在他的笑声中，花楼的门静静地关上了。

“吃瘪了吧？”寸细看戴果子又气又恼，好像要冲回去打人的样子，心情别提多好了。让你打我巴掌，让你对我这么不客气，也会有人给你点儿颜色瞧瞧的。

“柳姑娘呢？她在做什么？”顾长明轻轻的一句话，把两人的注意力又给勾了回来。

戴果子莫名地一紧张，豆花摊早就没有客人了，老板正在往回搬桌椅，哪还有柳竹雪的身影？

“人不见了！柳姑娘不见了！”戴果子惊慌地喊起来，扔下两个人朝着豆花摊狂奔。

“我怎么有种预感，他很快会来找花楼里的那个柳相公？”寸细眯起眼来笑道。

“该闭嘴的时候，不要多话。”顾长明的眼力比戴果子好多了，豆花摊上是没有人，旁边还有个茶馆，开着门做生意。柳竹雪坐在靠门口的地方，虽然她的背朝着外面，但从他的这个角度看过去，还是可以很清楚地看到柳竹雪的裙子的。

戴果子就差把豆花摊的老板拎起来拷问了："我问你，刚才那个姑娘呢？！"

老板娘一看有人欺负自家相公，可不买账，走过来拉扯戴果子的手："你找姑娘抓住我相公做什么！旁边那一间里面才都是姑娘。"

"我问的是那个穿浅绿衫子，手里拿着一柄长剑的姑娘。"戴果子急得差点儿结巴了。这里不比曲阳县，要是柳竹雪出了什么事，他要去哪里找人？

"哦，拿剑的姑娘啊。"老板娘双手往胸前一抱，斜着眼看茶馆那边，"我和她说摊子要收了，她给了我双份的钱，去茶馆那边坐了。"

茶馆……戴果子稍微转了一下头。柳竹雪应该是听到他们说话的动静了，起身转过头来，朝着他们挥挥手，示意她换了个地方等人，没有到处乱跑。

"查到什么线索了吗？"柳竹雪没有看出戴果子脸上的尴尬，她是真没往那处想，只是瞧着三人的表情各有各的精彩，不管是好消息还是坏消息，应该都有收获。

"有，有人在前几天求了当下最流行的女子穿戴打扮的画册，其中有三张与通天河上漂过来的女尸基本符合。"顾长明的脑海中已经绘制出阿六给他看的水路图。

从唐县到曲阳县，水路不算长，那些女人是从哪个位置落水的？

"那我们接下来要去哪里？"柳竹雪付了茶钱，还给他们买了些茶点，"要回去吗？"

顾长明一双眼盯着她，默不作声。他的眼睛漆黑幽深，专注地看着一个人的时候，仿佛能把对方的神魄都给吸进瞳仁之中。柳竹雪被他看得双脚定住，一动也不敢动。

"顾公子，你为什么这样看着我？"柳竹雪还没有被哪个年轻俊美的男人这样看过，双颊慢慢浮起一层红晕，从她雪白的皮肤底下透出来，说不出的娇美。

"你看这个。"顾长明把第四张画像递给她，戴果子和寸细一起探头过来，到底是要看什么？

"这个和她的穿戴也不像啊。"寸细抓抓头发，"头发也不太一样。"

"我们第一次见到柳姑娘的时候，她穿的不是身上这套衣服。"戴果子想起来了，"她那时候梳的头发、穿的衣裙，除了颜色不同，和这画像上的几乎一模一样。"

第十二章 | 画中人

柳竹雪一听和她有关，紧张地从顾长明手中抽出画纸来。还真是被他们说中了，她自己的衣服、梳的发式，她还能不记得？这画纸上是水墨颜色，看不出衣服的颜色，否则她也要以为画的就是自己了。

“要是这样算来，那你进入曲阳县以后，两次差点儿被人暗算倒是找到了原因。”顾长明本来想不明白，柳竹雪初来乍到的，怎么会被人盯上。她本来就是那种很少出门的大家闺秀，要不是他们以前见过，他都未必能够认得出来。

“第一批被抓到的人还在曲阳县的大牢里关着，说明这是团伙作案，孙知县交代了要好好审问的。”戴果子想到柳竹雪被人控制了心智，差点儿误伤他，心有余悸，“能找到根源才好，免得无缘无故又遭人暗算。”

“如果他们是错把柳姑娘当成了其中的一个，那么真正和画中人一样的人又在哪里？”顾长明抱着能救一个是一个的心态，要是最后这个能够脱离魔掌，那么前面四个也不算白死。

“满大街的年轻女子，这该死的画像上又没有画着脸。她改头换面，另外穿一套衣裙，我们如何能够分辨得出来？”戴果子比谁都更想抓到女尸案背后的黑手，奈何他心有余而力不足。

“以曲阳县知县的名义，去找唐县的知县，派出两边所有的人手。百步一人，把通天河这一条水路全部看住，然后守株待兔。”顾长明用的反而是最简单的法子。

戴果子一听，虽然排场大了些，却是最管用的：“那行，我去唐县县衙，你们回曲阳县。”

顾长明看向柳竹雪，寸细他是肯定会带走的，柳竹雪或走或留由她自己决定。戴果子看柳竹雪犹疑了一下，连忙把她往回推：“我一个人去唐县，办事还利索点儿。你还不知道会不会发病呢，跟着顾长明才好，至少他能治得了你。”

柳竹雪心细，本来担心戴果子忙不过来，想留下来帮他的。听他这么一说，她气得话都说不出来了，扭头就走，活该这家伙来回跑，忙死算了，她的好心绝对是被当成驴肝肺了。

“你自己也小心。”顾长明留下这句话，刻不容缓地跟上了柳竹雪。

寸细站在原地，贼笑着道：“你明明是心疼那个小妞……”

戴果子依然不和他客气，一脚踹过去，把寸细踹得像个球一样滴溜溜地往前滚。顾长明听到动静，转过头来看到寸细滚过来，哭笑不得地伸手抓住衣领把他拎起来：“对付裕景将军府护卫队的时候，我看你的身手极好，不可能打不过戴果子的。”

“我如今是戴罪立功的时候，肯定要做到打不还手、骂不还口的，否则回头你们还不是要和我算账。”寸细说得头头是道，“好歹是跑到将军府捞了一笔，不立个大功，恐怕你也未必能够赦了我的罪。”

“你倒是想得明白。”顾长明的手一松，“你要是一直这么清醒，也不会干出那样的蠢事了。”

“一点儿也不蠢，要不是遇上你们，我压根儿不会失手。”寸细搓着双手道。该怎么说呢，他本来以为在将军府捞一笔是不错的买卖，但看到那位柳相公他才知道，山外有山，楼外有楼。人家这银子来得太容易了，他蹭到顾长明身边，讨好地笑道：“我看那个柳相公挺给你面子的，要是事后我将功折罪了，你能介绍我进花楼，跟着他做事吗？”

顾长明理都不理他，径直往前走。就算走这么急了，柳竹雪还走在前面很长的一段距离呢。峨眉派的轻功，果然是一绝。

“我是认真找你商量的，你倒是给句话啊。不行也没有关系，我可以试着问问。”寸细跑得两条小腿都快抽筋了，怎么也追不上前面的两个人。他就不明白了，他可是有罪在身的，不给他上个镣铐链条的，就这么放松着，顾长明真不怕他中途跑了吗？

寸细想到这里，心里一动。戴罪立功固然听起来很美好，但毕竟还有个罪名在身上。要是这会儿趁乱跑掉的话，顾长明急着做更重要的正经事，不一定能分出精力来找他。到时候，他还是自由身，想回西南也好，想到开封府转转也好，不比跟在他们身边更好些？

没等寸细往外跑出十七八步，一道银光就在他的眼前划过，融雪剑没头没脑地冲着他刺了过来。他站在原地都看傻了，要不是中途顾长明飞出一道剑气将融雪剑打偏，长剑已经刺中他的要害了。

寸细双腿都软了，站都站不住，脸上写着：我罪不至死，你们为什么要这样对我？！

“他想跑。”柳竹雪大步走过去，收回融雪剑，说得理直气壮的，都不多看寸细一眼。

“我没想跑。”寸细矢口否认，他要是承认了，这美人肯定会不留情，一剑把他毙在当场。早知道她这么狠心，刚才就应该让她跟着小捕快走的，留在她身边太危险了。

“我不会看错的。”柳竹雪用融雪剑在地面上画了个圈，“如果我没有拦着你，你已经出了这个范围。到时候，你拔腿就跑，我们要追你还需要花时间和精力。”

“可我罪不至死！”寸细觉得和美人没法子沟通，转而向顾长明哭诉，“公子，我一路跟着你们，根本没有要逃跑的意思。你要给我个保证，不然还没帮上你们的忙，就先把自己的命给丢了。”

“不会的。”顾长明让寸细走在前面，特意退后两步，与柳竹雪并肩而行，“柳姑娘，查案为本，公私要分明。”

柳竹雪当着寸细的面肯定是要嘴硬的，在顾长明面前又委婉了许多：“我是掌握好力度的，不会真伤到他。他刚才贼溜溜的，就是想跑，我也没有冤枉他。”

顾长明一句重话也没说，点到为止。想来柳竹雪的家世背景放在那里，心中自有分寸，不会做出过激的行为举止。一个姑娘家肯帮忙查案，已经是很难得了，柳竹雪的武功好，人也够机灵，顾长明倒是不反对她跟在旁边，加上案子本身与她有关，查清楚也好。

回来的速度明显快得多，顾长明进县衙的时候，孙友祥的脸色很是阴沉。四具无名女尸的案子压下来，他多年为官的好名声都快保不住了。

裘仵作连声劝他：“知县大人，这曲阳县多少年没凶案了，该来的总是要来的，你到底在愁什么？”

“我愁什么？我愁这案子没完没了的，一眨眼就是四个，要是再来第五个、第六个，我怎么和上面交代！”孙友祥的眼底布满血丝，“这些女子都不是本县的人，难道是从天上掉河里的不成？”

“知县大人，顾公子他们回来了。”胡文丘这句话还没说完，顾长明已经到了孙友祥的面前。

“顾公子可查出了什么线索？”孙友祥一看戴果子没跟着回来，以为他出了岔子，“顾公子，果子他去哪里了？”

“他留在唐县布下人手，长话短说，请孙大人把县衙里所有的人手派到通天河，百步一人，从曲阳县的水路起始，往唐县那边布置，务必要拦住第五个求死的女子。”顾长明一转头，又对着裘仵作道，“那个阿六，情况好转些了没有？”

“没好也没坏，他把自己的皮都抓烂了。”裘仵作一想到阿六，也能理解孙知县为什么着急，他给阿六试了十几种药，没一种能见效的。

“寸细，你跟过去看看有没有什么法子，尽快让他能出门跟着我们去河边。”顾长明把寸细交给裘仵作带走。柳竹雪那一剑也是见效的，寸细几乎被吓破了胆，估计赶都赶不走了。

孙友祥对顾长明十分信任，立刻让胡文丘和郑和调集人手，全部前往通天河，按照顾长明说的，百步一人，遥遥相望。

柳竹雪想要跟着寸细过去，被顾长明一手拦住：“那地方你不适合去，留在这里就好。”

寸细大概知道要去看的是什么，裘仵作左右打量他：“你是大夫？”

“不是，我就是个做小买卖的。”寸细咧开嘴一笑，没有那两个人在背后，全身轻松。他主动推开门，看到了蹲坐在角落里的阿六，一身都没有好皮子了，还在那里胡乱地抓个不停便说道：“他这病不用大夫，我恰好能看。”

寸细的手一翻，裘仵作看见两条虫子顺着他的手腕慢慢蠕动。裘仵作的眼睛瞪大了：“你这是……这是苗疆的蛊术？”

“一点儿雕虫小技而已。”虫子爬过寸细的指尖，像是闻到了什么好吃的东西，速度突然加快。裘仵作都要怀疑自己的眼睛是不是出了毛病，那虫子居然还会长大，等爬到阿六身上的时候，本来才小指粗细的虫子，已经膨胀了两三倍都不止。

寸细自来熟地把裘仵作的肩膀一搂：“你是大夫吧，我这个治疗过程，最好不要看，我保证一会儿就好。”

裘仵作看着他搭在自己肩膀上的那只手，再想想那两条虫，作为一个仵作，他很难得地发现自己有些犯恶心，所以笑着答道：“我不是大夫，我是仵作，你知道吗？专门摸死人的。”

第十三章 | 满嘴的谎言

寸细一听这话，马上松手，一脸惊悚地看着裘仵作。他刚才是怎么想的，居然和个仵作勾肩搭背的。

“小兄弟，我说我们谁也别嫌弃谁，谁的手上都不干净。”裘仵作笑了两声，意有所指。能把虫子玩这么好的，这一路过来不会是个老实人，你小子就别装了。

“我是来中原做点儿小生意的，”寸细还在用这套说辞替自己掩饰，“怎么手上就不干净了？”

“能救人的，心眼儿都不坏，是我刚才说错话了。”裘仵作看他缩了手，反而饶有兴趣地凑过去，想重新抓住他的胳膊。

“你知道就好。”寸细一顿乱拍，把裘仵作拍得离自己远些，“好了好了，这人的病差不多该治好了。”

裘仵作在阿六身上可是花费了不少的心思，知道阿六是女尸案的重要证人，一点儿都马虎不得。他没有看好的病，让这么个做小买卖的眨眼的工夫就给搞定了。他还心有不服，想说你小子别托大，要是治不好阿六，我也有别的法子来治你。

等到裘仵作回过头，只见阿六不再蹲在那里了，正低头看着自己的双手，一脸的难以置信：“不痒了，我身上不痒了。”

寸细得意地仰着下巴，心想：我可没有在顾公子面前吹嘘，说能看好就一定能看好。

裘仵作还不信邪，上前一把抓住阿六，让他在自己面前转了个圈，又把他后背的衣服撩起来。真是见鬼了，连他后背上的那个巴掌印的颜色都变得浅淡了，寸细的办法竟有如此奇效。

“光治了他这一个还不算什么，你跟我过来。”裘仵作拖着寸细转出去，到了停尸房，“你再进去这里看看。”

“顾公子不是说把刚才那人治好就行了吗？这里黑乎乎的，是什么地方？”寸细扒着门框不肯进去，裘仵作在他后背上踹了一脚，把人踢得翻了个跟头，滚了进去。寸细相当恼火，怒道：“你是请我帮忙的，有这么不讲理的吗？！”

“你给我好好看着，看她们几个是怎么回事！”裘仵作也不知道哪里来的这么大的力气把人给踹翻了，接着点亮了桌上的油灯，往几具盖着白布的尸体中间一放，“看完了告诉我是怎么回事，我肯定恭恭敬敬地把你送出去。”

顾长明在外面和孙友祥说明了情况，通天河那边的人手也都安排妥当。然后他便看见一个衣衫褴褛的人，没头没脑地往外跑。他长眉一皱，上前把阿六给拦住了。阿六见有人挡道，挥动双手想要把挡着自己的人给挡开。顾长明一招就把他制住了，给他吃了些苦头长长记性。

看起来寸细果然是有些门道的，裘仵作说阿六都生不如死了，现在能跑、能跳，还能喊疼，能知道疼，那应该是好得差不多了。

阿六在顾长明的手底下压根儿挣脱不了，孙友祥看着稀奇也过来了：“裘仵作不是说他没治了吗？”

“大夫治不好他，还有其他的法子。”顾长明想到寸细告诉他阿六会被下蛊的原因，双眼间就涌现出藏不住的厌恶，这个摆渡船的，一肚子坏水，还满嘴的谎话，“知县大人现在可以问问他，为什么这么多人都碰触了尸体，只有他会中招。”

阿六一听这话，脸色变得更加难看：“我没做什么伤天害理的事情，我没有杀人。”

顾长明把他往墙角处重重一甩：“没杀人，你做的事也够恶心人了。”

他把阿六留给孙友祥，请知县逼问出这条水路上最适合下水的几个位置。顾长明才从两个县之间来回跑了一圈，看得很分明，河岸沿线不是哪里都适合下水的，让他来整理的话，绝对不如阿六描述得快。

这阿六都跑出来了，裘仵作把寸细带到哪里去了？难道是守着尸体太久，裘仵作等不及下一步，把寸细带去验尸了？顾长明哭笑不得，这活人要先救下来，死人可以再缓一缓的。

裘仵作没有耽误太多时间，他亲自把寸细给领了出来。寸细一张脸都皱在了一起：“顾公子，这老头儿带我去见了好多死人，那些可都是我的同乡。”

“他是仵作，带你去见死人那是理所当然。你确定那些女尸都是你的同乡？”顾长明沉声喝问道。

“确定，她们应该也是经过精挑细选的，长相与中原人只有很细微的差别，可是我能够看得出来。”寸细拍着胸脯保证道。

“你们两个不好好看着阿六，太不应该了，他的身份特殊，万一跑了，孙知县怪罪下来，裘仵作也不能承担。”顾长明想到已经在阿六身上花费了不少的心力，但第一目击供词竟然全是假的，心里也是气得不行。

“他还有胆子跑！”裘仵作直接撩起袖子，“我以为他在我这里待了几天学乖了，看来都是装给我看的！”

“他已经能跑了？”寸细的瞳仁一收缩，“他跑去哪里了，谁在看着他？”

“孙知县在看着他，有什么不对吗？”顾长明一看寸细的反应，根本不用多问，就知道肯定是哪里不对了。孙知县应该没有武功，阿六常年在通天河河面上渡船，手臂力气本来就比别人大得多。

等到顾长明原路返回时，只见阿六已经用手臂锁住了孙友祥的脖子。阿六的一张脸涨成猪肝的颜色，双眼像是看不见人了一样：“放我走，你们放我走。我没杀人，没杀人。”

孙友祥被他勒得气都喘不上来，顾长明来不及问寸细这是怎么回事，救人要紧。阿六的力气在他面前犹如螳臂当车，根本不值一提。

寸细紧跟着上去，往阿六的嘴里又塞了一条大肥虫：“就是那个老头儿拖着我走，我只是先把他身上的痒疹给克制住，也没说能把他放出来乱咬人。”

孙友祥倒是很冷静，知道顾长明离得不远，肯定会回来救他的：“他这是失心疯了，还是其他的原因？”

“和那些尸体一样，他身体里有虫卵，而且虫卵孵化了。”寸细对阿六有些不齿，“尸体上都有虫卵，不过人死了，虫卵等于没有用了。我们去看的时候，尸体里的虫卵都死得很干净了。”

“但是阿六活着，他还猥亵了那些女尸，所以虫卵留在他的身上了。”顾长明给过阿六说实话的机会，可这人根本不要这样的机会，寸细突然有种“天网恢恢，疏而不漏”的感觉。

“我刚给老头儿也检查了，他一点儿事没有。”寸细指了指裘仵作，“老头儿倒是个好人。这些虫卵大部分都不能活了，真是可惜。”

“是很稀有的蛊虫？”顾长明听他说可惜，想来也只有这种可能了。

“是，非常难饲养的，平时能够弄到一点儿就很难，白白死了岂非可惜？”寸细看着阿六滚倒在地，脸色狰狞，无奈地说，“我的能力有限，勉强能够抑制住他的痒疹，这些虫子孵化出来以后，我可治不了他。”

“蛊虫还会继续散播下去吗？”顾长明紧紧地盯着寸细，生怕他给出肯定的答案。如果是那样，将变成一场巨大的瘟疫，这个小小的曲阳县可是承受不起的。

“没这么快，那些虫子咬死了寄生的人，还要等个把月才会重新产卵。你要是信得过我，等人死了，我把虫子都捡回来帮你养着，不让它们再四处祸害别人。”寸细有种马上要大展拳脚的振奋感，“我算过了，他身体里最多也就二十只。”

“他不能救了？”顾长明见阿六的样子越发痛苦不堪，恨不得在地上打滚，“你也没有办法？”

“拖下去他只会更痛苦，刚才他要是不跑，我的两条虫子在他身上还能让他舒服一两天再发作，谁知道他跑得这么快，还用了力气，激起了他体内的血性，虫子闻到血味儿，能不更加来劲吗？”寸细看看旁边的孙友祥，“这是个当官的吧？当官的都敢掐，他本来不就应该是死罪了吗？”

顾长明略微沉默了一下，阿六有句话不错，他罪不至死，可一步步发展到眼前的局面，又不得不说他是自己在作死。

“水运图还能问得出来吗？”孙友祥揉了两下脖子，他的脖子已经被掐得红肿了，他毫无畏惧地蹲在阿六身边，对刚才差点儿被掐到断气的事没有丝毫的阴影，“阿六，回答我的话，你还记不记得水运图？！你要知道如果还有无辜的人不断死去，你就算做了鬼也不会安生的。”

寸细躲在顾长明的身后：“这是这里的小县官啊？挺大的派头啊，胆子也不小。”

“孙知县是个很好的父母官。”顾长明当然是全力在其身边照拂，保护孙友祥的安全。

阿六艰难地转过头来看着孙友祥，孙友祥马上倒了一碟子清水放在他手边：“把你能够告诉我们的，全部都说出来。”

顾长明看着阿六手指底下蜿蜒不断的曲线，还有他逐一画出的圈圈。顾长明抓过桌上的笔墨，趁着水渍没有干涸之前，依样画葫芦地描了下来。

“寸细，你留在这里，尽量让他别死得太痛苦。”顾长明扫了一眼水运图，发现了其中的关键，“我去找那第五个人。”

“哎，你把我单独留在这里，就不怕我跑了吗？”寸细有种受宠若惊的感觉，顾长明还真的连多看他一眼都没有，径自而去。

第十四章 | 先不要动

顾长明根本没有想过寸细会跑，救人才是首要的。父亲曾经问过他："可知提刑官的首要任务是什么？"那时候他还是初生牛犊不怕虎的少年，振振有词道："那还用说，当然是将坏人抓住，绳之以法。"

顾武铎的手掌按在他的发顶，目光深邃，不知道远远地看着哪一点："长明，百姓才是为官的首要，有时候救人比抓人更加重要。"

"难道抓坏人不重要？"顾长明似乎还有些不明白，"父亲不是一向疾恶如仇的吗？"

"可是我依然会把救人放在更前的位置，救得一人是一人。"顾武铎松开手来，嘴角挂着有些凛冽的笑容。顾大人任职提刑官的时日太长，面对唯一的儿子已经忘记该怎么笑才更像一个父亲了。

顾长明发现他一直敬畏父亲，但是父亲不在以后，他想到的关于父亲的反而都是一些温馨的场景。他把阿六最后画下来的水运图在脑海中周转了几圈，随即到县衙后院，把自己的爱马牵来，飞身上马。

柳竹雪追出来，并没有要拦着他的意思："顾公子，我会想办法过去和戴捕快会合的，你只管先去做你要做的事情。"

顾长明端坐在马背上，冲着她微微一笑，真是个好姑娘："你自己多加小心，问清楚寸细再出来。"

马撒开蹄就跑，速度极快。顾长明好像看到柳竹雪点了头，越是这么好的姑娘越是不应该出事。寸细有些本事，能帮柳竹雪将误中的暗算完全化解了才好，他可不想再看到柳竹雪手中的剑对准无辜人的场面。

那些衙役的动作不慢，顾长明一路骑马而过，水运图上的三个点都布置下了人手。衙役们接到的命令都是一样的，如果看到穿戴齐整的年轻女子，不管什么情况都要拦下来。

水运图上一共有十七个点，顾长明用眼一扫，过目不忘。他只希望戴果子从另一头过来，两人能够顺利相遇而不再有其他的岔子。

顾长明骑马跑过了半程，见到戴果子也骑马而来的时候，他先是一怔，随后心口一轻。戴果子见到了他，嘴角透出一丝笑意：“你那边没事吧？”

“暂时没有事，都安排好了。”顾长明调转马首，把县衙里发生的种种并作三言两语告诉戴果子。

“知县大人没受伤吧？！”戴果子一听到阿六要死还想拖住孙知县，气得腮帮子都鼓起来了。

“没事，孙知县很冷静、很英勇。”孙友祥根本不怕阿六再扑上来反咬一口，而是逼着阿六用最后的一点儿力气画出水运图，不是所有当官的都有如此勇气，更何况孙友祥还没有任何武功，是个彻底的文官。顾长明想他不愧是父亲的同窗，经过这些年，父亲还记得这么个人，必然是有些过人之处的。

“那你说的那个人，出现了没有？”戴果子骑着借来的马匹，简直可以用归心似箭来形容他此时此刻的心情。唐县的知县与孙友祥平日里也算交好，认识戴果子这个人，知道他是孙友祥的干儿子，所以他没有费太多的口舌，就把所有的人手都带来用上了。

“你随我再去接下来的几个点，那人总会在其中一处出现的。”顾长明与他边说边前行，不愿浪费一点儿时间。

要是那女的不是今天来投河呢？你就能算得这么准？戴果子是有过这样的想法，但是看着顾长明坚定的侧脸，他把这些疑问给咽下去了。既然决定要联手，就要信任对方。顾长明似乎没有怀疑过他自己的想法，反而鼓励跟随的人说出建议来，可以多加分析，那么顾长明说是今天，多半就是今天了。

顾长明的马跑得快，为了等戴果子赶上来，故意放慢了步子，中途还停了两次。戴果子都没好意思问柳姑娘怎么没一起跟着来，他都自顾不暇了，生怕被顾长明笑话，说他别有用心。

前方不远处连续传来几声惊呼，顾长明的瞳仁一收：“我们快些过去，应该遇上投河的人了。”

戴果子还想呢，就算那些衙役见到有女人要跳河，几个男人围住一个女人，总有法子的，这样大呼小叫的像什么样子？要是几个大男人连一个姑娘都制不住，也太丢人了。

顾长明在他赶到之前已经稳稳落下了马，疾步往前而去。戴果子一看眼前的情景，冷汗都下来了。虽然顾长明一开始关照的是百步一人，分开把守，但是衙役之间有特殊的传递信号，一旦发生情况，附近的几个人都会很快赶过来。

这一处有七八个人，脸上都是惊恐之色。顾长明看到此处的衙役都还活着，稍稍松了口气，至少对方不是一个乱开杀戒的。他找到一个情绪看起来还算稳定些的衙役，按住了问道："发生了什么？你们都怎么样？"

"有虫子，那虫子一出来，我手脚都麻了，动不了。"回话的衙役身材魁梧，眼睁睁看着人家手指头动动，就把一群大老爷们放倒了，脸都快丢光了。

"她人呢？"顾长明大致看了看，这个点离河面还有二三十步路。他不等那人回答，不用多问也知道人肯定是向着河面过去了。他向前跑了几步，又停下来警告戴果子："你离得稍远些，小心中了暗招。"

戴果子本来一味闷头跟着他跑，被这么一喊，呆住了。这是要他跟着还是不要他跟着？顾长明虽然是好心提醒，但他也不能认㞞啊！否则事情完结了，柳竹雪问起来，难道要他说顾长明长驱直入，单身应敌，而戴果子不敢靠前，白捡了个功劳？

"你跟着过来，别靠太近。"顾长明的耳力好，一听戴果子的脚步声，知道这人在犹疑，心里头又是好笑又是好气的。他就是想让两人扯开点儿距离，能够相互有个照应，要是对方太难应付，他也好有援手和退路。

顾长明和戴果子说完话，突然眼前一亮，他看到了桃花般的艳丽颜色。那女子穿着一身绯衣，已经站在最适合入水的位置，却不心急，背对着他，双手合十，不知在做什么。

"你站住，先不要动！"顾长明见她只要一只脚往前，整个人就能扑入水中。他记得前面的四具尸体皆非溺水而死，难道到了这一个就成了例外？

那女子像是听到了他的话，当真是一动不动，只有肩膀微微发颤，不知是风吹得她全身凉透，还是其他的原因。

"姑娘，我们已经把与你一起的四人的尸体都收殓了。你先离开那块石头，上面有青苔，容易脚滑。"顾长明的声音很平和，似乎是怕惊吓到对方，"无论发生了什么，都可以好好商量的，没有什么是非死不可的。"

戴果子听到顾长明的说话声后，就站在了原地，没有再往前。他定睛看向四周，这里只有他们三个人，这么看来，前面四个人也是自杀的？

有些话孙友祥不能与顾长明商量，却可以和戴果子说。他说已经有四具尸体了，哪怕是抓住了凶手，上面要是判定知县监管不力，没有治理好一方，保百姓安宁，他同样会官职不保。

戴果子当时听了心里头着急，连忙问道："抓住凶手都不行的话，那也太冤枉大人了。"

"或许有一种法子可以让我开脱。"孙友祥叹了口气道，"如果对方是自杀，那么本地官员就不会有责任。她们又不是本地人，不过是换个寻死的地方。若是一定要问她们为什么会在此地寻死，我只要推说是她们的习俗，也不是中原人能够搞明白的就行了。"

戴果子听孙友祥说这些的时候，只觉得虽然他的想法不错，但可能性太小。可是从目前的趋势来看，居然被孙知县说得八九不离十，仿佛他有先见之明一般。要是再能带回一个自杀未遂的，肯定会对孙知县更加有利的。

顾长明说完话后，站在原地没有往前进。他知道自杀者在死前的心态，有时候自杀的念头只是在他们的脑海中左右摇摆，死与不死只是一线之隔。但此时要是有人迫近一步，情况就会变得很危险。

奇怪的是那个女子依然不动。顾长明心说，哪怕她点点头或者是摇摇头也好，好歹让他知道她听到了他的话。这样僵持下去，他有种愈发不妙的感觉，他想这女子虽然站着，但会不会已经咽了气？

可是顾长明不会看错，眼前人的肩膀刚才还有些许的动作，不像是已经成了尸体的。

"哎，我说你要和她磨叽到几时啊？"戴果子想要给孙友祥找个最好的借口，这个借口就在眼前，他怎么也不能放手的。他不理会刚才顾长明的警告，向前冲了过去。

顾长明肯定不会放行，伸手抓住了戴果子的肩膀。戴果子被他锁住动不了，差点儿没破口大骂："她这不是还没死吗？难道你要看着她死在我们面前？！"

顾长明刚想反驳，就见那女子像是听到他们的争执，慢慢转过身来了。

戴果子一看她转身，也不敢乱说乱动了。顾长明有句话说得不错，石头上有青苔，太容易脚滑了。

第十五章 | 绯衣少女

戴果子倒吸一口气，绯衣少女果然和前面四人一样容貌艳丽，而且更有异域风情。她像是没有听懂他们在说什么，俏皮地侧过头来想要再听一听。也就是这样一个小动作，她的脖子暴露在了几个人的视线中。那皮肤底下不知道藏着什么，在飞快地蠕动着，让她的神情又是痛苦，又是舒畅。

"她身体里面有蛊虫。"顾长明在寸细那里大概听了关于蛊虫的情况，再看到眼前这种诡异的场景还有什么不明白的，"你不要靠近。"

"那些衙役都是中了她的毒手？"戴果子咬了咬牙，他们一心想要来救人，可为什么受害者还会害人？那些衙役中招的瞬间，不知道会怎么想，估计能把顾长明和他都连带着骂个狗血淋头。

"衙役是她放倒的，不过她没有下毒手。"顾长明依然按着戴果子的肩膀，"看她会怎么做，不要冲动。"

"我不会冲上去送死的。"戴果子知道自己的武功也就比后面躺着的那些稍微好一点儿，但那些衙役毕竟七八个人呢，他过去估计就是下一个中招的，"她知道我们是来救她的吗？"

"她听不懂我们说的话。"顾长明的视线从对方的发饰、衣服、配饰一路看下来，他还真是看不出对方的来历，哪怕是最小的线索都被这样的一身装束给彻底抹掉了。

"寸细不是听得懂吗？"戴果子不相信，抬高声音道，"我们是官府里的人，不会伤害你的。你最好把双手背在身后，再慢慢走过来。"

绯衣少女眼睛一弯，笑了一下，声音像银铃般清脆好听。她这一笑，她皮肤底下的东西也感应到了，蠕动的速度更快了，有几次甚至移动到了她的下颌骨上，在她粉嫩的脸颊边留下一道弯曲的痕迹。

"好吧，你说中了，她听不懂。"戴果子没觉得自己的话有什么好笑的。

"等一下，她要开口说话了。"顾长明其实一直保持着十分的警惕，对方的一举一动都在他的预料之外，每一步都可能随时脱离正常的轨道。

绯衣少女双手举起来，高过头顶，嘴里飞快地吐出一段谁也听不懂的句子。她发出的每个音节都很好听，但顾长明和戴果子听不懂。两人对视了一眼，在对方的眼底看到了无奈。她继续往下念，身体开始在原地旋转。尽管脚底的石块上又湿又滑，但她那双穿着绣花鞋的脚，却能够稳稳地站立在上面，轻盈地踮起脚尖。

“她会武功。”戴果子开口，却见到顾长明皱紧着眉头。也不知是几时培养出的默契，他居然看出顾长明让他不要说话，他赶紧闭上了嘴。

绯衣少女自顾自地把长长的话念完，双手收回到胸前合十，眼帘半垂，眼观鼻、鼻观心，那一脸的表情真是虔诚。然后当着他们的面，她的双臂一展，迎着河面跳了下去。

顾长明做了件奇怪的事情，他一掌先把戴果子朝着反方向击飞开来，自己跃身而起，似乎想要在女子落入河面的瞬间，把人救上来。

戴果子胸口中掌，像是断了线的风筝，身体在半空中形成一道弧线。他还以为连顾长明都被蛊术迷了心智，就像那时候的柳竹雪一样，这会儿可没有武功更高的人来救他。他双眼一闭等着身体落地，伤重吐血。

耳边是呼呼的风声，戴果子落下来的时候，并没有想象中的疼痛感，最多就像是一时没坐好，从椅子上摔落到地上的那点儿震动感。戴果子边揉着腰边起身，视野中已经完全看不到顾长明了。

顾长明这是生怕他跟上去碍事，所以先把他送到安全的位置！戴果子站起来的时候，足踝还是扭了一下，他一肚子的气，骂骂咧咧往前走。在顾长明的眼里，他就是如此不堪，如此没用！

等他走近了一些，越发心惊胆战。刚才看到绯衣少女站的石块上满是青苔，现在那些青苔都去了哪里？石块上一片灰白，要是他没有看到过满是青苔的石块，他会以为那就是一块普通的石头，根本不会想到这里曾经发生过什么。

如果可以把大面积的青苔用特殊办法消除，那么紧追过去的人，会不会也像那些青苔一样消失？

戴果子站在那里，识趣地没有往前迈腿。他能够听到自己的心脏在胸口处“怦怦怦”地跳得异常剧烈。

顾长明呢？顾长明又去了哪里？

和戴果子猜测的几乎吻合，顾长明的观察能力极强。他不让戴果子说话，是为了把绯衣少女说的那一番根本听不懂的话听清，然后背下来。他想着回去以后问一问寸细，兴许还能翻译出大半来。哪怕是寸细都不知道，他也可以找到此女的同乡问一问。

戴果子看到的是少女皮肤底下的异动，而顾长明看得更加透彻。绯衣少女的举止，像是在做一个仪式，十分庄重的仪式。她能够把外面的衙役无声无息地放倒，也有办法让他们不能接近。

顾长明看到的是她脚上那双本来和她身上的衣裙一样颜色的鞋子，正在以肉眼看得出的速度慢慢变淡。等仪式近乎完成的时候，那双绣花鞋连带着鞋面上的丝线全部褪成了极淡的粉红色。他不禁想，如果他和戴果子同时踏上那块石头，会发生什么？

顾长明肯定是要救人的，但他不想看到戴果子受伤，这个念头在他的脑海里停留的时间不过刹那，所以他才在跃身与绯衣少女同时落水的时候，一掌击飞了戴果子。

前面四具女尸是否都选择了差不多的自杀方法？也没有听到事后有人在河边出意外的消息出来。顾长明猜测她们留下的那种保护只能维持很短的时间，就像是她们身体里的虫卵，在她们死后没多久也会跟着死去。

顾长明的身体落入通天河的瞬间，手已经抓住了对方的手臂。他愣了一下，发现对方已经死了。

怎么会这样？他对自己的判断很有自信，活人还是死人，他怎么可能分辨不出来呢？顾长明看到她面带着笑容跳入河中，那么在入水的时候，为什么她已经变成了一具尸体？

顾长明抓住对方的身体，不管她是怎么死的，先拖上岸再说。拉了几次，他诧异地发现自己的力气不够，以他的臂力竟然拖不动一具女尸，这是怎么回事？

在河水中，顾长明双眸凝神，见到女尸的前方有一条白色的长线，像是在前面指路的标记，而女尸也跟着这条长线不偏不倚地在河水中向前浮动。

即便是顾长明松开了手，女尸也不往河底沉，反而更顺畅地漂浮到了河面上。他在水中转动身体，往下潜了两尺。由下向上观望，女尸的底下也有一层这样的白色，正好托着她，送她前往目的地。

等到顾长明破水而出的时候，正看到戴果子在沿着河岸跑，跑得还真不慢。

“顾公子，你没事吧？”戴果子是真着急了，孙知县已经被浮尸案搞得焦头烂额，不能再赔一个提刑官的儿子在曲阳县了。如果对方只是武功高强的恶人，他大概还不会这样没有把握。天知道这些异域女子吃错了什么药，全部都跑到通天河来跳水自杀。对！唯一的好消息是可以肯定她们是自杀的，没有凶手，没有下毒，什么都没有。

“没事，我先跟着她。”顾长明到底是在水里，不能像戴果子那样说话这么顺畅，所以他尽量简短。如果最终的目的地是阿六发现尸体的地方，那么还要游挺长一段距离的，这会儿水势不好，天气又冷，整个人泡在通天河里，个中滋味只有他自己了解。

“那我先到前面去等你，你自己小心。”戴果子用双腿跑，速度能稍微快一些。他也想到了女尸会停到哪里，不如先到那里等人、等尸体。阿六的船还被官府扣押着，停在原地一动不动，他兴许可以用那艘船去帮帮忙。

那些被安排在河岸看守的衙役，看到顾长明在河里与女尸几乎是同步往前推进的样子，下巴差点儿都要掉下来了。

顾长明心里盘算的却是，原来要离得这么近，而且先看到戴果子，岸上的人才会想到看河面，才会注意到河里有两个人，一个活的一个死的。那么前面的四具女尸一路漂过来，都没有目击者，也就说得过去了。

顾长明整个人都泡在冰凉的河水里，脑子却异常清醒，他觉得自己可以把一些疑点先解决掉。现在最大的问题还是此女临死前说的那一番话，那才是解开她们自杀之谜的线索。

戴果子找到了阿六的那艘船，船板上还贴着曲阳县县衙的封条。别人不敢动，他可不管，三两步登上船，转身用匕首把绳索割开，找了长篙来，有模有样地把船给撑动了起来。

第十六章 | 告破

一开始船身晃动，戴果子差点儿一头栽进河水里，但他学东西很像样，很快就掌握了撑船的要领。据老人说，掉进通天河里的人，最少要走半年的霉运。顾长明不是本地人，没有这种忌讳。

最近已经够倒霉了。戴果子左摇右晃地稳住身形，把长篙拿在手中，控制着渡船向前。他低头看着顾长明，离得近了，不禁诧异地问道：“河水里面是什么？”

戴果子还不知道绯衣少女已经死透了，他只能看到河水里有一层白色的漂浮物，好似一片巨大的树叶在底下托着人。

“这是她皮肤底下的那种东西。”顾长明内力再好，在冰冷刺骨的河水里泡一段时间，体温也会急速下降，脸色不会好。

戴果子担心他在逞强，怕他回头病倒在曲阳县，用力把渡船撑过去，把长篙递了过去：“要不要先救她？”

“她入河的瞬间就已经死了。”顾长明亲自确认的，不会有丝毫的差池，“我弄明白前四具女尸肚子里为什么没有积水了，她们像是算准了时间跳河的。”他真想让裘仵作和寸细都过来看看，这一系列精巧的设计到底出自谁手？无论对方是敌是友，顾长明都必须承认对方是个精通计算的高手。

“什么？她也死了？！”戴果子还想说好不容易有个活的人证，虽然听不懂她说什么，但找寸细过来，没准儿翻译翻译就能明白她们为什么要选在通天河自杀了。如今看起来，是没有这种可能了。

顾长明单手在竹篙上一撑，戴果子看着竹篙被压出一道弧，然后借着竹子特有的韧劲，顾长明高高弹起到半空中。等他回头看时，全身湿漉漉的顾长明已经站在了他的身边。

“死人很重的，我来帮你。”顾长明的双手一起按住竹篙，他没有让戴果子放手，两人四手用竹篙把女尸同时挑起，顾长明飞身一抓，女尸落在了船板上。绯衣女尸出水后，河中那一层白色的漂浮物仿佛也失去了生命，慢慢沉入无底洞般的通天河河底去了。

“你倒是一点儿也不怕，那个阿六中了蛊毒，这会儿估计性命不保了。”戴果子重新把渡船往岸边撑回去。

“对于没有恶意的人，她们根本不会下狠手。”顾长明说的是在河岸边被放倒的那些衙役。尽管他们暂时昏迷，但顾长明知道，他们不会有性命之忧。虽然绯衣少女与他们言语不通，但她的笑容却丝毫没有要害人之意。阿六的怪症只能说是他咎由自取，自作孽不可活。

岸上渐渐有人聚拢过来，戴果子抬眼先看到的是孙友祥，应该是守在岸边的衙役及时通风报信，把知县大人给请了过来。他虽然为绯衣少女终究没有保住性命而惋惜，但还是偷偷松了口气，至少孙知县不用为这些尸体搭上乌纱帽了。

然后戴果子又看到了柳竹雪。柳竹雪本是要赶去唐县与他会合的，结果她两头跑都落了空。这个戴果子像是条滑腻的泥鳅，压根儿抓不到人在哪里。

柳竹雪担心顾、戴两人的安危，总觉得案情过于诡异，不能用常理来解释。如今见两人好端端地同时出现，尽管她还在生戴果子的气，嘴角依然透露出一丝笑意。

“那个寸细，你不找个人看着，别是跑了。”戴果子想到寸细还有些用处，要是一时半会儿没看住开溜，岂非可惜？

“他不会跑的。”顾长明从头到脚是湿透的，却依然不减其丰神俊朗的气度。身边的戴果子看得眼热，憋着口气没地方宣泄，只能把视线强行从他身上抽离。

“大人，只带回这一具尸体，没有活口。”戴果子跳上岸，遗憾地向孙友祥回话，“我们本是想保住她性命的，但是没有成功。”

“自杀还是他杀？”孙友祥这样镇定的人，此时说话的声音中却带了些颤抖，像是在等着老天爷定夺。

“是自杀，纯属她们自己找死的。我和顾公子都是人证，看着她念念有词，又服了毒药再跳河的。”戴果子见旁边还有不少老百姓，把“蛊虫”两个字暂且咽回了嗓子眼儿里。他只说是服毒，反正旁人看起来，死尸的样子都差不多。

孙友祥和戴果子飞快地交换了眼神，明白其中还有不便明说之处，他当即命令其他衙役用白布把尸体裹上，带回县衙再做处理：“顾公子落水了吗？这样的天气，身体再好也扛不住河水的寒气，也请一起回县衙，让老裘替你煎一服驱寒的汤药。”

戴果子用手肘碰了碰顾长明的胳膊：“裘仵作给你煎药，你敢喝吗？”

顾长明低头一笑道：“裘仵作的医术也算不错，我敢喝。”他踏前一步又问道，“孙知县，我带回来的那个寸细呢？他可还留在县衙中？”

“留着呢，寸细和老裘特别谈得来。说起来真是奇怪，顾公子离开的时候，阿六就剩下一口气。你走后不久，他又缓过气来了，这会儿就跟没事人一样，帮着老裘重新翻了一遍尸体。”孙友祥明显松了一口气，这次戴果子动用了唐县的人脉，用的还是曲阳县的名义，他做好了准备，如果真有连环杀手，作为一方父母官，他难辞其咎，只能辞官回乡了。

“阿六活过来了？”顾长明眼睛微微一眯，倒是没觉着这有什么特别。寸细不是也说自己是善用蛊虫的高手吗？要是顺手给阿六解了蛊毒，也很正常。阿六虽然做了坏事，但是他罪不至死。

“这里风大人多，我们先回县衙再说。”孙友祥给了他们两个特殊待遇，手一招，让他们坐上了一辆马车，他们可以稍稍休养调整。

戴果子半点儿也不客气，先一步爬了上去。顾长明上来的时候，迎面一股潮湿的水汽扑来，戴果子捂住鼻子转了半个身子：“你当时跳就跳了，还一掌把我打飞做什么？”

顾长明丝毫没有架子，上车后，学着他的样子，往另一边舒展手脚地躺平。破案的时候，他能撑着一口气不休息，但如今差不多水落石出了，他才发现连轴转以后有多累，全身的骨头都咯吱作响，好像在抗议。

“我当时吃不准是什么状况，怕你跟着跳下去会有危险，而且岸上需要有人留守。”顾长明的选择没有错，所以戴果子也没有多说什么。

“这边案子破了，我陪你去天香阁蹲点儿，把你师兄给蹲到啊。”戴果子朝着他挤挤眼，“哎，你这是什么表情？不会是把你来曲阳县的首要目的给忘记了吧？”

顾长明苦笑一下道：“你不说，我还真的要把师兄给忘记了。”

“天香阁没有消息，没准儿他还在路上。”戴果子双臂往上一抬，“你放心，曲阳县就这么大，该关照的地方我都给你关照过了，绝对不会有你师兄过门，我们却不知道的事情发生。”

“我是想我来曲阳县也好些天了，他当时传给我的口信那么急，如今却不见人影，不要中途出了意外才好。”顾长明把双手摊开放在自己的眼前。在河水中的时候，他大胆地碰触过那些白色漂浮物，不知道会不会出现其他的状况。

戴果子听他一说，连忙坐了起来，嫌弃地离他远远的。阿六后来差点儿把自己一整张皮都给挠下来的样子，让人想起心里就不舒服：“你万一也得了那样的怪病，柳姑娘该怎么看我们？！”

顾长明被他问得竟然无言以对。那些漂浮物摸起来就像是河面上普通的浮萍之类的植物，可以柔滑地从指缝间流过，没有特别可怖的感觉：“不会的，你看裘仵作验尸都几次了，他摸尸体比阿六可勤快多了，他不是什么事都没有吗？”

“他是一直在死人堆里泡着的，蛊虫也不想和他多有接触。”戴果子还是替顾长明担心，“你身上痒不痒？”

“不痒，就是衣服都湿透了，非常不舒服。”顾长明说的是真心话。等马车一停下来，他推开车门下来，就有衙役过来领路，请他去后院沐浴更衣。

“郑和，就他有这么好的待遇啊？”戴果子嚷嚷着爬下来，“你这个胳膊肘往外拐得也太明显了。”

“哪是我的主意？知县大人临去河岸边的时候就关照好了，说你们回来没准儿都要洗一洗的，特意让人把热水烧好。浴桶我都洗刷干净了，皂角还是我刚出去买回来的新货色。”郑和不敢接戴果子扣过来的大帽子，“看两位的样子，案子告破了？”

“嗯，破了，自杀，没有凶手。”戴果子轻描淡写地说了一句话，然后才发现顾长明站在那里，像是在专心听什么，脚步都移不开了，“你比我还需要去洗个热水澡，怎么还不去？”

顾长明站的地方是县衙院墙的一角，他听到两个孩子的声音，似乎从前面拐角处传了过来，还连带着拍球的节奏：“一击鼓，草木生；二击鼓……”

“走啦，顾公子别让我们三请四请的，行不行？”戴果子仗着和顾长明这几天混得熟稔些，拖过他的胳膊，就把人往前带远了。

第十七章 | 心石落地

顾长明被戴果子推得往前走了几步，很快便听不到孩童的歌谣声了。他本来就是喜好洁净的人，要不是为了破案，何至于搞得一身湿滑还有微微的腥味。

等戴果子洗干净换了衣服出来，外面已经换了胡文丘在等他们出来。戴果子一看这小子谄媚地搓着双手，不知和身边的柳竹雪正在说什么，就一股子邪火，三两步走过去道：“你知道这位姑娘什么身份吗？竟敢把她晾在这里喝风！”

柳竹雪不想让什么人都知道她是开封少尹家的姑娘，连忙给戴果子使眼色，让他赶紧闭嘴保密。

戴果子识趣地抬起手来，抓住胡文丘的后脖颈，将他滴溜溜地在原地转了个圈：“知县大人怎么说？顾公子过去了没有？”

胡文丘只觉着戴果子今天手劲儿忒大，让他都抬不起头来，老老实实地答道："大人让我在这里等候顾公子，他还没出现，你就来了。"难得在县衙里见到这么好看的姑娘，他才报了个姓名，来不及说第二句话，戴果子就出来了。

"顾长明这是要洗到天黑才肯出浴啊。"戴果子才教训完人，远远飞过来个布团正砸中他的脸面。他"嗷嗷"喊了两声，以为是什么脏东西，赶紧用手去拨开，方才发现不过是块擦脸用的面巾。

胡文丘偷笑着给迎面过来的顾长明行了个礼："知县大人交代，请顾公子沐浴后与大人再探讨一下案情，大人要升堂结案。"

"知道了，我再去看看尸体。"顾长明从戴果子手中抓回面巾，把双手又擦了擦。

柳竹雪看他举止清雅，动作如行云流水一般，明明才清理干净的人，又要一头扎进死人堆里，这世上恐怕只有这位长明公子才会如此了。

"柳姑娘还在这里。"顾长明冲着她点点头，柳竹雪下意识地把目光移开了，被这样一双深邃的眼眸望着，面红心跳也是人之常情吧。这人有如此好的皮相，又有这样的能耐，柳竹雪以前在闺阁中听闻连那皇家的公主都有吵嚷着要下嫁给顾长明的，果然是名不虚传。

戴果子在旁边看着两人，活脱脱就是眉来眼去的架势，他重重地咳嗽一声道："不是要看尸体吗？走啊。"

胡文丘被戴果子的话给呛住了，去停尸房还要敲锣打鼓的不成？还有这如花似玉的姑娘难道也跟着他们一起过去？！

"你不用跟着过去的。"戴果子见柳竹雪始终不紧不慢地跟在旁边，"死人有什么好看的，特别是被水泡过，又放了好几天的死人。"

"我就跟你们过去，不进停尸房。"柳竹雪虽然留在县衙里，但她发现离开他们两个人，她还真不知道要到哪里去，所以还不如跟着他们。

"那个寸细早跑了吧？"戴果子揉了揉鼻子。进来就没见着寸细，想想也对，寸细身上还背着偷盗的罪名，傻瓜才不跑，留下来蹲大牢呢。寸细往那西南边陲一猫，谁还会过去抓他？以后他就可以像没事人一样生活了。

"门口坐着的那个就是寸细。"顾长明慢慢抬手一指。戴果子顺着顾长明指的方向看过去，脸色瞬间变得不好看了。他感觉自己像是被人兜脸打了一嘴巴，这个该死的寸细居然不跑，笨得留在这里等着受活罪。

裘仵作和寸细一人一把竹椅，坐在停尸房门口的左右两边。更好笑的是，裘仵作面前还有一大张摊开的油纸，他撕下一只鸡腿递给寸细："吃，有人许了我天香阁的好酒好菜，我估计能吃到这辈子闭上眼。"

裘仵作才是案子告破以后最大的受益人，戴果子斜眼看着身边的这个冤大头，对裘仵作和寸细道："你们要吃就吃，能不坐在停尸房门口吃那么痛快吗？"

"孙知县说了，不许在他看得见的地方吃，我们要找到个大人看不见的地方吃东西，实属不易啊。"裘仵作吃得一嘴油，还在那里振振有词，气得人牙齿根儿发痒。

"寸细，我给你背一段话，你听听是什么意思。"顾长明一开口，戴果子便呆在了原地。这段话正是绯衣少女落水之前念的长句，听过的人只有他和顾长明。

顾长明显然看到了戴果子脸上的诧异，他当时是死记硬背下来的，加上后来跟着绯衣少女入水，在河面上沉沉浮浮的，耽误了不少时间，有些细节可能对不上。等他背了一多半，看到寸细脸上茫然的表情，像是没听懂他说的这些，他又见戴果子的嘴巴动了动，说道："你是不是也记得这个？"

他没有要为难戴果子的意思，毕竟当时只有他们两个人在场，要是戴果子能够记得一星半点儿的，那就再好不过了。

戴果子点了下头道："她说的时候，我看你很慎重的样子，所以就给记了下来。"

顾长明的眼睛比星星更明亮："都记下来了？你都记下来了！"

戴果子笑着一挥手道："天底下只有长明公子才能过耳不忘吗？"他摸摸喉咙，再开口的时候，已经变成了那个绯衣少女说话的声音，连那些压根儿听不懂的叽里咕噜也都学得有模有样。

顾长明知道戴果子有如此能耐，却没想到他学得比自己想得更惟妙惟肖，几乎要为他鼓起掌来。戴果子觉着自己胜过了长明公子一次，脸上满是神采飞扬之色，但等他背完后，几双眼睛齐刷刷看着的还是寸细。

"让我想想啊，这不是我们的家乡话。"寸细看到大家失望的样子，连忙又补了一句，"但是离得也不算远，我大概能够听得懂。顾公子背的时候，听着拗口，等戴捕快一背，我就明白了，这是祈福的句子。"

"祈福？"顾、戴两人异口同声地喊了出来。

"对啊，祈福，感谢上苍，风调雨顺，你们汉人应该也会经常说这些吧。"寸细想了想道，“如果一定要完全翻译过来的话，你们再说慢些，一句句的，我可以复述的。”

“你不会同我们开玩笑吧，听不出来就瞎扯！”戴果子的声音又变回来了，好端端的人说没就没了，你给我来个风调雨顺，这又不是大旱的季节，需要少女求雨！他本来就不完全相信寸细，扑上去拽着衣领就把人给提了起来，“知县大人还等着听消息呢，你听不懂就说听不懂，不要胡说。”

寸细的武功其实在戴果子之上，这时候就不乐意了：“我说的都是事实，你们可以先把我说的记下来，回头总能再找到别的苗疆人，问问是不是同样的意思。我有足够多的跑路机会，却都留在此地等你们，我没有必要撒谎。”

“果子，放他下来，我想他说的是真话。”顾长明见寸细双手紧握，要是戴果子再不放手，估计两个人能够当场打起来。

“他说那是祈福、求雨的意思！”戴果子的眼底都爆出血丝了，小爷这么辛苦地奔波来去的，一双腿都差点儿不是自己的了，不要听什么祈福、求雨。

“只是祈福，没有求雨。”寸细和他硬扛上了，“你再问我十七八遍还是一样的结果。人都死了，就不许祈福了吗？管天管地还管人家说好话吗？！”

“都够了。”孙友祥在前堂等了又等，不见人过来。他也坐不住了，索性过来看看是不是尸检又发现了新情况。他一来就看到戴果子和那个白族人扭作一团，这不是胡闹吗！

孙友祥是父母官，他一声怒斥，所有人都安静了下来。他用手指着戴果子的脑门，不许其开口。寸细被顾长明一个眼神给镇住了。顾长明踏前一步，把最后见到绯衣少女听闻的，加上寸细刚才分析的，都原原本本告诉了孙友祥。

“孙大人，我与戴果子在案发现场，亲眼看到没有人胁迫，受害者更没有任何痛苦。要是如寸细说的，她是祈福后选择水葬，倒是说得过去。”顾长明知道戴果子在气什么，他一直以为死去的女子都是受害者，一心要为其寻出真凶。如今查案的人反而被受害人戏耍了一样，那种憋屈让顾长明心里也不太舒服。

“五个人肯定都不是本地人？”孙友祥听顾长明说得条理清晰，非常明确，“只是因为宗教信仰不同，才会巧合选择在曲阳县附近的通天河水域自杀水葬？”

“差不多就是孙大人说的这样。”顾长明明白孙友祥急着盖棺定论的心情，一旦把这些案情写进呈给上官的公文中，身为父母官的失职就会变得微乎其微。他也知道孙大人是个好官，那么让其继续留任曲阳县才是最好的结果。

“本官如果这样陈述案情的话，顾公子是否愿意落款做个旁证？”孙友祥对顾长明做了个“有请”的手势，“还有这个寸细在裕景将军府中做下的案子，我另外再写一封信，请将军对他从宽处理。”

“孙大人与裕景将军也有私交？”顾长明心中也是这样想的，寸细偷盗出来的东西已尽数归还，这次破案也算是尽心尽力，要是再加上孙知县求情，多半是能大事化小、小事化了。

“一点点私交，本官与令尊不也有那么一点儿私交？”孙友祥听他认可，心口一块大石终于轻轻落了地，“既然如此，本官写了呈状就算是结案了。”

顾长明轻点头，回过身去，看到柳竹雪还停在原地好言相劝，想安抚暴躁的戴果子。

〔第一卷完〕

二击鼓

第一章 | 地主之谊

曲阳县县衙，庭院静谧。

月儿影影绰绰，偶尔有片云飘过，将月华囫囵吞下，只留下边缘淡淡的银辉。

孙友祥走进书房时，见到书桌最醒目的位置上放着一封信。信封雪白，没有收信人的姓名。他眼角猛跳，疾步走到桌前，伸了两次手都是碰到信封就立时收了回去，仿若封皮上沾了小簇的火苗，能够烧灼皮肤，让他不敢碰触。

片刻后，他屏息凝神把信封翻过来细看，封口是一枚形状宛如藤蔓的火漆印。孙友祥手指在火漆印上拂过，再次确定不是他的错觉，这一封等了数年的信终于到了。一时之间，他的脸上不知是惊是喜，又或者是可以松口气的坦然。

信里面写的是什么，孙友祥完全没有兴趣，这封信本身就是一个信号。他将信封翻来覆去看了两次，随即毫不犹豫地凑到灯烛边，看着信封瞬间被点燃，烛火映在他的眼底，不住地跳跃。一直到信封几乎要烧尽，他才松手，任由纸张的灰烬飘然落地，燃化成灰。

昨晚这一系列的事，可以说让孙友祥整个人精神焕发。他打开左手边的第三个抽屉，在暗角处摸到块凸起，用力连按了五次。连发的机关声，此时此刻落在他的耳朵里，好似最华美的乐曲，让他一颗心都快舒展开了。

整面墙本来都是用来放置县衙卷宗的书架，此时分作两边，留出仅供一人进出的通道。孙友祥站在通道前，眼底依然是一片璀璨的金色，似乎刚才的火苗从来不曾熄灭过。

天香阁的二楼雅间，一股大鱼大肉的香气扑鼻而来。

老裘和老拳两个划拳喝酒，胡文丘和郑和基本已经喝趴下了，郑和前一刻还在吵着找酒喝，下一刻便“啪”的一声连着椅子滑落到地上，四仰八叉地呼呼大睡起来。

戴果子起身看看桌上、地上喝空的酒坛子，自言自语道：“好像还不够，再去叫些上来。”他一声招呼，小二便腿脚麻利地凑了上来，听说要加酒加菜，笑得眼睛都快看不见了。反正有人进来就付了账的，一大锭银子扔在柜面上，别说是这么几个人喝酒吃菜，再来五倍十倍的，那也花不完。

老拳为人厚道，刚被罚了一大杯，他随意把嘴角一抹道：“果子，喝得差不多了，顾公子的银子难不成就不是银子？”

顾长明端坐在窗口处，无论是在雅间还是在街边的小摊子，长明公子都坐姿优雅，腰背笔直。他方才也被敬了酒，只有眉梢微微染了胭脂般的颜色，愈发像书中描绘的那种绝世翩翩公子模样。

柳竹雪名正言顺地留下了。孙友祥亲自写了书信，言明寸细在无名女尸案中主动戴罪立功，请将军看在寸细本来就不是中原人士，不懂得这些人情世故的分上，从轻发落。

裕景将军府那边很快来了回音，只说边关战事吃紧，将军已经提前离开府中，前往镇守之地。珠宝首饰乃是身外之物，既然已经尽数索回，将军不想为小事追究。听闻长明公子将人带去曲阳县，其知县孙大人为官正直，就请孙知县定夺即可。

孙友祥考虑再三后，判了寸细入室偷盗的罪名，又因他将功折罪，正好扯平。遣他回原籍，一年内不准踏入中原之地，即日生效。

寸细没想到诸人真有放行之意，心中莫名感激，与顾长明话别后，欣然离开。

送走寸细，已经是三天以后，才有了天香阁拼酒一说。

孙友祥见这样的案子都能顺利告破，上级还在回信中夸奖了他几句，说是办案神速，不输当年风采云云。

他心里欢喜，给案子中出过力的人全部放假一天，戴果子吆喝一句上天香阁，没有半个缺席的。

戴果子心中不平，脸上却是一点儿都不曾表露出来。他笑嘻嘻地起身，把雅间的门又给推开来，嚷嚷道：“外头是什么人，吵成这样，不像是天香阁，倒是更像在菜市场讨价还价了。”

小二哪敢得罪他们，连忙又过来解释：“戴捕快，这不是来了一对卖唱的爷儿俩吗？都说了这里只喝酒没人要听小曲，他们偏不信。老头儿还是个瞎子，不好赶人就声音大了些。请诸位担待担待。”

戴果子却一拍大腿道：“谁说没有人要听小曲儿的？我要听！把人请过来，好好唱几支曲子。”

不多时，瞎眼老头儿背着胡琴，由一个面容清秀的少女牵了进来。两人站定脚，先行礼作揖。

戴果子咬着筷子说道：“不用这些虚礼，挑你们拿手的曲子先唱两首来，唱得好自然重重有赏。”

那少女落落大方，从怀中取出一副牙板。瞎眼老头儿摆放好了胡琴，两人甚有默契。胡琴拉过一段后，牙板一敲，清音缭绕，曲子张口即来。

雅间中的人纷纷停了声音，只听她随着牙板的调子，出谷黄鹂般唱完一曲。旁边的人都听得回不过神，顾长明轻轻击掌，取出银子放在旁边的小锣上。

戴果子猛地一拍脑门，他就说这父女两个他看着眼熟。原来他那次出城的时候，他们正好进城，差点儿相撞在一起，可不就是正面见过。

这次他没有和顾长明拗着来，等父女两个走了，他蹭到顾长明身边问道：“你不是眼力好吗，那你能说出这两人是个什么来历？”

顾长明轻咳一声道：“那少女虽然说的尽是官话，可还是掩不住她的江南口音。两人的日子过得不好，女儿穿戴得还算齐整，但那老者的衣服袖口、裤管都有磨损。两人吃的是开口饭，要见百家人，可见是手里十分拮据了。”

戴果子果然在细细地听，脸色和缓了不少。他是很愿意听顾长明说这些，因为这一招实在厉害，由不得人不信服。

顾长明微微一笑道：“我刚才想了，还有个可能，两人压根儿没有把这点儿银子放在眼里。”

胡文丘不认可地嚷嚷起来道：“顾公子方才一出手就有二三两银子呢，这样卖唱的三五天甚至十天都赚不到这些，他们怎么会不放在眼里？我看他们是欢喜傻了，生怕你后悔要收回去，才忙不迭地跑了。”

顾长明的话语刚收住，耳中分明听到有十分急促的脚步声，从一楼疾步而上，于是匆匆起身道："有人来了，找我们的。今天恐怕不能接着喝了，果子收拾一下，准备走人。"

戴果子嘴巴动了动，想说这到底是谁家的地盘，我还没开口呢，你就说要走了。他站起来径直走过去，把房门一开，外头是熟人——衙役石路子跌跌撞撞地过来，差点儿一头扎进他怀里。

"果子，果子，出事了，大人着急找你们回去。别喝了，快走吧。"

戴果子面瘫状转过头去看顾长明，行，你厉害，又给你猜中了。顾长明站了起来："早就结过账了，大伙儿一起回县衙看看到底出什么事了。"

戴果子又追着问："是又死人了吗？还是有人吃饱饭没事干，参了大人一本？你好歹给点儿线索，没头没脑的，就说得好像县衙屋顶都烧起来了一样，谁信啊？"

"没死人，也没人告状，但是大人的脸色很难看。果子你别问了，这事儿恐怕只有你敢问，我们实在是没这个胆子的。"石路子缩了缩脖子，"还有顾公子应该也能问，大人不会对他发作的。"

戴果子知道问不出什么了，把手一松开，正色对顾长明道："大人素来镇定，肯定不是小事。"

他们两个先行一步，从进了县衙的门就感觉到了压抑的气氛，那些留守的衙役都埋着头不吭气。戴果子一看这样，也不用多问便知道孙友祥肯定是在书房里，恨不得顾长明走得再快些才好。

"事情已经发生了，你不要太心急，以免判断出现偏颇。"顾长明在他身后不紧不慢地跟随，还有几个人故意走得慢似的，与他们拉开了一定的距离。

"我和你说，那不是你的至亲，你才会说出这么冷血的话来。要是你亲爹出事了，你还能沉得住气？还能不心急不偏颇？"戴果子就差指着顾长明的鼻尖发作了。

"家父失踪两个月有余了。"顾长明特别认真地回答他。

什么？戴果子没想到自己的乌鸦嘴说中了，沉默下来，他已经说错了话，这个时候再说什么也是多余，他能做的就是抬起手来，用力拍了两下顾长明的肩膀。

顾长明苦笑了一下道："你也不用安慰我，我相信父亲还好好的，只是不知道遇上什么麻烦，他就是那样的脾气。"话虽如此，但他的担心与日俱增，又找不到合适的人商量，也是头疼。

等两人见到书房中的孙友祥，刚才缓和下来的心情，又荡然无存了。孙友祥脸色苍白，端坐在书桌之后。顾长明依然眼尖地看到他的手指在不住地发颤，根本不受他自己的控制了。

戴果子显然也看到了，孙友祥的眼角在颤抖。才半天不见，他的脸上居然出现了一道如烙印一般的深痕。戴果子踏前一步道："大人，石路子说得不够清楚，到底出什么事情了，让大人如此失态？"

第二章 | 五千两

"出了大事，县衙被盗。"孙友祥见顾长明转过身去，把书房的门从里面关好上锁。他对在旁边急红眼的戴果子有点儿无奈，养在身边十多年了，戴果子对他的了解还不如一个外人。

"被盗了什么东西？"戴果子一脸茫然。孙知县是个名副其实的清官，多年前他的发妻就病故了，月俸还要用来把戴果子拉扯大。有时候到了月底还会出现捉襟见肘的情况，这样的县衙有什么值钱的东西可以让人偷的？即便是偷走了一些银子、书画，孙知县也不用紧张得好像天都要塌下来一样。

"孙知县，屋中的机关是做什么用的，是否方便告知？"顾长明还是头一遭进孙友祥的书房，没想到内有乾坤，来头儿还不小。他进书房之前，在外围看过两眼。等来室内，房间的进深有些蹊跷，他大致一想就明白是怎么回事了。

孙友祥不言语，直接启动机关，当书架中间的那扇暗门出现时，戴果子的眼睛都看直了。这是什么情况？为什么他一点儿都不知情？知县大人的书房里竟然还有密室！

顾长明跟着孙友祥踏进去，里面差不多又是一间书房的大小。密室本来应该堆放着东西，如今却干净得连一丝杂尘都没有。他上前蹲下来，仔细看了看地面上的痕迹，用手指摸了一下那些以前留下的痕迹。

"你已经猜到这里本来放着什么了。"孙友祥没有打算瞒着顾长明，东西都没有了，再藏着掖着也于事无补。

"大人虽然在书房密室里收着数量庞大的黄金，却依然坦坦荡荡的，所以我想这些金子的来源应是有根有据的，应该也是官银的一部分。"顾长明站起身来，与孙友祥的目光对接，那些黄金要真是孙友祥的私蓄，那么被盗以后，应该打落牙齿和血吞，也不可能找他过来帮忙。“我只是想，这样数量的黄金，机关太弱，县衙里的人手也太单薄。一旦有人想要下手，简直轻而易举。”

戴果子指着空荡荡的密室，又指着顾长明。一个人过于吃惊的时候，往往会说不出话来。他看着面前的两个人侃侃而谈，自己却被摒弃在外，一肚子的问题又气又急地涌上来，全部卡在嗓子眼儿里，一点儿都吐不出。

戴果子是孙友祥的至亲，连至亲都不知的真相，顾长明忽然觉得肩上的担子有些重。他凭借压痕的深浅，估算了一下，密室中失窃的黄金足有五千两，随便拿到哪里都是一笔不小的款子。孙友祥无论是凭家底还是官职，根本不可能有这样一笔钱。

“大人最后一次进密室是什么时候？又是几时发现黄金被盗的？”顾长明更想问的是黄金来源，是何人存放在这里的。看孙友祥的样子，他暂时是不会如实告知的了，还是先把黄金找到再说。

“昨晚我收到消息，相关人等会来把这笔金子提走。我还特意打开密室机关看了一眼，今天一早再过来时，已经失窃了。”孙友祥不能形容那种瞬间天崩地裂的心情，“这笔钱，整个县衙里只有我知道，连果子都不曾告诉。机关虽然薄弱，却也隐秘。”

“更重要的是孙大人本身就是最好的掩饰。”顾长明做了个手势，示意先从密室里出来，“当时选择把金子存放在孙大人这里，应该也是因为觉得这里安全。刚才大人说昨晚收到消息，不知是哪种消息？”

“书信，就放在这里。”孙友祥指了指书桌桌面，“上面有特有的联系花押火漆。”

“孙大人确定不是有人仿造？”顾长明本来想问他借那封书信一看，立时又明白过来。孙友祥做人这样小心翼翼，怎么会把这样的证据留下来，无论是撕毁还是焚烧，书信必然没有了。

“仿造？有人会仿造那样的书信？”孙友祥反应不过来，那火漆、那花押，明明都是真的。

“或许对方是想试探孙大人是否真的有这样一笔巨款。”顾长明耐心分析道，“我刚才看了果子的反应，确信孙大人所言，这县衙上下只有你一人知道五千两黄金的秘密。如果对方按照你们平日的通信习惯，造假书信一封放在孙大人面前，孙大人慎重考虑之下，必然会到密室里再次确认。”

“你是说，我打开密室的时候，那人就潜伏在我的左右？！”孙友祥这才想到昨晚亲手打开密室机关，等于是把黄金拱手相让。

“请孙大人稍等。”顾长明打开书房的门，走了出去。

“大人，这到底是怎么回事？”戴果子总算反应过来了，他们说县衙里有密室，密室里还有五千两黄金。他见的钱少，真不能想象五千两黄金堆在一起是何等壮观。可惜，他一眼都没看到，黄金就不翼而飞了。

顾长明走到门外，飞身跃上书房的屋顶，双层的青黛瓦片斜铺其上，那坡度不小，普通人站不上去。顾长明微微冷笑，若是普通人，怎么会有胆子觊觎五千两黄金？顾长明把衣带放在手里一抖，衣带另一头像是长了眼睛，在戴果子的手腕间绕了几圈。等他再用力一提，戴果子已经到了他的身边：“要站住也不难，你尽量落脚在两块瓦之间。屋顶单靠瓦片如何能够防水、防雨，底下必然是先刷了一层桐油。桐油黏性大，时日长久，瓦片等于是粘在上面，不用十足的力气拿不下来，这一片能随手拿起的只有这块。”顾长明轻轻推了戴果子一把，“你顺着往下看，能看到多少？”

戴果子把眼睛凑上去，这个角度选得太好了，书房尽收眼底。他大概看了看，基本没有死角，特别是孙友祥方才坐的那个位置，一举一动都逃不过偷窥者的双眼。

“这人轻功很好，而且是个中熟手，选的位置是整片屋顶最好的。”顾长明在戴果子身边蹲下来，“他不是靠运气，必定是来踩过点儿的，而且不止一次。”他把手中的瓦片翻过来，“桐油黏性很好，想要这样整片取下来，其身边必然还带了特制的药水，看起来他势在必得。”

顾长明的手搭住戴果子的肩膀，把人往底下推送，自己也翻身落地。孙友祥在原地，仰头焦急地看着他们：“有什么发现？”

“大人，顾公子说得是，你当时打开机关的时候，那人应该就在屋顶上。”戴果子把透过屋顶看到的场景向孙友祥描述了一遍，“大人的机关在书桌底下，对方看见以后，再要打开就一点儿也不难。”

“黄金既然已经被盗，大人也不必太过担心。”顾长明始终镇定如初，旁人看来再混乱的场面，也被他的气场压制住了。

“顾公子此言怎解？”孙友祥一听事情或许还有转机，眼中隐隐有激动之色。

“五千两黄金，一夜之间从县衙被盗出去，绝对不会没有线索。大人发现得及时，这些黄金应该还在曲阳县。当务之急是要阻止这些人把黄金运出去。要是他们还没拿走五千两黄金，那么我们一寸一寸地翻遍整个曲阳县，肯定会找到黄金的。”顾长明眼睛微微一眯，“县衙大门昨晚是谁把守的？大人把可能接应的内贼，一一找来询问。”

孙友祥先前是急疯了心，听了顾长明的话，心境缓和下来。顾长明说得一点儿也不错，要把五千两黄金运走绝非易事，但是再想到县衙内会有内贼，孙友祥又心生不悦，无论查出来是谁，想必都会很令人失望。

“我去把昨晚守夜的先找来。”戴果子看着比孙友祥都着急要破案，边说话边冲了出去。

“顾公子昨晚在哪里？”孙友祥倒是一点儿也不客气，先从眼前人问起。

“在天香阁坐着，哪里也没去。中途还替裘仵作支付了酒钱，所以我能够证明裘仵作同样不在县衙里。”顾长明见到裘仵作的时候，对方至少喝到八分醉，都分不出谁是谁了，还差点儿把他当成了戴果子。

“如果书信是假的，那么对方预谋太久了。”孙友祥最不怀疑的就是顾长明和戴果子两人。戴果子是他一手养大的，要是还心生怀疑，简直是抽自己嘴巴。顾长明的家世背景很强大，这位前提刑官家的长明公子，未必将五千两黄金放在眼中。

“是不是要等到稍后孙大人收到真的书信，才能确信我的话？”顾长明退让一步，既然牵扯到黄金的来往书信，肯定是有特殊暗号的。对方想要造假最佳的方法，就是在中途把真的书信拦截下来，照着那个做一份假的，两相比较之下才会让破绽变得最小。

“也是我托大了。”孙友祥承认自己根本没有想过那书信会是假冒的。如果他当时再看得仔细些，未必不能看出那是伪造的。这世上没有后悔药，他采纳了顾长明的建议，让偷盗黄金的人止步于曲阳县，黄金到手了也拿不走。

第三章 | 当局者迷

曲阳县前后有两条道方便进出，孙友祥立时下令，让手下衙役分作三班，在县城中来回巡逻，见到有人运送大宗货物，一定要拦下检查。还有那些可疑的陌生面孔，遇上一定要细细盘查。

孙友祥身上有书房的钥匙，他刚打开门，顾长明就低声说道：“又有人来过，看起来，这次是真的。”

孙友祥循着他的视线放眼看过去，和前日收到的那封书信一样，连位置都分毫不差，就在书桌正中处。他疾步走过去，刚想要去拿信件，顾长明突然朝着门背后猛力击出一掌，变故来得太快，门后闪出一道人影，全身黑衣黑裤，动作极快。那人压根儿没有胆量接顾长明的掌风，侧头避过，想要夺门而出。

“大人，找到了。”戴果子来书房找孙友祥，见房门紧闭，以为是孙友祥与顾长明在谈要紧的事。还有什么比他查到的线索更加要紧的？所以他想都没想，从外面把房门给推开了。

只见一团黑影，没头没脑地朝着他扑了过来。戴果子没等顾长明过来救人，双膝一屈，上半身往后倾倒，躲开了对方的攻击。

顾长明见戴果子没有受伤，扔下一句“保护好孙大人”，跟着黑影追了上去。两人在屋顶上一路追跑，顾长明是在办案，所以他压根儿不怕底下有行人驻足观望。他倒是很想看看，这样一个全身墨黑的贼会跑到哪里去。

顾长明的轻功不弱，而对方的身手更加轻盈多变，虽然被发现行踪，也不见他慌乱。明知道后面有个高手在追赶，他始终能够拉开与顾长明的距离，看起来他对曲阳县各处都十分熟稔。

顾长明边追人边想，这人在这样关键的时候出现，证明了什么？如果不是他事先推断出孙友祥收到的第一封是假信，那么此人把真的书信送来的行为就有待商榷了。难道说是为了提醒孙友祥？

而且当时并没有第二个人在场，他送完信后，完全可以一走了之。这样躲在门后，反而像是要故意暴露他自己的行踪。顾长明嘴角轻轻一扬，事态的发展越来越有意思。难不成贼窝里头还起了内讧，这人就是倒戈要来帮他们忙的？

刹那间，屋顶上失去了那道黑影，顾长明心中一惊，跟着从屋顶跃下。这儿分明就是个菜市场，他跳下去的位置，还是贩卖活鸡、活鸭的摊子，落地差点儿踩一脚的鸡毛。等他抬头再看，市场中两排对开，几十个摊贩，大声吆喝的有，讨价还价的有，哪里还有那个黑衣女贼？

这一路追赶下来，顾长明要是还看不出对方是个女人，真是要白瞎眼了。人群中，买菜的小媳妇和大婶还真不少，要是对方有备而来，在落地的时候脱了外面的一层黑衣，随便穿一件衣裙，他哪还能找到她？

顾长明没有在这里浪费力气，对方用了点儿小聪明，居然把他给克制住了。他非但没有气恼，反而更加确定对方送信的举止有益无害，所以更想要回去看看县衙内的情况。

等顾长明回到县衙，进入书房，便看到孙友祥正在审一个衙役。戴果子紧张地站在旁边，看顾长明双手空空地出现就问："没抓到？"

"嗯，跑进菜市场就不见了。"顾长明仔细地看着跪在地上的衙役，有些年纪了，正在和孙友祥纠缠不清。

"我找了名单，上面写着昨晚是胡文丘值守，胡文丘却说这个老吴找到他，说家中有事，要和他换班。"戴果子压低了嗓子，告诉顾长明来龙去脉，"我找到老吴，他却说根本没有这回事。"

"胡文丘呢？"孙友祥气得眉毛倒竖，老吴还是一副一问三不知的样子，他接着追问，"他喝了酒，还喝了不少？"

"是，找着他的时候，还在说醉话呢。白天就喝成这样，县衙有规矩，办差的时候不许喝酒的。昨晚胡文丘和郑和一起，两人的证词都对得上，没有问题。"戴果子抬头看看孙友祥，接着对顾长明说，"刚才大人看了书信，更气了。书信的内容居然和他前一封收到的一样，只是提取黄金的日子往后挪动了三天。"

"那就是说，我们只有两天半的时间，刻不容缓了。"顾长明向前踏了一步，挡在了孙友祥和老吴中间，"孙大人，黄金还在曲阳县中，刚才那人就是来传递这个消息给我们的。那人是冲着孙大人来的，她要是想走，我们根本看不见她。这封信兴许是她偷偷拿出来，交给孙大人过目的。"

"你的意思是，他特意透露消息给我，是想要帮我？那第一次送信来的人也是他？"孙友祥有些糊涂，这人究竟是敌是友，为什么既要害他，又要帮他？

"是她不是他。"顾长明可以肯定，那人不但是个女子，而且年纪很轻，能够有如此身手，一定不是一般人。他在心中轻轻一叹，为了五千两黄金而来，怎么可能是一般人？一般人有这个心也没有这个胆。

"是个女的？"大半天里，孙友祥的一颗心七上八下的，就没有平静过，"你们两个随我进来，顾公子给我说说是怎么把人跟丢的。果子，不用太着急，已经到了这一步，我反而坦然了。”

“这女贼，年纪不大，轻功极好，踩点儿、探路是偷贼的看家本领，她能够跑得掉，并不能说明她是本地人。黄金在孙大人手中有段日子了，他们可以下手的机会很多。所以更大的可能是他们不知从哪里得来确切的消息，过来做一票买卖。”顾长明分析得头头是道，“他们必然有个极好的幌子，能够在人多口杂的地方出没，而不会引起别人的怀疑。”

孙友祥低头苦笑道：“顾公子说得都对，可惜时间实在不够。要是上面派来的人到了曲阳县，交付不出黄金，我已经想过一人担当重责，无论是辞官还是发配，都不能连累县衙里这些人。这些人跟了我多年，没有功劳也有苦劳，不能因为我的疏漏让他们跟着吃苦受累。”

“大人，县衙失窃绝不是你一个人的责任，你不能就这样放弃了。”戴果子知道，这个罪名要是由一个人承担了，那恐怕不仅是丢官职了，连性命都要保不住了。他急得给顾长明使眼色，这个时候还是顾长明说话有点儿用。

“孙大人，还有两天时间，我带果子四处转转，没准儿会有转机。”顾长明的笑容如徐徐清风，“如果这次能找回黄金，我倒是希望孙大人给我个方便。”

顾长明走得极快，迎面却有个人对准冲上来。那人快要撞到他才站稳脚，从怀中取出一幅画像来，对准他的脸比较，然后问：“顾公子，顾长明公子？”

戴果子生怕这人挡路耽误时间，从对方手中一把扯过画像，定眼去看。小小一幅画，寥寥数笔，居然画得形神兼备，别说是认识顾长明的人了，便是从来没见过顾长明的人，大概都能认出来。

顾长明脸色突变，从戴果子手中把画像拿了过来，急问：“我就是顾长明。给你画像的人在哪里？”

“那人让我给顾公子带个口信，说是因为变故，他已经改道去往开封府，请顾公子赶紧赶过去会合。”那人的态度很是恭敬，“我路上没有耽搁，也赶了三天的路。顾公子请斟酌而行。”

戴果子一看顾长明的表情，知道多半就是他一直在曲阳县等的那个师兄。这人也够折腾的，顾长明才从开封府过来，绕个圈子，等了好些天，又让他原路返回。

“你怎么来了天香阁？我们不是才从这里出来吗？顾长明，你等等我。”戴果子和他前后脚进门。店小二早就把顾长明视若上宾，连忙迎了上来：“公子，还是楼上雅间吗？”

顾长明点点头，小二又问要什么酒菜，他随口说了几样，又说道：“那天唱小曲的姑娘很好，她还在你们店里吗？”

“公子说的是那卖唱的爷儿俩啊，在是在，不过那老头儿身体不太好，恐怕要晚些才会过来。”店小二见顾长明一抬眼，立马识趣地说道，“老头儿身体不好，卖唱的姑娘好着呢，掌柜的看他们可怜，就让他们住在后面仓库里，我去把人给公子喊过来。”

“天香阁生意这么好，仓库里囤积的东西恐怕也不少吧？”顾长明的腿迈开，没有往楼上雅间去，反而像是要跟着小二去仓库看看。

要是这时候戴果子还看不出蹊跷，那么这些年的捕快他算是白干了。不翼而飞的黄金、身手极好的女贼、刚进曲阳县不久的卖唱父女，一连串的线索连接起来就变得顺理成章。他怒瞪了小二一眼：“去看看你们仓库怎么了？还能短缺了你们的东西不成！”

店小二哪敢反驳他，连忙赔笑道：“不是这个意思，仓库很大，也很乱，油盐米面的都在里面。平日里我都不想多进去，公子这样金贵，进去怕脏了衣服鞋靴。”

“我就是想看看这仓库到底有多大。”顾长明的眼睛一眯，小二忽然觉得后背发凉，连忙在前面带路，不敢再吱声了，“这样大的仓库，住着两个外人，你们掌柜的也不怕他们偷了东西就跑？”顾长明似笑非笑地看着店小二，“还是说掌柜的心挺宽的？”

顾长明的手已经按在仓库的门板上了。他的直觉告诉他，人还在里面，做了笔这样的大买卖，他们怎么舍得离开呢？

“公子是我们天香阁的贵宾，要到仓库来看一眼，也不算是什么大事。”店小二还没发现到底出了什么问题，把仓库的门推开，大大咧咧地喊道，“老头儿，有人来看你和你闺女了……”

第四章 | 果然是她

那再欢快不过的声音戛然而止，一根尖锐的长铁刺顶住了店小二的咽喉，鲜血蜿蜒流出。店小二顿时眼睛翻白，刚想要仰面而倒，便听到个声音："你最好别动，否则我不能保证它会不会刺穿你的脖子。"

顾长明多走了五六步才停下来，嘴角扬起道："自古历朝的律法对偷盗这一行径定罪都算很轻，要是因为偷而杀人，是不是太不值得了？"

他发现地上有铜钱大的褐色痕迹，脸色一变，蹲下来用手指蘸了点儿："还有一个人呢？那个与你同行的姑娘去了哪里？"

地上一连串都是血迹，血迹湿润尚未干透。顾长明不等对方回答，疾步顺着血迹向前，在一堆米袋后面，见到了鲜血淋漓的小凤。他刚才就在想，虽然仓库只有一扇门，但这人要想跑掉，多少还有希望的，为什么要留在这里，等着他们进来才出手？原来这里有个伤得不能行动的同伴，他走也不是，留也不是，犹疑中错失了最好的逃跑机会。

如果是这样的话，顾长明抬眼看着他："人不是你伤的，还有谁？"

那人把铁尖刺收回到平日用的那根拐杖中，毫无破绽，他却已经不是那个弓着背的老瞎子了："你先给她疗伤。"

"我答应给她治伤，但你最好别想逃跑。"顾长明知道他的动机，两人在无声中较劲。谁先一步谁就赢，而顾长明身后还有个戴果子可以凑合着用一用。

"我为什么不跑，留在这里蹲大牢吗？"对方又多看了小凤一眼，目光中尚有留恋。下一刻，他发动了。

戴果子防着前面，不承想后面有人补刀子。他后背剧痛，疼得他失声大喊。趁着顾长明回头的瞬间，那人用那根盲人棍在地上重重地一磕。

只听"噗"的一声巨响，白色的雾气从地面上腾空而起，速度极快，转眼已经看不见对方的人影。

顾长明知道是谁站在戴果子身后，又伤了戴果子，当务之急是先把门堵住，结果他的双腿被两只手给抱住了。

任是他反应再快，也没预料到地上躺着的这人的双手会抱住他，手劲儿还挺大，除非是他抬脚把人踹飞，才能快快脱身。刚才他嘴里说得很绝，真让他对一个全身是伤的姑娘动脚，他却犹疑了。

“金子还在。”抱住顾长明双腿的正是看起来奄奄一息的小凤，她撑起一口气，说完这句话，手臂上的力气就卸掉了。

顾长明只觉得场面混乱，一手把小凤抱起来甩在肩膀上，另一只手去抓戴果子。

戴果子后背剧痛，以为是被人狠心地刺了个对穿，又惊又怕，站着不敢移动。当时他背后只有那个店小二，浓雾起来，他也知道是个什么情况，暗暗骂了这些偷黄金的贼十七八遍，小爷要是死了，也算是为公殉职，不算丢脸。

可是他后背的刺痛居然很快就消退下去了，顾长明已经来到他身边，抓住他的胳膊喝道：“先出去再说。”

顾长明背着一个，拽着一个，还分得清楚方向，很快走出了仓库。这浓雾有点诡异，只在屋中团团缭绕，散不出去，但一旦出来，外面完全不受影响。

“先让我看看你的后背。”顾长明示意戴果子转身，看到他后背的衣服有个像是烧焦的痕迹，也顾不得许多，五指一抓把衣服直接抓破了个大洞。

“恐怕这整个天香阁都脱不了干系。”顾长明确认戴果子没有大碍，想着还背着一个，这个倒是老实，不说话也不吭气的。等他把人放下来，才发现小凤已经出气多吸气少了。

“她不会是要死了吧？”戴果子没好气地吸吸鼻子，都是一丘之貉，不值得同情。

“你去衙门喊人，将天香阁立时封锁，只要是里面做事的，从跑堂到厨子，还有掌柜的，全部留在原地，等孙大人来审问。”顾长明低头看看小凤，“然后把裘仵作一起带来。”

戴果子动作迅速，带了十几个衙役把天香阁的客人全部清理了出去，将前后门堵住，闲杂人等不许出入。

天香阁本来就是曲阳县最大的酒楼，闹出这么大的动静，外头围观的百姓里三层外三层，比当日看通天河上浮尸的人数有过之而无不及。

孙友祥过来的时候，就听到了人群中传出天香阁是个黑店，用人肉做菜的谣言。他的脸色一下子比锅底还黑，作为父母官无论地方上出了何种是非都与他脱不得干系。他以为顾、戴两人会做得神不知鬼不觉，毕竟县衙内失窃不是光彩的事儿。现在弄得人人皆知，孙友祥倒是想要问一问是谁的主意了。

等看到顾长明背出个血肉模糊的姑娘时，孙友祥决定等黄金找回来，他要去附近香火好的庙宇拜一拜，问问各路神佛自己二十年的太平日子是不是就这样到头了。

“孙大人，那些看热闹的人不会碍事，反而成了最好的天然屏障。县衙中的人手毕竟有限，有这些人在外面围着，就算贼人想要趁乱把金子带出去，也躲不过这一百多双眼睛。”顾长明早就想好了说法，“这里有个小凤姑娘遭到毒打，凶手就在天香阁中。作为一方父母官，大人怎么能够姑息这样的事发生？必定要让天香阁先停业再彻查。至于这个重伤的姑娘，我先替她向孙大人求个情，请孙大人从轻发落。”

“难道说她就是那个……”孙友祥这才反应过来，受伤的就是冒险给他送信的女贼，“她既然是那些人的同伙，如何会伤重至此，还被他们抛下了？”

“因为她给大人送了那封信。孙大人一定很想从她口中得知这些偷金子的是什么人，那么也请等她养一养伤再审问。”顾长明连怎么安置小凤都想好了，柳竹雪尚在县衙的客房中休养，把小凤留在她身边，最合适不过了。

顾长明留了个心眼儿，他虽然不是大夫，但也能看出小凤身上的伤是鞭伤，养好伤能下床最少要十来天。而且柳竹雪的武功压制住她绰绰有余。

孙友祥考虑了一下：“好，我答应你，等她伤好些再审问。”他看着前面偌大的仓库，“那么他们是把金子藏在仓库里了？”

“没有，仓库中只有柴米油盐。”顾长明引着孙友祥往后院走，“没进来的时候，我也以为黄金会藏在仓库中。再仔细想想，毕竟是黄金，而天香阁中并非所有人都是他们的同伙，放在仓库里实在太扎眼了，所以肯定是藏在更加隐秘而可靠的地方。”

两人边说话边走到井台前，孙友祥不用顾长明再多言，也知道黄金肯定是在井下了：“那么就按照你说的，东西放在这里，嫌疑人等带回县衙，已经出逃的再想办法找回来。”他也有难办的地方，不能以偷盗罪来抓捕贼人，那么只能说是故意伤害罪了。

“小二已经跑了，恐怕掌柜的也不会束手就擒。能留下来不走的，多半都是些小喽啰。”顾长明不管这些后事，转身过去查看小凤的伤势。

“这位姑娘受的都是皮外伤，幸而没有伤到内脏，只是左脚脚筋受伤较重，不好好将养，恐怕以后会落下残疾。”老大夫不停地擦汗，他被戴果子死拉硬拽地拖过来，一路足不点地，这把年纪受不起了，“她的情况不适宜随便搬动，最好用担架抬着走。”

顾长明进仓库中找出大块的油布和长短合适的竹竿，做了个简易的担架，找了两个衙役过来，把小凤往担架上一放，带回县衙去。

裘仵作像是专门在那里等他：“你们走得慢，医堂已经把抓好的药都送过来了，我先拿去煎药。”

顾长明道了声谢，让衙役把小凤抬到柳竹雪住的客房门前，还没等他抬手敲门，担架上的小凤就双眼睁开，醒了过来。她醒过来的第一件事情，就是要翻身下来。她的伤势太重，这样一动，才止住的几个大伤口又汩汩地往外冒血，看得两个衙役眼睛都发直了。

“你这样子还想跑，能跑到哪里去？”顾长明随手在小凤身上几个穴道上一点，再用手背轻轻一拨，把她送回去还保持原来的姿势，“留住性命才能做其他的事情，你可要想清楚了才好。”

柳竹雪用床单把小凤的身体裹住，再给她盖上被子。盖被子的时候，柳竹雪感觉哪里不对劲儿，左捏捏，右捏捏，捏得小凤眼睛都睁圆了，然后问顾长明：“顾公子，谁点了她的穴道？”

顾长明两指一点，小凤的姿势看起来自然多了。小凤有火气也发不出来，顾长明已经俯下头来，剑眉星目，鼻梁挺直，那样的俊颜，看得人面红心跳，都忽略了他在说话。顾长明道：“你既然能够回来给孙大人送信，想必也是觉得他为官清廉，不该有此劫数。放心，在孙大人面前，我会为你求情，让他从轻处理的。”

顾长明交代好小凤的事宜，出来的时候，戴果子在门外已经转了好几圈，说：“只抓住了两个厨子，还有一个打杂的，关键知情的早就跑得一个不剩了。”

“哎，我说你就不好奇，谁会把黄金存在大人这里，五千两黄金啊！”戴果子好奇得要命，还不敢问孙大人。他想要唆使顾长明去打听，但人家始终是云淡风轻的模样，于是问：“你不会已经猜到是谁了吧？！”

“没，猜不到，也不想猜。”前提刑官的公子，对官场的这些套路实在不感兴趣。对孙友祥来说，只要这笔巨款来路清楚，就已经足够。他斜眼看着戴果子笑道：“我奉劝你一句，最好不要多想。”

“顾长明，你还真是奇怪。你愿意无偿帮孙大人破了悬案，却一点儿都不想涉足官场。如果没有你老爹的头衔，你这样的人，根本不适合在官场生存。”戴果子感觉到两人的分歧越来越大，他心里还牵挂着孙友祥，遂挥袖匆匆而去。

第五章 | 奉劝你一句

顾长明看着戴果子怒气冲冲的背影，心中默念道：你说得一点儿不错，我喜欢解开各种悬案，却不愿意陷入官场的种种阴暗中。这一点在父亲盛年之时毅然辞官的那一天，他就已经认识得非常清楚了。

顾长明在原地吹了会儿风，决定还是回天香阁去。看热闹的人已经散去七八成，顾长明入内的时候，那些衙役早认出是他，根本不会拦人。他不用询问也知道应该到哪里去找孙友祥。

孙友祥指了指身边的竹椅：“顾公子，坐。”

顾长明一撩衣袍，款款入座，真正是潇洒不凡，风流倜傥。小几上有泡好的茶，孙友祥亲手斟满杯递给他：“谁人会想到，五千两黄金就藏在这儿的井中？我喝口茶就能坐拥五千两黄金。”他脸上一派温和，更有些看破世面的通透。

“明天酉时，有人来提黄金。提走以后，我是不是依然还能在曲阳县过安稳日子？”孙友祥不知是在问顾长明还是在问他自己，慢慢喝下一盏茶，“这安稳看起来也不安稳。”

“孙大人，为官之人不可能没有一点的差池，不必太放在心上。”顾长明陪着他喝了一盏茶，“我已经把小凤交给柳姑娘照看，如果孙大人想要追查出到底是谁在打黄金的主意，三五天后，可以把人关押起来好好审问。”

孙友祥说：“上面知不知情的，没有多大的妨碍。黄金从我的这双手里交付出去，我不过是个中转。黄金在，我就没有错。所以我何必要为难这个姑娘？”

顾长明知道孙友祥是个疾恶如仇的性子，哪怕曲阳县十多年没有人命案。他想到父亲提起过的三两句关于孙友祥这个人的评价——当日不畏权贵，明明有大好官途，却宁愿蛰伏在这样的小县城中，不知不觉地大半辈子就过去了。

戴果子过来的时候，见两人相对而坐，微风中两人之间有种旁人不能插手的氛围。他远远地站着，双脚居然不能踏步往前，总觉得他们之间一旦多出个人，会破坏那种和谐的默契。

孙友祥留了六个人，继续把守住天香阁的门口，外头谣言来得快去得也快，很快就烟消云散了。

顾长明从老裘那里得了好药，送去给柳竹雪。

“小凤凰，顾公子来看你了。”柳竹雪回头唤了一声，“你要知道他有多厉害，栽在他手里没什么丢人的，我也打不过他。”

“你们两个倒是相处默契，她不是叫小凤吗？”顾长明始终顾忌男女有别，站在门口说话却不进去。

“她其实叫凤凰，那时要当卖唱的，才改了叫小凤。”柳竹雪让过半扇门，“她的确想跑，我不让她跑。”

“听孙大人的意思，未必要审她，让她安心养伤。”顾长明说完转身就要离开。

“顾公子，”柳竹雪喊住他，“小凤凰问你为什么要救她。”

“和她给孙知县送信是一样的道理。”顾长明边走边想的却是孙友祥说的那番话，总觉得他有了隐退之意。

果不其然，第二天孙友祥在天香阁中把五千两黄金一钱不少地尽数上交。回到衙门后，就写了辞官的文书，即时上呈，只等上面批复，派遣新的官员过来。

孙友祥唤了戴果子过来，目光看的却是顾长明：“顾公子这次你帮我侥幸脱险，果子当时说要还你的人情，不如你此刻就把人情要回去吧。”

顾长明与孙友祥交换了眼神，两人在彼此眼中看到了想要的答案：“既然孙大人在这里，正好做个见证。我想要戴果子做一年随从，与我同往各地，不得反悔。”

戴果子一口气回转不过来，哪经得起孙友祥这般激将，手掌在桌角边重重一拍：“一年就一年，小爷年纪轻，不怕耽误这一年的工夫。我可说好了，这一年包吃包住，衣食住行都由你来支付。”

“成交。”顾长明两个字一出口，老裘和老拳双双过来给戴果子道贺，说的话差不离，都说能够跟着长明公子，那是打着灯笼都难找的好福气。

戴果子听了都快气得鼻孔喷气了，他这是去做苦力的，两个老家伙吹嘘得天花乱坠，说得就好像是把他从曲阳县给嫁出去，还是嫁了一户大好的人家似的。他脸色不好，又不想在孙友祥面前发作，别扭得出去透透气。

戴果子闷气低头往前走，柳竹雪满脸惊慌地过来，两人几乎迎面撞在一起。

“柳姑娘，你这是？”戴果子见柳竹雪拿着融雪剑，肩上还背着个包袱，一副要离开的样子，发髻都没有梳理整齐，“要去哪里？”

“我家中有急事，必须回去。”柳竹雪本来就是借住的，随时可以离开，“家父身体有恙，恐怕是……恐怕是……我不能再耽误时间了，既然遇到你，就劳烦你和孙大人说一声，我要急着走了，多谢他这些天的收留。”

戴果子一把握住了她的小臂：“柳姑娘，你这样子惊慌失措地离开，路上要出事的。还有你屋中的那个女贼呢？”

“在这里。”小凤凰居然已经能够起身，始终跟在柳竹雪身后。奈何戴果子眼里压根儿没有别人，这么大一个姑娘，他完全没看见，小凤凰道，“你别‘女贼女贼’地喊，我有名字的，我叫小凤凰。”

“都是我没有把话说清楚，让大家产生了误会。”柳竹雪连忙解释道，“我要立时回开封府，其他的也顾不上了。”

戴果子见她铁了心要走，本来对顾长明的建议还有些左右摇摆的，这一下他意志坚定地开了口：“柳姑娘，要不然你等一炷香的时间，我们同行上路？”

柳竹雪先看向顾长明，见他微微点头，确信戴果子说的是真话。有人同行，她那颗七上八下的心才算是安妥了些：“为什么还要等一炷香的时间？”

“因为要去雇辆车，你不适合骑马赶路。”小凤凰在她身后轻声说道，“你穿的鞋子不能骑马，你穿的裙子也不能骑马。”

“她说得很对，我还有些随身的行李要拿，你在县衙门口等我们。”顾长明的眼眸一转，看向小凤凰，“你的伤还要多养养，这会儿就起来，不怕孙大人立即审讯你？”

“顾公子放心，孙知县想要审问的话，随时都可以。审不审是他的职责，答不答是我的原则。”小凤凰一双眼长得特别好，眼尾微微上吊的丹凤眼，专注看人的时候显得神采飞扬。

“孙大人已经请辞了知县之职，等到新的县官上任便会离开，应该不会再来审问你了。”顾长明同样着急离开，生怕与师兄错过。他于情于理都应该等孙知县离开再辞别的，可这会儿也顾不上了。正好趁着柳竹雪要走，戴果子难得干脆，一并就都走了。

“那我……那我能不能跟着你们一起走？我可以帮你们做点儿事报答的！”小凤凰鼓足勇气冲着顾长明的背影喊了一句。

“你好好养伤，就算是报答了。”顾长明没有回头，扬手一挥，“如果我是你的话，会等到孙大人离开，十里相送。”

孙友祥一听顾、戴两人说走就走，有些诧异：“是因为柳姑娘？”

“这是柳姑娘的私事。”顾长明说得很客气。

在旁边始终默不作声的戴果子浓眉一挑。顾长明说话喜欢说一半藏一半，在他看来这估计就是贵公子的怪毛病。关于柳竹雪的事情，顾长明肯定知道内中蹊跷，却特意为柳竹雪保密，好像这秘密一下子成了只有他们彼此知道的存在，让戴果子很不舒服。

顾长明接收到戴果子略有挑衅的目光，哪有不懂其心事的：“路上你自己问就是。”

要是问得出口，我用得着等你说……戴果子把这句话咽了下去，不能让顾长明太长脸，他宁愿一直不问，等真相自己浮出水面。

“那个受伤的女贼，伤势恢复得如何了？柳姑娘一走，又要找人来照顾她。你也知道我这种小官职，很快会有人接手，她在县衙里住不久的。”孙友祥本来想让他们带着人一起走，省得麻烦。但想想她受的伤这样重，再着急赶路的话，万一旧伤复发，还要成了三个人的累赘。

“孙大人不用担心这些，其中的利弊，我刚才分析给她听过。她若是有心人，必定不会让孙大人为难的。”在顾长明看来，那个小凤凰极有主见，要是把他的话听进去，自然知道该怎么做。

“跟着顾公子，他也不会亏待你的。”孙友祥闭一下眼很快又睁开，里面的各种复杂情绪统统都没了，“既然答应了就要说到做到，你们去吧，我就不送了。”

戴果子嘴巴开开合合几次要说出我哪里都不去，我要和大人在一起的蠢话，都强行忍住吞了下去。他忽然在原地跪下，给孙友祥重重地磕了一个头，不等其有所反应，跃身而起比顾长明离开得更快。

顾长明看着果子跑得飞快，然后察觉出身后有人在默默注视着自己，视线灼灼。等他转过身去，却空空一片没有人，没有目光。他知道是谁在看他，也不点破，疾步跟着戴果子而去。

第六章｜倾听之耳

顾长明翻身上马，戴果子负责赶车，柳竹雪掀起车帘探出半张脸来：“让果子给我赶车，我觉得不太合适。”

“没事，他说自己的赶车技术不错，你可以试试。”顾长明见柳竹雪依然有顾虑，微微笑道，“天气不错，一路上你可以和我们说说话。”

柳竹雪觉着有道理便把车帘卷了起来，一行三人很快出了曲阳县。戴果子忍不住问道：“你到底从哪里得来的消息说你爹出事了？”

“我出去买点心，听到有人从开封府过来，说开封府少尹病得很重，四处找名医就诊。我当时脑袋‘嗡’的一声，什么都顾不上了。”柳竹雪低头轻声说道，“我想父亲应该是被我气的，否则他正当壮年，一直身强体健，不至于如此。”

“你做了什么让你爹气出病的大事，说出来给我们听听。”戴果子这才算是捞到机会问出他心头最大的疑问，要说离家出走的话，他看起来更合适些，柳竹雪这样的家教、这样的人品不应该啊，“你出来有段日子了，他也不找你？”

柳竹雪苦笑一下，看向顾长明，觉得他会猜出什么来。顾长明觉得，曲阳县到开封府，路上需要三五天，让戴果子早些知道也没有坏处，便清了下嗓子说：“柳姑娘知书达理，其父也肯让她习武，除了不满父母之命的姻缘大事，恐怕没有什么能够让她一声不吭就离家出走的。”

柳竹雪沉默片刻才道：“原本就想着我这点儿小秘密绝对瞒不过顾公子，果然是这样。”

“不过令尊要把你许配给什么人，我就猜不出来了。”可惜她父亲病危的消息一传来，柳竹雪就沉不住气了。两地相距有五百多里，那么巧有人从开封府回来，还在人多的地方说起柳致远的病情。

有些巧合，细细想来，不由得让人忧心其中另有蹊跷。

“这人的名讳不好提，我就不明说了。”柳竹雪大概是想到此番回去以后，父亲应该还会逼婚，脸色很是难看，“我不知道自己是否还有勇气第二次逃出来。”

“你爹要把你许配给什么大官？”戴果子试探着问道，“是个老头子？所以你不愿意？”

柳竹雪摇摇头道：“父亲对我很好，不会这样对我的。只是那人……那人委实不是我想嫁的。”

三人日出而行，日落而息，火急火燎地在第四天傍晚时分，赶到了开封府。

戴果子跟着进开封府的人群，放缓了马车的速度，等进了城里，熙熙攘攘的人群，热闹非凡。戴果子赶着车，走在专用的车马道上，一双眼睛都不够往两边看的，口中连声说道：“有意思，真是有意思的好地方。”

“师兄说他会在福天苑等我，我们先过去那边。”顾长明揉揉眉心，等见到师兄，知道没有大碍，他就去为柳竹雪跑一回腿，哪怕是借着父亲的脸面，也要请柳致远再细细考虑柳竹雪的婚事。

戴果子在福天苑前停下马车，立刻有人过来打点。那边顾长明也下马，脚步微微一停，抬头四顾，目光明亮。

“柳姑娘，你回来的消息应该还没来得及通知府上吧？”顾长明观察力敏锐，没道理他刚刚回到开封府就被人盯梢。

“没有啊，我都不敢回去。”柳竹雪下车，发现顾长明神情肃然，“父亲知道我回来了，怕我跑了找人来抓我？”

“对亲生女儿没必要这样，这些人是冲着我来的。”顾长明都没把戴果子算上，一个十几年没出过曲阳县的小捕快，需要这么大的阵仗吗？越是嗅到周围气氛紧张，顾长明越是担心师兄出事，顾不得其他，硬着头皮也要往里冲了。

“你……你不会身上还背着案子吧？”戴果子一听觉得不对劲儿啊，顾长明顶着个神气的头衔，压根儿没人会对其生疑。

戴果子毕竟曾是衙门里当差的，来者是官是贼还是能够分辨清楚的。这些人分明就是官差，就他眼睛能看到的，有七八个人，还有那些伪装潜伏看不出来的。

所以，他们一进开封府就被官差包抄了。

“不管发生什么，你等下带着柳姑娘走。再不济，她带你回本家，有柳大人的官威在，一般人伤不得你们。”顾长明很镇定地部署，“走散了以后，记得到新月楼碰面。我完全不知道发生了什么，但如果不是针对柳姑娘，更不是针对你的话，剩下的只有我了。”顾长明眼见着有三四人单手背负在身后，明显是要亮家伙了，他暴喝一声道，“走！快走！”

柳竹雪不肯在这种时候抛下同伴。戴果子拖不动她，只好说：“他的武功足可以脱身，我们留下来只会是累赘。你也不想不明不白地牵扯其中，连累你父亲的名声吧？”

戴果子说得合情合理，柳竹雪一咬牙，不敢多看顾长明，扭头就走。

人群中有呼喝声：“别让杀人凶犯跑了！”

果然那些人一拥而上，全部冲着顾长明而去，一时之间兵器相交，金石铮铮。还有人直呼顾长明的名字，却没人来捉另外两人。

柳竹雪回头见到刀光剑影，哪还敢多作停留。果子说得不错，顾长明一人的话，还有逃脱的机会，如果带着他们，结果只能是三个人一起被抓。

但是顾长明疾恶如仇，品行端正，怎么会是杀人凶手？他杀了什么人？

不知道跑过了几条街口，两人气喘吁吁地停下来，你看看我，我看看你，相对无言。

“你没听到有人指名道姓要抓顾长明，还是杀了人的罪名吗？”戴果子双手扶着后腰，一口气差点儿喘不过来。

“听见了，可他是不会杀人的啊！”反正柳竹雪不相信，“肯定是抓错人了。”

戴果子气得说不上话来，那么多官差来围剿，还高喊着顾长明的名字，柳竹雪还一心要为他开脱，不是喜欢一个人绝对做不出这种蠢事。但他气归气，还是要护着柳竹雪的安全，这里不是曲阳县，万一被别有用心的人看到柳竹雪和顾长明在一起，到时候就难开脱了。于是他拖着柳竹雪一路狂奔不止。

顾长明没想到自以为最安全的开封府，却是一片刀光剑影。等他确认戴果子带着柳竹雪逃走，并算出同伴肯定能够躲到安全的地方后，再没有顾忌，一声清啸中，袖中剑出手将四周的围攻者一举逼开，在身周形成一道雪亮的光芒。

顾长明袖中剑十八式，舞得水泼不进，没有半分破绽。他眼尖地发现四五个人在撤退，必然是去准备天罗地网了，这正是他想要的最佳时机，面前剩下七八个人，是围不住他的。顾长明偏偏不跑，他在等，等那个最好的机会。

有人再次暴喝道：“里圈的人都让开，以免误伤！”天罗地网的金属丝装有倒钩，一旦中伏，无论网中人如何挣扎，除了会把自己弄得遍体鳞伤，绝对不能够挣脱开。

光线斑驳落在顾长明的眼瞳中，那一瞬间，他的瞳仁剧烈收缩，顾长明拔地而起，七八个人惊呼，阵法完全失控，他从防守最薄弱的东北角逃逸。

谁也想不到，顾长明刚出城就遇到了合适的马车，他纵身一跃，平平滑出，像是只硕大的壁虎紧紧贴在马车底下，一动不动。即便是进城的时候，负责例行检查的官差也想不到马车底下还藏着一个大活人，更没有人会想到他胆子大成这样，还敢重新回到开封府。

这才是灯下黑的道理，越危险的地方越安全。

顾长明不用探头出来，只凭借压过的路面就能判断这辆马车也是从很远的地方过来的，车上有三个人，两女一男，不知道是不是长途疲劳，谁都没有说话。最终马车停在了福天苑门前。

顾长明等到小二把马匹送到后院去喂草、洗刷、休养时，才从车底出来。确定自己的精力恢复了七八成后，他才一个跃身从福天苑的后院翻了出去，双脚轻落在地。福天苑后是一处花鸟集市，人来人往，有买花的，有玩鸟的。他混入人群，仿佛是一滴水落进湖面，没有引起任何人的注意。

第七章 | 小葫芦

顾长明在集市中慢慢向前走，刚才那些人有没有提到过被杀死的那个人是谁？顾长明认真回想，他们除了精准地喊出他的名字，再没有说其他的了。这些人来自开封府，也就是柳竹雪父亲的手下。能够动用十几个官差来捉人，多半就是认定了嫌疑犯，直接抓回去开审的。

等他走出集市，判断了一下方向，刚要迈步的时候，顾长明发现有人在一眨不眨地看着他。等回过头去，他发现看着他的人是个七八岁的孩子，一双眼睛亮晶晶的，头发披散着，穿一件月白色的外衫，面容清秀，看不出是男是女。

那孩子不但冲着他咧嘴笑，还招招手，示意他过去说话。

顾长明缓步走过去，低头看着小不点儿：“你认识我？”

小不点儿指着自己道：“我是小葫芦，你认识小凤凰对不对？”

顾长明脸上不动声色，他是在曲阳县认识的小凤凰，这个身在开封府的孩子是怎么获知的？疑惑只在瞬间，顾长明很快明白过来："她在我身上做了印记？"

"你还挺聪明的，一想就明白了。"小葫芦人小鬼大，冲着他皱皱鼻子道，"小凤凰肯定承了你的情，这印记是让人看见了以后，能帮则帮。你说吧，你有啥要我做的，我尽力而为。"

顾长明没把他的话当成小孩子的胡说八道，很认真地看着他道："我要去新月楼，还要保证那里不会有官府的人盯梢。"

小葫芦像是听明白他的话了，用力点点头道："你肯定是没干好事，所以怕见着官府的人。没关系，没关系，做我们这一行的都懂的。"他一转身往前走出十几步，又回过头来，"你不是要去新月楼吗？跟上啊。"

顾长明很快就发现，他以为自己对开封府很熟稔，却远远不及小葫芦。这走的路都是从别人家的前门穿到后院的，小葫芦到了就敲门，还真有人给他开门，没有多余的话，把他们送走再关门。

"新月楼的糖醋大鲤鱼是一绝，等会儿你能请我吃吗？"小葫芦始终没问顾长明的身份，一心把他也当贼了。

"能，还有葱扒羊肉、奶汤燕菜，想吃吗？"孩子到底是孩子，心里牵记着好吃的，顾长明知道新月楼就在前面，柳竹雪和戴果子就在那里等着他，"你要确保那里没官府的人。"

小葫芦"嗯"了一声："我还真不能确保里面没官府的人，如果你要找人，我可以帮你把人带出来，找个清静的地方说话。"

明明是个小不点儿，顾长明不知怎的却相信他能说到做到："那也行，你在新月楼喊上一桌子好菜送过来，所以这个地方不能离得太远。"

"那是当然，离得远了，菜凉了不好吃。"小葫芦说得一本正经，完全没把开封府的官差当回事，"让我想想附近哪一家最好。"

于是顾长明被带到一处僻静的院子里，院子正中有一方石桌、四块石礅。除了他们两个，竟然就没有其他人了。

"你且在这里耐心等一等，告诉我要把谁带来见你，顺便把新月楼那五两一桌的酒席银子给付了账。"小葫芦没羞没臊地朝着顾长明一伸手，"那也不能正好给五两，多少要给点儿打赏的钱。"

当即，顾长明拿出一锭银子交给小葫芦："这是十两的银锭，你拿去用就是，再添些酒来。”

“我就说小凤凰做了印记的肯定不是一般人，好，果然好得很。”小葫芦拿了银子，眉开眼笑的，这么小就见钱眼开的可不多，“那你快些讲讲，你要见的是谁？”

“一男一女，男的桃花眼，蜜色皮肤，身高和我差不多；女的清艳无双，带着一把剑。”顾长明还想说得再具体些，被小葫芦直接打断，说是如此人物就不要多费口舌，安心等着就是。

等小葫芦推门出去，顾长明四下转转，更确定了偌大的庭院中没有其他人。这是什么地方？小葫芦是怎么鸠占鹊巢的？明明是初次见面的人，小葫芦还不像是好人家的孩子，顾长明低头一笑，他这是魔怔了吧，能够如此相信这个孩子。小葫芦要是个江湖小骗子，拿了十两银子走人，也算是一笔不小的买卖了。

顾长明索性在石礅上坐下来，四四方方的石桌桌面上还绘着八仙过海的图案，他盯着看了好一会儿，耳畔再次听到推门声，小葫芦的声音响起：“他都相信我，你们怎么问了还要问？这么好看的大姑娘，如此啰唆，仔细嫁不出去。”

顾长明好笑地一抬头，见戴果子正在瞪着小葫芦，像是要伸手揪他的耳朵。小葫芦哪肯依，偏头躲了过去，身手委实灵活，脚步的走法果然和小凤凰的轻功有几分相似。

“顾公子？顾公子当真在这里！”柳竹雪见着院子正中坐着的人，满脸惊喜，径直走了过来，“这孩子说你在这里等我们吃饭，我们还不相信，没想到是真的。”

“原来你姓顾。新月楼里的官差可不少啊！我带着他们两个绕了好几圈才过来的，换了别人肯定做不到。”小葫芦满脸的骄傲，“现在可以放心了，不会再有官差来打扰我们。”

“这是谁家的院子？”顾长明可不想在不明不白的地方吃饭，所以务必要问清楚。

“你放心，院子的主人胡文熙回老家去奔丧了，三个月内都不会回来的。”小葫芦一点儿也不矫情，做坏事都说得理直气壮。

“你骗谁呢，回老家奔丧连一个下人都不留下来，让你这么个毛都没长齐的孩子给霸占了好地方？”戴果子这次不再客气，按住小葫芦的肩膀，拎住了他一边的耳朵。

“怎么是胡说八道了！这家主人脾气乖张，也没有娶妻，平时就两个下人服侍左右，一个管吃，一个管打扫。他回老家三个月，不把两个都带走，到了乡下谁服侍他？”小葫芦用力揉耳朵，“你没见过世面就别乱说话，免得贻笑大方。”

戴果子没想到他的一张小嘴这么犀利，抓着他的短处一个劲儿地怼：“你见过世面，那你有没有听过不请自来就是贼？你就是个偷跑进来的贼。”

“我要是贼，你们跟着我一起进来的，你们又是什么？”小葫芦大大咧咧地往顾长明身边一坐，“你得罪了官府，你知道新月楼里面一共有多少人等着抓你吗？我随便扫了眼，都不止十个，快跟我说说你到底犯了什么大事，让我也高兴高兴。”

戴果子在一边看小葫芦非常不顺眼，心想，哪里找来的小家伙？不但目中无人还这么嚣张。他冷笑着双手往石桌边一撑：“犯了什么大事？杀人罪，否则哪来的这么多官差！”

小葫芦压根儿没被他唬住，笑嘻嘻地咧开嘴道：“原来是杀人。杀了几个人？都是什么厉害的人物？你再具体说说。”

这次连柳竹雪都坐不住了：“顾公子，他到底什么来头，你哪里找来的？”

“不是我找的他，是他找的我，说我身上有小凤凰的印记。”顾长明一直没想出来印记在哪里。

小葫芦这时却欢喜地跑去开了门：“这酒席总算是送来了，快些摆桌。我说的青花酿有没有多捎带几坛过来？”

小葫芦交代新月楼的伙计两个时辰以后再来收拾，然后便轻轻地把院门给关上了。他一转身，三个人、六只眼全盯着他看。

“不会有官差跟着新月楼的伙计来抓人的。小葫芦也是胆子大，别人不会想到，刚被官差追得满开封府跑的疑犯，敢在新月楼点酒菜往家里送，而且这个宅院的主人，我突然想到是谁了。”顾长明单手拿起酒坛，拍开封泥，清冽的酒香四溢，闻之欲醉。

戴果子闻着香气就知道是好酒，肚子里那些酒虫拼命地往上爬，他连忙拿起酒杯喝了一盏。

正喝到兴致上，又有人来敲门。

这不是新月楼伙计约定来收拾的时间，三人十分有默契地安静下来，只是听着敲门的声音像是固定的暗号，门外又会是谁？

小葫芦竖起手指，对三人做了个鬼脸：“别紧张，是我的人。这是我们的暗号。”

小葫芦没让外面的人进来，站在院门口边听边不住地点头："嗯，原来是这样，这个人从外面来的？我想也是这样，来的时候没有引起你们的注意是吧？行了，行了，你们各自回去，该做什么做什么，别耽误了。"

等把门外的人打发了，小葫芦走进来再看顾长明时眼色中有些诧异："原来你真杀了人。他的名字叫高云歌，临死前说杀他的人是顾长明，地点不在福天苑也不在新月楼，而是在城门那边的小酒肆中，你们约在那里见面，你看他不顺眼就杀了他。"小葫芦把刚才收到的信息，稍许在脑中整理了一下，"有人看到杀人凶手，身长七尺，面容俊美，可惜动作太快，杀了人就跑所以分辨不清楚。"

顾长明的神情变了，一贯镇定的人，猛地伸出手来抓住了小葫芦的衣襟，瞬间把人提起来，离开了地面："你刚才说死者叫什么？"

"高云歌。"小葫芦顿时呼吸急促，知道顾长明情急之下动了真怒，一点儿也不敢再耍嘴皮子了。

"高云歌是我师兄，就是我一直在等的师兄。他死了？死在开封府？就在我来之前有人对他下了毒手，再栽赃给我。"顾长明的手指一松，小葫芦像是捡回一条命，连滚带爬躲到了柳竹雪身后去。

顾长明的声音不复平日的清朗，即便松开了抓着小葫芦的手，眼底的戾气仍然隐隐浮动，似乎连他自己都无法控制住，衬着他如玉的面容，有种诡异的冲突感。

第八章 | 一肚子坏水

"小葫芦，你出来。"柳竹雪抓住小葫芦的小手把他拖了出来，"你到底打听出了什么？和顾公子好好说，说清楚、说明白。"

小葫芦非常委屈："我说的都是实话，那个高云歌身受重伤，被人发现的时候，已经奄奄一息了。有好心人见其全身浴血，急着要报官，并问了他谁是凶手。高云歌说杀他的人是顾长明，前提刑官顾武铎府上的长明公子。"

"高云歌亲口说的？"顾长明稍稍冷静下来，小葫芦事先肯定不认识他，这些消息都是小葫芦派人出去打听来的，应该不是刻意胡编乱造的。然而师兄为什么要诬陷他杀人？

“有目击者说追杀他的是个长相俊美的年轻人。”小葫芦侧过头来看看顾长明，“要说你长相俊美，也不算是坏话吧？”

顾长明把小葫芦拉到跟前，单手覆盖在他的脖子上。小葫芦被他吓得不轻，全身哆嗦了一下。顾长明的掌心生出暖意，在小葫芦疼痛红肿的部位揉了两下。小葫芦抬起手来摸摸，好像真没那么疼了：“那个高云歌是你什么人？”

“师兄，他比我早入师门两年，性格温和，对我一直很好。”顾长明松开手要往外走，被戴果子给拦住了。

“你想去哪里？外面有的是官差等你出去，然后缉拿你。”戴果子恨不能跳起来对着顾长明的脑门敲两下，“你平日里不是聪明过人吗？你怎么不仔细想想，那人说自己是高云歌就是你师兄了？一个名字而已，他们还说人是顾长明杀的呢，你肯承认吗？”

顾长明脚步停住了：“没有人知道我师兄在那里等我的，没有这么巧合。”

“给你带口信的人呢？没准儿就有人知道你师兄在那里等你，你们本来也没有要刻意掩藏。”柳竹雪加入到说服顾长明的队伍里来，“这个时候，你出去打探肯定不合时宜。”柳竹雪的手指碰到融雪剑，“果子初来乍到的，人生地不熟也不合适，只有我最合适，让我去。”

“抓他的本来就是你爹，你这个时候回去，会不会被家法伺候？”戴果子明白的确是柳竹雪出去打探最合适，不过她都离家出走了，当时肯定发生了很了不得的事情。

“要打听消息的话，未必要去见我父亲。”柳竹雪更多的是为了安抚人心，“你们以为我在开封府这些年，会一个朋友都没有吗？我可以旁敲侧击，找相关的人来问一问的。顾公子，你师兄有什么特征吗？万一我能看到尸体的话，可以当面确认一下。”

顾长明可以说出高云歌的长相，但是对于一具尸体来说，如果伤口恐怖的话，这些都不再可靠。

戴果子见顾长明站着发呆，走过去低下头把脖子后面露了出来：“有些东西，活人、死人都不会变，比如我后脖颈的这道伤痕，哪怕我的脸被划烂，亲近的人也能够分辨得出是我。”

柳竹雪差点儿啐他一口，青天白日的哪有这么咒自己的。不过她用眼角的余光偷偷瞄了一下，戴果子的颈脖上真有一道伤痕，看那疤痕的颜色，受伤的时间至少在十年前，谁会心狠手辣地对个孩童下这样的毒手？

“大人说，父亲把我抱到曲阳县的时候，这道伤痕就在了，当时还血肉模糊的，幸亏有医术精妙的大夫给缝好了。”戴果子所知道的这些都是孙友祥后来才告诉他的，有些记忆可能是当时年纪太小，模糊混淆了。

“师兄的右肩上有一颗红痣，是梅花形状的，很少见；后腰有三道剑气留下的伤痕，要是仔细查看的话，应该还是能够看得出来的。”顾长明微微合眼，很快说出高云歌的身体特征，再睁眼的时候，他看到柳竹雪的脸色又古怪又尴尬。

“顾公子，我尽力就是了。”柳竹雪知道这种事情宜早不宜迟，否则尸体上的证据会被有心人故意抹除，到时候再想要找到证据，就难上加难了。

“柳姑娘，你要找的朋友是谁？可否告知我们以备不时之需。”顾长明分明看到戴果子紧张了起来，柳竹雪要去找的肯定是男子，她又说是朋友，应该是关系较好的那种。

“国子监的方原生，顾公子可曾听过这个人？”柳竹雪一派落落大方，“方母与家母也算是表姐妹，所以自我懂事起，我们两人走动来往就较多。后来家母病逝，两家的关系还在。国子监虽然不管凶杀案，我去找他帮忙的话应该能够打听到可靠的消息。”

顾长明和国子监的人交集很少，不过听柳竹雪说得那么肯定，知道她做的肯定是有把握的决定：“速去速回，路上小心。”

“我不会被人跟踪的，你们放心，等我回来。”柳竹雪往前走了两步，衣服下摆被小葫芦拉扯住。

小葫芦松开手，一转身看到顾长明悄然无声地站在自己身后，说道：“那个姐姐要去找的是国子监的人，国子监里面的多半是道貌岸然的伪君子，你说姐姐长得这么娇美会不会有危险？”小葫芦看着是对顾长明说话，眼角的余光却不住地偷瞄戴果子。

戴果子反而心平气和下来，别人有没有杀人，他不管，可顾长明和他一路相随，根本没有分开过，怎么抽身出去杀人？他看着顾长明：“哎，我说顾长明，你要是没有杀人，可以自己到官府把事情说清楚，我和柳姑娘都可以为你做证的。”

顾长明镇定的表情中有一晃而过的犹疑：“等柳姑娘回来再做决定。”

小葫芦见不能再煽风点火，慢慢蹭到顾长明身侧：“趁着这会儿有空，你和我说说小凤凰是怎么认识你的，是不是看你比其他男人都长得好看？”

“小凤凰在我身上种了什么印记？”顾长明警惕性很高，他和小凤凰接触得并不多，她为什么会选择在他身上留下印记，而不是住在同一个屋中的柳竹雪？

“就是一种药粉，抹在你的脖颈一侧。”小葫芦凌空一指，“有时候也会撒在别人衣服上。小凤凰肯定觉得你是个喜欢干净的，没准儿路上会换洗衣物，索性弄在你的身上。这种药粉七天之内，水洗不掉，时间到了自然就消失了。”

顾长明下意识地用手掌捂住脖子，如果小凤凰不是撒药粉而是下毒药的话，他也是毫无察觉的。

“你想到哪里去了？”小葫芦挺会看人心思的，“我们齐坤门那是神偷辈出，怎么可能给人下毒呢？我们都是手艺人。”

顾长明听到了这句话中的关键所在——齐坤门，原来小葫芦和小凤凰都来自齐坤门。而且他们两个的名字也不像是正经的名字，多半就是代号、别称。

小葫芦挥舞着小拳头抗议：“要说师门，我们的师门的确不在开封，但我是土生土长的开封人，所以才留在这里。”他又想到个更加重要的问题，“你想过为什么小凤凰要给你留下印记吗？”

“我和小凤凰不熟，刚才出去的柳姑娘倒是照顾过她。”顾长明不想和小孩子继续计较，好歹小葫芦算是帮过他的忙的，回头事情处理好了，他应该谢谢小葫芦才是。

戴果子看着满桌的酒菜，一点儿胃口都没有，把筷子拍在桌上，想着柳竹雪和那个方原生到底有多要好，听着柳竹雪的口气他们像是青梅竹马的表兄妹。

这一下，戴果子的心情越发不好了。

柳竹雪从胡文熙的别院出来，生怕有人跟踪。她是柳少尹的女儿，虽然在外走动得不多，到底是听父亲说起过开封府官差办案的手法，加上在曲阳县时，她还跟着顾、戴两人一起破了通天河浮尸案，所以她的心中有底。

柳竹雪从右边一路而出，往国子监去。单凭她一张嘴，根本没办法说服父亲，到时候反而会弄巧成拙。不如找方原生打听消息，要是能见到尸体就更好了。

柳竹雪是方府的熟人，敲了院门，开门的管伯见到是她，连忙上前相迎：“柳姑娘有一阵子没来了，今天怎么一个人过来？”

“没事，就是有些学问上的事情，要来找表哥讨教。”柳竹雪在前厅中等着，她没有带人，因为方府可不止方原生一个人。

“表妹，你怎么来了？你最近没在开封府吗？上次路过你家也没见着人，难道是你师父又出去行善事，把你捎带上了？”方原生想起来，这好像是柳竹雪第一次单独上方家的门。柳家的规矩多，柳致远对她颇为严苛，这种行为是不被允许的。柳致远最多就是在定远师太的事情上有所退让。

“表哥，我想请你帮我一个忙。”柳竹雪开门见山，否则以方原生慢吞吞的性子，到天黑都说不到主题上，顾长明那边可是等不起了，“开封府有人被击杀，是一个叫高云歌的外乡人。我想知道目击者到底是怎么说的。还有，尸体停放在哪里，能不能让我去看看？”

方原生脸色都吓白了：“表妹，你要去看一个男人的尸体？”

“是，我想确认一下这个高云歌是不是我朋友认识的那个人。”柳竹雪一点儿也不想耽误时间，从顾、戴两人身边离开后，她的一颗心始终悬着，“还有我父亲最近身体可好？”

方原生更加吃惊了：“表妹，你回开封府都没有回过家吗？姨丈身体应该还妥当，没有听到什么坏消息。也可能是姨丈真的染了病，而我不能及时获知。表妹，你不回家却跑来我这里要看什么男人的尸体……”

柳竹雪倒是很干脆，耍大小姐的脾气谁不会啊，她立即站起身道：“既然表哥觉得为难，我再想其他办法就是了，告辞。”

“表妹，我也没有说不帮忙，就是想问问清楚，担心你被坏人骗了。表妹，表妹……”方原生跟在柳竹雪身后一迭连声地道，那声音是越来越小了。

她学着顾长明平常的神情，目光冷冷，又似乎对一切了如指掌：“表哥，那你是愿意帮我了？不许跑去和我父亲说我回来的消息。”

方原生看着她，摇了摇头道：“你不许我说，我就不说。”

第九章 | 受人之托

回来的时候，方原生一脸沮丧的表情：“表妹，我只打听到杀人凶手的来头很大，武功特别好，官差一拨拨地派出去就是抓不住人。这件事情和你没有关系，你和那个凶手也没有关系。”

柳竹雪想都没想，接着他的话说了：“我和凶手没有关系，我只是受人之托打听。那人一直和我在一起，他是很好的人。”方原生震惊于她刚才说的那句话，一直和她在一起，那人是谁？！柳竹雪往外走，他的一双腿像是不受控制，也跟着往外走。

柳竹雪回过头来冲着方原生嫣然一笑道：“谢谢表哥提醒，我再考虑一下。”她春葱般白皙修长的手指竖在嘴唇之间做了个噤声的动作，“记得替我保密。”

回去的路上，柳竹雪同样很谨慎小心，不等她抬手敲门，院门便飞快地被打开了，一只手伸出来把她整个人使劲儿拽了进去。

“是不是出事了？”柳竹雪环顾四周，院子被打扫得很干净，那些酒菜像是被无形的大掌给轻轻地抹去了，什么痕迹都没有留下，“你们为什么都看着我？”

“你到底去找了谁？有人跟着你回来了。”戴果子不是不相信柳竹雪，她那么善良，那么容易心软，问题不在她身上。

“我一路留心，肯定没有人跟着我的。”柳竹雪一下子发急了，“我没有那么傻，会不管不顾就回来的。”

“那个人很厉害，而且还带了帮手。”顾长明想说的是，那个人甚至比柳竹雪早一步找到这里，其实他们始终是托大了，要是有人看到胡文熙的别院的事，再联想到新月楼里的那一幕，很多细节串联起来，会发现他们就躲在明处。

“我找了方原生，可是他没有打听出什么，人家一听是此案不敢多说，就说凶手来头大。”这一点柳竹雪是认可的，官府认定的凶手就是顾长明。

“果子担心你，他说既然你们都没有被通缉，应该陪你一起去的。那人就在外面。”顾长明在发现异常的瞬间，第一反应是把小葫芦送走。

“不过，我们要想办法把柳姑娘撇清，她才是最无辜的。”戴果子的这句话，顾长明表示认可。

“那你把她抓进来做什么？”戴果子不明白顾长明是怎么想的，说好了要让柳竹雪脱身的，那么应该想办法轰她走，眼下非但没把她送走还抓进来成了一伙。

院门前本来特别安静的巷子，这会儿像是突然出现了几十个人，纷乱的脚步声、随即而来的敲门声响了起来。

顾长明的衣袖向着地面拂动，院中的石子被激起敲击在院门门板上。刚才他特意没有锁上门，就是要等着这一刻到来。

院门向着两边大开，与此同时顾长明挑起柳竹雪腰间的融雪剑，剑身的寒光照映在柳竹雪的眉眼间，他已经握住剑柄并且将剑刃横在了她的脖颈间。

戴果子被顾长明一连串行云流水般的动作镇住了，等回过神来的时候，门外已鸦雀无声。

人群中一人缓步而出："长明公子，你这又是何苦呢？"

果然是知己知彼才过来的，顾长明也认识眼前的人，刚才真气流动时，他已经想到极可能就是此人了，柳少尹把大内侍卫司徒岸都给请来了，可谓是势在必得了。

顾长明一点儿也没和柳竹雪客气，手中剑刃几乎是紧紧贴住她的雪肤，仿佛只要再增加一点点力气，立时就能见血。

"放了柳家小姐，再跟我走。"司徒岸仿佛是故意忽略了顾长明有可能不是杀人凶手的情况，只用强硬的口吻命令他服从。

司徒岸在观察他们，顾长明也在反观官差。他抓住柳竹雪做人质，肯定是有用的，然而从眼前的场面来看，很显然柳竹雪的价值比他想象的更高。

不仅仅因为她是柳致远的女儿，顾长明忽然想到了柳竹雪离家出走的原因，正是因为这件她不愿意的婚事，让司徒岸投鼠忌器了，那么柳竹雪被指婚的那个人该有多大的背景和来头？！

"真是柳少尹请你来拿我的吗？"顾长明双眸晶亮，唇角微微一挑，"柳少尹好大的面子，我以前怎么不知道？"

说完这一句话，顾长明手中的长剑位置不变，他向着身边的戴果子低喝一声："走，跟我走。"

司徒岸见三人向着后院急退，顾长明分明是已经琢磨好了退路。后院虽然也有人把守，但那些人的武功却要低得多，而且他不能让人莽撞地激怒顾长明。司徒岸看到地上的一抹血迹，微微皱眉，顾长明还真敢下手，把柳竹雪给划伤了。

"后院的人全部散开，不许动手。"司徒岸提起真气喝了一句，戴果子觉得耳膜都被震得隐隐作痛。

"不要想其他的，继续走。"顾长明始终把柳竹雪圈在手臂中。刚才小葫芦是从后院出去的，他们也可以。

到了不算高的后院墙处，顾长明飞快地松开一只手，抓住戴果子的衣领送他上墙头，再携着柳竹雪上去。底下的人形成一个半圈，抬头看着三人，有司徒岸的命令在先，谁也不敢轻举妄动。

“下去。”顾长明的足尖一拨，三人又下了院墙，继续往后退去。

没有人追上来，一个人也没有。顾长明始终维持着长剑在手的姿势，既然是做戏就一定要做得逼真。

戴果子也看到了地上的血迹，低呼道：“你伤到她了，快松手。”

顾长明却没有依从，随意让血迹有一滴没一滴地落在地上，像是在给司徒岸一种引导。

“顾公子没有伤我，血是他自己手上的。”柳竹雪赶紧替顾长明辩解，“他出剑的同时把自己的掌心给划开了。”

顾长明落地后，换成用手臂挟制柳竹雪，将融雪剑换到另一只手，以狂风扫落叶的功力把墙根蹲点儿的几个官差都制伏了。他无意伤人，或是用融雪剑的剑柄将对方敲晕，或是直接刺伤对方的腿，迫使对方不能追击。

“一直退，不要停留。”顾长明的双眼紧紧盯着院墙，明明已经离开一段距离了，为什么他依然有芒刺在背的感觉？那个司徒岸隔着一道墙依然能够给他强者的威压。顾长明飞快地转过头看了一眼戴果子，果子武功不高，反而没什么感觉，比他还显得轻松些。

“差不多了，先把柳姑娘放了，你也把手上的伤包扎止血一下。”戴果子看不出顾长明到底在手心划了多深的伤口，然而鲜血淋漓一路没有停下来。这人……这人对自己都这么狠，难怪在那些坏人眼中是个鬼见愁了。

柳竹雪苦笑了下，顾长明已然松开手臂，显然是感觉到危机已经过去。她抬眼看看顾长明：“顾公子，刚才有没有那种高手在暗处窥视，随时会把我们击杀的感觉？”

她形容得很好，顾长明有个疑惑需要柳竹雪来解开：“司徒岸的确是不敢伤你，才暂时放过我的。他忌讳的不是柳少尹，是谁？”

柳竹雪脸色煞白，血色迅速褪去，整个人仿佛都摇摇欲坠了一样：“顾公子，果子，你们是否相信我？我不能说。你们让我再离开一次，请顾公子说一个碰头的地方，你们在那里等我。”

“我们不能让你再次涉险。”顾长明直接否决，柳竹雪这样子会被拖下水，还是那种灭顶之灾。

柳竹雪忽然笑了一下，那笑容明明那么疲倦却又明艳若花："我回自己的家怎么会是涉险呢？顾公子太小看我了。"

"你是说要回去找柳少尹商议？"顾长明对她的这个决定倒是说不出什么反对意见了。柳竹雪有一句话是对的，她回自己家是最安全的，何况她根本什么都没做，连那些官差都对她视而不见。

"是，我要告诉父亲，这些天我都和你还有果子在一起，再不济还有孙友祥孙大人这个证人。父亲要是再不相信，我倒是想去找包大人来问一问，他到底是怎么断案的？！"柳竹雪的一双眼越来越亮，连带着把自己都给说服了。

"那你需要多长时间？"顾长明心里有两个声音，一个在说放柳竹雪回去，她应该可以说服柳致远的；另一个声音却说她在柳致远身边太危险了，不如三个人先离开开封府。这两个声音来来回回地拉扯，顾长明感觉眼角不住地跳。

柳竹雪很认真地考虑了一下："父亲的性格很固执，一开始肯定不愿意听我为你开解，我需要两天时间，不，应该是三天。你们能躲三天不被找到吗？"

顾长明的脸上此时扬起一个自信的笑容："连小葫芦都能做到的事情，你还怀疑我做不到吗？既然三天后碰面，就在普法寺好不好？"

柳竹雪知道普法寺在哪里，那里的确是个很安全的地方。她看向戴果子："果子，帮顾公子止血，我先走了。"

等顾长明和戴果子两人到了普法寺，夕阳已西下，余晖正好照映在普法寺的门匾上，仿佛三个字都镀了一层金光。站在门匾之下，微微仰头的顾长明，同样被这层金光温和地浸染着，转过头来的时候，他连眉眼都是流光溢彩的。

"果子，我自小与普法寺有缘，它会保佑我们渡过这次难关的。"顾长明长腿一迈，大步走进了寺院。

一路被追赶的戾气在走进普法寺的瞬间，仿若被洗涤一空。戴果子以前不信这些，普法寺也不是规模很大的寺院，今天不知道怎么回事，闻到淡淡的香火气，他全身都放松了下来。他看向身边的顾长明，看到他倦怠的脸上开出的笑容："你说这里和你很有渊源？"

"我生下来时有先天不足之症，当时开封府的名医都说我活不过三岁。祖母不忍见我夭折，便把我送到了普法寺中。一鸣大师看了我以后，给我取了长明的名字，又让我在寺中客房住了几天，便让祖母带着我回去了。”顾长明的目光停留在院中一棵古树上，树冠坠满白色的小花，随风摇摆，“祖母归家后直到过世，坚持茹素，都是为了我。

“先跟我进去走走。”顾长明没有正面回答戴果子的问题，似乎压根儿没把他的话放在心上，“别看寺院不大，山后的风景很好。”

顾长明推开客房的门：“一人一张床，自己挑水喝。”

戴果子站在窗边，能听到风吹过树叶的沙沙声：“你是不是经常来？”

“差不多每年都会来，有时候案子陷入纠结深处也会来，有时候心境太乱也会来。”顾长明与他并肩而立，“果子，你愿意站在这里，我很感激。我在想，柳少尹到底把柳竹雪许配给了谁？”

“肯定是什么大官咯，没准儿还是个糟老头子。”戴果子一脸愤愤不平，没见柳姑娘都不好意思开口说详情？自己的爹把亲闺女当筹码给卖了。

“柳致远不是那种只为了眼前富贵的人，他的目光不至于如此短浅。”顾长明摇了摇头道，其中一定另有隐情，让柳竹雪难以启齿的隐情。

司徒岸正在喝一盏热茶，眯了眯眼道：“另外两个人呢？”

“一个跟在顾长明身边，不见踪影，那个女的却出现了。”带头的并不认识柳竹雪，语气中似乎带着疑惑。

“找人继续监视柳少尹的府邸，如果她出来的话，看她去哪里。”司徒岸的手指在杯盖上敲了几下，露出一抹阴冷的笑意，“我想她是不会出来了。”

院门从内里打开，柳竹雪下意识要回头，屋中的丫鬟珊瑚先喊了起来：“小姐，真的是小姐回来了！快去告诉老爷，小姐回来了！”

柳竹雪见到父亲，那些欲走还留的疑虑反而荡然无存。她的手指碰到了融雪剑，全身又充满了力量，毅然走向柳致远，她抬头看着素来高高在上的父亲：“父亲，我回来了。”

柳致远的眉头缓缓松开，生怕惊吓到她，脸上带着微微的嘲讽之意：“舍得回来了？你居然为了姓顾的小子回来，我有些明白你为什么要强烈反对那门婚事了。”

柳竹雪想要反驳：我在反对婚事的时候根本还没和顾长明遇上呢，父亲是误会了。

这时柳致远的脸上挤出一丝笑容来：“你看，你大哥都急着赶回来了。”

柳竹雪下意识地转过头去看，随后便感到后脖颈生疼，双眼一黑。

第十章 | 仗义每从屠狗辈

戴果子在普法寺吃了三天素斋。他走过去用力地摇动顾长明的肩膀：“顾长明，你倒是说句话啊！你不是有那个什么特别厉害的本事吗？说是看到凶案现场就能大致看出凶手是什么人！”

“这一次的凶手是我。”顾长明露出意味不明的笑容，“而且我没有看到凶案现场，也没有看到受害人的尸体。”

“那是你的师兄，你再仔细想想，你们两个有没有共同的敌手仇家，对方先杀了他，再栽赃给了你。”戴果子说得咬牙切齿，恨不得用力捶顾长明的脑袋，把那些厉害的本事都给捶出来才好。

“这是一个局。”顾长明的手指蘸了点儿茶水在桌面上画了个圈，又点了三下，“这是我们，本来在圈子外面，如今……”

“如今跑到圈子里面去了？”戴果子就当是在看他画鬼画符了，什么长明公子，在这个普法寺里待了几天倒像是要出去降魔除怪了。

“不，只有柳竹雪一个人进去了。”顾长明又在圈子里点了一下，“我们都以为这是冲着我来的，结果把柳竹雪给逼回去了，逼回柳府再出不来了。”

戴果子愣愣地看着桌上的水渍慢慢散开：“她不是柳少尹的亲生女儿吗，干吗要把她给逼回去？”

“因为柳府里有她实在不想回去的理由。”顾长明抬起眼，仿佛看到柳竹雪为了他们，甘愿回柳府，她比什么人都明白，等着她的会是什么，但还是毅然决然地前往，真不愧是峨眉定远师太的高徒，“果子，我们不等了。”

“这么大的院子，你知道她住哪一间？”戴果子眼睛都不够看了。

“不知道，可以一间一间地找。”顾长明已经一路过去了，“这里像是小姐的闺房。”

顾长明大致认定了一处独立的小院，其实可以算作是院中院，没有特意分开，又独立而处，非常雅致。

两人轻手轻脚地进去，一路避开两个丫鬟，又避开一个正在打扫的仆妇。等到顾长明撩起一处珠帘，戴果子眼睛特别尖，喊了一声：“融雪剑！你快来看，剑柄这里有血。”

融雪剑出鞘，戴果子有种错觉，好似听到了一声悲鸣。顾长明把剑插回鞘中，再送到戴果子手中：“替她拿着，然后找到她。”

戴果子几乎是一脚把小门踹开，预备拖了人就走。门背后却是一道台阶，一路往下，曲径通幽，不知终点在哪里。

“我走在前面。”顾长明当仁不让，已经走下台阶。这条路有五六十级台阶，柳府的这个地下室打造得很是隐秘，他们又在里面转了两个弯。

顾长明突然站住了，前面透出光线，戴果子一下子眼睛不适应，连忙用手背遮挡了下。随即再睁开眼时，他见到柳竹雪坐在灯盏边，单手轻轻撑着脸颊，双眼微眯，不知是醒着还是睡着了。

顾长明做了个手势，示意戴果子先不要上前：“屋中有些古怪。”他把手中的灯盏放下，拨动灯芯让照明的范围扩大，让视野更开阔。

底下的屋子很开阔，雕花家什、青罗帐子，柳致远倒是没有亏待女儿，桌上还有四色鲜果、四色干果。顾长明的目光停留在屋子正中的青铜香炉之上：“果子，香有古怪。”

“柳姑娘，柳竹雪！”戴果子对着人吼了两声，柳竹雪依然没有反应。

顾长明凑近香炉，细细闻了一下：“果子，先屏住气。”他单手提过旁边架子上的脸盆，一脚把香炉踢翻，再把整盆水倒在上面。耳边听得嗞嗞作响，炉中的香料和精炭被水泡透，一点儿烟都散不出来。

“果子，和她说话，用不同人的声音，注意她的反应。”顾长明要等控制好柳竹雪的情绪，然后把她带离这里。

戴果子立时明白了顾长明的意思，又喊了几声柳竹雪的名字，见她没有明显的反应，又换成了顾长明的声音，柳竹雪还是没有反应。

顾长明在四周走了一圈，想要看看这个暗室还有什么秘密。柳致远本身没有武功，柳府的下人想要拦住柳竹雪恐怕有些困难，但是如此手段让人心寒。

戴果子用特别温和的声音，一点儿一点儿引导着柳竹雪。只要她能继续听，那就有戏了。

柳竹雪其实没有彻底失去意识，她知道自己在家里，本来是垂着眼的，这会儿睫毛飞快扇动，仿佛是一双黑翅的小蝴蝶，随时都能振翅而飞。

然后，柳竹雪想到那个让自己迷惑的问题了，她需要的是离开这里，离开家，离开父亲，因为她不想留下来。她双眸中的那层茫然在层层消退，清明如水一样涌了上来。她看清了眼前这个满脸焦急的年轻男人，本来看惯了他漫不经心的样子，这会儿他鼻尖微微冒汗的样子，似乎更加顺眼了。

戴果子见柳竹雪这样眼睛一眨不眨地看着自己，还是有些窃喜的，至少她不是翻脸不认人的样子了："柳姑娘，我是谁？"

"鬼见愁。"柳竹雪面无表情地答道，她都醒过来了，戴果子还问这种傻问题。

"行了，她醒了。"顾长明见柳竹雪藏在长裙里的脚似乎动了一下，他立时反应过来，"柳大人用链子锁着你？"

顾长明的袖中剑又飞了出来，剑刃在铁链上一砍，发出"叮"的声响。铁链没有丝毫反应。他蹲下来，用手握住铁链，入手冰凉冰凉的，根本不是普通的铁器。

"这铁链应该是玄铁的。宫中很早以前留有一批玄铁打造的物件，这条铁链的另一头应该同样是玄铁打造的锁具。"顾长明沿着铁链找到另一边，锁在屋中角落里的地柱上。地柱有一人腰身粗，铁链在上面绕了几圈，再加上锁。他尝试着运气，用内力捏了一下，铁锁纹丝不动，看起来不是人力能够直接破坏的。

还好铁链的长度足够，柳竹雪在屋中行动自如。顾长明大概计算了一下，他们要从这里转两个弯，才能见到台阶，还有那几十级台阶，不打开铁锁，柳竹雪是绝对不能上去的。

"开锁的钥匙在哪里？"戴果子急声问道。

"在父亲那里，父亲不在府中。"柳竹雪没有委屈的神情，她的目光从铁链上收回，面上露出浅浅的笑容，"顾公子，说好帮你来说明案情的，没想到我自己却失去了自由，也对你失信了。"

"下令捉拿我的人不是柳少尹。"顾长明沉声说道，并且把他从司徒岸那里脱身后在普法寺想明白的前因后果都说了，“是宫中有人想用我来逼迫你现身回家，而你一回到家中就是如此遭遇。不管柳少尹的目的是什么，你也不能留在这里坐以待毙。”

“父亲不是要我死。”柳竹雪淡淡说道，“顾公子说得很对，父亲已经进宫去了，或许是要找人商量该如何安排我这个不听话的女儿。”

“柳少尹给你定了一门亲事，我想知道这个人是谁。”顾长明不能理解，事态已经发展到这样的地步，柳竹雪还要包庇她的父亲，只字不提那亲事。

“我不想让你们有危险，有的秘密不是什么人都能够知道的。”柳竹雪像是突然想到了什么，“那些人已经把我逼回家，我人也在这里了，所以对顾公子的追缉令应该解除了，那位高云歌也未必就是死了。要是从头到尾不过是针对我一个人的局，我反而觉得不是坏事。”

至于戴果子，本身和两边都没有牵扯，是最安全的那一个。想到这里，柳竹雪的嘴角微微一弯，笑容仿佛涓涓细流，直达人心。

“你们走吧，趁着没有人发现。”柳竹雪把纤细的背影留给两个男人，“虽然柳府的下人再多也打不过一个顾长明，不过擅自闯入柳少尹府，欲绑架带走柳家小姐的罪名，会让你们受到更多的牵扯。顾公子也要为令尊的名声考虑。”

“柳竹雪，你把我们当成什么了！”戴果子憋着火呢，一定要问清楚。

“当你们是朋友，很好的朋友。”柳竹雪没有丝毫犹疑给出了答案，“正因为如此，我不能伤害你们。”

戴果子朝着顾长明一伸手：“你的剑呢？”

顾长明没问理由，取出来给他：“你想到什么办法了？铁链肯定是砍不断的。”

“铁链砍不断，总有其他的东西能砍断。”戴果子朝着柳竹雪一咧嘴。

柳竹雪有点儿不好的预感，第一反应是低头去看自己的左脚，这个果子不会是为了想把她带走，把她的脚砍断吧！

“砍断脚的美人就不是美人了，你放心，我会怜香惜玉的。”戴果子露出坏笑来，然后果断一个转身，把削铁如泥的袖中剑插在地柱上，“但是我一定要带你离开这个见鬼的地方，因为你也是我的朋友。”

顾长明清楚他的想法，拍下他的肩膀：“还是让我来吧，地柱断开，这个密室很快会因为支撑点不够而坍塌。你们两个看好退路，这里一倒，马上到台阶那边去，不用等我。”

顾长明的袖中剑慢慢往前推动：“我数一二三，你也跑。”

柳竹雪“嗯”了一声，她知道今天要是她坚持不走，他们是绝对不会离开的。除了感动，她竟然说不出其他的话。

顾长明又计算了一下，知道自己离出口最远，必须都盘算好，拿捏准分寸。他希望这间密室打造的时候是经过精心设计的，那么一根地柱断裂，至少能够多撑上一点儿时间。不需要太多，一点点时间已经足够。

“一、二、三！”“三”字落地，柳竹雪先动了，她本来已经尽力戴着铁链走到最极限的长度，随着顾长明的数数，她迅速把铁链捞在手中，朝着台阶处扑了过去。

顾长明脚底下没有一点儿迟疑，他的脚尖已经碰到台阶，柳竹雪更快，上了快二十级。整个密室以迅雷不及掩耳之势向着断裂的地柱方向倾斜，各种断裂的声响、重物落地的声响，什么都不能阻拦顾长明的脚步。

戴果子最早出了那扇小门，很快脚底下发出闷闷的声响，他知道是顾长明削断了地柱。那把小剑真是宝贝，比腰粗的地柱说切开就切开，一道人影很快从黑暗中现身。

柳竹雪手里还紧紧握着铁链，她的脸色苍白如雪。她和戴果子两人的动作出奇统一，都向着那见不到底的黑暗处看去，想要早一点儿看到顾长明上来。

地底下的动静实在太大，府中好些人以为是突发地震，有尖叫的，有想要逃到大街上的，更多的下人已经往后院涌过来，分明就是冲着这个出了事的位置而来。特别是大管事，他知道谁被老爷关在后院的密室中，吓得连滚带爬地过来，生怕小姐出事，老爷回来可怎么交代才好！

第十一章 | 守口如瓶

直到离开一段距离，从脚底下传来的隆隆声才渐渐平息。

“还去普法寺吗？”戴果子扬声问道。

柳竹雪愣了一下：“我脚上的铁链不见了。”

顾长明兜兜转转，把他们带到了另一处府邸的后院，双脚立定没有要马上进去的意思。

“我们这是走后院走习惯了吗？这又是开封府哪位大人的府上？”来开封府数天，戴果子也算是开了眼，知道此处不是寻常的民居。

“这……这不是前提刑官顾武铎大人的府上吗？”也是到了这个时候柳竹雪才看出端倪，顾长明深思熟虑后把人带到他自己家中来了。

戴果子撩起衣服，从背后把藏在外衣底下的融雪剑抽出来：“我说一路上什么在背后硌得慌，差点儿把这个给忘记了。”

夜色已深，顾长明没有喊醒府中的其他人，摸黑把他们往书房里一带，书房里有可以休息的地方，他打算凑合先睡一晚再做其他打算。

顾、戴两人把唯一的软榻让给了柳竹雪，反正地上都铺着毯子，大老爷们儿没这么多讲究，随便一滚就能睡了。

软榻在书架后面，还能遮挡一下，否则柳竹雪在两人的目光注视下肯定睡不着。

“顾公子、果子，我想说说话，你们睡了吗？”柳竹雪翻了几次身，小心地开口问道。

“以后不要喊顾公子了，喊顾大哥吧，果子还是果子，这样顺口一些。”顾长明一双长腿随意往地上一搁，毕竟是自己家，有种安心的感觉。

柳竹雪斟酌了一下，这个好像能够接受：“行，顾大哥、果子，我能开始说了吗？”

戴果子本来想问你到底是说还是不说，吞吞吐吐的。幸好对方是柳竹雪，他还是很有耐心的。

几乎是同时，顾、戴两人异口同声道：“说吧，听着呢。”

柳竹雪又沉默下来，隔了整整一盏茶的工夫才说：“父亲给我许的亲事是前朝九皇子容旭。”

戴果子想，前朝的九皇子是谁？皇上的弟弟？你爹倒是真没亏待你，嫁过去就是九王妃了，怎么还要弄到离家出走，回去又被关小黑屋的地步？

“九皇子不是年前暴毙了吗？”顾长明震惊到差点儿说不出话，从地上“噌”地坐了起来，然后他看着柳竹雪前方的书架。

另一边的戴果子也被他的话给吓到了，原地跳起来：“我是不是幻听了？你们两个的对话太诡异了。”

“不，顾公……大哥说得对，九皇子容旭的确在年前暴毙了。当时所有给他医治未果的太医全部被盛怒的皇上下令处以极刑。九皇子是当今圣上唯一同母的胞弟，也就是太后的小儿子。”柳竹雪决定说了，就没有其他顾虑了，“太后因为此事大病一场，如今尚未痊愈。”

“暴毙是什么病？总得有个源头，有个病因吧。”戴果子毕竟做过多年的捕快，问得还是很一针见血的。

“宫中的消息封锁很严，除了那几个掉脑袋的太医，恐怕只有皇上和太后知道这个秘密了。”柳竹雪曾经问过父亲，九皇子明明年少健朗，怎么会一下子死的，而且还是病死的。父亲除了厉声呵斥让她不许多问之外，再没有其他的答案。

“自从九皇子死后，太后连夜不能入眠，吃了许多药依然不见好转。然后九皇子头七那晚，太后梦见容旭双目流血哭着说尚未娶亲就此病故，他死不瞑目。太后醒来以后，讨要了朝中官员家中未曾出阁女儿的生辰八字，父亲把我的生辰八字也一并交了上去。”柳竹雪耳边听到奇怪的声音，好不容易才发现原来是自己的牙齿在打战。

书房中温度适宜，一点儿也不冷，然而遍布全身的寒气从四面八方把柳竹雪包裹在其中，吸走了她的体温，吸走了她的亲情，吸走了更多连她自己都说不清的东西。

“直到父亲告诉我，我才知道在精挑细选的六个生辰八字中，太后选的是我。说是我和九皇子各方面都很契合，若是两人成亲，到时候不但太后的身体会痊愈，九皇子在地府中也会过得安逸，并且能投生到大富大贵之家。”柳竹雪嘴角往上弯了弯，“听起来是不是很好笑？这些却是父亲亲口所言，再正经不过的。”

“难怪你一直守口如瓶。”顾长明只说了这样一句，把剩下的任务交给了戴果子。

接下来的半个时辰，就听戴果子平躺着破口大骂了，他从九皇子、太后一路骂到柳致远。其间没有一句是重复的，还带着各种抑扬顿挫的节奏。

于是，书房中回荡着戴果子的骂声，而另外两个人静静地听。柳竹雪在这样激昂的骂声中，呼吸平缓下来，沉入了安逸的梦乡之中。

这是离家出走以后，柳竹雪睡得最沉的一晚上。

柳竹雪醒过来的时候，书架外面很安静，顾长明把戴果子带出去，让柳竹雪方便梳洗，然后很快就有下人送来吃的了。

顾长明让可靠的人出去打听是否还有官差继续捉拿他的消息。

那人带着确切的消息回来了，说外面风平浪静，无事太平。司徒岸知难而退，忽然收手了？柳竹雪年少天真，以为不会再有事，一扫眼底阴霾，这一顿饭吃得比往常都饱。戴果子等她吃完了才问顾长明："怕是一招无用，想再出新招吧？"

柳竹雪看到顾长明点头，胸口一堵，方才吃的那些似乎都堆积在那里上不去也下不来："刚才你们怎么不说？"

"有危险也是我们扛着，难得见你笑，就没直说。"戴果子手里握着个鸡腿啃得正香，"你才是最安全的那个，有什么好担心的。"

"他们已经对顾大哥下过手了。"柳竹雪看向戴果子，"下一个是你？"

"哎哟哟，柳姑娘太看得起我了，我戴果子值当什么，要大内侍卫对我下手？"戴果子说得眉飞色舞的，"哪怕是抓了我来要挟你们，我看也起不到什么作用。司徒岸能够待在皇帝身边，肯定没这么蠢吧。"

柳竹雪刚想放下来的一颗心，忽然被重重地提起："还有一招，他们还有一招。"

顾长明比她早想到，此时还反过来安慰道："柳大人是朝廷命官，虽然说皇上身边的人高人一等，真要下手，柳大人未必就落在他之下。司徒岸在京城不能太肆意而为，哪怕他背后有更大的靠山。"

"不能拿我父亲开刀，还有我大哥，其他的家人，府中上上下下数十条人命。"柳竹雪边说边快要哭了出来，"果子、顾大哥，我心神不宁，能不能再回去一次？"

"如果你父亲在家，依然要把你绑了去嫁给死人呢？"戴果子恨得牙齿痒痒的，这个笨丫头怎么一根筋到底，不撞南墙不回头！

"我可以当面与父亲言明，我不愿意，死都不愿意。"柳竹雪直往外冲去。

顾长明比她想得要长远得多，柳竹雪固然不能嫁作冥婚新娘，但也不能把整个烂摊子都留给柳家。有人可以给柳致远许下大好前程、富贵荣华，同样也能翻手为云覆手为雨，让柳致远的仕途从此以后每况愈下、官位不保。

这些都不是柳竹雪期望看到的。在曲阳县的时候，不过是在街边铺子听到柳致远生病的消息，柳竹雪都能急得团团转，然后在明知道可能是陷阱的情况下，二话不说就回来了。

虽然柳致远对女儿有利用之心，但柳竹雪却是个乖巧孝顺的好女儿。

“昨天晚上柳府出了那么大的动静，那一条长街应该都能听见，无论是谁想要对柳府下手都不会挑在今天的。”顾长明顿了顿才道，“太显眼了，一旦动手得不偿失。”

昨天密室坍塌的时候，她虽然没有此刻头脑清明，也记得很清楚，后院那一大片肯定是深陷下去了，没有伤到人就万幸了。左邻右舍都是朝中官员，今天应该都会陆续到柳府来一探究竟的。

柳竹雪脚步明显缓了下来，耐心地回到书房。顾家下人送茶过来，全程悄然无声。

三人坐姿各不相同，戴果子一路嘴不停，另两人挑了本书看，天色差不多就黑了。柳竹雪的手一抖，手中书册落在地上，她突然双手掩面道：“顾大哥、果子，我要怎么面对父亲？怎么同他说我不想接受九皇子的冥婚，哪怕以后我都不再是柳府的大小姐了也在所不惜？”

顾长明摇摇头，随即站起来道：“柳姑娘心里自有分寸，我们一起过去吧。”

太后暮年丧子，心中哀痛不止是难免的。据称她噩梦连连，不能心安，才说出要给九皇子容旭配冥婚。要配也配一个心甘情愿的，配一个早夭的姑娘啊。把柳竹雪这么如花似玉的姑娘给配了过去，守活寡还是小事，万一太后再梦到九皇子说要让媳妇到地府来一起过好日子，到时候太后会对柳竹雪使出什么手段，谁又能够阻止？

柳竹雪走到书房门前，背对着屋中两人，没头没脑地说出这样两句话：“太后到底许了父亲什么，我不知情。不过有太后扶持，父亲可以通过另一条路径超过那位大人却是极有可能的。”

这番话戴果子听得云里雾里的，顾长明的心口却是一震。所以柳致远是准备牺牲掉柳竹雪，让她成为其仕途上的一块垫脚石了？

“我虽然是柳府的大小姐，上面却还有兄长。兄长资质平平，会读书却不擅长为官之道，为了此事，父亲长吁短叹多次，总是说要为兄长谋个好差事才行。”柳竹雪的手指紧紧握住门框，如果不是那几次跟随师父出来走走看看，兴许她就接受了这样的人生。

第十二章 | 唯一生还

三人骑马到了柳府，院门紧闭，没有透出一丝光。

顾长明下意识地抬头看天空，今天是彩云追月，正好一大片云彩把月光全部都给遮挡住了。

柳竹雪跃下马，上前敲门，没想到手轻轻一推，院门自动开了。

顾长明的动作极快，跃身到了她之前，把柳竹雪往自己身后一挡："不对劲儿，里面出事了。"

柳竹雪隐约猜到会是这样，一心想要冲进去，但被顾长明压制，双腿想要往前却做不到。顾长明担心她心急之下再次被伤害，柳府到底出了什么事，他必须走在最前面一探究竟。

"果子，你们慢些进来。"顾长明留下这句话，长腿迈了进去。

等到那片云彩散开，月光如银洒落，让顾长明正好能够看清楚院中的境况。地上四处躺着人，目光所及之处有七八个，看服饰俱是柳府的下人。顾长明快步走到离自己最近的那个人身边，将其翻转过来。那人双眸圆瞪，像是看到了极其凶恶之物，受惊过度，他的身体尚有暖意，但气息已经全无。

顾长明一个个儿看过去，每个人的情况都是一样，扯开死者的衣领就会发现他们脖颈一侧的伤口就是死因。脖颈边有大动脉，被咬得支离破碎，大量鲜血同时喷出，根本就没有可能生还。

而那伤口上，齿印犹在，顾长明定睛而看，不像是什么猛兽留下的齿痕，反而更加像人的牙齿上下咬合留下的痕迹。

"顾大哥，他们都死了？"柳竹雪还是跟着进来了，她的双腿都是软的，要不是戴果子扶住她的肩膀，她险些就要站不住了。不是因为胆怯害怕，而是因为这些都是她熟悉的人，每一个她都知道名字，每一个都至少在柳府三年了。

但是这些人都死了，死状还那么可怖。

"嗯，还没有找到生还者。"顾长明继续往前走，前院的尸体比较多，到了后面要走上十几步才能看到一个。

“父亲，我父亲在不在里面？”柳竹雪不敢去想这个问题，如果看到父亲的尸体，她该怎么办才好?

“铮”的一声，融雪剑出鞘，柳竹雪的身体站得笔直，就像是一柄剑。

戴果子跟在后面，看着这一院子的惨状，也是头皮发麻。空气中满满的都是血腥味，脚底所踩的仿佛不是庭院，而是泥泞的沼泽地。他知道鞋底已经被黏稠的鲜血尽数染湿了。

“顾长明，我们要不要先退出去？”戴果子发现有这个人在，还是有主心骨的。无论发生什么，这个人都这么镇定、这么冷静，而且毫无惧色。

“凶手还在这里。”顾长明踏出一步，双眼晶亮，胜过天际星光。

这一句话出口，戴果子听在耳中只觉得后背脊凉飕飕的，冷汗频出。戴果子努力咽下一口口水道：“杀了这么多人，凶手还留在这里不走？”

顾长明微微合眼，衣袂飘飘，无风自动：“如此浓重的血腥味，还有尚且温热的尸体，凶手非但没有走，而且还在行凶。”

柳竹雪直接掠身而出，整个人像是出鞘的长剑，锐不可当。顾长明的话素来可信，既然他说凶手还在柳府，就必然在。本来她还想多问一句，凶手既然还在行凶，为什么听不到呼救声？答案不等她出口，自动浮了上来，只怕是府中剩下的最后一人就在凶手的掌控之中。

顾长明低声说了一句“后院”，便冲了过去。戴果子心恨恨的，虽然慢点儿也不能落后。

柳府的后院一片狼藉，密室下陷的拉力把大半个院子都拖下地足有三五尺。站在外围来看，这里更像是个硕大的碗，而碗底的正中，有人正俯身不知在做什么，呜咽着发出的声音更像是受伤野兽的低鸣。

“妖物，放手！”柳竹雪娇叱一声，融雪剑同时出手，直接往对方的要害刺去。她心中从震惊到愤怒，情绪糅合在一起，施展出来的绝对是杀招，志在必得要救下另一人。

戴果子最后赶到，也看到那人的身子底下还压着另外一个人。被压着的人大半个身体都盖在阴影中看不真切，只有左脚在那里不住地抽搐，像是忍受着巨大的痛苦。

就在柳竹雪以为剑身会直接刺中对方的时候，眼前一晃，再看过去时，方才蹲在院子正中的那个人居然不见了。

听到顾长明喊了一声“小心”，柳竹雪来不及转身，浓重的血腥味就从身后团着一阵风扑了过来，仿佛只要被这阵风卷进去就会落入万劫不复的深渊。她手中还有剑，还有招数。融雪剑从刁钻的角度再次刺过去，这次刺了个正着。柳竹雪的面上刚要露出喜色，便发现剑尖刺下去的位置什么都没有，她只是刺破了对方的衣服。而血腥气已经到了她的背后，柳竹雪甚至见到了雪亮而尖锐的牙齿。

顾长明出手了，站得稍远让他反而更加清楚地看到了那个人的动作，非常快，快得用眼睛都难以捕获到。柳竹雪的武功很好，欠缺的是对敌的经验，顾长明手臂一展，把柳竹雪从那人的攻击范围内一把拽出来，甩给身后的戴果子：“护着她，让她冷静下来。”

对方显然也因为失去了眼见到手的目标而有些慌乱。等到他直起腰，双眼盲目地在四周寻找时，顾长明看到那一双瞳仁不是黑色的，而是泛着血腥的红。与此同时，他认出了那张脸，纵使顾长明素来镇定，也不禁脱口而出道：“九皇子！”

柳竹雪脚步踉跄，整个人大部分的重量都压在戴果子的肩膀上，听到顾长明说出的三个字后，她全身发颤，再抬头时却发现自己站立的角度看不到那人的脸。地上那个濒死的人努力想要活下去，一只满是鲜血的手，死死地抠着地面，想要往前再爬出一尺、两尺。

离恶魔越远，才越有活下去的可能。

九皇子容旭半年前就病故了，怎么会……怎么会在这里？！他怎么会在她的家里？！柳竹雪不明白，如果容旭没有死，何来的冥婚之说？她更没有离家出走的必要。

顾长明发现对方想过来，等到他反手抓住，那人又像是一条泥鳅从指缝中滑走。他尝试开口说话：“九皇子，你怎么会在这里？是谁带你来的？你认得我吗？”

声音应该能够刺激到容旭，顾长明发现他在听，但是他听了以后没有思考的反应，而是对声音产生了最本能的反应，下一刻就朝着顾长明站立的地方扑了上来。

顾长明连一片衣角都不会让其碰到，他立刻改变了策略，围着容旭转圈子。他一转，容旭也跟着转，天上的月亮再次娇羞地从彩云背后探出脸来。顾长明的身形一顿，见到容旭的衣袍都被鲜血染红，更加诡异的是，容旭的嘴角边都是鲜血。等到发现没有办法抓住顾长明这个会说话的活物时，容旭咧开嘴，龇着牙朝着顾长明咆哮起来——他的牙齿同样被染得通红通红的。

难道说，那些人都是被容旭活活咬死的？皇室子弟没有什么可以隐藏的实力，容旭虽然与当今皇上同为太后所出，却是文不行武不行的，大概也是因为他自小对皇兄就没有威胁，才风风光光过着好日子。

这样的人，武功就算学过，最多不过稀松平常，也从来没有传出九皇子容旭天生神力的消息。顾长明自问没有本事用牙齿把人活活咬死，这个容旭到底是怎么做到的？

容旭的喉底继续发出“吼吼”声，他好像丧失了基本的语言能力。顾长明见从容旭身上问不出所以然，挺身逼上去，手掌化刀重重敲在容旭的后脖颈要害处。容旭发出一声嘶吼，随即脱力瘫软在地，一动不动。

顾长明单手背在身后，向另外两人做了个手势，示意他们先等一等再过来。等到他确定容旭的确是被劈晕了，才让柳竹雪去找一条长绳过来，要结实点儿的。这是柳府，找东西这种事，她最合适。

那么地底下发出声音的又是谁呢？顾长明知道密室的入口，虽然崩塌了，位置却不会改变。他抬头朝着那一点看看，又好像重新安静了下来。

柳竹雪从柴房找到捆绑柴火用的长绳，她用了内力试了试，双手没有办法将这绳子扯断，绑人绰绰有余。

顾长明把容旭五花大绑，扔在一边，再将地上的那位合起眼帘：“柳姑娘，那边的小门，你过去打开它。”

柳竹雪努力稳住手中剑，抬手去扯那扇小门，第一下居然没有扯开。她把融雪剑换到左手，右手运了内力，然后她就发现问题在哪里了。因为扭曲变形，那扇小门卡在缝隙里，难怪这么难打开。

等到小门被扯开，柳竹雪深吸一口气，看到窝在里面的柳致远，全身簌簌发抖，根本不敢抬起头来。

“父亲，我回来了。”柳竹雪没想到自己能够这样冷静地开口，“外面出事了，父亲。”

柳致远缓缓抬起头来，看着眼前的柳竹雪：“雪儿？你怎么回来了？”

“我想回来看看，然后告诉父亲，我不想接受冥婚，就算是跟着师父去峨眉做尼姑也不要嫁给一块灵牌。”柳竹雪的嘴角扯了扯，像是在笑，又像是在哭，“我没想到会看到九皇子。父亲，九皇子不是早就死了吗？那么在我们家作恶杀人的又是谁？”

柳致远眼睛一亮，手脚并用地从小门中爬了出来：“你制伏他了？你制伏那个怪物了对不对！我的雪儿真是能干。”

月光下，顾长明缓缓转过身来，与柳致远的目光在半空中触碰到了一起。柳致远下意识地想要避让开，已经来不及了。

“柳大人好久不见了。”顾长明大步流星地走过来，“请你把所知的都告诉我们吧。”

第十三章 | 小心有诈

柳致远的脸色被月光照得有些发青，连那只怪物都没发现底下有人，顾长明是怎么发现的？

“雪儿，你居然把家中的密室都告诉了他们，你这是大不孝！”柳致远见柳竹雪始终不开口，以为她是被自己的气势压制住了，柿子挑软的捏，他肯定不会放过，“家里正在水深火热之中，你嫁过去就是九王妃，到时候家中必然会如日中天，你怎么只为自己着想，不替你的父亲、你的兄长多想想？”

柳竹雪始终静静地看着柳致远，仿佛不认识这个人。

柳致远知道府中发生巨变，但是罪魁祸首已经被抓住，而他毫发无伤，所以说话的底气越来越足：“不管你们是谁，这里都是开封少尹的府上，不请自来的都出去，否则抓起来就算是私闯朝中官员的府邸。”

柳竹雪倒退了一步，再去看地上的九皇子。除了面容还依稀能够辨认出来他是容旭，其他又有哪一点像是个正常人的模样？大概是意识到有人在看着自己，容旭的牙齿往外龇出，恨不得扑到柳竹雪身上撕咬几口。

戴果子手脚利索，把绳索的结解开了两个，加上容旭不停地挣扎，像是随时都能挣脱扑过来。

“住手，住手。”柳致远吓得面无人色，他是见过九皇子怎么一路撕咬过来的，那些孔武有力的年轻家丁都逃不掉，更何况是他，“我不算你们私闯，你们先住手。”

戴果子心里念叨：刚才不是声音大吗？刚才不是凶得要命吗？这会儿怎么𠵾了？他嘴角的笑意还没来得及浮现上来，一道锐影便对着他的脸射了过来。顾长明在旁边来不及挡住，只得一脚扫中戴果子的小腿，让他扑倒，才恰好避让开。

这一扑，戴果子正好扑在容旭身上。容旭不分来者是谁，闻到生人气息张嘴就咬。柳竹雪手中的融雪剑正好递到，那一口白牙刚巧咬在剑鞘之上，发出脆响。

戴果子趁着一瞬间的空隙，连滚带爬地躲开，躲得离容旭要多远有多远。刚才那一口要是咬下来，他的半边脸都要见骨头了。

柳竹雪收回融雪剑，又是无数道锐影分别射向他们三人。顾长明一手搭住一人的肩膀，使劲儿往后拽，最近的那支暗器几乎把戴果子的鞋面钉在地上。月光之下，暗器侧面隐隐发蓝，顾长明沉声道："都小心，暗器上有毒。"

柳致远吓得双腿发软，想跑都跑不动。地上的容旭已经被人搀扶了起来，对方像是对他的情况十分了解，取出一个金属的面罩，直接扣在容旭的脸上，后面又是半片合拢，把他的整个脑袋都给包住了。

"你们都是什么人？！"顾长明见容旭要被人带走，疾步上去，想要拦截，"他在这里杀了这么多人，你们不能带走他。"

那几个黑衣人一言不发，像是完全听不到顾长明说的话。等到他冲上前，有人接过他的招式，两人飞快交手了数十招。

柳竹雪和戴果子在旁边看得心急，又帮不上忙，只看到两人的身影快得仿佛是要虚化了一般。

"顾公子，有些事情不要管得太多。"和那些黑衣人遮着脸不同，司徒岸整个人都暴露在外，根本不怕被他们认出来，"点到为止，对大家都有好处。"

顾长明知道司徒岸的武功和自己几乎不分伯仲，他们两人又没有绝对的杀意，要是再动手，三五百招都不能分出胜负。司徒岸的意图很明确，拖住顾长明，放走容旭。

"此人在这里犯了多少杀孽，不管是谁都不能一手遮天，助纣为虐。"顾长明清楚司徒岸绝对不是整个案件的背后主谋，容旭一定另有靠山。

司徒岸没有反驳，更没有像柳致远那样倒打一耙咄咄逼人，他露出一丝苦笑道："顾公子，见好就收吧。"

"这些死去的人呢？他们都是无辜的！"顾长明眼前都是从柳府进来一路见到

的血肉模糊的尸体。哪怕他从来不认识他们，也必须为他们讨一个说法。

“如果你口中的这个凶手也是无辜的呢？”司徒岸居然没有发火，而是极有耐心地回答顾长明。

顾长明被这个出人意料的答案问住了：“杀人者有什么无辜的？难道司徒大人想说那些人都不是九皇子杀的，不是被他撕咬到身体要害而死的？我们虽然不是全程目睹，但也见到他咬开那位王大人的血管，致其失血过多而死。”

“顾公子，我知道你要为这些人讨个公道，这个公道恐怕我不能给你，但有人可以。”司徒岸从头到尾没有多瞥柳致远一眼，反而对顾长明特别客气，“顾公子，请你跟我过来。”

“顾大哥，不要去，小心有诈！”柳竹雪见了两人交手，明白自己的差距，但是多一个人多一分力量，她绝对不能退缩在后。

司徒岸倒是多看了柳竹雪一眼：“这就是柳少尹家的小姐？”

柳竹雪灰头土脸的，把自身的美貌都掩盖去了五六成。她不知道司徒岸是什么意思，但是她绝对没有胆怯的可能：“是，我就是柳竹雪。”

“果然是很好的。”司徒岸居然给了一句赞赏的话。戴果子立马站到柳竹雪面前，把她整个人都给遮挡住了。谁要这种人的称赞？他担心司徒岸还是要抓走柳竹雪，暗暗下了决心，就算他武功不济，也绝对不会让司徒岸得手。

“顾公子，那人就在柳府外。我要是有心骗你出去再下手，不如叫人进来直接下手更利索。”司徒岸看看两边，柳府一片狼藉，遭受了劫难。有些人偷鸡不成蚀把米，自己毁了自己。

顾长明微微沉吟，司徒岸的话倒是没错，真要对他动手在哪里都一样。尽管两人打了个平手，但抵不住司徒岸手底下的人多。要是全力攻击，再拿捏住戴果子和柳竹雪，他们绝对没有脱身的机会了。

“那好，我去看看是谁能给我一个想要的交代。”顾长明手背在身后，朝着戴果子做了个少安毋躁的手势，随即跟在司徒岸身后，从正门走了出去。

“顾公子没有想过要在朝中担个一官半职的吗？当年顾武铎顾大人的神威犹在，顾公子又是如此惊才绝艳的人物，便是重回提刑司，我也可以做个举荐。”司徒岸一路都在说好听的话，“这样的人才流落在外，我替皇上感到惋惜。”

顾长明却始终一言不发，司徒岸是有意想让他分心，抛出最好的条件，想让他主动伸手去接。只可惜，司徒岸说的这些都不是他想要的。

“看样子，顾公子是有更高的追求了。”司徒岸的脚步停住，没有再继续往前走，“顾公子可看到榆树下的小轿？你要见的人就在轿中，恕我不能陪同前行了。”

顾长明隐约猜到小轿中的人是谁，也许是为了表示对他的信任，小轿边连个侍卫都没有，树叶沙沙作响，孤零零的影子看起来很是寂寥。他一步一步走上前，心口有些沉甸甸的。

去见过轿中人以后，他要不要继续把九皇子捉拿归案？轿中人为何而来？还不是心心念念想要保住九皇子。

“顾长明。”轿中人先出声了，声音端庄沉稳又不失雍容华贵，仿若是凉凉夜色中盛开的牡丹花，“听到哀家的声音，你没有丝毫的吃惊，长明公子名不虚传，看来你已经想到是哀家要见你了。”

“草民见过太后。”顾长明刚要行礼，轿中人伸出一只手拦住了他。

“哀家来这里是为了解决些事情，不是为了来让人三拜九叩的。”太后的手拨开轿帘一角，大半张脸隐在暗处，让人看不真切，“哀家要把小九带走，长明公子就不要再穷追不舍了。”

“太后，九皇子手中落下的人命，不能就这样算了。”顾长明身前强大的气势，几乎压得他抬不起头来，但他还是腰背笔直、双眸晶亮，“此事从我参与起，绝对不能就这样一笔带过。”

太后沉默片刻，不过是短短几个呼吸的时间：“如果哀家说小九也是无辜受害者呢，你会不会相信哀家的话？”

柳府后院中，在司徒岸的监视下，剩余的三个活人都不能擅自离开。柳致远想要再表忠心，但司徒岸没给他机会，直接快手点穴，把人扔到一边去了。

司徒岸上下打量了戴果子一番，忽而发出朗朗笑声：“有趣，有趣，我说你怎么看着这么眼熟呢。”然后他走过来用力拍了三下戴果子的肩膀。

柳竹雪的手指已经搭在融雪剑上，她以为司徒岸要对戴果子下杀招。等司徒岸背手大步离开，她连忙冲到戴果子身边急声问道：“他有没有伤到你？”

“拍几下肩膀，我没这么娇弱的。”戴果子见柳竹雪是真着急，也不那么确定了，“你的意思是，他刚才下的是杀招？”戴果子一抬手把衣服从衣领撕开，露出半边肩膀，蜜色的皮肤上，连个手指印都没有。

柳竹雪刚松口气，突然反应过来两人到底在做什么，她居然看到了果子的半边身体。柳竹雪捂着脸，尖叫一声，没头没脑地跑开了。

戴果子被她喊得还以为自己命不久矣，等见到什么事都没有，他顺手揉了两下肩膀，道："柳姑娘，你这是要去哪里啊？别乱跑啊，回来回来！"要是黑暗中再冲出一个见人就咬的，那可不得了，他连忙追了上去。

偌大的后院中只剩下柳致远一人，不能动，不能言语，没等他想清楚接下来该怎么挽回残局，一道黑影出现在他的视线中。

柳致远抬头见到一道雪光迎面劈下，漫天血色。

第十四章｜神秘之人

柳竹雪快跑到自家大门口时，顾长明正好掉转身回头找他们，见柳竹雪跑得上气不接下气的，连忙出手一拦："柳姑娘，出什么事了，司徒岸想要对你们不利？"

"不，不是的。"柳竹雪实在不好说刚才发生了什么，她的脸皮薄，最好戴果子也别提，"顾大哥，你去见了那个神秘人？"

"什么神秘人？"顾长明反应过来，柳竹雪说的是小轿中的太后。他这会儿不方便点破，只得轻轻"嗯"了一声，戴果子也跟着跑了出来。

"顾公子，后会有期。"只闻司徒岸其声不见其人，顾长明斜眼去看院门外的树下。那里空空落落的，悄然无声，哪里还有那样一顶小轿？

三人骑马到顾家，才发现经过这一场，快要精疲力竭了。如今顾长明为自己洗刷了杀人的嫌疑，不用窝在书房中，他把另外两人安排到客房，叮嘱好了下人，等戴果子和柳竹雪梳洗过后，将他们送到谈事用的翠华亭中。

戴果子过来得极快："你师兄的事情，问清楚了没？"

"师兄来过开封府，司徒岸手中有我和师兄联系的一些证据，所以才能轻易捏造出我杀害师兄的闹剧。现今已经没事了。"顾长明见戴果子的桃花眼有一瞬间的迷醉，随即他的眼底出现了一个娉婷袅娜的女子，正是从另一个方向过来的柳竹雪。

"司徒岸引我出门，出了门去，有一顶小轿，轿中人已经等我许久了。"顾长明说到这里，故意顿了顿，看谁先反应过来。

“这是更厉害的靠山来了吧？在你面前耀武扬威的吧？难怪你回来就只会夹着尾巴做人了。”戴果子一张毒舌，从来没有饶过谁。

“出事的是九皇子，又能调动司徒岸来全力协助的，你们都说司徒岸是宫里头的人，难道说顾大哥去见的是……皇上不用这样隐晦，如此的话，只剩下太后了。”柳竹雪咬着嘴唇，眼睛发亮，“顾大哥，我猜得对不对？”

顾长明点点头，继续往下说：“太后等在那里，希望我网开一面，放走九皇子容旭。至于其他的都会另作安排，绝不亏欠。”

任柳竹雪的性格再温婉，这个时候也忍不住了，尖叫一声道：“柳府上下死了这么多人，因为凶手是九皇子就不了了之了吗？！太后说的绝对不亏欠又是什么？给死者家属发放银子吗？！”

银子就能收买人心吗？！皇子就能够只手遮天吗？！柳竹雪认识每一个死者，那种痛彻心扉的感觉，就算堆一座金山银山给她，也不会减弱半分。她心中都是恨意，双拳紧握，眼底像是要渗出血丝一般。

“柳姑娘，太后还告诉了我一件事情。”顾长明见柳竹雪悲愤交加，呼吸急促，担心她的心绪过于激动，毕竟她处于凶案的旋涡中心，悲愤难抑，“先把整件事情听完，如果你们相信我的话。”

戴果子一步上前，其他也顾不上了，一把握住了柳竹雪的手臂：“柳姑娘，平日你是最相信他的，他是什么样的人，你我最清楚。他不会因为太后一句话就退缩的，这次我信他。”

柳竹雪被戴果子双手握住，他掌心温热，透过衣衫源源不断地安抚着她的情绪。她的呼吸慢慢平缓下来，理智重新回到头脑中：“顾大哥，你先说，太后到底告诉你什么了？”

顾长明把太后说的关于九皇子怎么会变成这样的前因后果详尽地说了。

九皇子容旭是当今皇上唯一同母的胞弟，两人年纪相差得多，又有太后一直宠溺，故而文武不济。他最大的爱好就是养犬，据说九皇子府上，各种各样的犬足有五十条。连太后脚边常年转圈圈的那条小白狮子犬，也是容旭养好了送过去的。

容旭爱犬如命，对皇上来说不存在任何威胁，他的花销虽大也是有限。太后觉得他这样不会闯祸，便任由他玩乐。皇上的亲弟弟，玩乐一辈子没有分毫的野心，对谁都好。

大半年前，容旭进宫告诉太后，有人知道他的喜好，送了一条西域犬过来——竟然是见多识广的容旭从来都没有见过的品种。据说这种犬是几种大型犬杂交以后出现的特别品种。这种异种犬，便是刻意留种，数百条中都未必出一条，西域人知道九皇子爱犬如命，才特意送过来一条。

当时容旭满脸喜色，连比带画地告诉太后这条犬有多稀罕。太后不觉有异，还笑言既然如此难得，驯服后送到宫中来，也让她见一见。容旭满口答应，喜滋滋地回去了。

这一回去就是三个多月，容旭没有再进过宫见过太后。要知道容旭虽然不长进，但对太后还是非常孝顺的，隔三岔五便要进宫探望，这种三个多月不见人的情况，从他自己建府以后还未曾有过。

太后起初以为容旭病了，从宫中传话，如果真病了就把在自己身边伺候多年的太医送过去为容旭诊治。容旭传话来，说他为了驯服那条异种犬，必须不离开其身边一百天。到时候把异种犬驯服了，他会带着犬一起进宫，给太后一个惊喜。

太后虽然暗暗皱眉，觉得小儿子玩物丧志，但是皇上都不说什么，她自然就睁一只眼闭一只眼了。

直到一百天都过了，太后再着人去九皇子府问情况，三天后容旭便进宫了。

太后一见容旭的样子，就感觉哪里不太对劲儿，但是又说不上来有什么不对。平时容旭过来都会说些宫外有趣的事儿，逗太后开心。这一次，容旭非但没有把异种犬带来，反而坐在那里一句话都不说，闷闷不乐的样子。太后只以为他驯狗不成功，又累又挫败，便让他早些回去休息，驯犬的事情先放一放，没必要急在一时。

又过了三五天，容旭没有进宫，而是其身边最得力的随从进宫见了太后，请太后无论如何也要亲往九皇子府中，见一见容旭。

太后见其慌乱到语无伦次的地步，知道肯定是出了大事，连忙起驾前往容旭府中。

顾长明说到这里，停了停，因为太后原话说到这里也僵持住了。沉默了片刻，太后才道："哀家跟随先帝，见识过的不算少，但是从来没有见过小九这样的症状。随行带去的太医想要上前为九皇子诊治，差点儿被一口咬中，还是府中的那些随从用布条把容旭的嘴堵起来，才避免他继续伤人。"

太后说到当时所见情景，惊恐不已，仿佛容旭随时会扑上来，连亲生母亲都不认，只会本能地撕咬。

“那就是说九皇子根本没有暴毙，这些都是太后凭空捏造出来的。”戴果子摸着下巴道，“她因为担心小儿子会被当成怪物，便隐瞒下九皇子的病情，对外宣称人已经得急病而死，那为什么又要找柳姑娘嫁过去结冥婚？”

“这个问题，我也问了太后。说是太医束手无策之后，太后不能对九皇子弃之不顾，于是找了高人，说是九皇子被恶灵附身，需要生辰八字相合的年轻女子成婚，才能够挡煞。”顾长明苦笑了下，依照太后平日的精明程度，怎么会相信九皇子被恶灵附身？但当局者迷，太后非但相信了，还觉得只要把恶灵赶走，容旭马上就会恢复原样。

于是就有了朝中几位大臣把家中适龄未婚女子的生辰八字统统送了上去的事情。在送上去之前，旁人只道是太后或许要为皇上充盈后宫，或许要为重臣牵线联姻，都巴巴地将家中未婚女子的生辰八字及时递传了上去。

最后被太后秘密召进宫中的，只有高人所言的生辰八字最符合的柳竹雪的父亲柳致远柳少尹。

太后自然是许诺了百般的好处，而且言明，如若柳少尹不愿意，可以明说，只要将此事保密即可。毕竟哪怕是身为人臣，不愿意亲生女儿嫁过来守一辈子活寡，也是可能的。

“然而我父亲满口答应了。”柳竹雪强迫自己冷静地听顾长明将原本始末都说明，心中有种空荡荡的感觉。虽然父亲不在，无法证明太后的话是否句句属实，然而父亲后来的态度都摆明了。

太后既然找了顾长明阐述此事的经过，也就没有必要添油加醋把责任都甩给柳致远，柳竹雪心尖一抽一抽的，嘴唇始终哆嗦着：“那九皇子府上的那条异种犬呢？”

“太后也在找那畜生，但是自从九皇子出事以后，全府上下都找不到此犬的下落。太后又问异种犬的具体特征，下令在整个开封府捉拿。只有一个犬奴战战兢兢出来说，异种犬体形硕大，很不喜生人接近。当时送犬到府中的人言明，这种犬极难驯服，一生只会听一个主人的话。”连顾长明都想见见所谓的异种犬到底是多稀罕，能把一个好好的皇子搞成如此下场。

容旭为了成为异种犬唯一的主人，除了在犬进府时，让犬奴见过一次，其他时间都是独自进入犬场驯服。所以其间到底发生了什么变故，谁也不清楚。

戴果子听得眼睛发直，什么皇子，什么皇上的亲弟弟，居然愚蠢到极点。哪怕是经过数人转述后的故事，他都能听出其中有诈，这个容旭的脑子大概真的喂了狗，害人害己不算，还落下这么多的人命。

“难道是柳姑娘不愿意和九皇子结成冥婚，太后就把见谁咬谁的九皇子放出来，让柳家灭门的？”戴果子狠狠地瞪了顾长明一眼，如果他说一个“是”字，那么就算九皇子是被人所害，太后也难辞其咎。

“太后把九皇子放在自己身边，连夜赶工打造了个坚实无比的大铁笼子，想要等九皇子情况略微好转，再让八字契合的女子成婚挡煞。然而昨天晚上，大铁笼子上的锁被人打开，关在里面的九皇子不见了踪迹。”当时顾长明问过太后，他不信天下有如此巧合之事。

哪怕是别有用心之人把无法自控的九皇子放出，九皇子就这么好巧不巧地跑到了柳竹雪的家中，一路撕咬，灭了数十条人命？要知道从宫中到柳府还有相当长的一段距离，否则也不会让司徒岸一路查找，来不及阻止惨剧发生。

太后良久不言不语，顾长明觉着自己说中了太后的软肋，听得耳边重重一声叹息：“哀家也不信，但是事实便是如此。哀家能够到这里，与你说明这些，表示哀家虽然心有疑惑，却问心无愧。哀家已经尽力把伤害控制到最小的程度，却不想意外随之而来。哀家这几天夜不能寐，总觉得身后像是有一双眼睛在盯着哀家的一举一动。”

“真像是有人刻意安排好的，除非找到那条罪魁祸首的异种犬，否则太后再怎么表示无辜，我还是不能完全信服。”戴果子知道柳府的事，到最后多半还是不了了之。死的不过是些下人丫鬟，全部加起来都比不过一个九皇子的命金贵。虽然他心中不服，却也明白这是不争的事实了。

柳竹雪双眼放空，等到转过来看着顾长明的时候，隐有泪光：“父亲还在里面，我想进去问他几句话，但是……”

顾长明立即明白她的意思，她想去确认一件事情，然而又因为受到的冲击太大，不想独自面对柳致远。他点了下头道：“我和果子陪你一起进去，把想问的都问清楚，我们再离开。”

戴果子一脸满是义气：“与其你回去长吁短叹的，不如这会儿做个了断。”

第十五章 | 休怪无情

柳竹雪脑中有一瞬间是空白的，戴果子的话仿佛击中了她心口最柔软的那处。与父亲把话说明以后就回去？她又能回到哪里去？明明一个转身，身后的那处府邸才是她的家。她虽然不是金枝玉叶，也是娇生惯养的大小姐，不承想，某年某日会有家归不得。

戴果子发现自己好像说错话了，否则柳竹雪如何会是这种伤心欲绝的表情，他想要把刚才说的话收回来是没有可能了，他摸着鼻子给顾长明使眼色：长明公子应该会说些漂亮话，你倒是说啊！

“你知道自己想做什么，就是好的。”顾长明先走一步，又回过头来看着身后两个人，“再犹疑不定下去，天就要亮了。”

柳竹雪连忙快步跟上，戴果子走在最后面。以他的脾性，这种把亲生女儿当成升官筹码的爹不要也罢。但看柳竹雪的神情这么伤心痛苦，想必是心中还有诸多不舍。要是待会儿柳致远动之以情的话，傻丫头不会就哭着说要留下来了吧？

顾长明走在最前面，忽然站住不动了，沉默片刻，他转过身来把柳竹雪的肩膀按住，将她整个人推向戴果子。戴果子没反应过来，已经是温香软玉抱满怀了。顾长明厉声道：“带她走，带她出去！”

柳竹雪仿佛察觉到什么：“是不是父亲出事了？”她想要强行从戴果子怀里挣脱出来，戴果子用的是最原始的办法，双臂张开把她紧紧抱住。如果不算武功高低，一个大男人要抱紧一个身材纤细的少女是件很容易的事情。柳竹雪双颊飞红，简直是咬牙切齿：“果子，你再不放开我，休怪我动手了！”

她没有来得及出手，顾长明比她快了一步，手掌精准地劈在她的后脖颈上，直接把人劈晕了。

“你下这么重的手做什么？”戴果子不费力地把柳竹雪打横抱起来，“柳致远出事了？”

顾长明一言不发，让开身给戴果子看了一眼。戴果子本来没当回事，看过去吓了一跳：“谁下手这么狠？！”

难怪顾长明不肯给柳竹雪看，她本来就心绪不稳，要是再看到亲爹那么惨的死状，怕是要出大事。戴果子也就是最近看死人多了点儿，才没有晕倒。在曲阳县的时候，那些女尸都不吓人。到了开封府，他反而受惊过度。先是满地的血迹，横七竖八的尸体，如今又是堂堂开封少尹被人一剑劈开，差点儿对剖。

“那么，也不能把尸体这样晾着。”戴果子后背发凉，他们三个离柳致远被杀的地点都不远。他的武功不精也就罢了，为什么连顾长明都没有听到丝毫的响动？实在是太诡异了，下手之人的武功出神入化了？

如果凶手还在这里呢？戴果子全身都出冷汗了，要是凶手把他们三个都杀了，估计也不是难事。

“你……你怎么一点儿也不害怕？”戴果子在曲阳县横行霸道惯了，真没怕过谁。然而今天却被一个不曾谋面的凶手吓得胆战，再看看顾长明，还算镇定，戴果子压低了声音道，“凶手走掉了？”

顾长明没有理会他，反而微微合眼，整个人像是神魂离体。戴果子大概知道他在做什么，不敢再出声打扰。

“剑长五尺五寸，宽四寸六分，剑柄极短。凶手惯使左手，右脚有旧伤，年龄在三十岁左右，男性。”顾长明再睁开眼时，眼底精光蕴藏，“此人从我们进来之前就在柳府潜藏，他会藏在哪里？”顾长明的目光环视一圈，落在破开的小门上面。

螳螂捕蝉黄雀在后，柳致远背后的阴影是最容易被疏忽的死角，如果这人始终躲在那里，那么他们没有发现他也是正常的。等其他人都离开，柳致远没来得及喘口气，此人现身将其一击毙命。

三人背后传来鼓掌声，司徒岸又回来了，先是看了一眼地上柳致远的尸体，再看向顾长明的时候，有说不出的欣赏之意：“能够将凶器瞬间描述出来，这份能耐是顾大人亲传的？你是如何知晓那人的右脚有旧伤？”

“这人的武功惊人，要杀一个柳致远根本不费吹灰之力，然而他举剑之前有个细微的脚步动作。”顾长明指着地上的足印，“凶手下意识地把右脚往后藏了三寸。当年他受的伤必然是又狠又重，哪怕现下都痊愈了，有些小习惯已经养成，想要扭转过来很困难。”

“又或者连他自己都没有察觉到这种小细节。”司徒岸又多看了一眼尸体，“你曾经怀疑是我下的手？”

“如果是你下手的话，不用如此鬼祟，当场击杀即可，更何况还有百多种借口可以送他入不复之地，何须要藏头藏尾？”顾长明嘴上是这样说，身体却把戴果子和柳竹雪掩在身后，司徒岸去而复返肯定还有其他的问题。如果他是要动柳竹雪的话，顾长明绝对不会让其得手的。

“你们两个都这样护着柳家小姐，倒是让我猜不出柳小姐到底和谁交好了。”司徒岸察觉到顾长明的杀气，为了表示自己不会动手，让全身都松懈了下来，做出没有任何攻击性的姿态，“你们放心，我不是奉了太后旨意回来杀人灭口的。我就是想回来看看，没想到如今成了湿手抓面粉，甩不开这摊子，麻烦了。”

顾长明眉尖一挑，知道司徒岸还有话要说。果不其然，司徒岸朝着他们挥挥手道：“都走吧，离开这里。柳少尹虽然遇刺身亡，好歹留个全尸。太后会给足柳家脸面的，如果柳家人蠢到非要钻牛角尖的话，就休怪我无情了。”

“你这说的是什么话！”戴果子后面的话，全部卡在了嗓子眼儿里。他不过是看到司徒岸的手指动了动，怎么就说不出话了？

“柳家人该有的福禄一样不会少，即便柳小姐不肯嫁，许诺过的还是不会变。顾公子若是真与柳家小姐有情有义，自当好好劝解她一番才是。”司徒岸虽然在笑，笑意却冰冷，“否则柳小姐最多不过是鸡蛋碰石头，何苦呢？”

顾长明明显是咬紧了牙关，两腮鼓鼓的。他深知宫中规矩，司徒岸今天这番话说得也算是推心置腹，给足了诚意。如果司徒岸什么也不说，上来就派人把他们带走，对其而言不过是一句话。与九皇子的病情这种宫中秘闻相比，死几个寻常百姓，谁有胆子来追究？

“你把柳家小姐敲晕是对的，大喊大叫，甚至哭闹，都是妇道人家的愚蠢行径，等她醒了，好好劝慰才是。”司徒岸双手往身后一背，“此时只当你们早就离开，我也不曾见过你们。”

顾长明虽然心不甘情不愿，但还是承受了这份人情。司徒岸又说：“你身边的这位小兄弟与我也算有些渊源，点住的穴道不要费力去解开，半个时辰后就能恢复常态。带他离开开封府，离得越远越好。”

戴果子眼睛里都快喷出火来了，谁要和你有渊源？你这个老不死的，老怪物！可惜任凭他怎么在心里头骂，嗓子根本不听使唤，依然不能说出一个字。

“多谢司徒大人了。”顾长明用眼神询问戴果子能否抱得住柳竹雪。戴果子心说这个司徒岸这么坏，你还给他道谢，一低头却是柳竹雪如雪如玉的脸。司徒岸的话虽然说得隐晦，戴果子也是能听懂的，柳竹雪识相的话，柳致远死了风风光光地葬了，柳家还有后福。要是她一根筋到底追查今晚之事，那么覆巢之下焉有完卵，以后开封府便没有了柳家人又如何？

他朝着顾长明无奈地点点头，顾长明伸出手臂搭住他的肩膀，两人抱着柳竹雪出了柳府，再也没有回头之意。

出了院门，顾长明换手把柳竹雪放在爱马踏雪的背上，戴果子驱使着另两匹马跟随其后。月光凄冷，把三人的身影拉得极长，仿若是晃动的阴霾。

顾长明没有考虑其他，还是把人带回顾家。想到明天一早，朝中即将发生的变故，他连多说一句话都觉得分外吃力。戴果子是想说话开不了口，把柳竹雪送进客房，听得顾长明在问："你说我是这会儿拍醒她，还是等明天一早？"

戴果子双手比画：她性子外柔内刚，要是现在醒了肯定要回去的，我们不能眼睁睁看着她去送死。

顾长明明白，柳竹雪要是回去，真的就是送死，还是悄无声息地死，最后可能连尸体都找不到。谁都不忍见到那样的结局，他道："那就等明天一早，她自然醒了，一切变数已经成了定局。"

"她不是说还有个兄长吗？以后柳家的好处都是她哥哥拿走了，为什么伤心痛苦却要她来承受？"戴果子喉间一松，这句话居然能够说出口了。

顾长明大概一算，司徒岸说点穴半个时辰以后才会自动解开，这段时间绝对没有半个时辰。他抓过戴果子的手腕，用真气一探，没有发现丝毫异常。

"那就让她在这里安静地睡一晚上吧，明天一早我们再过来看她。"顾长明松开抓住戴果子的手，"你也一样，若有什么不适，千万要告诉我。"

"她要是提前醒了呢？"戴果子指着床榻上，安静得像是布偶娃娃的柳竹雪，"我还是不放心。"

第十六章 | 父逝儿伤

顾、戴两人皆一夜无眠，三人中只有柳竹雪睡了个囫囵觉。戴果子见天色微亮，直接跑到柳竹雪房门前预备蹲点儿。顾长明在更早以前就站在柳竹雪的房门口了，听到身后脚步声，他转过头来：“你也来了。”

顾长明说得那么轻描淡写，戴果子却全身不自在，自己微小的心事好像都逃不过顾长明的耳目。想想也是，杀人现场，他看几眼就能知道武器的形状、长短，还有凶手的年纪、特征。有些事情想要瞒都瞒不住，比如戴果子喜欢柳竹雪。

“嗯，我来看看柳姑娘醒了没有。”戴果子本来也不是忸怩的性格，就不藏着掖着，落落大方起来，“等会儿谁把实情告诉她？”

“你。”顾长明眼帘一掀，根本不容戴果子拒绝，“你负责告诉她，我负责镇场子。”

“不应该是你负责告诉她，我负责善后安抚吗？”戴果子眨眨桃花眼，为什么两个人的意见永远都不能统一。

“如果她因为丧父之痛而失去理智，要攻击你的话，你还能安抚她吗？”顾长明说的是事实，尽管这让戴果子很没脸，但戴果子依然不能够反驳。柳竹雪不用融雪剑都可以随时取了戴果子的性命。

戴果子抓抓后脑勺，一股强烈的挫败感涌上心头，只好说：“长明公子，我说错话了，还是我来做这个讨人厌的角色吧，你来善后就好。”

柳竹雪的声音恰到好处地从屋中传了出来：“两位稍等，我很快起来。”

戴果子的嘴巴无声地动：她几时醒的？有没有听见我们的对话？

顾长明只是做了一个噤声的手势，柳竹雪已经推门而出。一夜过去她的眉眼之间好似多了一层忧色，她本来就长得很美、很清丽，此时看起来越发楚楚动人。有些事情不用言明直说，心中也有感觉，柳竹雪微微低垂着头走到顾、戴两人面前：“我父亲是不是遭了毒手？”

“有人趁着我们出来的时候，下手杀死了你爹。”戴果子发现说坏消息果然是件很痛苦的差事，边说边看柳竹雪的反应，生怕激怒她。要是她当真出手伤了他，他也就捏着鼻子认了。可万一她伤到自己呢？万一她气息混乱，内力反噬呢？

“是宫里面的人吗？”柳竹雪虽然早有心理准备，但听到确切消息时，双肩依然不住地颤抖，“是太后的人杀了父亲吗？”

“应该不是，发现尸体以后，司徒岸出现过，他对柳少尹遇刺身亡的事表示吃惊。”顾长明见柳竹雪越抖越厉害，仿佛快要控制不住自己了，而且她眼底的血色更加明显了。

上一次他就有所察觉，柳竹雪明明研习的是峨眉正派心法，最近却对自我控制有些力不从心之感。他继续道：“我能够看出杀死柳大人的是什么凶器、什么手法，但是我依然不明白是谁要杀柳大人，没有官府助力，我们要在茫茫人海中找到凶手太难了。”

“如果他撒谎呢？！”柳竹雪的手腕被顾长明一步接近后握在掌中，她下意识想要甩开。顾长明的手劲儿很大，温暖而绵长的真气从两人相握的部位流入她的身体里面。柳竹雪一怔，顾长明这是在做什么？她又没有受伤。

下一刻，柳竹雪看到戴果子焦虑而担心的目光，他的桃花眼中是一个陌生的她。那种神情绝对不会出现在她的脸上，这个人是谁？这个待在果子眼睛里，面容狰狞的女人是谁？

“柳姑娘，你平心静气地想一下师门的心法口诀。”顾长明猜对了，柳竹雪几近失控，如果他昨天不是毫不犹疑地下重手把她弄晕，先睡了一觉有个缓冲期，问题会更大，“柳姑娘，最近你练功的时候感觉哪里不舒服吗？”

柳竹雪连嘴都张不开了，要不是靠着顾长明输入的真气，她完全压制不住体内仿佛要喷薄而出的气息。她连忙听话地屏息凝神，想把混乱的气息慢慢调整回经脉之中。顾长明的话，柳竹雪听见了，是从什么时候开始，她越来越无法自控了呢？应该是在曲阳县，被人误以为与南疆而来的少女是一起的，被人下了蛊毒以后。寸细说她体内的蛊虫已经不在了，那么寸细的话该不该相信？

戴果子看着柳竹雪的脸色变成一种近乎透明的苍白，甚至连皮肤底下的青筋都完全显露了出来。在痛苦难当的表情过后，她再次慢慢恢复正常。

在这过程中，顾长明始终没有再开口说过话，她需要助力，而且两人的内力底子不同，只能尝试着细水长流的方式，这样能够安全些，却更加消耗他的内力。

“好了，顾大哥，不用再输真气给我了。”柳竹雪全身衣裙像是在凉水中浸泡过，贴在身上，“我去换了衣服再过来。”

戴果子等到柳竹雪关了门，才敢出声询问：“她应该没事了吧？”

顾长明内心苦笑：你怎么不问问我有没有事？明明我才是消耗更多的那个人。

戴果子见顾长明睁开眼后，眼睛看着明显没有平时那么晶亮：“你还好吧，不会虚脱了吧？”

好好的话怎么到了戴果子嘴里，顾长明就这么想给他一拳头让他闭嘴呢？

“柳姑娘的内力功法有问题，但是我和她学的不同，如果能够问问她的授业恩师定远师太就会好得多。”顾长明的真气在体内运转两个小周天后，基本看不出有任何的问题。

柳竹雪再出来的时候，特意换了一身素白的衣裙，还用帕子绞了朵小白花簪在发间，头发梳的是最简单的发辫，她的眼底却多了一抹坚毅：“父亲被杀，我能够做些什么？”

“司徒岸及时出现，表明了太后的态度。如果昨晚在柳府发生的一切没有外泄的话，那么太后对柳少尹曾经做出的诸多保证都还有效。”顾长明极其不愿意说出这样的真相，这对柳竹雪来说太残忍了。

柳竹雪沉默片刻后才道：“那些人的家人除了能够得到一笔安家费还有什么？”

“没有什么了，谁也不能要求太后做得更多，我们能够做的也就是让柳少尹不至于白死。”顾长明很担心柳竹雪会强烈要去找太后评理，那么他们做的一切就前功尽弃了。

“所有的好处都是柳家和我兄长所得，对不对？”柳竹雪眯了一下眼，“而我要做的只是守口如瓶？”

“太后取消了你和九皇子的冥婚协议。”顾长明知道九皇子最后被司徒岸带回到太后身边，但是那样的容旭万一再次发狂起来，宫中会不会出更大的混乱，谁都不能保证。

“顾大哥、果子，我想回去看一眼。”柳竹雪瞬间想明白了，昨晚这样的情况，兄长始终都没有出现，也没有来寻找她的行踪，柳竹雪恐怕不在柳家的名单上了，“确定我不会再开口，最简单的方法是我死。如果没有顾大哥在的话，太后未必不会选最利落的方法。如今，我是有家回不得，只能在外面偷偷看看，最后看看。”

柳竹雪的口气如此凄凉，顾、戴两人交换了眼神，谁忍心拒绝她的微小要求。顾长明让戴果子陪着柳竹雪，他去准备马车，尽快赶去柳府。柳致远被刺身亡的消息并不能够隐瞒太久，毕竟他是朝中官员，就看太后给一个什么名目来安置了。

下人来报说马车已经预备好了，顾长明疾步往府外走去，从台阶而下时，有只小球滴溜溜滚过来，停在他的脚边，很快有个扎着总角的孩童过来，笑嘻嘻地把小球抱起来拿走了。

一直到安排柳竹雪进马车中稳坐，顾长明在前骑着踏雪，戴果子暂时又当了一回车夫，走出挺远的路，顾长明才猛地反应过来，刚才那个小球滚过来时，耳畔分明听到清脆的童谣：“一击鼓，草木生；二击鼓，忆空白……”

到底在哪里听过类似的童谣？顾长明差点儿调转马首要去寻找答案，柳竹雪见马车停在路边，出声问道：“怎么了，出什么事了？”

顾长明稳了稳心神，柳家的事情耽搁不起，必须先送柳竹雪过去。

柳府门口悬挂起白纸灯笼，上面写着大大的“奠”字，柳竹雪的大哥柳竹松站在大门前，一身重孝，络绎不绝的官员前来悼念柳少尹。

顾长明示意戴果子把马车停在一边，独自下马过去看看情况。他知道柳家附近肯定有宫中的眼线，有司徒岸的人，太后既然下了断言，就很忌讳柳竹雪再次出现在柳家。昨天司徒岸说得再清楚不过，柳致远虽然是被一招致命，却好过等太后亲自下令来灭口。

能够保住柳竹雪，已经是不幸中的万幸了。

柳竹雪有一句话说得很对，她自此有家不能回，再也不是柳家的大小姐了。根本没有人会过问柳致远的女儿去了哪里，没有人会再去提起她。

柳竹雪坐在车中，掀开车帘一角，看到兄长虽然戴孝，却一脸意气风发的神情，与平时唯唯诺诺的样子截然不同，想来他已经得到了所谓的好消息。

她的手指一松，车帘落下来，双手撑在马车的壁板上，眼泪忍不住夺眶而出。即便是决定离家出走的那一天，她也没想过自己会永远不回来，而且连父亲的葬礼都无法参加。

虽然在心里埋怨过父亲无数次，然而想到从此以后天人永隔，那种撕心裂肺的感觉像是潮水一般把她淹没。

戴果子隔着车帘，听到柳竹雪压抑的呜咽声，心里也极其不好受。

顾长明转过身来，牵马站在车边，两个人谁都不知道要如何开口，一直到柳竹雪嗓音低哑地说了一句：“顾大哥、果子，我们回去吧。”

〔第二卷完〕

三击鼓

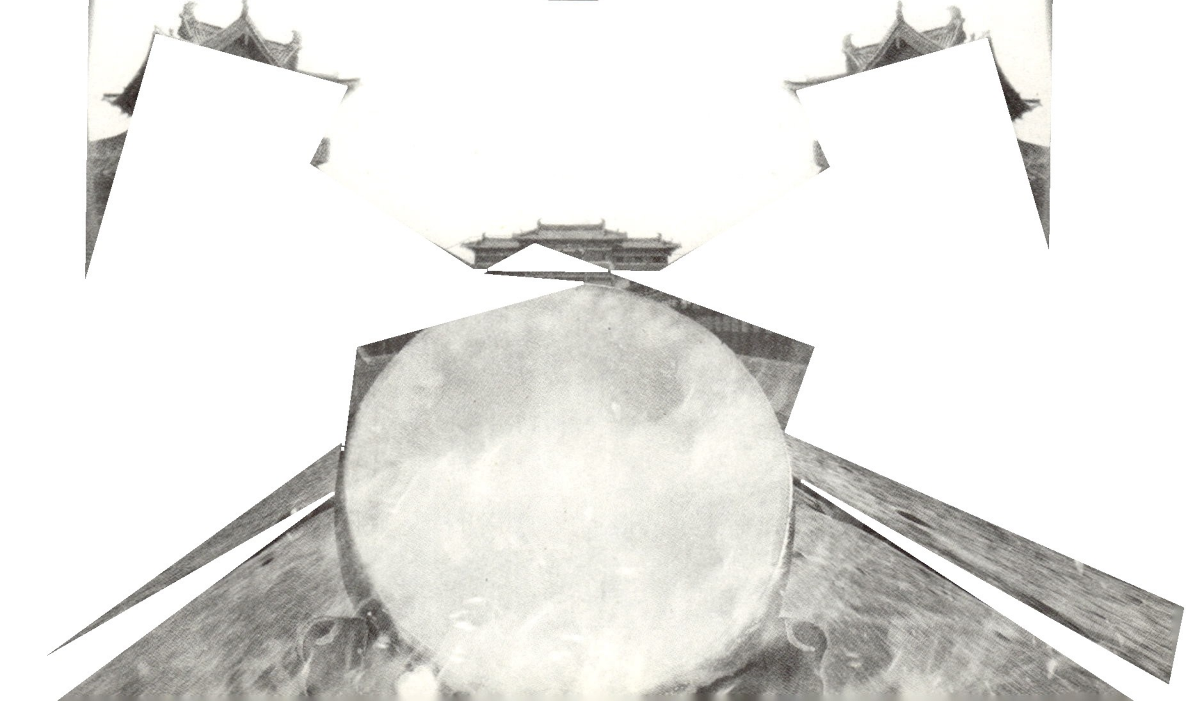

第一章 | 最好的归宿

偷风不偷月，偷雨不偷雪。

这是小凤凰入门第一天就知道的口诀，她早就背得滚瓜烂熟了。这一场雨从天黑就淅淅沥沥地下起，到后半夜越下越大，豆大的雨点随着大风打在屋檐上，发出“噼里啪啦”的声响。

她的轻功极好，溜着屋檐过去，足尖勾住细细一线，不盈一握的腰身往下一折翻，整个人悬在半空中，高度正好从窗户最上面的小孔中往内窥视。小凤凰知道这一家人都是高手，不敢有半点儿马虎。如果不是有雨声能够掩盖，借她个熊心豹胆，她都未必敢来。

只是不知道，书房里这会儿坐着看书的人是谁?

小凤凰莫名有些期待，忍不住把眼睛贴得更近些。她先见到一双男人的手，那双手正把书桌上的几本书一字排开，她隐隐有些失望。那双手手指骨节分明有力，显然不是她记忆中的那个人。

那人的手指在每本书封皮上缓缓滑过，举止温柔到仿佛在触摸心爱人的肌肤，不知为何小凤凰后背有些发凉。下一刻，对方猛地推开一切站了起来。

一瞬间，小凤凰以为自己暴露了行踪，那人是要跃出窗口来抓她，一颗心几乎都提到了嗓子眼儿。她正打算翻上屋檐，便听到“刺啦”一声，却是那人抓起其中一本书，直接撕开。

书页翻飞不止，好像那深秋第一场落叶，匆匆离开枝头，四处纷飞，就地掩埋。

从柳府门前远远悼念父亲归来，柳竹雪一语不发地把自己锁在客房中。

戴果子眼巴巴地趴在窗户外面朝着屋里看，维持这个姿势，不离开不挪移。

柳竹雪本来是平躺的，眼帘微微颤抖着打开，虚弱地唤了一声："果子，你在外面吗？"

"在，每天都在。"听到柳竹雪开口，戴果子反而一缩脖子躲到窗户底下去了。

"我知道。"柳竹雪什么都知道，她本来想将什么都放在心底的，但是欠下的人情越来越多，她怕自己这辈子都还不清，"顾大哥呢，他在不在？"

戴果子生怕刺激到柳竹雪，别说是重话了，连玩笑话都不敢随便说，一副老老实实的样子："他出门去了，还没有回来。"

"那我先起来，等他回来告诉我一声，我有些话想对你们说。"柳竹雪挣扎着坐起来，一扭头见丝缎的枕套上都是落发，用手指梳了两下，指缝中皆是断发。

戴果子见她如此，很是欣慰，连刚才心口泛起的醋意都被压制了下去。他的手往自己心口重重一拍，再虚抓一把往地上掷去，好像把不悦的情绪全部扔出了身体之外，整个人重新轻松自如起来。

"你怎么在这儿蹲着，在等我吗？"顾长明顺手帮戴果子拍了拍他肩膀上的残灰，"柳姑娘还好吗？"

戴果子不由自主地跟在顾长明身后："查到柳致远是谁杀的了吗？"

"宫里头压着的事情，官府不会插手，而且已经有了定论。"顾长明刚才还略有笑意的，转眼间脸上只剩下一层化不开的冰霜之色，"我来见柳竹雪就是为了告诉她这些。"

柳竹雪看着娇弱却不娇气，梳洗过后换了衣裙出来："顾大哥、果子，我想好了，容我在这里再休养几天，我就出发。"

"去哪里？"顾、戴两人异口同声道。

"去峨眉山，峨眉山有师父，也是我在世上唯一确定能够收留我的人。"柳竹雪嘴角微微上扬，笑容却苦涩到了极点，"留在师父身边，一辈子会过得很快、很平静的。"

戴果子见两人之间气氛压抑，便说道："顾长明，你敢动她一根头发试试！"

顾长明不怒反笑道："果子，你这样机灵的人，怎么就不懂呢？她的师父是峨眉派的定远师太，她的意思是下半辈子要跟着师父，就是要出家做姑子。”

“姑子……尼姑……”戴果子大惊失色，飞快看向柳竹雪，“他……他说的是真的？你要出家，再也不回来了？”

柳竹雪淡然地点点头道：“出家也可以回来看你们的，师父也不是一辈子待在峨眉山上的。”

“不可以！”戴果子惨叫一声，“你怎么可以出家？你知不知道做姑子很清苦的，还有尼姑不能嫁人的，不能……”

柳竹雪明明还在笑，漆黑的双眸却像是被两汪水包裹着，随时会落下泪来：“果子，我虽然还是柳竹雪却什么都没有了。我有家归不得，父亲死得不明不白，已经几天了，家中人明明知道我还在开封府，却没有来寻找过。我也等过的，却没有等到。”

她站起身来，真心不想让他们看到自己落泪的样子，背转过身去：“这是我给自己想到的最好的归宿，你们应该为我高兴才是。”

顾长明的眼帘一掀，目光锁定在某一点上，那是左边窗户第三格的上方，顾长明手指一弹，暗器笔直飞出，戳破窗户纸，然后听到“哎哟”一声，有人“砰”的一声落了地。

从高处摔下来的动静太大，柳竹雪听着都替那人觉得疼。等她再定睛一看，不禁惊呼道：“小凤凰，怎么是你？”

小凤凰揉着后腰勉强站起来，眼角余光偷偷看着顾长明：“孙大人在你们离开五天后，等到新官交接，随后和裘仵作几个人一起离开了。临行前，他问我会不会到开封府来找你们。我说你们帮了我这么多忙，我肯定是要过来的。于是孙大人说见到果子就告诉他好好学一年，不许半途而废。”

戴果子“嗷嗷”叫了两声，干爹这是强制他在顾长明身边待满一年光景。

“孙大人还说，半个月后就能到给顾公子的那个书信中提到的地址了。要是戴果子不听话，可以直接写信告状，他有一百多种法子收拾戴果子。”小凤凰的记性好，把孙友祥的话一字不落地复述出来，见戴果子的脸色越来越难看，她连忙往后退了一步，警惕地看着他。

戴果子皱眉看着小凤凰的动作，心想这个女贼抓住柳竹雪的手，算不算是占便宜？

柳竹雪见小凤凰来，把刚才提的要去峨眉的念头先放下了。当时小凤凰伤成那样，两人在一个屋中吃睡，小凤凰能够恢复成这样，她有些欣慰："小凤凰是来走走看看，还是有地方落脚的？"

"我正在愁没地方落脚呢。"小凤凰可怜地扯住柳竹雪的衣袖，"孙大人走的时候，留给我五钱银子，没有再多了。我一路上省着花，到了开封府也就见底了。如今我想要找间客栈住一住，可是囊中羞涩啊。"

"你有本事在我身上撒了药粉，自然是有本事找到地方住的。"顾长明没给小凤凰任何一个开口的机会，手指遥遥指着院门的方向，"不请自来是为贼，今天你算是给孙大人带话，我不多计较，下次要来顾家走正门通报。"

小凤凰一张脸忽白忽红，转了几次颜色。她轻功极好，来得快去得也快，只见一晃，她已经跑得没影了。

"有些事情刚才回来的时候我就应该告诉你的，现在也不迟。"顾长明单手背负身后沉声道，"柳致远柳少尹不幸被大辽杀手暗袭身亡，皇上获知后痛心疾首，下令缉拿凶手。另外柳致远的长子柳竹松官封六品，可补实差，即日上任。"

顾长明回来的时候，强行压抑了情绪，不让另外两人看出端倪。然而柳竹雪居然提出要去峨眉派出家为尼，顾长明打定主意，即便是再艰难也要保全她，不能让她走上青灯孤影的苦路。

"公子，外面有人求见。"下人进来回话，"是个年轻的姑娘，说是要见一见公子。"

顾长明深吸了口气，转身往外走。戴果子一看有热闹，连忙要带柳竹雪过去。柳竹雪脸皮薄，低声道："有年轻姑娘要见他，我们跟过去恐怕不好吧？"

戴果子眼睛都亮了，正因为是年轻姑娘，而且看顾长明那个架势，显然知道来者是谁。没准儿啊，就是一笔风流账。

小凤凰在院子外的台阶底下，脚尖有一下没一下地踢着石子，听到顾长明的脚步声瞬间抬起头来给了他一个笑脸："顾公子，好久不见。"

"你到底想怎么样！"顾长明厉声喝道，"小凤凰，你的同门就在开封府，没事你别来招惹我。"

"你说的，以后要见你的话，从院门通报进来。我很听话的，所以在这里等你，你为什么又生气了？"小凤凰笑容不减，更不懂得什么叫挫折，见顾长明动怒，反而笑得更加娇俏了。

“我不想再见到你，特别是在顾家门口。”顾长明给她留了三分颜面，还是因为他素来有宽待妇孺的礼数，要不然一掌劈过去，管她是谁，“相同的话，我只说一次。”

正当他要拂袖而去时，小凤凰在身后唤了一声：“你不想知道我在你身上落的是什么粉？什么印记？有没有毒？怎么解开吗？”

顾长明又深吸一口气，强行按住汹涌的怒气：“雕虫小技也敢班门弄斧，信不信我把你的门派在开封府的眼线尽数拔去，让你们以后都找不到营生？”

小凤凰知道他真动了怒，心口有些委屈，她是贼却也不是十分坏的。明明在曲阳县的时候，顾长明还能够给她好脸色，现今一碰面像是新仇旧恨糅在了一起。她试探着问道：“顾公子，其实你不是气我出现，而是在我面前才能够动怒，对不对？”

顾长明的身形一晃，手指扣住小凤凰的右边肩膀，微微加了三成力，小凤凰已经疼得龇牙咧嘴了，他道：“你以为自己轻功很好，就可以在我面前放肆了？”

“我从来都是顾公子的手下败将啊，除了那一次。”小凤凰故意侧过头露出半边脖颈，正是顾长明被她下了特殊印记的位置，“如果我涂的是毒药，顾公子会不会察觉到呢？”

顾长明一想到这些，头更疼了，将手放开，挥了挥：“我不和你计较这些，你走吧。”

“我能不走吗？”小凤凰扯住顾长明，眨巴眨巴眼睛，“我可以用你想要的东西和你交换，你们三个人在一起玩得这么好，也捎带着我一个。再说了，最近柳姑娘家里头出了这么多事，你们两个大男人不方便开口安慰，包在我身上如何？”

第二章 | 遮风挡雨

顾长明没想到她如此大胆，敢用双手来抓他的衣袖，正要抽回来，小凤凰的纤腰一扭，转了个半圈，两人差点儿眼对眼、鼻对鼻。

小凤凰忽然对着顾长明的脖子吹了口气：“就是这样，那是师门独有的粉尘，一吹就会落下生根，水洗不去。我这么做没有恶意的，你相信我。”

顾长明连退三步，确认站在安全的位置后，冷冷地看着她：“小葫芦帮了我些忙，我要是此时赶你走，就显得我不近人情了。”

“他们在另一边住，你住这里。”顾长明指着前面的偏僻小院，“我会嘱咐下人为你准备三餐，以及洗漱用的冷热水，如果还有其他的要求，你可以提出来。”

“你的意思是，我一个人住在这么个角落里，看不见你们在做什么，你们也看不到我在做什么？”小凤凰看看小院子，再看看顾长明，眼睛瞪得圆圆的，像是受伤的小鹿。

“我从来不受人威胁，如果当真是我所需，你可以提出条件，我来判断合不合适。”顾长明根本不相信小凤凰手里有什么，这女贼是个口是心非的骗子。

小凤凰脸色变了又变，纵然是嬉皮笑脸惯了也经不起顾长明如此挖苦。她咬了咬嘴唇，知道解释都是多余的，暂且留下再从长计议。

顾长明见她终于服软，不再满嘴胡说八道了，便稍稍一点头径直离开了。

等到他走过转角，影子都看不见了，小凤凰才敢破口大骂：“顾长明，你浑蛋，你浑蛋！”

谁料得，顾长明的声音远远地传了回来：“还真不是。”

柳竹雪和戴果子两双亮晶晶的眼睛盯着，专等着顾长明解释。

“这个小凤凰是自己摸上门来的，我虽然答应让她暂时住在这里，但你们对她一定要有戒备之心。她无缘无故地黏着我们，肯定有她的原因。她对我说了一个非常像真话的假话，说是有人在追杀她，不得已的情况下，住在顾家不失为一个安全周到的好选择。”顾长明习惯性地用手指在桌面上有节奏地敲击。

“你从哪里看出有破绽的？”柳竹雪同样好奇起来，“我听着没有毛病，为了躲避强大的敌人，找个遮风挡雨的地方。”

戴果子的一双眼睛就没离开过柳竹雪的左右，他懂得察言观色，连忙说道：“柳姑娘，你虽然家中出现变故，却不要急于对往后何去何从下定论。有些事情一旦决定就不能回头了。”

道理柳竹雪都懂，也明白眼前两个人确实是为她好：“那我再给自己一段时间。”

“一年，给你一年时间，要是到时你还想出家，我和顾长明都绝对不会拦着你。”戴果子说得斩钉截铁，“我肯定是要跟着他一年光景的，你要是愿意就同我们一起。你要是不愿意，大江南北走一圈散散心也是好的。”

“我不想一个人走，让我再考虑一下。”柳竹雪的眉头皱得紧紧的，忽而听到一阵撕心裂肺的哭喊声，应该是从挺远的地方传来的，即便她听得不太真切，可那种绝望与痛苦，也能够源源不断地传过来。

肯定是出事了。

“我们过去看看。”顾长明在前面带路，三人刚跑到院门口，小凤凰居然也到了。戴果子心底默默念叨，这是惯偷，所以多大的庭院都难不倒她。

顾家院门出去是条平日里特别清静的巷子，顾武铎上任提刑司后，在开封府购置了宅院，一住二十余年，算是有些根底的。左邻右舍都知道这是顾大人的家宅，更有人说住在顾家附近能够辟邪，附近的宅院千金难求。

顾武铎在任的时候，有个“鬼见愁”的绰号，一般人从不会在顾家门口多做停留。顾长明走出来，一眼望过去没有半个人影，哭声在更远处。他边往前走，边给身后人留话：“大概在前面拐角，我先过去看看。”

等他走到巷子口，果不其然有个妇人蹲在墙脚哭得撕心裂肺，一手抠在墙缝中，五根手指都抓出血来却似没有丝毫的痛觉，口中模糊地唤道：“大宝，大宝，我的孩子。”

“大婶，大婶。”顾长明喊了两声，妇人没有丝毫反应，只会重复那两句话，顾长明依然耐心地问道，“大婶，你的孩子是病了，还是走丢了？你说出来我才能帮你想办法。”

“怎么回事？”柳竹雪赶上来，一见墙缝里都是血，再看妇人形容枯槁，若不是心中太痛，十指连心怎么会没有感觉？她家中正逢变故，顿时生出同病相怜之感，“大婶，我先扶你起来好不好？”

她的声音温婉柔和，仿若是涓涓细流，从伤口处流淌而过，缓解了大婶的痛楚。大婶强忍着止住哭泣，嗓子都是哑的：“我有个六岁的儿子大宝，已经走失三天了。”

“孩子不见了，你有没有报官？”柳竹雪留了个心眼儿，看对方手指上的伤口都是真的，此刻还鲜血淋漓。

“报官？去哪里报官？”大婶像是反应过来，把柳竹雪的手臂紧紧抱住，“他们说来这里找顾家，顾家的公子本事大，能帮我找到大宝。你们……你们谁是顾家的公子？谁是？”

“是谁让你来找顾家公子的？”顾长明大致明白了，这是家中丢失了孩子，被人指引过来寻求法子的。

“我不知道，是一个大和尚，一个大和尚。”大婶的眼神飘忽，看起来又累又倦，脸上满是眼泪鼻涕，低头就要往柳竹雪的衣袖上擦。

小凤凰看不过去了，柳姑娘虽然不爱打扮，但毕竟是大家闺秀，身上穿的、戴的都是极好的。眼见着大婶一把鼻涕抹上来，这件衣服还要不要了？她伸手一挡：“大婶，你想别人帮忙，是不是应该把事情经过说一下？你家大宝是在哪里走丢的？你在哪些地方找过？其他亲戚家都去问过了吗？”

大婶呆呆地看着小凤凰：“大宝，大宝不见了。”

“对，大宝，六岁的男娃娃，长什么样子？有什么特征？几时发现走丢的？大婶，你把能想起来的都给我们说说。”小凤凰一转头看着顾长明，“顾公子，我问得对不对？”

顾长明不自觉地嘴角微翘，露出一丝笑容。小凤凰来见他之前还特意做了准备的，算不算是投其所好？

小凤凰小心翼翼等着顾长明的回应，见到他若有似无的笑容，心口那块石头“扑通”一声落地了。这是对她的所做所言表示了肯定！

小凤凰一下子把大婶的注意力都给吸引过去了，大婶完全跟着她的问题在动脑子：“大宝是在三天前走失的，快吃晚饭的时候，我喊他回来。平日里他很乖的，不会跑很远，喊上两三声就像只猴儿一样扑在我腿上讨吃的。”

“这事要报官，开封府说大不大，说小也不小，要是孩子迷了路没找到回家的方向，那还好些；如果出了意外的话……”顾长明的分析没有说完，大婶便双眼翻白晕过去了。

“你吓着她了，她找孩子找了三天三夜，一颗心都吊着，你再说孩子会出意外，她能不晕过去吗？”戴果子在曲阳县当捕快，虽然捉拿凶犯的经验有限，但是他对找孩子、抓小偷这些格外懂行，“为人父母的，最听不得孩子出事，所以你先忍一忍别说出来。还有她说的大和尚是谁？和尚还管这些？”

“不是和尚。”顾长明面上显出隐忍的表情，“她说的那个人不是和尚。”

“和尚还能看错？”戴果子越听越不明白了，转头去看柳竹雪，她也摇摇头表示不知真相。

顾长明单手握拳放在嘴角轻咳了两声：“我说不是和尚就不是，回头你们见着人就懂了。这人晕在这里也不是办法，先带回去，找个大夫把人救醒了再说。”

小凤凰和柳竹雪左右架着大婶，把她带回顾家。照顾柳竹雪的刘婶过来看了一眼说不用大夫，捏着大婶的鼻子灌了半碗红糖水，果然呛着嗓子她就醒了过来，睁开眼又要咧开嘴哭。

“已经瞧见顾家公子了，你不用哭了。”小凤凰双手叉腰，微微倾身看着大婶，“大婶怎么称呼？”

“夫家姓江。”江婶惦记着晕过去前听到的那句话，“是不是你们说的，说我家大宝出事了？！你们凭什么说他出事了，凭什么？！不是说好了要顾家公子来帮忙的吗？”

“请问江婶，你的这个说好是谁和谁说好？你要是说顾家公子和你说好，我就不客气了。”小凤凰笑容一收，江婶彻底安静了。

小凤凰转头看向顾长明的时候，立马换了另外一副表情，谨小慎微的样子：“顾公子，她愿意好好说话了，有什么需要问的吗？”

刚才顾长明用来轰走小凤凰的招数，她倒是现学现用，这会儿全部照搬着用上了，效果还很好。顾长明道：“问她孩子身上有没有什么缺陷。”

小凤凰眨眨眼，听话地问江婶：“你家大宝不是健全孩子，对不对？他哪里有缺陷，你先说出来。”

江婶一愣一愣的：“我没有说过大宝的腿脚不好，你们是怎么知道的？你们见过大宝了吗？你们是不是见过大宝了？”

“没有见过，我猜的。”顾长明把小凤凰轻轻推开，这样传话下去，把该问的都问齐全了得要大半天。

“那你是怎么猜到的？”江婶半信半疑的样子，“你没见过他，怎么能猜到？”

突然她面向顾长明跪下来，一连磕了十七八个响头，动作快到顾长明都来不及阻止，她已经是一脑门的鲜血：“顾公子，我只有大宝一个孩子，求求你，我求求你。”

“报官吧。”顾长明依然坚持，一个失踪三天的孩子，如果没有被带离开封府的话，及时报官还有希望能找到。要是仅凭借他们几个人，肯定是心有余而力不足，除非能查到抓走孩子的人。

第三章 | 青云六逐令

“我……我不敢报官。”江婶一脸仓皇，听到“报官”两个字后，她和大部分平头百姓一样，恨不得远远躲开，“我也没有多余的钱，就算是报了官，那些官差也不会帮我的。”

“我带你去。”顾长明一手轻提把江婶拖了起来，“如果你想找回大宝的话，就照着我说的做。”

江婶一咬牙，为了找回大宝，见官就见官，她豁出去了：“可是我们家不在开封府，是在城外的扶兰村，这要去哪里报官呢？”

顾长明低头一想，扶兰村隶属兰考县，要是报官的话必须先到兰考县县衙，而不能越级到开封府：“那就先去兰考县县衙。”

“我们一起去吧。”柳竹雪不想闷在院子里，转身回屋去拿自己的融雪剑。

“你能有这份心就好。”顾长明见江婶在旁边发呆，“你说的那个大和尚又在哪里？”

“你刚才说那人不是大和尚。”戴果子很是好奇，难道那人是普法寺的和尚？

“本来就不是，阿智从来没有出过家，他只是……”顾长明的眉头一皱，仰头看向不远处的围墙墙头。

小凤凰已经循着他的视线掠身而出，墙头上分明坐着一个人，而且是个身高体壮的胖子。

“顾长明，顾家一向冷冷清清的，除了你就是顾老头儿。今天居然多了这么多人，还有两个年轻姑娘。”骑在墙头的胖子啧啧作声，“要是顾老头儿见到，应该会很欣慰吧。以前他不是担心你迟早会出家吗？我看着不像。”

“阿智，你给我下来。”顾长明口中的“来”字一出，小凤凰动手了。她手腕上绑着不起眼的缎带，内力一逼直接变成了武器，像是绳索又像是毒蛇，直扑阿智的脖颈。

阿智没想到看着无害的小凤凰下手这么狠、准、快，他避让不开，身体又笨重，一个平衡没控制好，大脑袋朝下从院墙摔了下来。眼见着就要摔个四仰八叉，在快要触及地面的瞬间，阿智的身形变得异常灵活，在半空中一扭，双脚稳稳地站在了地上。

小凤凰没有丝毫吃惊，能够轻而易举爬上院墙还没被发现的人，怎么可能只是个笨重的胖子？

阿智双手叉腰地一站，以稳若泰山的姿势指着小凤凰道："我说你一个娇滴滴的小姑娘，心肠怎么这么硬？刚才我差点儿摔断脖子，你连眼睛都不眨一下！"

小凤凰抿着嘴不说话，她如今算寄人篱下，当然对顾长明唯命是从。否则他又要往外赶人了，到时候也没有谁来替她说半句好话。

江婶认出了阿智，跌跌撞撞地扑过去："大和尚，就是他告诉我来这里找顾家公子的。"

几人前后出了顾家的门，阿智慢吞吞地走在最后面，顾长明斜眼看着他："你素来不喜欢见官，不用勉强跟着。"

阿智咧开嘴笑道："还是你了解我，我这不是见你刚回来，宅在家中不出门，想给你找点事儿做做，解解闷嘛。"

"你想说什么就直接点儿。"顾长明认识这人不是一天两天了，仅仅找个走失的小孩子，阿智是不会指引江婶跑到顾家门口大哭大闹的，"都是你教了那妇人，生怕我不理会。"

"没有没有。"阿智连忙摇头摆手，"我在大街上看她哭得可怜，想帮点儿小忙，可我是心有余而力不足，思来想去也就是你最合适了。而且据我所知，她家的孩子并非最近唯一走失的。"

顾长明的眉尖一蹙："你所知的一共有几个？"

"三五个，我还不能确定，不是每一家都像她这么执着，附近能找的地方都去边哭边喊的。"阿智摸摸大光头，"有些人真不当回事，以为孩子只是走远了，像小猫、小狗一样迟早会回来的。"

"我知道了，你自去忙你的。"顾长明见阿智觍着脸的样子，顿时明白过来，"你这好赌的毛病几时也改改，手头永远没有闲钱，你吃不饱、喝不足的居然还能长一身肉。”

话是这样说，顾长明还是拿了两贯钱给他：“省着点儿花，这些够寻常人家用很久了。”

阿智拿了钱，哪还闲得住，跑得那叫一个快：“回头赢了钱，我肯定还你。”

戴果子把三个女的都塞进马车里，自己赶车，顾长明骑马。戴果子回头问道：“兰考县县官是谁，你可认得？”

“邱玉生，一年前才走马上任的，我与他没有交集。”顾长明在想阿智说的话，不止大宝一个孩子走失了。

一路上，人人沉默，除了车轮声和马蹄声，谁也提不起兴致说话。由顾长明带路，马车最终停在了兰考县县衙门前。

顾长明跃身下马，径直而入，县衙没有升堂，县官一般在后院。等他见到邱玉生，邱县令正在看书。一晃眼，面前站着个英俊的公子，邱县令心下一惊，手中的书抖落在地：“你是什么人？胆敢闯到县衙后院，来人啊！”

“草民是来报官的，前面无人接应，所以草民便直接进来见大人了。”顾长明懒得从头解释自己的身份，取出一块牌子放在邱玉生眼前的桌角上。

有个老捕快瞄到邱玉生手中的令牌，先是“咦”了一声，再踏前两步，随即锁定目标，颤着嗓子问道：“大人手中拿的可是青云六逐令？”

邱玉生惊恐地看着手中的令牌，像是握住了烫手的山芋：“都退下，统统都退下。”

“邱大人，苦主还在外面等候。”顾长明单刀直入，不想再浪费时间。

江婶第一次见官，整个人像是打摆子，说话都不利索，顾长明在旁边咳嗽一声道：“江婶，你怎么同我说的，原原本本地告诉邱大人即可。”

邱玉生听着听着松了口气，原来是要找个半大孩子。这点儿小事也要祭出青云六逐令，未免有些小题大做了：“老严，你速速点十个衙役。”

“邱大人，我担心这是连环案件。”顾长明和江婶反复确认过，大宝就是个再普通不过的孩子，腿脚还有残疾，绑票绝对没有可能，江婶素来又与人无冤无仇的。唯一可能的是对方需要用孩子来做什么，这种多半是见不得光、非常残忍的手段。

“公子的意思是不止一个孩子走失，有人在诱拐孩子？”邱玉生连忙去翻看这两天的案卷，“可是并没有其他人来报案，你们这是第一起。”

顾长明问："如果丢失孩子的事情不仅发生在兰考县呢？"邱玉生毫无顾忌地把案卷都递了过来，顾长明顺手接下来查看，他看得仔细又迅速。

邱玉生默不作声，隔了片刻才道："那我派人去邻县问问，如果有相同的情况就归入同宗同案里。"

"案子已经呈报，我们就不多打扰大人办案了。我们住在开封府城东的顾府，有消息的话，大人捎带句话，我们会再赶过来。"顾长明起身告辞，邱玉生亲自送诸人到县衙门口。

"苦主家在扶兰村，隶属兰考县。"顾长明淡淡说道，"希望只是小案，不会牵扯太多。"

江婶没想到第一次进衙门便会得到如此礼遇，觉得能够找回大宝的可能性又大了不少。她拉着马车车辕不肯上去，顾长明眼波一扫，在她下跪之前单手相托，牢牢稳住江婶，不肯受她的大礼。

"公子，公子的大恩大德……"江婶不知道说什么才好。

"其他的话等找到大宝再说。"顾长明翻身上马，"果子，去扶兰村。"

把江婶送走，车子里只剩下小凤凰和柳竹雪，倒是方便两人说悄悄话了。

"你大哥也没有说要带你回去？"小凤凰听着柳竹雪的事也很寒心，"他对你这个妹妹一点儿感情都没有？"

"顾公子说兄长已经领了实差，不日即将走马上任。那地方离开封府千里之远，恐怕他这辈子也未必会回来了。他便是认了我又能如何？我不想拖累兄长，也不想去那人生地不熟的地方，以后再接受兄长的安排嫁人生子，如此过一辈子。"柳竹雪低头苦笑道，"这些想法原本不是我该有的，但是它如此滋长而出，我无法忽略。因此我并不会责怪兄长无情，我又何尝不是无情之人？"

小凤凰望着柳竹雪一双尽是水雾的眼，连忙抱住她的肩膀："我是最看不得别人哭的，都怪我多嘴勾起你的伤心事，不说了不说了。我们换点儿其他有趣的来说。"

柳竹雪轻轻"嗯"了一声，觉得小凤凰身上很温暖而且很香："你衣服上熏了什么香？以前你身上没有这么勾人的香气。"

小凤凰一脸尴尬："上次相遇的时候，我重伤在身，熏得再香也被血腥味给掩盖了。这香叫作白和罗，我很喜欢却很少能用，你要是喜欢的话，我回去给你一瓶。"

“这香气很好闻，为什么不能用？”柳竹雪天真地问道。

赶车的戴果子在外面都听不下去了：“她成天偷鸡摸狗的，涂得这么香被鼻子好的闻见了，一路追杀过去，九条命都不够她折腾。”

柳竹雪失笑，小凤凰气得“哇哇”叫：“我哪是这么不上品的偷鸡摸狗之辈，我是神偷！”

顾长明骑在踏雪上，冷冷来了一句：“神偷也是偷。”

马车里一片沉默，小凤凰不敢反驳顾长明，心里头气戴果子乱说话，把整张脸都埋在臂弯中拒绝和这人说话。

“那个小葫芦，你能找到吗？”顾长明忽然说了这么一句。

凤凰气也不气了，更不难受了，一把挥开马车的车帘，整个人往外扑：“能找到啊，要说开封府里能找到他的也只有我了，你们信不信？”

“找到他，问问他知不知道什么线索。”顾长明大致知道，兰考县县衙这样规模的，里面最多三四十个人手，寻人的范围这么大，肯定是不够用的，“我去见他也可以的。”

“哪能让顾公子屈驾去见他？我这就去找人，傍晚时分前把人带回府上。”小凤凰一个燕子抄水，身形掠出车厢，单足站立在马车车厢顶的一角。她只用足尖踮着，下面的人抬头看着她，仿佛一朵在风中摇摆的花。

第四章 | 损人不利己

“我问了江婶很多细节，希望可以推算出对方的意图，但是大宝并非在江婶眼皮子底下跑丢，她也说不清楚。”顾长明的声音渐渐低下来，“希望找到大宝的时候，他还活着。”

柳竹雪听了这句，心里有些难过，但是她知道顾长明已经尽力了。越是这种时候，越是不能催促。反而是戴果子在旁边插嘴道：“官府已经派人出去了，我们应该去找找那个冒充和尚的光头。”

“你是说阿智？”顾长明当然清楚阿智拿了两贯钱会去哪里，要是顺利的话，人应该还在赌场没有出来，要是手气太差，他这会儿应该已经被团成团扔出来了。

然而这一次，顾长明猜错了。阿智没在赌场，而是在赌场对面的酒楼上，点了一桌好酒好菜坐在靠窗的雅座，吃得不亦乐乎。在高处见着顾长明几人，阿智将脖子伸出窗外喊：“这里，这里，你们上来陪我喝一杯。”

“看起来假和尚今天手气好，赢钱了。”戴果子随意把马车往酒楼前一停，“本钱是我们的，可不能便宜了这小子。”

阿智十分大方，见着顾长明先拿了十贯钱给他：“不能把以前欠你的都还上，先把利息给付了，以后见着你再不用没羞没臊的了。”

“你知道多少？”顾长明推开戴果子递过来的酒壶，办正事的时候，他从来不喝酒，“关于走失的孩子，你知道多少？”

“我能知道什么？不就是看那个妇人哭哭啼啼的可怜，想着别人不能帮她，你总能帮一把。”阿智见对面三人齐刷刷地看着自己，这才发现有些不对劲儿，“我真的就是一时滥好心，走失的孩子和我完全没有关系。”

“你发誓，”顾长明不接口，冷冷地说道，“如果你撒了谎，这辈子赌钱都不能赢。”

戴果子偷笑，假和尚斗不过顾长明，这个誓言听着就狠。

果然，阿智犹犹豫豫地怎么都开不了口，生起气来把酒杯往地上一扔：“你换个赌咒不行吗？咒我要是撒谎就五雷轰顶、不得好死，不行吗？”

话音刚落，窗外传来一声闷雷，从远处滚滚而来。阿智似乎不相信自己的嘴巴这么毒，大光脑袋又探了出去，左右看看还真是要变天了。云层逐渐堆积在一起，把整片天都遮挡住了。

“我突然觉得你刚才说的那个誓言也是可以的，开始吧。”顾长明的目光直射过来，“怎么不说了，你自己提出来的，又要反悔了吗？”

戴果子的嘴巴无声地开合，问身边的柳竹雪：“他们两个到底是什么关系？”

柳竹雪哪知道，又没有人告诉她，不过她很懂得这种权贵门第错综复杂的裙带关系，她学着戴果子，嘴巴也无声地一开一合：“看起来像是沾亲带故的，可能是远亲。”

柳竹雪和戴果子两个人没有出声，但顾长明都看在眼底：“一直忘记告诉你们了，阿智是我的表哥，姑表亲。”

“告诉我，关于走失的孩童，你到底知道多少！”顾长明很少抬高声音说话，他的语气严苛得足够震慑当场了。

“长明，你别动气别动气，我知道的委实不多，就是有几个小乞丐不见了。还有城南那边有群孩子也不见了，你最近不在开封府可能不了解。”阿智是这样想的，也是这样说的，“损人不利己的事情，肯定不是我的风格。”

“人数，你可知道一共多少人这样静悄悄地被带走了？”顾长明一掌把桌子推开，尽管桌上杯盏碗碟堆得很高，但桌子被移开三尺，上面的东西非但没有掉落在地，而且一点儿声音都没有发出。

“小乞丐的话，城内的少了三四个，城南那边我很少过去，说不准。”当着表弟的面，阿智只敢把自己知道的说出来，不着边际的一律咽了下去。

“他们被带去哪里了？”顾长明料定他没本事知道，“只说在城内还是被带去更远的地方了。”

“我琢磨着肯定离得不远，但应该不会在城内。”阿智双手一挥，画了个圈圈。

顾长明起身走人，看起来是被阿智气到了，然后停在雅间房门口。他等着另两人跟上，一手按着把手，回过头来对阿智说：“你的本钱不用到明天晚上就会输光的。”

一只酒杯砸在迅速关起的房门上，被砸得粉碎。

话虽如此，但是顾长明依然觉得阿智应该知道得更多：“果子，跟上他，看他去了哪里。”

“难道不是赌坊吗？”戴果子坏笑了一声，“马车留在这里，你想办法带柳姑娘回去。”

柳竹雪郁闷地低着头，小凤凰去找小葫芦了，戴果子又去盯梢阿智，留下她显得一无是处。

马车经过热闹的街口，顾长明忽然转头看向柳竹雪：“如果一个温柔又有钱的大小姐给路边的小乞丐施舍的话，他们会怎么做？”

柳竹雪很快有了答案，她弯身把一吊钱扔在小乞丐面前的木盆里，柔声问道：“你饿不饿？我看前面有个包子铺，买些过来你慢慢吃吧。”

下一刻，不知道从哪里冒出来六七个小乞丐把柳竹雪给围住了。

“小姐，行行好，行行好，再施舍点儿钱，我们都饿好几天了，行行好。”小乞丐们七嘴八舌的，柳竹雪分辨不出是谁在说话，那些脏脏的小手都快摸到她衣服上了，她依然没有躲开。

“你们是什么人？！想对我们做什么？！”最开始的那个小乞丐被柳竹雪抓住右手，这些孩子里也只有他敢大声说话，明显是个小老大。

“我想先问问，你们刚才要对这位姑娘做什么？”顾长明双手负在身后，转而对柳竹雪道，“可以放开他们了，跑不掉的。”

顾长明只看那个小老大，见其点头，衣袖便在数人身上拂过，把所有小乞丐被点住的穴道都打开。这时便是放他们跑都不敢跑了：“这几天，你们中间少了几个人？最早发现他们失踪的是哪一天？他们各有什么特征？”

其中看着个子最小的张大嘴问道：“你问这些，难道你是官府的人？”

小个子被小老大从后面一脚踹上来，小老大道：“官府的人怎么会管我们这些讨饭的，你是不是被吓傻了，说胡话呢！”

小个子一脸着急：“可是我哥哥也不见了，我找不到他啊，怎么都找不到。”

柳竹雪学着小凤凰的样子，蹲在小个子面前问道：“你哥哥是不是腿脚不太好？”

小个子呆呆地看着她，闻着从她身上飘过来的香气：“哥哥的腿脚挺好的，可是他少了一只胳膊。”

柳竹雪蹲着不动，抬起头来看着顾长明，果然也是个身有残疾的孩子。她不明白，抓这些可怜的孩子到底是要做什么？难道正如顾长明猜测的那样，在孩子身上做些很残忍的事情？

顾长明脸上依然一点儿喜色都没有：“你都说出来，我会听着。”

“我说出来，你是不是就能把他们都带回来了？”小老大小心翼翼地露出孩子的软弱样子，刚才都不过是佯装的假象。

“我只能说尽力而为。”顾长明清冷的脸上，露出一丝安抚的笑意。

长通赌场门前。

“看样子，今天不把这些钱都输光，他是不会出来的。”戴果子耸耸肩膀道。

顾长明沉默片刻才道：“我希望这件案子和他没有关系。”

戴果子本来对阿智存有的同情此刻荡然无存：“他没有做下更大的错事，已经是不幸中的万幸了。轮到你们给我说说，你们查到了什么？”

顾长明示意让柳竹雪来说，给她一种全程参与其中的优越感。柳竹雪已经把从小老大那边得来的消息，整理得有条有理，说给戴果子听的时候还总结了几点：

“案子最早是发生在七天以前，嫌犯基本只抓先天身有残疾的孩子，而且先从没有家人的小乞丐下手。至于江婶的儿子大宝怎么会被看中的，就很难说了。”

顾长明修长的手指在桌角叩击了两下，沉声道：“为了凑数。小乞丐中能抓走的都抓走了，开封府街上的叫花子到底不多，大宝年纪恰好，又腿脚不便，很符合他们的需要。”

“要是抓了大宝还是不够呢？”柳竹雪一听就急了，这仿佛是个无底洞，不断地把孩子拉下去，底下藏着什么凶猛的野兽，谁也不知道。这些孩子会遭遇什么，她没有细想就已经觉得心口发疼。

“等小凤凰回来。”顾长明微微合眼，又像是老僧入定，收集到的消息飞快地在他的脑中过滤，渐渐梳理出完整的线索。

顾长明自小在开封府长大，此时开封府的地形仿佛是一幅完整的画，清晰地铺展在他的面前。而他在脑海中将城中各处逐一排查，过滤掉那些不适合藏身的地方，范围在逐渐缩小。

戴果子对着柳竹雪做了个手势，两人明白顾长明在想案情，怕打乱他的思绪，蹑手蹑脚地退出书房。

“果子，你担心吗？”柳竹雪低头踢地上的一颗小石子。

身后不远处传来拍手声，小凤凰不知几时回来的，离得不远不近看着两人说话，眼底有隐隐的羡慕。

“顾公子正在想案情的关键，谁也不好去打搅他。”柳竹雪想到小葫芦精灵古怪的样子，忍不住问道，“你门派中的那些孩子都还好吗？”

“只有小葫芦一个和我是同门，其他那些也不知道他是从哪里找来的，很是听从他的话。他如今手底下倒是有了不少人脉资源，比我要强得多。”小凤凰通过同门的印记，很快便在一个无人的庭院中见到了小葫芦。

第五章 | 一次机会

小凤凰问了小葫芦身边那些小孩子最近有没有异常，有没有谁突然就不见了。

小葫芦放下手来，朝着她干瞪眼：“你刚才也说了，走失的孩子多半身有残疾，我这里的个个儿又聪明又机灵，谁能够把他们拐走？肯定是平安无事啦。”

“该问的都问了，小葫芦那边基本没有听到风声，或许那些人要抓的数目已经足够，短期内不会再出来祸害其他孩子了。”柳竹雪的话一说完，便发现其他两人都静静地看着她，“怎么了，我说错了吗？”

“两边线索都断了。”戴果子长长地叹了一口气，“要是够数了，那么他们真的就要做坏事了。这不是好兆头啊，不是好兆头。”

柳竹雪的脸色一白，她还是想得太简单天真：“难道就没有其他办法了？”

戴果子努努嘴，朝着书房的方向，要说法子大概只有那一位有了。

小凤凰一想到顾长明，立刻变成缩手缩脚的样子：“他在里面多久了？”

“吱呀”一声，顾长明从内里打开门出来，抬手揉了揉眉心：“果子，你累不累？”

“还行，不算累。”戴果子一听这话像是有些门道，“要是让我去查案，随时可以出发。你要相信我的体力，不会被轻易累倒的。”

“去扶兰村，把江婶带过来。”顾长明双眼明亮若星，“我们初见她时，被她一把眼泪一把鼻涕的可怜模样给蒙蔽了，居然没有看到最大的破绽。她和大宝在扶兰村过日子，扶兰村离开封府虽然不远，但也有十几里的距离。没有道理其他孩子都是在开封府不见，而大宝却是在十几里外的扶兰村不见的。江婶撒了谎，找她过来问问其中的隐情。”

“难道是她自己把孩子送走的？”小凤凰嘴快，“那她还来找我们做什么？”

“未必是她送走的，但肯定和她说的情况不太一样。”顾长明低头想了想，“果子，你找到她就说扶兰村有些远，接她到开封府里住，有什么情况也方便找她联系。”

“行，行，你放心，我知道什么该说、什么不该说，肯定把人给你带过来。”戴果子一想到江婶居然敢骗人，就生气。他搓了搓双手，心想回头直接揭穿她，看她怎么解释。

“小凤凰，你跟我进来。”顾长明一个转身，小凤凰连忙巴巴地跟了上去，柳竹雪一看戴果子走了，他们两个又进书房了，还没回过味儿来，下意识要跟着他们进去。书房的门快开快关，把柳竹雪彻底挡在了外面。

小凤凰扶着椅子小心翼翼地坐下来：“小葫芦那边我都问清楚了，他身边那些孩子一个不少，全部都好好的。我又问了其中可有先天缺陷的孩子，他也说没有。”

顾长明一抬眼，目光如炬，扫得小凤凰根本不敢直视，一颗脑袋越来越低，好像做了什么亏心事。

齐坤门的头号女贼差点儿夺门而出，还是小凤凰用力掐着自己大腿才稳住了心绪：“顾公子，我说的全是实话。”

顾长明“嗯”了一声，小凤凰更摸不着头脑，到底是哪里得罪了他？她心一横牙一咬，道：“要是顾公子不相信我的话……”

“我相信你的话，跑这一趟辛苦了。”顾长明执起桌上的茶壶，给她面前的茶盏倒上水，“我有个疑问，不知道当不当问。”

“只要是我知道的，一定如实相告。”小凤凰喝着茶盏中的水，喝出了微微的甘甜。

“小葫芦今年多大啊？”顾长明清楚地看到小凤凰的手一抖，本来还是三分试探，如今已经在心里坐实，“你刚才答应了知无不言、言无不尽的。”

小凤凰苦着一张脸问：“顾公子，你到底是怎么看出来的？他装这么大的孩子已经出神入化了，便是事先知道内情的同门也没有看出丝毫的破绽。”

“的确是没有破绽，否则我当时就应该看出来的。”顾长明嘴角一挑，在小凤凰看来是难得的温和。他对别人都很好，唯独对待她总有防范之心。她知道自己是什么身份、什么来历，也怪不得他多心。

顾长明见过小凤凰的轻功，以她的年龄来说也是难得，所以看待小葫芦的时候，知道他们是同门，自然也没怀疑过小葫芦真实的年龄。再加上后来接踵而来的情况，顾长明真没有往细了想，当时首要之事是在太后面前周旋，保全柳竹雪。

现下出了拐带孩子的案子，又说失踪的都是身有残疾的孩子，顾长明留意到了小凤凰的神情，有种异样的古怪。特别是她提出要去找小葫芦的时候，绝对不只是迫于查案，分明是还带着担心而去的。

这么能干的小葫芦，连司徒岸带着手底下的势力都可以躲避开的小葫芦，有什么值得小凤凰担心的？顾长明听到小凤凰说小葫芦身边的孩子都是健全的，也没有失踪，那么谁是不健全的？谁又有可能符合他分析出来的条件，是对方下一个目标？

顾长明想到一种古怪的病，有些人出生的时候，与其他的婴儿没有什么两样，甚至还要更好看些。等他们长到一定年纪以后，整个人仿佛是被时光遗忘了，无论身高还是长相都会停留在犯病的那一年，这辈子再想长大就变成了奢望。这样的人随着年龄渐长，思维与常人无异，加上一张无害的孩童脸孔，非常容易骗人上当，所以很多门派组织会专门搜罗这样特殊的人为其效力。

“既然我问了，就表明我心里已经有了答案，不过是想找你证实一下。如若你不愿意直言也没有关系，我可以亲自找他问一问，又或者等他被人盯上，出了事，你再着急也还来得及。”顾长明眼底的神色渐渐冷淡下来，“再不济，我可以放开这条线索，也是无伤大雅的。”

“在你眼中，我到底还是个不入流的女贼。”小凤凰低头苦笑，原来她依然会心痛，不因为其他的理由，只因为她在乎眼前的这个人。

“你错了，你是什么样的人不在于我怎么看，而在于你怎么看，你想做一个怎么样的人。”顾长明有意无意地回避她的目光，他还记得在曲阳县库房中见到伤痕累累的小凤凰时的场景。如果没有她出手阻拦，孙友祥恐怕不会有辞官回乡这么简单的结局，案子牵扯到的人员甚多，要是细数下来，还要感谢她的一时心善。

小凤凰把这句话放在嘴边重复了几次，忽然有所感触，再抬眼的时候，眼神变得越发坚定：“其实什么都瞒不过顾公子的眼睛。”

“你这话就是承认了？”顾长明想确定以后，再做下一步的安排。

“是，小葫芦入齐坤门比我还早几年，他只是长得像个小孩子，小孩子的身高，小孩子的脸。这是他的私人忌讳，我从来没有正面问过他到底多大年纪，他肯定比我要年长就是了。”小凤凰觉得有些话一旦说出口，也没有那么难，“你说小葫芦可能会有危险，他这么精明的人怎么会有危险？”

“你忘记了吗？那些被掳走的孩子有个共同的特点。”顾长明提醒了小凤凰一句，“他们多少都有些不足之处，我找你确定小葫芦的身体状况，既然你给了我确定的答案，小葫芦同样有不足之症，而且还是很少见的那种，那么我猜想对方也许会对小葫芦的缺陷特别感兴趣。如果你和小葫芦交好，应该提醒他一句才是。”

小凤凰头也不回地跑了，被顾长明一说，她觉得小葫芦的处境相当危险。万一她去晚了，小葫芦也被抓走了该怎么办？她跑出去二十来步，看到眼前一道人影，正好站在她的前方。小凤凰猛地站住脚，差点儿撞在顾长明身上。

他的衣角被风带起一点波动，双眼却镇定得如同波澜不惊的古井。小凤凰心里头刚升起来的一点儿期待，被冲刷得干干净净：“顾公子，你这是不让我去吗？”

“当然要去，只是我的话还没有交代清楚。小葫芦的武功怎么样？”顾长明瞬间又收敛了周身的气场，恢复到温文尔雅的世家公子模样，“他的软肋是什么？”

小凤凰想了想才开口道：“顾公子，我和小葫芦才是同门。”

“我可以对你保证，问这些不是要对小葫芦不利。我和他相处过，他还帮了我的忙，这份人情我想还给他。所以你同他说，让他过来我这里，我有很重要的事情要交代给他。如果他不愿意，只能劳烦你想办法了。”顾长明对小凤凰直说，“你觉得什么能够打动他，便把什么许给他。”

小凤凰心念一动：“万一他还是不肯呢？”

“你把那些失踪孩子的事情告诉他，说得越可怜越好。”顾长明单手往后背一负，“去吧。”

柳竹雪不知道在那里站了多久，顾长明一回身便看到她一副目瞪口呆的样子，显然是把他们的对话都听进耳朵里，却无法接受。

“柳姑娘，想什么呢？”顾长明让开一步，“可以到书房坐了。”

“你们刚才说小葫芦不是小孩，他只是生了一种病，所以看起来像小孩，他比小凤凰还要年长？”柳竹雪边说边跟在顾长明的身后，“我是见过小葫芦的，一点儿破绽都看不出来。顾大哥，你到底是怎么猜到的？”

“他装得太像了，即便在他身边，与他说话周旋，我也没有看出破绽。唯一的破绽是小凤凰对待小葫芦的态度，真不像是对待一个小孩子。”顾长明以前在旧书中了解到一种奇症，与小葫芦的情况很是符合。他用话下套，得了真相，同时也心生一计。

戴果子动作迅捷，带着江婶回来了。江婶一路上不知道受了多大的委屈，哭啼个没完，到了顾长明面前，她的一双眼都快要肿成桃子了。

“公子，我好好在家，这人非要把我抓来见你。我家大宝是不是有消息了？”江婶半跪在顾长明身边，低着脑袋，一只手抓住顾长明的衣角，“还是说得来的是坏消息？我可怜的大宝怎么就遇上这样的糟心事……”

旁人一句话没说，尽听着江婶一个人又哭又喊的。顾长明垂眼看着她的手，她的手指花了大力气，手背青筋尽显。顾长明道：“放开。”

“大宝，我的大宝。”江婶眼泪滚滚而下，说什么都不肯放手。

“扶兰村是不是挺僻静的地方？”顾长明的小腿一动，江婶发现手中的衣角再也抓不住，“邱大人连同周围的村子一并彻查，都没有听闻有孩子失踪的相同案件。我们在开封府却查到了几个同样失踪的孩子，那些都是没爹没娘的小叫花子，大宝算是其中最特殊的一个。”

江婶仰起头来看着顾长明，嘴巴一抖一抖的：“公子说这话是什么意思？”

“大宝到底是在哪里不见的，你说清楚，否则我立即拿你送官！”顾长明的手掌在桌角重重一拍，威慑力大开，“机会只给你一次，就看你能不能抓住了！”

第六章 | 一了百了

江婶哪见过这种阵仗？很快便撑不住了，双手捂住脸孔号啕大哭起来：“我不是故意的，不是故意要扔下大宝的。我后悔了，真的后悔了。”

“因为你一个人带着孩子，他又是个腿脚不好的残废，日子过得艰苦你就此产生了怨气，可你不该用大宝去换银钱，后悔了又跑来让我们帮忙寻找。”顾长明的声音越来越严厉，“到了这个地步你还想要为自己狡辩吗？还要说出你有多么痛苦才会做出这样的决定吗？”

江婶始终不肯抬起头来，全身蜷缩成一团，一句话都没有。她彻底被顾长明说出的真相给击溃了，原本心里还有个念想，他们的本事这么大，要是能把大宝完好无缺地找回来，那么愧疚心就不会再让她日夜受到煎熬。

“我再问你一句，到底是怎么回事？”顾长明是个谦谦君子，哪怕这会儿心里气急了，也不会对毫无武功的江婶动手审问。

“顾大哥，让我来试试。”柳竹雪在江婶面前蹲下，“你想一想，大宝是第一个受害者，后面还有那么些无辜的孩子生死不明。你把他养这么大，难道只是为了用他来换钱的吗？”

“要是这样，当初你生下他时，发现是腿脚不好的，就应该当场掐死他，一了百了。”戴果子在旁边一点儿也没闲着，说出来的都是戳心窝的话。

还真是奇了，江婶听了戴果子的话，慢慢放下手，神情呆滞地看着他：“我没想要大宝死，那些人说借了去，过一阵子还把大宝还给我。”

戴果子眉尖一挑：“这种鬼话，你也相信！你拿了人家多少好处，把亲生儿子都给卖了？”

“十贯钱，我一个铜子都没有用，全部埋在家里院子的大树底下。我养不起大宝了，他们说借去最多一个月，到时候还回来，有了这十贯钱，我们娘儿俩还能过几年太平日子。”江婶应该是信了戴果子的话，什么都说了，“你们要是怕我撒谎，可以去树下把钱挖出来。我把钱放在个酒坛子里，真的没有动过。”

“那些是什么人？长什么样子？”戴果子用眼神示意柳竹雪往后退，对这种人好声好气的没用，顾长明都被气跑了，还是交给他来问比较妥当，“你想让孩子回来就把知道的都说清楚。”

“我只见过里面的一个人，看起来很有钱的样子，长相很普通，这里有一颗痣。”江婶在腮帮子指了指，“挺大的，有一节小指这样大，远远都能看到。”

“那他当时是怎么和你说的？”戴果子必须耐着性子问清楚，这事儿关系重大，不止大宝一个孩子。江婶的行径再可恶，但大宝是无辜的。

“他说新研制出来一种药品，可以治百病，哪怕是天生的残疾都能够治好，但是需要人先试试药。”江婶意识到是自己亲手把大宝推入火坑，脸上的肉都在不由自主地抽动，“那人许了我十贯钱，说最多一个月，大宝能够送回来不说，顺利的话大宝连双脚都能恢复正常，和普通人一样。我越听越心动，就把大宝交给他了。”

“那你为什么又要到开封府来求助，说孩子走失了？”顾长明出门转了个圈子又回来了，“你早先应该是相信了那人的话，而且大宝送走才几天，谁让你来的？”

“那个大和尚。”江婶毫不犹疑地把阿智给供了出来，“那个大和尚主动上来和我说看我面有愁容，肯定有化解不开的心事。我想到十贯钱已经得了，要是能够把大宝早些带回来也是好的，就编了那个谎话，也不完全是谎话。”

“你自己都不相信世上能有药治好大宝腿脚的毛病？”顾长明能够看透很多人的心思，但这样一个乡野妇人到底在想些什么，反而难以捉摸。

“他是长短脚，怎么治得好，难道要把长的那条腿给锯掉吗？”江婶露出个古怪的笑容，“你们说得对，其实我一直在自欺欺人，要不是日子实在艰难，我又怎么舍得自己的孩子被陌生人带走？我在骗你们，也在骗自己。如今谁也骗不下去了，我要大宝，我只要我的大宝。”

“你已经在兰考县县衙报了案，算起来就是报假案，欺骗官府，轻则杖责二十，重则发配到边关。”戴果子一点儿也不想看到江婶的笑容，已经到这个时候了，这女人怎么还笑得出来？

江婶一听说要交官，还要发配，吓得脸色大变，想要求情又发现自己做的全是错事，没有可以求情的理由，硬着头皮道：“看在大宝的分儿上，要是你们把大宝找回来了，他连我这个唯一的亲人都没有了，可怎么活下去呢？你们行行好，行行好，我给你们磕头还不行吗？”

顾长明直接让开，不想受江婶的大礼。她倒是用力磕头，额头碰着地面砰砰作响，很快她的额头鲜血淋漓，还不肯停下来。

江婶额头的鲜血细细往下淌都要糊住眉眼了，这个时候她倒是硬气了，用手背一擦道：“我暂时是真的想不出来了，你们要是有地方，那就让我静静回想下。”

“让她先冷静冷静，看着一副老实样子，先前和我们说的那些话里面，十句里头真话都不够三句。她要是真想救儿子，不用关她两天，半天就该都想明白了。”戴果子冷笑两声，“不是我说，顾长明你的那个表兄不但爱多管闲事还喜欢生事，要我说他也是个聪明人，怕是看出江婶不对劲儿了。”

“门外有一位司徒大人求见，我说公子最近不见客，他拿出来的是宫中的腰牌。”看门的老秦见着是宫里头来人，不敢怠慢，赶紧进来通报，“公子，见还是不见？”

“又是司徒岸。”戴果子对这人实在没有什么好印象。

柳竹雪更加干脆，一个转身往书房的方向走去：“我不想见这个人，会勾起一些非常不好的回忆。”

要不是司徒岸的话，她的父亲不致英年早逝，不管父亲怎么对待她，柳竹雪依然希望父亲活着。

“既然是这个人，见还是不见，没有多大区别。”顾长明让老秦转过身去，司徒岸已经站在那里，“你先下去吧。”

“我已经表明身份，便是高官大员府邸也能来去自如，还是顾大人的下人厉害，明明认得宫中的腰牌，还敢拦着不放。”司徒岸的笑容猛地收敛，“长话短说，顾公子要是没有生死危急的大事，还请跟我走一遭吧。”

“你刚才有一句话说得很正确，你说没有生死危急的大事，让我走一遭。真是不巧了，我这里正好有决定数人生死的大事，所以请恕我暂时不能离开，特别是在这样的关键时刻。”顾长明直接给了司徒岸一个闭门羹。他心中大致了解太后为何要见他，必然是九皇子出现了异动。

九皇子虽然被人陷害身染怪病，但他毕竟是连杀了十几条人命的凶手。如若不是太后包庇小儿子，皇子犯罪与庶民同罪。当时太后以柳竹雪的性命要挟，又保证肯定会束缚住九皇子，顾长明深思熟虑后才答应退让。

哪怕这些天相安无事，九皇子的案子始终像一根刺，扎在顾长明的心口，故意回避开不去多想的情况下他尚能忍耐，如今司徒岸一现身，顾长明又要面对自己内心的煎熬，前事犹历历在目。

司徒岸先是一愣，没想到顾长明如此大胆，便是其父顾武铎也不敢如此直截了当地拒绝太后的召见。随即，他喉底发出沉沉的笑声：“顾公子，真是青出于蓝而胜于蓝，为人处世比当年雷厉风行的顾大人有过之而无不及。”

“等一下。”这次居然是戴果子开了口，“既然太后请你过去，你去一次也是好的。这边不用担心，我先替你照应着，等你回来再详细部署就是。”

顾长明没想到戴果子会有这么好说话的时候，而且还是帮着司徒岸。等他回望过去，看到戴果子的眼神，顾长明顿时明白了。司徒岸不会善罢甘休，去见一次太后不算什么，不见的后果却不是他们几个人能够承担得住的。特别是柳竹雪，已经没有名分、有家不能回的柳竹雪，她不能再被别有用心地挖出来，再受伤一次了。有些事情已经成了她锥心刺骨的伤，经不起一而再，再而三的凌虐。

“那就走吧。”顾长明也是干脆，态度转变很快，见司徒岸还站在原地不动，他的嘴角轻挑，“司徒大人，要是你再这样耽误时辰，回头我也会和太后回禀的。”

司徒岸看着顾长明温文尔雅的笑容，心里头只想骂人，这样的人果然是不能得罪的，否则他一旦得势，肯定是笑里藏刀的高手。司徒岸连忙摆摆手道：“顾公子说的什么话，太后照拂，我们都是得益者。”

“九皇子情况如何了？”顾长明的话题说转就转，要的就是令司徒岸措手不及。

“九皇子撑不住了。”司徒岸见他没有再咄咄逼人，暗地里偷偷松了口气，坐上自己的坐骑，与顾长明一路并驾齐驱。

顾长明大致明白，应该是九皇子的劫数到了，估计就在这一两天。他算是九皇子得病后的知情者，既不是宫中的势力之一，又不是朝野中人，太后反而容易和他商量此事，所以才会让司徒岸过来请人。

“顾公子，既然话说开了，我提醒你一句，见到太后之后，若是她老人家没有主动提起九皇子的病情，你最好只当什么都不知道，什么都不要问。”司徒岸难得诚恳一次，“太后最近情绪有些阴晴不定的，到时候要是盛怒，就不止是你一个人倒霉了。”

两人到了宫门口，顾长明松开踏雪，留它在原地等待。随即他跟随司徒岸前往太后所住的长春宫，刚刚走到宫门前，顾长明立即发现不对劲儿。

司徒岸也是个能干的人：“顾公子，请在这里稍等，我先进去回禀太后。”

顾长明“嗯”了一声，虽然嘴上没有明说，但他也知道长春宫必然出现了重大的变故。

第七章 | 帘幕之前

顾长明站在长春宫门前，听到里面有急促而隐忍的脚步声，分明已经到了最危急的时刻，但他不敢轻举妄动，这里不比其他地方，为了九皇子容旭，这些日子对于长春宫的所有人来说都是一种煎熬。

司徒岸出来的速度比顾长明想的要快些，他的脸色惨白如雪，仿若是刚经历过一场殊死大战。顾长明锐利的目光一扫，见到其长衣底下有大摊的血迹。司徒岸知道藏不过去，低低叹了口气道：“我早想到会有这么一天，太后以为把你找来会有办法再拖一阵子。”

“这样一个不人不鬼的皇子，值得太后如此耗尽心血？”顾长明简单明了地说了这句，“太后还是想要见我？”

“里面一片狼藉，请顾公子再稍等片刻。”司徒岸平时也是心狠手辣的人物，但此时他在顾长明面前流露出不忍的神情，想必是刚才进去看到的画面已经超越了他心里能够接受的程度。

“这一晚上，长春宫死了多少人？”顾长明本来可以不问的，正如柳竹雪说的，他们几个都不喜欢司徒岸为人处世的手段，他这样一问，可以说是故意刺激一下司徒岸。

果不其然，司徒岸单手按压住自己的胸口，仿佛那里面突然闯进了两个手持钝器的小人，肆无忌惮地砍杀，虽然不见血却疼得要人命："顾公子，你这样聪明的人，为什么会问出如此愚蠢的问题？"

顾长明欣赏着司徒岸面上流露出来的怒气，这表明刚才那一问果然有效地刺激了司徒岸，算是为柳竹雪小小地报复了一下："我并没有觉得实话实说是愚蠢的行径，如果从一开始九皇子失控的时候，你不隐瞒，而是对皇上禀明，我相信皇上会给你一条更好的出路。"

司徒岸的脸色忽白忽红，这个顾长明太会看穿别人的心思了，几乎什么都瞒不过他那双眼睛。司徒岸突然变得全身不自在，但他又必须在这里把守，生怕长春宫发生的异变被其他人发现，闯出更大的祸端。

"顾公子只需要知道一件事情，今晚之后长春宫中会大换血。宫中素来如此，少几个人有谁敢过问？难道为了多管闲事连自己的性命都不要了？"司徒岸想用这话把顾长明的嘴给严严实实地堵上，省得他再说出什么让人心生不悦的言语。

没想到，顾长明仰起脸冲着司徒岸微微一笑道："那可糟糕了，我正是那个喜欢多管闲事的人。"随即顾长明只当身边的司徒岸不存在，从其身边径直走过，直闯长春宫。

司徒岸没想到他如此大胆，长明公子如何？前提刑官家的长子又如何？在太后面前依然是个平头百姓，一没有功勋，二没有官职。这样一个毛头小子居然敢罔顾太后的威严，他真的是不怕死吗？

大桶大桶的井水被源源不断地打上来，有十几个宫人在用力洗刷着青玉石板铺成的地面，而井水倒下去，流淌出来的水始终带着淡淡的红色。

顾长明往内里走，他算准了司徒岸绝对不敢示警。要知道一旦宫中侍卫听闻示警赶过来，或许能把顾长明就地捉拿，但长春宫里的秘密恐怕也会保不住。

所以等到顾长明站在太后面前，司徒岸都没有及时赶过来护驾。太后见到顾长明，脸上并没有显出吃惊的神情，本来就是她想要见一见顾长明，才让司徒岸去请人的。

顾长明见到太后，才知道自己一路进来的那些想法可能都错了。太后周身没有半点儿戾气，反而被浓浓的哀伤包裹着。上次相见时，太后虽然为了九皇子之事来回奔波有些疲累，却绝对不是眼前这个苍老到脱相的老妇人模样。

“顾长明，你来了。”太后一开口，嗓子嘶哑而粗粝，像是被砂石打磨过，又像是痛哭过一场还没有完全复原。

“司徒岸，你出去把守着长春宫的宫门，除了长春宫中的人，其他无论是谁都不许踏入半步，便是皇上来了，你也要想办法给推出去。”太后的双眼看着顾长明，“哀家与顾公子有些话要说，你去吧。”

顾长明跟随在太后身后，偌大的长春宫，冷清到太后身边居然连一个宫人都没有，还是说人都被太后遣了出去，和刚才的司徒岸一样？

“哀家已经很多天没有睡过一个好觉了，总是在想哀家最初的那个决定是不是正确。容旭已经没有了自己的意识，哀家因为不想失去儿子，所以做错了更多的事情。今天晚上，哀家实在不能一错再错了。”太后的脚步停留在一幅巨大的帘幕之前，“顾公子，你自己走过去撩开帘子看一看，那里面有你想要追寻的真相。”

顾长明没有犹疑，走上前去，手臂一伸把帘幕拉开。幕后是一张床榻，容旭挺身平躺在上面，毫无声息。

再往前走两步，顾长明看到容旭的皮肤呈现出一种诡异的苍白，不仅仅是因为变成了尸体。他见过太多的尸体，知道会产生这种效果的就是死者生前流光了身体内所有的鲜血。

想到这里，顾长明用指甲在容旭露出来的一小截手腕处，刺破一道伤口。容旭死了最多一炷香的时间，体内的鲜血不至于这么快完全凝固，而伤口中除了露出更加惨白的皮肉，一滴血都没有渗出。

“容旭全身都是血，哀家想喊人过来拦住他，可是他的动作实在是太快了，这么多宫人都拦不住他一个，有人被他抓住当场咬死，有人吓得双腿发软跪地求饶。哀家想要上去唤醒容旭，却被更多的人拉住，他们说哀家是太后不能犯险，可哀家除了是太后还是一个母亲，怎么能亲眼见到儿子用如此惨烈的方法死去？”太后缓缓低下头来，“哀家本来想再等一等，再等一等，等到你来了，兴许会有办法。可惜你还没有赶到，容旭就死了，死在了哀家的面前。”

“太后，今晚的长春宫宛如人间炼狱，死了多少人，又有多少人的性命不保？”顾长明沉声说道，“便是我先一步到了，也不能扭转整个局面，连太后都做不到，我一个普通百姓如何能做到？”

片刻的沉默后，太后掩面而泣："你可知哀家暮年丧子之痛，那真是比刀子割心更痛苦。哀家何尝不知道容旭已经回不来了，可哀家怎么舍得放手，在他已经连自己都忘记的时候放弃他？"

顾长明沉默不语，专心看着九皇子的尸身。顾长明发现尸体的皮肤上面，尸斑还没有长出来，已经有了斑斑瘀痕："太后一直把九皇子锁着？"

"是，哀家不能眼睁睁看着他死，也不能让他再害人，特意让人打造了铁链把他束缚在一定范围内，每天送饭送水给他。今天不知他受了什么刺激，居然把铁链挣开，弄得到处都是血。你见到的这些血，除了有两个侍卫护驾拦住，不让他伤害哀家而不幸遇害之外，都是容旭身上淌出来的。"太后想到当时的惨状，瞳孔收缩成一点，明显是惊骇过度。

本来容旭听到太后的声音，还能稍微平静一点儿，至少肯吃送过来的熟肉块。今天发疯以后，太后怎么喊都没有用，容旭反而循着声音扑过来，十根手指的指甲锐利如小刀，差点儿将太后的脸划个鲜血淋漓。

拦在太后面前的侍卫，根本不是容旭的对手，被指甲抓进脖颈侧面的动脉，当场殒命。容旭流了太多的血，动作越来越迟缓，被剩下的四个侍卫包抄围堵，很快便消耗掉了最后的一点儿气血。

太后无力再阻拦，容旭流了太多的血。她明白，再要强行挽回容旭，可能连老天爷都要看不下去了。但是亲眼看着心爱的小儿子在自己面前撕心裂肺、血尽而亡，太后仿佛一下子老了二十岁。

"哀家知道自己错了，所以不能一错再错。"太后勉强维持的仪态快要崩溃了，刚才那番话说完，她便双腿发软站不住了，还是顾长明眼疾手快将她扶住，再送到旁边的扶手椅上坐稳，她紧紧抓住顾长明的手，"哀家把这些告诉你，你应该知道是为了什么。"

"太后想要找出到底是谁把西域犬送到了九皇子身边，九皇子出事以后又是谁把这只畜生带走了。"顾长明自然明白太后想要为小儿子报仇的心情，"天底下纵然有诸多巧合，九皇子的变故却肯定是有人故意为之。甚至九皇子今晚突然狂暴不受控制，可能也是人为的。"

自从上次在柳府外的小轿中见了一次太后，顾长明的脑海中总是留着她那温和哀伤的美妇人模样，差点儿忘记先帝登基有五成的功劳来自太后。曾经有胆大之人分析朝中形势，说先帝的性格过于软弱，反而是太后英明果断，而当今皇上的处事手段和太后越来越相似。

“太后为什么选中我？”顾长明反问道，不说朝中官员，太后身边的亲信侍卫颇多，司徒岸看起来比他更适合担当此任。

“因为哀家有感觉，此事交给你才能圆满。”太后的嗓音发哑，语气却是强硬到不容反驳，“如果你替哀家办成此事，哀家也会许你一件事。”

“我这人没什么野心，一路走走看看就好，实在不敢要求太后为我做些什么。”顾长明说得婉转，方才太后一句话等于是赦免了整个长春宫上下数十条人命，他心口微微一松。如果不是这样，他是不是会求太后一个恩典？

“哀家不是要为你做什么，你年少出名，鲜衣怒马的日子过得何等逍遥。哀家要许给你的，是你想要知道却百思不得其解的。”太后走到容旭的尸身边，深深地看了一眼，拉起白色的绸布把整具尸体掩盖起来，“哪怕我不是太后，只是一个母亲，想找到害死自己儿子的真凶，长明公子能选择冷眼旁观吗？”

“太后，我不是朝中之人，也不能随意进宫，真的不是很适合担当如此重任，并非是有意推辞。”顾长明不想太后误会，主要是太后方才那段话，情真意切，只差声泪俱下了，他不忍拒绝。

“如果哀家说，你若找到害死容旭的真凶，哀家就把你父亲的下落告诉你呢？”太后的话像是一道炸雷，响在顾长明的耳边，“哀家得到的线索是，那条西域犬不是朝中官员所送，也不是宫中的人送给容旭的。而你在宫外行走，能够比别人走得更远，看得更广。哀家感觉事情不会因为容旭的死而结束，他们花了这般的精力，使了这般的手段，不过是害死了一个不管事、没有实权的闲散王爷，根本没有意义。”

顾长明深吸一口气：“太后教训得极是，是我目光短浅，只看到眼前，没有想到更深的细节。”

顾长明对着太后慎重地行了个礼，只身退了出来。

一出来，那种芒刺在背的阴冷感慢慢地消退了。司徒岸果然守在长春门边，见顾长明出来，他的面上没有显露出意外的表情。两人谁都没有开口，对视了一眼后，司徒岸从暗处召唤出两个人，守在他刚才站立的位置，他自己则亲自送顾长明出了宫。

一路上，两人谁都没有开口，却有种特别的默契。司徒岸一直把顾长明送到宫门口，看着他招呼踏雪过来，飞身上马，很快隐入宫门口外一片黑暗之中。

第八章 | 原形毕露

顾长明骑马而归，家中有人在焦急地等着他。戴果子站在顾家门外，也不知道他等了多久，吹了多久的夜风。顾长明下马的时候，手掌搭在戴果子的肩膀上，寒露层层："我去宫里一次，又没什么危险，你在这里等着做什么？"

"谁说进宫没有危险？干爹以前就时常和我说伴君如伴虎。这种时候喊你进宫，肯定不是什么好事，我能不担心吗？好吧，就算我不担心，这里面还有两位，她们能不担心吗？"戴果子上下瞧了顾长明一眼，确定他全身无恙，偷偷松了口气，脸上却是一副气鼓鼓的样子，"看样子我是吃力还不讨好，入不得你这位顾公子的法眼了。"

顾长明才经历过那样一场惊心动魄，哪还有和戴果子吵嘴的闲心："你说里面两个人，小凤凰已经回来了吗？她有没有把小葫芦带回来？"

戴果子立刻察觉到顾长明的脸色不好，想必是宫中发生了什么重大的变故，连忙换了口气只说正事："小凤凰已经回来了，还把小葫芦带回来了。我听柳姑娘说小葫芦不是孩子，只是个长得像孩子的成人。"

"是，这种恶疾虽然稀少，也不是只有他一例。区别在于他的脸长得天真，连嗓音都保持了童音，所以比其他患病者要容易生活得多。"顾长明听到小葫芦被带回来，想着总算有一件事情是在他的预料之中了，"先找柳姑娘过来，我有点儿事情要告诉她。"

戴果子一听和柳竹雪有关，连忙问道："是好消息，还是坏消息？"

顾长明回过头来，正好站在光线明暗交界的位置，半张脸藏在暗处，让别人看不清他的神情："对柳竹雪来说，应该算是好消息。"

虽然没有抓到杀死柳致远的凶手，但在柳竹雪心里，父亲就是因九皇子而死的。她一个孤身女子，肯定不能报仇，更不可能对他们提出非分要求，求顾、戴两人想办法帮她报仇。柳竹雪曾经在顾长明面前提起过一次复仇的事，眉宇间退去了柳家大小姐的天真娇憨。

“此事连自家兄长都只字不提，他还领着用父亲性命换来的官职，高高兴兴地走马上任去了，我又怎么能够奢望别人牺牲性命来助我复仇？”柳竹雪有种直觉，要是她硬着头皮提出请求，顾、戴两人可能会出手帮她，但那也不过是鸡蛋碰石头，毫无意义。

柳竹雪一天天地憔悴下去了。戴果子犹记得在曲阳县初见时，虽然柳竹雪与父亲负气离家出走，但她的骨子里依然是骄傲的大家闺秀。现今她的面容还是一样，眼神却已经完全变了。

“那我去喊她过来，我觉得她跟着做事能够分分心，现在比前些天话还多了些。要不你多给她安排些任务？”戴果子算是有商有量的。

“你放心，小葫芦来了以后，很多任务等着我们分头去做。到时候，你别喊苦喊累就好了。”顾长明的嘴角轻轻一挑，那笑意却没有传到他的眼睛里。

戴果子略微担心，向前踏了一步，试探着问：“顾长明，你没事吧？”

“没事，走了一圈有些累。”顾长明不想和戴果子的目光接触，飞快转过身往书房的方向而去。

戴果子一回头见到小凤凰鬼鬼祟祟地倒挂在那里，这个女贼的轻功真是好，非但他没有察觉，连心绪不稳的顾长明也没有发觉两人对话时多了一个听者。

“他一回来就要见柳姑娘？”小凤凰问了一句奇怪的话，“他不是说等小葫芦来了，会有重大的安排吗？为什么他不是先来找我呢？”

“你就省省心吧。”戴果子就差飞白眼儿给小凤凰了。

“为什么是我省省心？”小凤凰用眼睛瞪他，“你把话说清楚。”

“你别像只蝙蝠一样倒挂着，我们还能好好说人话。”戴果子没好气地直哼哼，眼见着小凤凰腰肢一扭，无声无息地在地上站稳，“你以为连我都能看得出来的别有用心，顾长明能够不知道？他性子好，不会当面给你难堪，你好歹也收敛一点儿，能不能别见着他就是一副要流口水的样子？”

“我哪有！”小凤凰强烈抗议道，还是忍不住用手摸摸嘴角，她当真做得这么明显？她的嘴巴一圈都是干干的，根本就没有口水，戴果子骗人！

“还有一点，顾长明对柳竹雪好，是因为柳竹雪遇到了大难，我们都想多照顾着她一点儿。你别忘记了，你重伤躺着一动不动的时候，是谁照顾你的？就算顾长明真的和柳竹雪成了一对，也轮不到你来眼红。”戴果子说完这些，虽然觉得够解气，但他自己的心口也是酸酸的。

小凤凰被戴果子说得憋屈，又很清楚他说的每一句都是真话，索性转过头一溜烟儿地跑了。

戴果子在原地露出个很是无奈的笑容：“其实也轮不到我眼红，我比你要有自知之明得多。”

柳竹雪很快便收到了消息，过来书房见顾长明。

顾长明正在喝一盅热汤，出门赶得急，回来他才发现自己整整有十个时辰滴水未进了。当时他心里头牵挂着更重要的事情，等一坐到自家书房的宽椅上，才听到肠胃全体都在抗议。

“顾大哥，你的脸色不太好。”柳竹雪见他喝到一半想要放下盅来，连忙阻止道，“我知道人越是累越是不想吃东西。以前你是怎么和我说的？即使有天大的事情，只有自己不倒下来，才能继续往前走。今天轮到我把这句话送给你了。”

顾长明微微侧头一笑，把热汤三两口全部喝完，优雅地擦一擦嘴角：“你能够这么快振作起来，我们都替你高兴。”

柳竹雪低头轻笑：“果子也说了类似的话，你们担心我真出家不成？放心吧，放心吧，我都想明白了，以后不再说这种傻话了，否则师父听到也要数落我一大通，还会让我抄很多遍佛经。我还是自己先放宽心才好。”说完她还念了两声佛。

“容旭死了。”顾长明趁着她那明艳的笑容还没有收拢，把这个消息说了出来，“死在了太后的长春宫中，我亲眼见到了尸体，不会有假。”

柳竹雪沉默不答话，两只手却紧紧抓住了扶手椅两边的把手，用力过猛以致指甲全是白的，血色淡了去。

“如果你有什么想问的，现在都可以问我。但是过了今天，我们就把这件事情锁起来，便是再提到容旭也和你无关，你不要去想曾经和他的冥婚之约，什么都不要想，听明白了吗？”顾长明知道柳竹雪的轻松都是装出来的，一提到容旭的名字，她整个人就原形毕露了。

“为什么不让我提，不让我想？我已经不要求为父亲、为柳家上下无辜死去的十几口人报仇了，现在连念头也要全部掐断吗？”柳竹雪不敢松手，整个身体因为激动发软，生怕一旦松手，人会顺着椅子滑落到地上。

“我答应太后，为她找寻当初给九皇子设下陷阱的真凶。太后同时答应以后再不会为难你，你可以留在开封府，也可以游历天下，没有人会成为你的阻拦。”刚才顾长明对戴果子说，这是个好消息，如今看到柳竹雪的反应，他又觉得自己可能是判断失误了。

这个好消息像是一把锐利的刀，精准无比地插在柳竹雪的旧伤上，又快又狠，鲜血淋漓。虽然有人告诉柳竹雪，这是帮你把伤口坏死的部分割走，让你能够更快地恢复，但是这让她痛彻心扉。

“都是为了我，否则你可以不接这么棘手的案子。”柳竹雪明白，连太后都查不出来的凶手，这会是多么难破解的悬案。顾长明完全可以不用蹚这浑水，然而一旦他答应，她就再没有后顾之忧了。

顾长明又笑了：“我知道若我说是为了你而答应，你听了会对我感恩。但我还是想说，你在里面起的作用最多只有三成，还有七成是我自己想要接这个案子。”

太后有句话说得很对，宫里的势力再大，一旦到了民间，就像是一滴墨滴在了汪洋大海中，除非消耗极大的人力、物力，否则事难办成。更何况，太后为九皇子做的这些，始终是在瞒着皇上的情况下进行的。

至于皇上到底是真不知道，还是按兵不动，顾长明暂时没有刨根问底的念头。

“我见到容旭的尸体，总觉得有些不对劲儿。”顾长明本来可以根据尸体和现场，推断出凶手大致的形象，但容旭是发疯之后自杀的，那具尸体充满了戾气。容旭发病后，杀了多少人，他是算不出来了，仅仅是柳家的惨案所死的人就已经够多了。

“顾大哥，你觉得哪里不对劲儿？”柳竹雪强行平复自己的心境，顾长明这话说得认真，柳竹雪明白多半还是在安抚她，不想让她过于内疚。想要报答这个恩情，她只有努力帮顾长明把案子破了，也等于是把自己的心结彻底解了。

“容旭的案子和我们在找的那些失踪孩子的案子可能有关联。”顾长明见柳竹雪有些疑惑，在桌面上浅浅画了一条长线，“容旭的案子在直线的那头，孩子的案子在这头，同时往前推进两个案子，最终会汇集到中间的这一点。当然这只是我的推断，具体还要看接下来的情况如何。”

柳竹雪点了一下头道：“多谢顾大哥把宫中这么隐秘的事情告诉我，如果两件案子如同你说的，最终是同一批人在操控，那么我们必须用最快的速度破案。”

“你们一不是官差，二不是衙门的人，躲在书房里案子长案子短的，我在外面听得直倒牙。”小葫芦隔着门，在外面大声说话，“我和你们说，虽然你们是明，我们是暗，但不代表我们留下来就能让你们随便欺负。小凤凰真心想要帮忙，我也愿意来帮忙，你们为什么又要说她的不是！”

柳竹雪一听，这是小凤凰的同门来抗议了，可是她和顾长明都在书房里谈话，还有谁能够欺负到伶牙俐齿的小凤凰？

第九章 | 公报私仇

小葫芦一副得理不饶人的口吻，继续抱怨道：“是你们说要我过来帮忙的，要没有小凤凰的印记，我不会出手相助，上次你们就该被官差抓走，我们也就没有后面这么多的糟心事了。”

顾长明把书房的门一开，泰然自若地看着小葫芦。小葫芦既然已经交了底，没有再装小孩子的必要，双手抱在胸口前，眉眼间都是戾气，哪还有原先一脸天真的孩子模样。

小葫芦本来挺硬气的，不知道为什么，看到顾长明后，好多准备说的难听话都说不出来了。他总觉得这样一个翩翩公子不会做出欺负弱女子的行径，虽然小凤凰也不是寻常意义上的弱女子。

“小凤凰说了什么？”顾长明很是耐心，一点儿也没有要责怪小葫芦的意思。他看人的时候，双眸沉静如水，没有因为小葫芦的特异体质而有所改变。

其实小葫芦挺忌讳别人知道自己的与众不同，当小凤凰告诉他，顾长明在没有任何人提示的情况下看出端倪后，在敬佩之余，小葫芦有些心结，不知道再见面时顾长明会以什么样的态度来对待他。

这会儿，小葫芦苦恼地发现自己好像有些想多了。顾长明的态度没有丝毫变化，眼底没有同情更没有鄙视。到底是小凤凰看中的男人，果然与众不同。

“她已经是寄人篱下的小可怜了，还能说什么？我和她认识这么久了，她心里头难受，我还能看不出来吗？”小葫芦觉得自己有些多此一举，小凤凰自己都没要求别人给她一个交代，他又以什么身份来强行为其出头？到时候反而两个人都要变成笑话，“也许顾公子会说小凤凰是心甘情愿留在这里的，那我无话可说。”

“我从来没有这样说过。”顾长明心中有数，他知道是谁惹哭了小凤凰，“来，我先和你说正事。”

小葫芦没想到顾长明转移话题的速度如此之快，傻乎乎地应了一声：“也行，我们先把正事做完。”

顾长明微微让开身，示意小葫芦跟着他进书房。小葫芦对着书房咽了口口水，齐坤门里头的人擅长不请自入，更了解一座宅院的秘密和好东西，多半就在书房之中。他以为自己是外人，顾长明却把他直接往书房里带，这是不是表示顾长明很相信小凤凰，连带着对他都爱屋及乌了？

“要不要让小凤凰一起来听听？”小葫芦发现自己太讲义气了，这种时候都没忘记身边人。

“可以，你去喊她，对她说事不宜迟，情况非常紧急。”顾长明的语气加重，太后虽然没有给他定下破案的时间，但他不会傻到以为太后是真的忘记了，每个人的耐心都有极限。而太后的耐心有多少，谁也不会知晓，顾长明只能快马加鞭地去寻求答案，以免夜长梦多。

“我马上就去，很快回来。”小葫芦跑得倒是挺快的，顾长明看着他的腿脚和背影，和小凤凰相比差得太多。不过小葫芦肯定还有其他的本事，顾长明倒是有些期待了。

“顾大哥，小葫芦怎么说？”柳竹雪在里面听得有些糊涂，两个人你来我往地说了许多也没有把那个欺负小凤凰的人说出来，到底是谁？

“没事了，这些都不算什么。”顾长明看着戴果子在旁边一脸紧张，生怕自己因为这个责难他。他想着让戴果子心里长个记性就是，何必要咄咄逼人。

小葫芦很快就把人带过来了：“别不好意思，顾公子都说了不是他的本意，你管其他小畜生怎么说，只当是耳旁风了。”

戴果子才平息下去的情绪，顿时又被惹得火冒三丈。估计小葫芦一路想明白了，到底谁才是最有可能说小凤凰坏话的那个人，才故意喊得这么响亮。

“你别这样说，顾公子听到不太好。”小凤凰说得还比较婉转。

戴果子反而更气了，你们以为顾长明是耳聋的，说这么响还能听不见？何况身边还有个好奇的柳竹雪，戴果子真担心她会张嘴问他“小畜生”说的是哪个。

门外面那个黑嘴毒舌的才是小畜生！戴果子和小葫芦的梁子算是结下了，君子报仇十年不晚，何况他还不是君子，以后在一起的时间长了，早晚给小葫芦点儿颜色瞧瞧。

“都进来吧。”顾长明从长春宫回来后，这会儿心情改善了许多。自从女主人过世以后，这个家不过是父子两人落脚睡觉的地方。而且没有辞官之前，顾武铎每个月回家的日子屈指可数，两人往往很久都不会见面，家中难得像眼前这么热闹，顾长明的嘴角不由得微微上扬。

小凤凰进来的时候，感觉到顾长明的心情变好了。能够让长明公子心情变好的原因，多半是他手中的案子有了进展，难道是失踪的孩子找到了？

“坐下，听我说。”顾长明心中计划清晰，“这次要破的案子是身有残疾的孩子无故失踪，我找小葫芦来的目的，你们可能已经猜到了。我需要小葫芦去做鱼饵，放长线钓大鱼。小葫芦可能会遇到危险，所以出发前我必须问清楚，小葫芦，你愿意犯险吗？”

小葫芦以为他人已经过来了，肯定是顾长明说什么，他就必须做什么。没想到顾长明还特意询问他的意愿，小葫芦发现这个顾长明当真和以前他接触到的人都不一样。

他用手肘碰了碰坐在身边的小凤凰，压低了声音道：“你是不是就喜欢这样的？”

小凤凰不敢看对面的顾长明，偷偷用手指掐小葫芦的手臂。这种话不能回去私下问吗？为什么一定要当着这么多人的面问？

“小葫芦，对方有多少实力，暂且不明。对方的武功有多好，人数有多少，我都不太清楚。你考虑好了吗？”顾长明显然是听见了小葫芦的问话，但他只能当作没听见。

“考虑好了，我就是没想出来，你要用什么法子把我送到对方面前去。”小葫芦的问题很快就有了答案。戴果子先扔了一身衣服在他面前，小葫芦捂着鼻子问：“这是哪里找来的破烂？臭死了，多久没洗过啊！”

“大概这衣服做好以后就没洗过吧，你先换上。”戴果子说出实话的时候，心里很舒服，看，报仇的机会就是这么多。

小葫芦捏着鼻子，用手指把破衣服挑起来，还真是给小孩子穿的尺寸：“你们去哪里找来的？为什么要我穿？”

他虽然不是正经门派的正经人，但平时也挺讲究吃穿用度的。顾长明第一次和他接触的时候，应该就有体会，在那处借来的庭院中，小葫芦选的位置不错，点的菜也不错。

“先穿起来，我带你去一个地方。”顾长明的语气不容置疑，“你刚才答应过的，计划已经开始了。”

小葫芦一边骂娘，一边站在书架后面换衣服：“我说里面贴身的能不换掉吗？”

“如果你宁愿冒生命危险也要留着贴身衣服的话，我没有意见。”顾长明清楚，小葫芦里面的小衣也是绸布的。要是人家把他抓了去，衣服一扒直接露出马脚，他一个人深陷其中，危险实在太大。

“我知道了。”小葫芦闷气地回了一句，闭着眼豁出去了。齐坤门也有这种见不得人的任务，谁又敢真的自荐，命还要不要了？

等小葫芦换好了衣服出来，非常配合地把头发拆开揉乱。戴果子凑到小葫芦面前看了两眼，连连摇头道：“乱一点儿还是不像的，我看要加点儿料。”

小葫芦简直是咬牙切齿：“小畜生，你这是公报私仇。”

“小畜生骂谁？”戴果子笑嘻嘻地把菜油混合着其他乱七八糟散发着奇怪味道的东西倒扣在小葫芦的脑袋上。

菜油顺着脸颊往下流，小葫芦用手把脸都擦了一遍，双手也没漏掉，然后特别平静地抬眼看着戴果子：“我不会上当的，小畜生就是你！”

小凤凰听两人闹得不像样，想上前去把小葫芦拖开，一只手伸过去才发现小葫芦身上压根儿没有地方能够抓。他的衣服是破烂的，头上是油腻腻的，一张脸已经没法看了。

她又是替小葫芦委屈，又是想闷声去笑一笑：“小葫芦，你忍一忍，抓到了坏人，你可以狠狠打他一顿出出气。”

小葫芦立刻看向顾长明。顾长明点点头道：“小凤凰说的要求可以，只要抓到人，找到失踪的孩子，任凭你处置。”

“行，一言为定！”小葫芦故意朝着顾长明伸出手要击掌为誓，想看一看顾长明对着又脏又臭的自己会是个什么反应。

顾长明想都不想，伸出手，五指修长有力，对准小葫芦的掌心重重拍了一下：

“一言为定。”

小葫芦特意看过，击掌后的顾长明连眉尖都没有动一下，更没有急于找东西去擦手。还是要出发前，小凤凰看不下去，跑去打来一盆水给顾长明，让他把手洗干净。

顾长明带着小葫芦，其他人暂且留在顾家：“不要去太多人，小凤凰跟在我们后面就行，跟得稍微远些，不要露出行踪。”

小葫芦跟随顾长明一路走，他这个样子也不能骑马坐车的。

忽然，顾长明回过头来问了一句：“如果让你装成有先天不足之症，你学哪一种最像？”

第十章 | 横生枝节

小葫芦被顾长明的话戳中要害：“我这身体不就是先天不足之症，还用得着装？”

“凶手只抓那些有不足之症的孩子，你只能委屈再装一个其他的。”顾长明认真回答，没有半分歧视的意思，“这临时帮忙的，只求尽力。”

“要我说抓的都是孩子，还是身体不好的，多半是要干非常歹毒的事情。我和小凤凰虽然也是旁门左道的，太损阴德的却是绝对不沾的。”小葫芦刚才还在好好走路，忽然就变得一瘸一拐的。走出一小段路，他再回过头来看顾长明，“你能看出破绽吗？”

瘸子不是那么好装的，顾长明见过假装腿脚不好的，或多或少都会有些破绽。小葫芦以前肯定装过，而且不止一次，还是那种明明走不好，还非要把足弓往里面拐的走路姿势。顾长明知道自己是找对人了。

“小凤凰会跟在我后面对不对？”小葫芦闻着身上的臭气，没觉得有什么后悔的，“做成了这件事，以后小凤凰还不乖乖听我的话。”

“她怎么说动你来帮忙的？”顾长明知道小凤凰离得不远，没准儿还在偷听他们的对话。

“齐坤门里大部分都是孤儿，小凤凰说除了那个大宝，其他被抓走的多是小乞丐。没爹娘的孩子就要吃苦受累，丢了性命也没有人帮衬一把，所以我就来了。”小葫芦定神看着顾长明，“你知道小凤凰花了多少工夫，才能来开封府找你吗？”

顾长明想，小凤凰在曲阳县的任务失败，又受了重伤，当时同门等于是把她当成弃子给丢下了，怎么一转眼的工夫，她又像没事人一样出现在他的眼前了？齐坤门如同小葫芦刚才所言，虽然不是什么大奸大恶之地，但是也绝对不是善茬儿，小凤凰到底是怎么做到的？

“啧啧啧，你看你明明想到她的艰难，一不问二不猜的，以后要是她有个三长两短的，你不就方便推得一干二净？天底下的男人多半如此，连芝兰玉树的长明公子都不例外。”小葫芦顶着个孩子的躯壳说的却是老气横秋的话，又是夜深时分，听在耳中有些阴森森的感觉。

这激将法用得十分巧妙，奈何小葫芦的对手是顾长明，偏偏不吃这一套。他既不承认也不否认，眼神平静无波，嘴角紧抿，让人根本猜不透他的心思。

小葫芦偷偷用手捶胸口，心想：小凤凰啊小凤凰，我也尽力了，你看上的这个实在太难应付了，你自求多福吧。

“我会亲自问问她的，等这个案子破了以后。我想她也不需要假借别人之口来说给我听。”在小葫芦以为试探失败的瞬间，顾长明开口了，“她能够留下来的确不容易，我希望不会横生枝节才好。”

小葫芦本来是试探的那个人，反而被顾长明给绕进去了，什么叫作横生枝节？他一路掐着大腿也没想明白。

“为什么要等到案子破了以后？难道说一个大姑娘还不如你的案子重要？”这会儿小葫芦能够确定小凤凰靠近了，他们有独特的手法，可以通过各种方式把消息传递给同门。比如说小葫芦第一次见到顾长明时，在其脖颈一侧看到的痕迹，他非但能够确定印记是小凤凰留下的，还能知道此人不是敌人，可以相处。

“案子更加重要，因为这件案子牵涉的是十几个无辜孩子的性命。”顾长明想到被关在柴房里的江婶，如此算来，大宝才是最可怜的那个，“据我们所知，被抓走的孩子里面有一个叫大宝的也是腿脚不好，他是被亲生母亲以十贯钱卖出的。”

“哦，那他最倒霉。”在这个问题上，小葫芦的意见与顾长明的一致，“这样的话，还救他回来做什么，等着被卖第二次？回头我看看，要是他资质不错的话，带回齐坤门去调教调教。”

“别胡闹。”顾长明停下脚步，看到了那天遇到的那群小乞丐的头目，“小葫芦，就是这里了。”

小老大事先知道顾长明要过来，很是高兴。上次受了这位公子的恩惠，公子还答应帮忙把小兄弟们找回来。不知道为什么，虽然当时是初次相见，小老大还是相信这位公子说的都是真话，而且一定能够做到。

“公子，你带了朋友过来？”小老大刚想和小葫芦打招呼，忽然“哇哇”大叫起来，“这是从哪里捡来的？脏成这个样子，我们讨饭的都没这么臭。”

小葫芦本来还不信的，一看小老大全身都是补丁的衣服，脚上的鞋子尖破了个大洞，脚指头都露在外面，那张脸虽然有些黑，但绝对不是他这样一头油水的狼狈模样。

“你肯定不是这一片的叫花子，哪里天灾活不下去逃到开封府的吧？还是个瘸子。”小老大这一通数落没有半分客气，“公子是让他跟着我们混吗？如果真是这样，先找个地方用水刷上三五遍才行。”

“他这样不是更像小乞丐吗？”顾长明虚心地请教。

小老大听公子说话客气，从来没有被人这样尊重过，脸上都生了光：“既然公子问了，我肯定要好好说。我们讨饭的，虽然有上顿没下顿的，衣服也是靠别人施舍或者从垃圾里捡的，但是你一身油腻恶臭的装扮，谁还肯把钱扔给你？公子你说是不是这个道理？所以我们相隔十来天总要找地方洗干净，才能走到人前去。这位小兄弟就算离得远远的，那些小媳妇、大姑娘都会捂着鼻子吓跑的。估计都不用等三天，他就能活活饿死。”

小葫芦站在后面边听边磨牙：“顾公子，他说的这些话，你原先是知道还是不知道？”如果是故意整他的话，顾长明肯定是得罪不起的。多半就是那个戴果子使坏，故意在他身上弄了这些恶心的东西。

“我是真不太清楚，委屈你了。”顾长明看着小葫芦的眼神都能射小刀子了，戴果子的确做得有些过了。要是他说知道，今天的任务就别想完成了，小葫芦能一路杀回去，和戴果子拼个你死我活。

“我不委屈。”小葫芦有些明白顾长明要派给他的任务了，“我是和他们混在一起，然后等对方来抓走我？”

顾长明知道小葫芦是个能干的，他自己会举一反三，真是省心。

“那我只有腿脚不好，恐怕还不够。”小葫芦反过来给顾长明分析，“他们已经抓了十来个孩子，对瘸子都见怪不怪了，一定要加点儿料。要不这样，加上不会说话，是不是概率还会大一些？”

说完，小葫芦开始给顾长明比画手势，做得还真有模有样的。小葫芦没想到旁边的小老大也会手语，两人你来我去地直接聊上了。

“以前有个叫二妞的，天生不会说话，她教我们用这个法子和她说话。我觉得有意思就学了些，不过她没活过去年冬天，得寒症死了。”小老大放下手来，“其他人大概都不会了，还好我能记得些。公子，这位小兄弟是自愿当饵，帮忙去抓坏人的吗？可我看他的个子小，力气也不大，真被抓走了，怎么脱身呢？”

“不用担心，他有特别的本事。”顾长明没有把小葫芦的秘密都说出来，“只要你们相处得自然些，他就容易成事，其他的都由我们来安排。”

“我先带你去洗洗，那你现在开始和我打手势就行，目前这个秘密就你知我知公子知。要是小乞丐们都知道了，我怕也瞒不住坏人了。”小老大带着小葫芦离开，一路给他打手势，“你不用担心，我这里有二十几个小兄弟，到时候你要是害怕了就喊人，舌头还长在你嘴巴里，我们总能把你救出来的。”

小葫芦彻底保持沉默了。肯定是他装得太像了，小老大不嫌弃他又脏又臭的，在他的脑袋上揉了几下，还很好心地想要牵他的手，被他默默地避开了。

“小凤凰，辛苦你了。”顾长明站在原地，向着黑暗的某一处低声说了一句，仿佛有风，又仿佛是特别轻盈的足音，小凤凰的身形出现在光线中，笑吟吟地看着他，顾长明问，“你刚才都听见也看见了？”

“没有，你让我离得远些，我只负责锁定小葫芦就行了。”小凤凰一歪头，娇俏地看着他，“明天一早开始行不行？要是真让我这会儿就跟着，我也没有意见。”

“明天一早就行，让小葫芦先适应一下。”看小老大的样子，小葫芦肯定很快能够融入的。

“那你不告诉我，去哪里跟着他们？”小凤凰见顾长明往回走，连忙紧跟其后。

“从曲阳县到开封府，你没过来都能联系上小葫芦，这种小事不用多问，我相信你的。”顾长明的嘴角不自觉地往上轻轻一挑。

小凤凰正好走到他的侧面，看到那若有似无的笑容，她心口微微一痒：“顾公子，案子破了，我能不能要个奖赏？”

“可以。”顾长明想都不想就一口答应。

“随便什么都可以？”小凤凰挨近了些，几乎可以闻到顾长明衣衫上清新的皂角味，“肯定不会是坏事，我保证。”

“所以，我说可以。”顾长明心念一动，照着刚才小老大做的动作，抬手揉了揉小凤凰的头顶。

第十一章 | 一盘很大的棋

小凤凰差点儿一个踉跄摔在地上，顾长明的手指拂过她的手臂，稳住她的身体，问：“太累了？”

“没有，脚有点儿软，已经好了。”小凤凰的脑袋晕乎乎的，顾长明掌心的温暖停在发间。她都不敢问顾长明刚才摸她脑袋的时候，到底是怎么想的，只觉得那一瞬间，他格外温和。

“记住，跟着小葫芦的时候，千万不要打草惊蛇。”顾长明侧眼而望，看出小凤凰有些紧张，“你们齐坤门有没有可以一路留下印记，让我们这些门外人也能用的东西？”

“有的。”小凤凰从腰后的袋中摸出一只毛团子，“顾公子见见我用来嗅香寻踪的小宠香香，这只小东西留在你这里，回头我一路会用异域香料白和罗做暗号。到时候把它放出来，它会跟着过来的。”

顾长明平摊开手，他的手骨节分明，白皙修长：“这是你平时养着的？藏得挺好啊，我一点儿没发现。”

小凤凰盯着他的手多看了几眼，才依依不舍地收回目光：“香香很乖的，只要每天给几颗瓜子就行。要是遇到危险，它还会自己保护自己，就是有些怕生，它不太喜欢陌生人。”

话音刚落，毛团子香香试探着用小爪子碰了碰顾长明的食指，碰了几下后，它索性用两只前爪抱住顾长明的食指，慢慢荡起秋千来。

顾长明发现香香的爪子很软，挠过来的时候有些发痒。他稍微勾动一下指尖，香香便顺着他的食指往前爬，安安稳稳地坐在了顾长明的手心里。他低头笑道："看样子它还算喜欢我。"

小凤凰想把香香拎回来，主人还没交代任务呢，你就打算和主人喜欢的人私奔了吗？香香看着圆滚滚、慢吞吞的，却一下子躲开了她的手指，还"吱吱"叫起来，仿佛在说我要留在这里，不要回到袋子里去。

小凤凰换了只手预备把它抓回来。顾长明飞快地把手抬高，两个人的身高略有差距，小凤凰呆呆地看着够不着的那个高度，而香香的小眼睛从顾长明的指缝里往下得意扬扬地看着她。

"不用担心，我应该可以照顾它的。"顾长明觉得香香这么小一团，还挺乖的，"任务办成以后，我会把它完好无损地交还给你。"

小凤凰想说"我不是小气"，又觉得说出来没多大意思，把装香香的袋子一并递了过去："平时还是把它装在这里面比较好，别看它腿短短的，一旦落地跑得非常快。"

"它能听懂你的话吗？"顾长明用一只手勾住袋子的细带，里面装着香香的食物。他取出一颗瓜子递过去，香香安分地用小前爪接过来，捧在胸口吃。

"能听懂一部分，我尽量用简单明了的句子。"别看香香个头儿小，也是小凤凰精心养了两年的。不但可以长距离找到她，还会其他不少好用的技巧，比如它可以钻过门缝，替外面的人开锁，甚至进屋直接把亮晶晶的好东西叼出来交给主人，"你喊它，它知道自己的名字。"

小凤凰生怕顾长明不愿意，睁大眼睛期待地看着他。顾长明低头一笑："香香。"他的声音清朗舒悦，十分动听，吃着瓜子的香香马上停了下来，小眼睛四处寻找声音的源头。小东西倒是聪明，知道抬起头来看看。

"我先告诉它要做些什么，这样你也方便。"小凤凰刚伸出手去，便发现香香用小前爪捂住眼睛，一副不愿意跟她回去的样子。真是谁养的宠物像谁，刚看到顾长明，香香就直接把旧主人给抛弃了！

小凤凰哭笑不得，还好顾长明不在意这些："最多放在我这里两天，你放心。"

"我放心，我自然是放心的。"小凤凰见顾长明把香香送回袋子里，香香表现得很温顺，要知道她平时把香香收回去，它还会用小短腿蹬几下表示反抗的，"它挺喜欢你的。"

顾长明用鼻音"嗯"了一声，转过头来看着小凤凰。他的眼睛长得太好，只要不是办案那种雷厉风行的模样，眉梢眼底都是未说完的话语，引人遐思。

小凤凰一只手贴住自己的心口，才不至于太失态，说话还是结巴上了："它、它挺贪吃的，要是撒欢儿问你讨要，你不能给它太多，否则吃撑了要闹肚子。晚上还要在它睡觉的地方放一碟清水，它睡醒要喝的。"

明明很清楚不要在关键时候说这么多废话，小凤凰却管不住自己的嘴，一边说一边还想着肯定要被顾长明嫌弃了，急得都要流泪了。

顾长明意外地听得很认真，好似把她说的每一句话、每一个字都记了下来："我会按照你说的照顾它，步骤不会有错的。"

"顾公子，你不会觉得我很小题大做吗？"小凤凰心里头憋不住话，特别是在顾长明面前。

"不会，你养了香香这么久，一定是视若珍宝，我自然要好好对待它。"顾长明直视小凤凰，问道，"你担心小葫芦吗？"

"对手是谁都不知道，无从担心，走一步看一步吧。"小凤凰做起事来有种别样的豁达，她漫不经心地冲着顾长明笑，没有了方才小女儿式的忸怩。

"小凤凰，在曲阳县之前，我们有没有在其他场合见过面？"夜风凉凉，顾长明的目光如水，等待着她的答案。

小凤凰的笑容凝在嘴角："我们要是早见过的话，我哪还能在齐坤门混下去，早被顾公子给兜底翻了。"

"好，我明白了。"顾长明的右腿已经迈上顾府院门前的台阶，"你回去好好休息，明天会比较辛苦的。"

小凤凰的肩膀都缩了起来，生怕顾长明问她以前的事情，更怕他指责自己根本没有离开齐坤门，又为什么要死赖在这里不走。然而他一句话都没有说，云淡风轻地离开了。

夜色那么浓重，小凤凰虽然走进了院门，但是仍感觉四面八方的灯光都照不到自己的身上。她仿佛是没有影子的孤魂小鬼，被人狠心扔在野外，贪恋院中的暖意，明知道接近就是飞蛾扑火的下场，但她依然没有忍住。

顾长明快步走到书房，戴果子抄着双手在外面等他。

“柳姑娘睡了，我和她说不会有事，她真的相信了。”戴果子貌似抱怨地嘀咕了一声，“我以为你会很快安排好那边回来，这一等就是一个多时辰。要我说，这是开封府的案子，你怎么不交给官府？江婶出现的时候，你明明强调要报官的。”

“当时江婶说谎误导我们，让我以为走失的只有一个孩子。如今确认孩子们不是走失的，敢在开封府做这种事情的人，没有点儿背景来历，怎么站得住脚？”顾长明的神情凝重，“牵扯出的关系太多，不管案子最后怎么样，孩子的安危才是关键。我要尽力救出所有孩子，而不是仅仅为了破案。”

戴果子沉默地盯着他看了好一会儿：“顾长明，我怎么觉得你有些改变了？”

“怎么变了？我还是这样。”顾长明把书房的门一推，“刚才我试探了一下小凤凰，她的口风很紧，但是她愿意帮我们，你暂时不要针对他们。”

“我哪有针对……”戴果子想到小葫芦出门时的狼狈，又在心里默默地承认了，那个齐坤门不是善男信女待的地方，突然弄了两个人在身边，他担心随时随地会被人从后面捅一刀，“只要小孩子能救回来，我既往不咎。”

“我怀疑这件案子和九皇子生的怪病有关，对手下的是一盘很大的棋。”顾长明对着书桌桌面，眯了一下眼，“我走之后谁来过这里？”

“没有人。我和柳姑娘送走你们，在客房门前说了会儿话。我记得书房里的灯是放在这里的，也没有动过啊。”戴果子绕过顾长明往前多走了两步，看到了书桌上摆着的东西，“这是几时冒出来的？有人进了你的家、你的书房，放了这个东西在你的书桌上？”

顾长明慢慢捻起桌上的那根狗尾巴草，这么普通的野草，用最慎重的方式出现，而且还是这个时候。

“没准儿你说得对，我们在查的案子真和那个被狗咬了的九皇子有关。你进宫见到了九皇子，他真的死了？”戴果子想起柳府上下十几口人丧命的那一晚，真是心有余悸，“上一次也说他死了，然后晚上跑出来乱咬人，这次不会也这样吧？”

“真的死了，那具尸体里面一滴血都没有。”顾长明亲眼所见的还有太后的态度，太后不惜一切代价要找到幕后黑手。

“那么送这个来的人是为了提醒你，还是为了警告你？”戴果子有些不太明白了。

顾长明回想先前小凤凰说的那句话，说道：“我们连对手是谁都不知道，所以不用担心其他的，走一步看一步。”

“你不但变了，还变得挺多的。”戴果子扯过那根狗尾巴草，“你把厉害的手段拿点儿出来，让我放宽心才是。我是被迫跟着你一年，我不要求高薪厚禄，但至少你要保全我的性命吧。”

“这根狗尾巴草来自城西，城西三里开外有一片坟地，应该就是从坟头边采来的。”顾长明的话刚说完，戴果子连忙把手里的狗尾巴草扔了出去，“因为那里土壤肥沃，长出来的狗尾巴草比其他地方的都要粗壮。”

“够了，够了！”戴果子巴不得收回前面的话，“你很厉害，你相当厉害，我再活一百年都赶不上你，无比敬佩，敬佩得五体投地。”

第十二章 | 草木皆兵

“能够肆意出入顾家不算什么，府中做事的都是些普通人，但放狗尾巴草的目的值得思索。”顾长明淡然地拿起野草，随意打开一本书册，把野草夹在其中，“果子，如果是你的话会想到什么？”

“不是说九皇子就是被狗咬了才变成那个样子的吗？放这个肯定是想让你循着线索继续抓出真凶。”戴果子分析得头头是道，“同时又给你警示，此人就在你的身边，若是有违背他心意的举动，他随时可以惩处你。”

顾长明低头笑道：“果子，你真是越来越厉害了。”

“别夸我，我是个经不起夸奖的人，再多听两句的话，尾巴都要翘到天上去了。”戴果子揉揉鼻尖，心里还是有些小欢喜，“你直接告诉我，我说得对不对？”

“很好，我想的和你一样。其实这些年孙大人教了你很多东西，你却很少拿出来使用。”顾长明的目光中带着探询之意，“果子，我想知道是为什么。”

“因为曲阳县太平呗，要不是通天河上漂下来的浮尸，这么多年曲阳县都没有过凶杀案。你说要是为了招猫逗狗的，需要我施展全力吗？”戴果子说的都是实话，“干爹是教了我很多，英雄也要有用武之地才是。这次我跟着你出来，一是答应帮你做事，二是干爹也希望我出来历练历练。我这样解释，你相信吗？”

“相信，你是我的朋友。”顾长明没有再看戴果子，把书桌上下仔细检查了一番，确定没有多出其他的东西，他才站起身来，“明天一早小凤凰要跟着那边，我们也不能闲着，要随时待命。”

戴果子眼睛瞪得圆圆的：“顾长明，你身后藏了什么？”

顾长明一时没有反应过来，他的身后还能藏着什么？长臂舒展往身后一摸，他摸到一个软软的袋子，突然想了起来：“你说这个？这是小凤凰给我用来联系的。她养的会寻香的小宠叫香香。”

戴果子盯着顾长明手中东张西望的香香，整个人都绷紧了，一连吞了好几口口水，说不出话来。

顾长明察觉到了戴果子不对劲儿：“果子，你怕这种毛茸茸的东西？”

戴果子看着顾长明的手往前一递，香香发出“吱”的一声，他惨叫起来扭头就跑，仿佛香香是洪水猛兽，张开嘴能把他整个人给吞下去似的。

“喂，你不是吧？”顾长明看着戴果子落荒而逃的样子觉得好笑，戴果子平时一副天不怕地不怕的样儿，今天把这个毛病给暴露了。手心的香香才不管别人，小前爪又抱住了他的手指，毛脑袋趁机蹭来蹭去。

戴果子跑出去一段路，想想不太好又原路走了回来，站在书房外面警惕地看着顾长明：“你不许告诉柳竹雪，也不许告诉小凤凰。”

“嗯，我不说。”顾长明满口答应。香香是小凤凰养着的，免不了还会拿出来的，他不说估计也瞒不了多久。

“我不是怕它，而是怕耗子，还有长得像耗子的动物。”戴果子手指颤巍巍地指着香香，“你告诉我，这只是不是耗子？”

顾长明仔细地看了一眼香香：“肯定不是，你可以当它是兔子。”

戴果子“嗷”了一声：“你当我傻啊，它哪像兔子了？！”

顾长明是个君子，不会在明知道戴果子软肋的情况下，刻意刺激他。他一翻手把香香重新收回去：“明天的计划，你清楚了吗？”

“小葫芦混进小乞丐里，一有动静小凤凰就跟上，然后你用刚才那个找到小凤凰。”戴果子停下嘴看顾长明，“不对啊，那你怎么能知道小凤凰已经发现对方的踪迹了？”

顾长明但笑不语，自然是安排好的，不会有差池。

隔了一夜，小葫芦半梦半醒中被小老大推醒，睁眼看到小老大，他忍不住哆嗦了一下。昨晚洗澡的时候，他差点儿没被小老大用刷子刷掉一层皮，他想说他身上没这么脏，看到的都是假象，都是那个戴果子故意使坏弄出来的。

当时，小葫芦刚要张嘴，小老大就以很大的手劲儿把人往大木桶里直接一摁到底，差点儿让小葫芦喝了自己的洗澡水。这样反复几次，小葫芦不是打不过他，而是压根儿不能出手，只能彻底放弃，先顾着牢牢把嘴巴闭紧。

"快起来，上工了。"小老大用手捏了一把小葫芦的脸，"长得倒是挺软的，像个团子。"

小葫芦在心里骂了十几声娘：老子都能生出你了，你还捏老子的脸，回头看我整不死你。他的火气没来得及发出来，半个馒头便塞到了手里，小老大的笑容特别亲切："知道你饿了，特意给你留的，吃完别喝太多水，我们开工了。"

小葫芦默默吃着馒头，想到自己又要装哑巴又要装瘸子，果然是件辛苦的差事。半个馒头怎么够？至少也要给个整的，但等他见着别的几个小孩子在吃什么的时候，很识趣地闭上了嘴。

小老大已经准备好了，等小葫芦过来直接给他比画手势：你跟着我就行，小心有坏人。

旁边有人过来问，这个新来的是几时捡来的，长得像个丫头。然后小葫芦的另半边脸也被捏了。

小老大看着不太乐意："别欺负新来的，他不会说话，腿脚还不好，照应着点儿。"

剩下几个人都对小葫芦投来同情的目光，也难怪他要当叫花子，多半是实在不中用，被家里头抛弃的。

小葫芦走到街上，小老大有自己的地盘，大概比画着指给他四下看看。小葫芦忽然转过身去，向着某个院子的顶上多看了几眼。尽管什么都看不见，直觉告诉他小凤凰就藏身在那个位置。有小凤凰在的话，不管是什么坏人一点儿也不可怕。

小凤凰选的位置很好，居高临下，委实不容易被发现，街上的人只有小葫芦发现了她。她有些惊讶于小葫芦的敏锐，没等她细想，小葫芦已经当街坐下来，用小老大的话来说，开工了。

而顾府中，戴果子推门而出正好见到柳竹雪，两人大清早的对视一眼，竟然都想不出来该说什么才好。

柳竹雪的脸色不算好，本来雪白的脸像是赶了一天的路，落了淡淡的灰，显然是昨天晚上没有睡好。

戴果子明白是因为听到顾长明从宫中带出来的消息，她想到那些不堪的往事。一个姑娘从高高的云端跌落，发现身边再没有可以依靠的家人，那种哀痛不是轻易就可以化解开的。

“早啊，昨晚顾长明回来得晚，我就没有叫醒你。”戴果子还是选了最简单的法子，说些其他的分散柳竹雪的注意力。

“他一直和小凤凰在一起吗？”柳竹雪的柳眉轻蹙，有些不自然地低下头去。

戴果子很想说他们当然是孤男寡女在一起，但看着柳竹雪的表情，这些打趣的玩笑话实在是说不出来：“他去安排小葫芦的事了，回来以后发现书房有别人进去过。”

柳竹雪果然一下子集中精神来听戴果子说话了：“是什么人？有没有动手？出这么要紧的变故你们为什么不喊醒我？”

“不知道是什么人，连个鬼影子都没摸到，那人只留下一根草。”戴果子摊摊手道，“为了一根野草把你吵醒，实在不太值得。”

“野草？有人摸进顾大哥的书房，就为了放一根野草？”柳竹雪听糊涂了，“会不会是下人打扫的时候，遗漏在里面，你们有些太紧张，草木皆兵了？”

“不会错的，顾长明连这根野草是从哪里拔来的都能看出来。”戴果子下意识往书房走，柳竹雪很配合地跟在他的身边，“说来奇怪，还是根狗尾巴草。”

柳竹雪脸上的血色褪去，咬着嘴唇问道：“是不是和九皇子的案子有关？”

“他也是这么说，他还说失踪孩子的案子和九皇子的案子也有关系。”戴果子顺手在书房的门上敲了两下，“在不在啊，今天该怎么安排？”

书房的门根本没有关紧，轻轻一推就开了，顾长明气定神闲地坐在书房正中，面前堆了上百根的狗尾巴草。

“这些是哪里来的？”戴果子心说，不会是昨晚又被人摸进来一次，送一根不够数，索性把能拔的都给拔来了吧？

“我晚上去各处摘的。”顾长明抓起一根狗尾巴草在手心轻轻敲打，“我想到一个先前被遗漏的细节，太后说那条西域犬咬伤主人九皇子容旭以后落荒而逃，太后派人想要抓它回来，却遍寻不到。你们猜，这条犯了大错的西域犬去了哪里？”

“一条狗而已，哪里都能去，再说句不中听的话，要是煮在锅里谁还认得出来？”戴果子侧头看身边的柳竹雪，要是她有一点儿不对，他就会把她马上送出书房，不让她参与今天的讨论。

没想到柳竹雪异常坚定勇敢，同样在思索顾长明的问题：“你刚才说那条犬咬伤了主人逃走，如果九皇子不是它真正的主人呢？那么它肯定就是回到它原来的主人身边去了。”

顾长明赞赏地点点头道：“我也是这样想的，那么这个送狗尾巴草来的人，想要告诉我们什么呢？这只咬了人的畜生，此时此刻在哪里？”

“在你昨天说的城西坟场。”戴果子接着话往下说，都到这个份儿上了再猜不出来，该自打耳光才行。

“有劳你们两个去跑一趟，看看那边是什么情况。”顾长明的笑容在脸上徐徐绽开，仿若清风拂面。

第十三章 | 有贼心没贼胆

戴果子被顾长明一句话直接支到坟场去了，他一个大老爷们就罢了，怎么顾长明还让他把柳竹雪捎带上了？虽说和柳美人一起行动是件可遇不可求的美事，可想到目的地是个大坟场，他什么心情都没有了。

“柳姑娘，要不我一个人去，你在家等着就是。”坟场又不是好玩的地方，别碰到什么不干净的东西，回头有苦说不出来。

柳竹雪已经把融雪剑带上了，在戴果子没反应过来前，人都快到院门外了：“果子，你还磨叽什么？快点儿往城西去，时间不等人。”

戴果子见她没有丝毫怯意，总不能说是自己害怕，连忙跟上前道：“我以为你不想去那种地方。”

“谁没有生老病死的，我又没有做亏心事，怎会忌讳这些？”柳竹雪说起师父当年带她下山，为山脚下被瘟疫所困的百姓送药、送粮，“我不是养在深闺人不识的女子，见过很多死人。你应该明白与因瘟疫而死的尸体相比，坟场真的算不上什么。”

“你师父收的都是女弟子吧，就没有一个人害怕？”戴果子倒是很喜欢听柳竹雪说这些，这样让他觉得两人的距离似乎能够拉得近一些。

“有个师姐胆子很小，只差蒙着眼睛赶路了。那时师父说的就是这句话，没有做过亏心事，不会忌讳死人。后来这个师姐从死人堆里背出两个奄奄一息的孩子，师父带回山上费了九牛二虎之力把她们救了回来，成了我们的小师妹。”柳竹雪的嘴角浮起一抹笑容，“天底下的机缘很多时候都很奇妙。”

戴果子盯着她的笑容多看了一眼，也笑了起来：“比如我们三个人？”

根据顾长明的指示，顾家下人去马市给柳竹雪挑选回来一匹枣红矮脚马。虽然骑在上面不如踏雪那么神气，但对柳竹雪而言这马却是高矮适中，性格温顺，非常合她心意。

她一出院门，便亲热地唤了一声“红玉”，那匹矮脚马已经顺从地过来蹭她的半边肩膀：“我听说你喜欢吃萝卜，特意从灶房给你拿了些。”

水灵灵的萝卜，柳竹雪喂过去，红玉一口一个咬得嘎嘣脆，把戴果子都看红眼了，只差凑上去说他也想吃萝卜。再细想想居然要和一匹马计较，戴果子磨不开面子，板着脸骑马出发。

柳竹雪喂完一拨，红玉轻嘶一声似乎在同她说话，她笑着拍拍红玉的脑袋：“下次再吃，我们有重要的任务要办，你可要争气。”

戴果子回头见柳竹雪跟上来与他并驾齐驱，心里才算好受了点儿：“这个顾长明神神秘秘的，说能在城西坟场找到关键的线索，再问他会找到什么，就没有下文了。”

“人没到地方，他也说不好。我们都是自己人，用不着故弄玄虚，反正顾大哥说有就一定会有。”以前柳竹雪觉得顾长明是高高在上的神人，如今相处时间长了，了解深刻，虽然明白人无完人，不能面面俱到，但她却更加打心眼儿里佩服顾长明的专注与执着。

戴果子发现在柳竹雪面前说不了顾长明的坏话，她心思单纯又太为别人着想，只会处处维护而并非猜忌嫉妒。有时候戴果子真想握住柳竹雪的肩膀问问：在你的心里，顾长明是不是永远都比我好，哪怕我，哪怕我……

可惜，他有贼心没贼胆，不怪别人。

“他把这见不得人的差事给了我们，自己去哪里享福了？”戴果子说完话，迎面一阵凉飕飕的风，吹得他脖子发冷。

“顾大哥肯定是去小凤凰那边帮忙了，那边不方便安排太多人手，免得被对方发现功亏一篑，有他把关坐镇刚刚好。”柳竹雪把衣服领口紧了紧，“果子，你有没有发现这里越走越冷，两边都没有路人了？”

戴果子早有感觉，要是依着他平日的性子早就吓唬对方了。一物降一物的道理，在戴果子在柳竹雪身边的情况下很适用。刚想说两句俏皮话，缓解一下身周阴恻恻的气氛，突然他做了个噤声的手势，示意柳竹雪先不要说话，从坟场方向吹来的风里似乎裹着不该有的声音。

另一边，顾长明没有出门，把书房的狗尾巴草清扫出去后，他发现自己找不到原来的那一根了。他明明记得当时是夹在桌上的书册中，狗尾巴草又不算是什么特别细小之物，可将桌上所有的书册都打开依然遍寻不到。

顾长明有个大胆而惊人的想法：难道说那个送野草进来的人，又回来把野草取走了？

第一次还能解释说半夜三更他毫无防备，第二次等于那人是在他的眼皮子底下来去自如。假设这个人是对手的话，恐怕连一线活路都不会留给他们。

顾长明有些怀疑让戴果子带着柳竹雪去城西坟场是否合适，不过果子应变能力极好，而柳竹雪的武功也能独当一面，也是放手让他们历练的时候了。他常年在为各色案件走动，吃一堑长一智，明白再厉害的人在破案时也可能输在分身乏术的缺陷上。所以在曲阳县的时候，他选择了戴果子，而孙友祥也替果子选择了他。

装在袋子里的香香忽然拼命地用小爪子又抓又抠的，顾长明察觉到，把它捞出来，发现香香全身的毛都竖了起来，本来小黑豆样的眼睛变成了红色。

当时顾长明问小凤凰“我怎么能够知道你那边出状况了”，小凤凰咬着嘴唇只说到时候他一定会知道。他以为小凤凰是故弄玄虚，没想到她将这种小宠养得这么好，与饲养它的主人心意相通。只是不知道香香这般反应是因为白和罗香气的诱导，还是小凤凰已经身处险境了？

顾长明把香香往地上一放，香香还回头看了他一眼，像是在确认他是否会跟在其后："你放心走，我肯定能够跟上的。"

香香如同小凤凰说的一样，明明看起来是个胖乎乎的毛团子，真要跑起来速度奇快。要不是顾长明事先有准备，在出院门之前可能就把香香给跟丢了。

到了街上，香香在地上跑，顾长明的视线始终锁定那灰色的一点。它的体形小、速度快，旁人很难察觉到。否则的话，一个翩翩公子跟在一只耗子后面，怕是要引起路人的围观了。

顾长明知道香香走的方向完全正确，正是小老大几个平时乞讨的固定地点附近。快要到地方的时候，香香明显犹疑了一下，最多再拐一个弯就能见到小老大和小葫芦了。

香香还是临时改变了方向，朝着另一边继续追了过去。顾长明抬眼回望，能够让香香分心应该是因为小凤凰之前埋伏在那里，留下清淡的香味。而此时香香走的这一条路，才是真正留下白和罗香味的方向。

白和罗……白和罗……顾长明忽然觉得好似在哪里见过这个名字，当时他应该只是匆匆一瞥，所以白和罗给他留下的印象却不够深刻。

小凤凰既然已经离开原地，再加上香香的异常，顾长明几乎可以确定小葫芦已经被人掳走，看起来又是装瘸子又是装哑巴的效果很不错，或许对方越来越着急想要早些把人数凑足，所以加快速度，连必要的掩饰都不再在乎了。

香香的速度本来就快，顾长明分神想这些的时候，步速略微放慢，等回过神来，才发现香香不见了。不，不是不见了，顾长明的鞋子侧面有动静，他一低头发现香香用小前爪抓住了他的裤管，正准备往上爬。

他哭笑不得地用手指把香香拎起来：小家伙你到底靠不靠谱？在办正事的关键时候，你怎么不去找你的主人，这是想做什么？

香香的眼睛恢复了本来的黑色，挣脱开顾长明的手指，跳上他的肩膀，再抓紧他的衣服就蹲好不肯动了。

"你这是把我带上歧路就不闻不问了？"顾长明四下一看，既没有小凤凰的身影，更没有小葫芦的线索。等他定睛往前一看，却发现自己五步开外的地方是一间酒坊。

顾长明的酒量不错，喝得却很少，更不会为了好酒上瘾。此刻他站定脚，闻到了空气中弥漫着的清洌酒香，应该是几种好酒混在一起，香气纷杂交错。

他再侧头看看香香的反应，忽然明白过来，香香的嗅觉被酒香干扰了。在这样强烈的香气面前，白和罗留下的痕迹几乎被完全覆盖掉了。失去了白和罗的香味，香香也就寻不到线索了。

顾长明依然没有丝毫的慌乱，反而向前走了几步，长腿一迈进了酒坊。

酒坊里又大又宽敞，顾长明以前应该从来没有进过店里，立时有酒保上前询问："这位公子可是要来买酒的？"

"我不太懂酒，方才路过贵店，酒香四溢，闻之欲醉，所以特意进来看一看。最近家中要办喜事，正缺一批好酒款待贵客，不知此间最好的酒是哪一种？"顾长明不用刻意伪装，举手投足间都是富家公子的派头。他平日里的衣着又是讲究而低调的，酒保立时对他恭恭敬敬。

"原来公子是要采买回去招待贵客的，那么请先入座品酒，尝一尝我们的三种镇店之宝，再决定选哪一种。"酒保把顾长明引到小间雅座，留了一句"请稍候"，便退身而出。

顾长明环顾四周，见四面粉墙上绘着各色关于美酒的民间故事，他一只手按在袋子上安抚重新被装进去的香香，另一只手朝着墙壁上绘图中的某一点指了过去。

第十四章 | 混吃等死

顾长明瞳仁的颜色瞬间变得更黑更沉，眼见着他的食指就要碰到墙壁了，香香猛地跳起来抱住了他的手指，又在他的指尖用力咬了一口。顾长明当然不会伤害到香香，瞬间把手收回来负在背后。

与此同时酒保回来了，手中是红檀木的托盘，青瓷醇酒，走得近了香气更加浓烈。大概是看出顾长明眉宇间的一丝不悦，酒保连声招呼道："公子，美酒需要耐心方可。"

顾长明知道香香已经顺着他的衣袖钻回袋中，一动不动了："这就是你们酒坊中最好的酒？"

酒保朗声笑道："公子这话听着外行，世间没有最好的酒，只有最适合的。便是宫中的琼脂玉液，如果不合公子的口味，公子也是一样不喜欢的。"

“有些意思。”顾长明没想到一个酒保会说出这样的话，他的双眸在三只酒杯上一扫，“我应该先喝哪一杯？”

“公子，喝酒还是随意些才好。”酒保把托盘放在桌面上，“有人喜欢单纯饮酒，有人喜欢添些小菜，有人喜欢配着最新鲜的瓜果下酒。我们这里只提供美酒，其他的只能委屈公子回去后自行准备了。”

香香应该是闻到了酒气，有些小小的骚动，爪子在顾长明的衣袖中抓出声响。酒保的耳朵甚好：“公子有没有听见什么声音？”

“我初来乍到的，哪怕有什么声音应该也是你比我更清楚吧。”顾长明的另一只手抓住香香，在它毛茸茸的后背点了点。香香果然很快又安静下来了。

酒保的脸色有些古怪，嘀咕道：“这里每天打扫得很干净，怎么还会有不干净的东西进来？莫非是跟着前天进的那批粮食一起混进来的？”

顾长明微微一笑，果然酒保把香香当成了耗子，只是这只耗子多少有些本事。

“公子先品酒再慢慢决定，着急不得。我有些要紧事情先下去处理。”酒保的笑容不减，做了个“请”的手势，又弯身慢慢退了出去。

顾长明举起其中一只酒杯，不过寸许高，薄瓷半透明，被酒色一映仿佛透出鲜明的绿色。酒杯在指间轻轻晃动，顾长明的眼睛微眯，这个酒坊必然有古怪，杯中酒是喝还是不喝？

他将酒杯凑近唇边，刚要碰触到酒水，脑中灵光一现。方才一进来，他就有种全身不适的感觉，凭多年在查案的直觉，顾长明的手几乎不听使唤，自行出击，中途却被香香给阻拦了。

墙壁上的那一点，他知道是什么了。顾长明解开眼前的迷障后，当即一甩衣袖，又把香香给放了出来。

香香在桌上的三杯酒旁转来转去，反复绕圈，停都停不下来。顾长明看着有趣，在它的小脑袋上一按：“你不会有酒瘾了吧？”

香香似乎在做什么选择，而且还是犹豫不决的那种，最终它停留在靠右的酒杯边，再不动弹了。

“你是想让我喝这一杯吗？”顾长明有意无意地半合着眼，不让眼底的精光看穿墙壁上那个可以窥视屋中人一举一动的小洞，既然要演戏，他自然欢迎有观众，“还是说你想喝这一杯？”

香香绕着酒杯转了两圈，又回到桌角离顾长明最近的位置，专注地看着他。顾长明十分豪迈地举起那杯酒，这一次他没有犹疑，仰起脖子一口饮尽杯中酒。

美酒醇厚，虽然香气浓烈却没有丝毫辣口的违和感。顾长明缓缓放下酒杯，让酒先在唇齿间滚动，再顺着喉咙流淌下去。美酒所经之处仿佛都沾满了酒香，让他舍不得开口说话，生怕泄了气，破坏了其中的美好。

“公子，我回来了。”酒保看了一眼桌上的三杯酒，又看了下桌角站着的香香，他眼中一闪而过的情绪很快又被掩饰下去，“我说怎么听到吱吱声，公子早说是自己带着的小宠就好了，我担心闹耗子出去一通好找。”

“就要这种酒，送十坛子到城东顾府。”顾长明不想在此久留，至少不是今天，“一共多少酒资？”

“公子稍候。”酒保又出去一次，随后双手捧着新书写的账本，翻开给顾长明过目，“十坛酒一共是这个数。”

顾长明扫过一眼，价格不菲，但比照酒的品质，他觉得合情合理：“到府上再结算，我还要出去转转，你们明天送来就是。”

“城东顾府。公子放心，明天一早我们肯定把酒送到贵府，绝对不会耽误府中的喜事。”酒保合起账本又问道，“公子的小宠也喜酒？”

“它懂得什么，不过是略通人性又长了一副机灵聪明的样子。”顾长明说着把香香拎了起来，“还不是一只混吃等死的小畜生。”

酒保附和着干笑了两声：“既然公子别无他事，我这就送公子出去。”

“也好。”顾长明跟在酒保身后，刚走出几步，手指一松，香香囫囵滚落在地上，像是只灰扑扑的毛团子。酒保刚想要弯身将香香捡起来，便目瞪口呆地看着香香用极快的速度飞扑而出，再一眨眼的工夫，连它的影子都找不见了。

“公子，你的小宠……”酒保顿时慌了阵脚，“它这……这是要去哪里？”

“它到了新鲜陌生的地方就喜欢到处看看，有时候连我都不知道它去哪里了。你也看到它跑得这么快，一般人压根儿抓不住。”顾长明始终在留意酒保的表情变化，看在眼中，记在心里。

酒保压制不住面上的惊慌失措，五官在瞬间狰狞扭曲：“公子稍等，我去把公子的小宠找来便是。”

顾长明早就发现了，任凭是谁在情绪大起大落的时候，都容易打破自己刻意的伪装。酒保刚才一直说的是很正宗的开封官话，刚才那一句不经意地卷了舌头，说得又是飞快，让顾长明听出了其中的外乡口音。

连方言都是假的，这个酒坊里到底藏着多少秘密？顾长明面上波澜不惊："那就有劳了，我这只小宠平日就不太听话，本来有个竹哨能召它回来，最近正好是一年之中的动情期，便是再怎么吹竹哨也是无用了。"

他还在假意絮絮叨叨地解释，酒保早按捺不住了，将他随意抛在长廊中，顺着香香跑走的方向去追剿了。

顾长明听懂了酒保方才的话，他的意思是肯定会找到小宠的，但是找到的时候是死是活，就不能保证了。

城西坟场，柳竹雪的武功明明高出戴果子一截，这会儿大半个人却被戴果子塞在身后，不许她轻举妄动。

"果子，你刚才说听到了什么？除了风声还有什么？"柳竹雪嘴里一直说不怕坟场，不怕死人，但她毕竟是个姑娘，戴果子说听到了声音后，她整个后背都发凉了。

"我好像听到狗叫，而且还是很大的那种狗。"戴果子的话音一落，躲在他身后偷偷往外张望的柳竹雪动了。

"叮"的一声，融雪剑出鞘，柳竹雪连头都没有回，反手向着身后一剑劈下。她的身体急速后退，后背撞在戴果子怀中，两人一起倒退了十几步。

戴果子差点儿没站住。他刚要问柳竹雪发生了什么，一抬眼，便发现答案就在他们的面前。一条站起来能有齐人胸口高的大狗正恶狠狠地看着他们，它的长舌头露在外面，口水不停地往下滴。最要命的是，大狗一双本来应该干净的黑眼睛，已经完全变成了浑浊的暗红色。

"这条是不是九皇子府里养的，咬了主人又逃出来的西域犬？"戴果子暗暗骂了十几声，这哪是狗，山野中的大尾巴狼都没这么凶狠的。

"开封府要是有人家养了这么大的狗，早就带出来炫耀了，不会扔在坟地不管不问的。"柳竹雪听到了大狗嗓子里发出的呼呼声，这是犬类动物要攻击对方之前发出的警示。而且刚才带起的一阵风中，有股血腥味的恶臭，显然是从这狗身上散发出来的。

“它咬了人还能跑到坟场，又活了这么久不死？”戴果子啧啧作声。他的脑中浮现出一个骇人的想法，这么大的狗，平时一顿肯定要吃不少肉。在九皇子府上的时候，它便是吃再多也养得起，现下这条狗独自活了这么久，看起来也没有消瘦，它是靠吃什么在维持的？戴果子的目光下移，看到狗爪上满是泥土，像是刨了不少土，而且还刨了好些天。

“天哪，果子你看！”柳竹雪看到了大狗后面的坟地，有两处都被翻得乱七八糟了，连墓碑都被推倒在一边，不像是一般人会做出来的事情，“是谁把尸体都给刨出来……”

话没说完，柳竹雪先被自己的想法给吓傻了。以目前的情况来看，这里除了他们两人就剩下这条罪魁祸首的大狗了，刨地本来就是狗的天性。它把地底下的尸体刨出来，肯定不是为了查案，而是为了果腹。

“果子，它吃人，吃尸体吃死人。”柳竹雪的声音越发尖细，像是要在坟场上空扯开一道裂缝。

与此同时，大狗的前爪在泥地上刨动几下，后腿矫健有力地一蹬，带着血腥味朝着两人扑来，张开了血盆大口。

第十五章 | 最大的凶器

等酒保一离开，顾长明的嘴角便浮现出一丝浅笑。香香的速度有多快，他这一路跟过来心中有数。即便酒保有些武功，但看他脚底下虚浮，估计他的武功底子也是很差的。一见香香落地就跑，他肯定以为香香是往犄角旮旯里窜，忙不迭地前去抓捕了。

这是小凤凰饲养的小东西，要是这么笨蠢，小凤凰肯定不会拿出来丢人现眼的。顾长明哪里也没去，站在原地等。果不其然，很快他的脚边便传来了熟悉的吱吱声。香香的小前爪紧贴住他的足踝，正在蹬着后腿努力往上跳。

顾长明弯腰点了一下它的小脑袋：“进来之前见你昏昏沉沉的，这会儿又精神了，是不是找到白和罗了？”

要知道这种寻香鼠的嗅觉是人的许多倍，哪怕是很细微的变化也逃不过香香的鼻子。顾长明看它爬得太吃力，想托一托借它点儿力，谁知道香香又咬住刚才的位置，小脑袋左摇右晃，急得不行。

顾长明脸色一变，难道说小凤凰被困在这里了？他不知道四周还有没有人在窥视，这里和雅间不同，四面空旷很难设下机关：“香香，别管是哪里出了问题，带我过去。”

香香在原地转了三圈，顾长明很有耐心没有催促，依目前的情况绝对不可能逐一排查，他只能选择相信香香。脚步声正从远处急促而来，估计是酒保找不到小宠，知道哪里不太对劲儿又往回赶了。

香香猛地站住，圆乎乎的身体几乎是直立起来看着东南角的方向，随即一头扎了过去。与此同时，酒保赶到，手里还举着一张黑色的网，没头没脑地朝着香香挥过去。

顾长明怎么会让人捉住香香？手腕一转，人都没有回身，指尖拂过酒保双手手腕。对方顿时觉得手指脱力，什么都抓不住，网兜“啪嗒”一声落在地上。顾长明一招未停，另一招又起，直接把酒保给放倒了。

当时他心里还小小地捏了一把汗，如果那个窥视的人还在，必然会看到这段，然后做出反应，甚至会派更多的人连他带香香一起抓住。

但这种情况却没有出现，顾长明猜得不错，能够监视的只有那些所谓品酒的雅间。一旦走出来，再想偷窥就没有那么容易了。偌大的酒坊不可能只有一个酒保，顾长明不敢托大，把酒保拖到阴暗处。保证在短时间内没有人会找到酒保，也就替自己争取到一些时间。

香香扑出去一段路，回头等他，顾长明没有迟疑始终紧跟其后。香香凭着本能一直往前跑，几次遇到阻挡物，它体形小能钻过去，顾长明却要费点儿力气才行。

等到眼前一亮，顾长明发现自己已经到了室外。眼前是大堆用来酿酒的谷物，香香站定不动，顾长明跟着也不动，凝视着眼前像小山一样的谷物堆。

四周不完全是酒香，还有谷物半发酵后的酸味。在这样浓烈的气味中，顾长明感觉自己的鼻子已经失效了。

“你想让我来看的，肯定不是这些。”顾长明没有多想酒坊里其他人此时此刻在哪里，他这一路过来似乎有些太简单了。他朝着谷物堆仰起头，心想酒坊不过是一个巨大的假象，真正的秘密还藏在更深的地方。

一声很轻微的咳嗽声，仿佛是忍了很久实在是控制不住地外泄。顾长明侧耳细听，凝神紧锁住发出声响的那一点，如果他没有听错，香香也没有带错路的话，小凤凰就在谷堆的里面。

虽然有些匪夷所思，顾长明还是抓过谷堆边的铁铲，直接开挖。这种半潮湿的谷堆中，人被深埋底下的结果是很快会因为无法呼吸而窒息，小凤凰在里面躲了多久？既然还能咳嗽，说明还有气，她到底是怎么做到的？

顾长明下手又快又准，快碰触到目标的时候，他把铁铲扔在一边换成双膝跪地，用手把谷物使劲儿往外刨。香香想来帮忙，奈何它的爪子太小，不过是杯水车薪，但还是在那里坚持刨。

越是这样，顾长明越是确信小凤凰在底下，也只有小凤凰身上的白和罗能够让香香反应这样激烈。他的指尖在碰触到异常的柔软时，直接使劲儿握住了对方。

那是人的手臂，柔软而湿润，顾长明双手齐上，一鼓作气把这人的身体从谷物堆中拖了出来。与此同时，被他刨出来的空洞因支撑不住上面的重量，倾倒而下把两人重新一起埋了进去。

顾长明的声音低沉而有力："小凤凰，你还醒着吗？"

城西坟场，戴果子在大狗扑上来的瞬间，明明知道自己的武功远不如柳竹雪，却依然想都没想便把人往自己身后一塞，飞速把手缩回到衣袖中，用自己的手臂去挡大狗的尖牙利齿。

柳竹雪并不怕狗，平时见到小猫小狗，她甚至还会停下来逗弄会儿，再把身上带着的吃食拿出一点儿喂它们。然而眼前的绝对不是小猫小狗，而是能够一口把人的脑袋咬掉半个的怪物。所以在见到戴果子的手臂要被咬住时，柳竹雪发出一声惨叫，双腿双手发软。明明大脑在催促她抵抗，身体却像是完全脱离了她的控制，不听使唤。

而戴果子在伸出手臂的刹那已经想好了应对之策，他就是故意让这只怪物咬住自己的，而且是咬住他想给咬的位置。几乎是同时，戴果子把外衣从另一只手上脱下大半。这个季节穿的是一件薄棉外衫，布料非常结实。

他反手用外衫罩住大狗的脑袋，大狗的反应也很快，想要避闪开，牙齿却像是嵌进了什么东西里面拔不出来。戴果子已经把外衫在大狗的嘴筒子上绕了两圈，束缚住它最大的凶器。

这时柳竹雪也缓过气来，耳边听到戴果子在喊：“用你的剑刺它的两只前爪。”

融雪剑出鞘，两朵剑花挥舞起鲜艳的血滴，大狗的嘴筒子被戴果子死死地绑住，一人一狗正在较量彼此的力气。柳竹雪感觉只刺它的前爪似乎还不能够帮到果子，戴果子由于用力过猛，涨得脸红脖子粗，眼睛都死死地闭上了。

等柳竹雪把大狗的四条腿关节都重创后，接下来的一剑便想要刺向其咽喉。这样的凶物还留下来有什么用？万一等会儿它反扑过来，她就算后悔也来不及了。

戴果子侧眼看到柳竹雪的动作，吓得又是大叫：“别，别伤它的性命，留下它还有用！”

他们要是杀了它，它不过就是一条死狗，不会是任何案件的证据，必须要留下活口。柳竹雪稍一犹疑，还是听从了戴果子的话，她的剑招用得狠、准、快，基本把四条狗腿的关节都给破坏了，而不仅仅是伤到它的皮肉这么简单。

戴果子感觉到后背上的大狗在扭动了两下后，渐渐脱力，无法与他抗衡了。

“你别动，我看看它是什么情况！”柳竹雪谨慎地提示，不给戴果子回头的机会，“万一它使诈呢。”

戴果子感到柳竹雪恢复得很快，比他想得还要周到。不过他也不想让她处于险境，用了剩下的一点儿力气，脱下最后那只袖子挥到肩膀后面，然后听到了很响亮的“咔嚓”一声。

如果刚才他没有听柳竹雪的话，直接回头的话，这“咔嚓”一声就会落在他的脖子上。戴果子想到可能发生的险状，惊出一身冷汗，原来这只畜生没有疯，还真的会动脑、会使诈。

不过这一下重重的咬合，应该也用完了大狗全身的力气。等到柳竹雪凑过去的时候，便发现它的那双暗红色的眼睛疲累地闭上了，狗脑袋无力地耷拉了下来，一动不动。

柳竹雪用融雪剑的剑鞘戳了一下大狗的后脑勺，它根本没有反应。她再逐一去捅它的四条腿，也是同样的结果。最后她将手中的融雪剑顶住大狗后背的致命点：“果子，你可以松手了。它敢反抗挣扎的话，我的剑会比它的动作更快。”

戴果子是见过这条大狗扑过来的时候动作有多快，却依然坚定地信任柳竹雪，把双手的力气慢慢释放，整个人往前倾。等到力气释放到七八成，他一个箭步向前，身后是重物落地的沉闷声响。

他转过身去，看到柳竹雪神情凝重，衣裙上都沾染到了血迹，连眼角余光都没有施舍给他，拿着融雪剑继续对准大狗的要害。

“小雪，我没事了。”戴果子见她的神情有些不对劲儿，连忙凑上前去，紧张得没有注意到自己漏了口风。

柳竹雪动都不动，像是压根儿没有听见戴果子的话。戴果子的手搭上去，扶住了她半边肩膀，才发现柳竹雪整个人都是僵直的，明显是太专注、太紧张后的过激反应。

“小雪，我真的没事了，你做得很好。它既不能攻击我们，暂时也不会死，我们要把它带回去，找个合适的东西把它关起来，不能让它死。”对于戴果子的碰触，柳竹雪没有抵抗，他用双手揉动她的手腕，先接过融雪剑，归入剑鞘，再把她的手臂折过来，恢复成正常的角度垂于身侧，“小雪，我们安全了。”

柳竹雪的眼珠子转到与戴果子平视的角度，然后轻呼一声，全身发软几乎站不稳脚。她瘫下来的同时，戴果子的手臂正好赶到，紧紧搂住了她的纤腰。

第十六章 | 后果自负

小凤凰的确是被埋在了谷堆底下，她的身上有淡淡的血腥味。顾长明奋身扑下，本来是想给她罩上一层屏障，又怕压伤她的手臂，便用双手在她的身体两侧撑住不动。他的后背是数百石谷物的重量，但是他的气息却依然平稳如初。

“我还醒着。”小凤凰气若游丝地答道，人是醒着，但是她靠的是用指甲掐进自己的皮肉里，用疼痛强迫自己不会晕死过去。跌进来的时候，她唯一能做的是用两把匕首交叉支撑，留下能够呼吸的空隙，而不至于被谷物活埋。

香香见到饲主，急得在小凤凰脑袋上爬来爬去，“吱吱”叫个不停。

“香香，我没事。顾公子，请你再说几句话好吗？”小凤凰在听到顾长明声音的时候，心里头没有那么慌乱了。他的声音清越迷人，仿佛就贴在耳郭边。

顾长明很难得没有问原因：“你被困了多久？对方伤到你了吗？我不应该问这么多，先出去再说。”

“顾公子，我的腿好像被压断了。”小凤凰忍到这会儿也是不容易，后背的冷汗一层接着一层地流，快要耗尽她身体里最后的力气。

“你怎么不早说！”顾长明意外地生气了，她腿断了又在这里躺了这么久，见面的第一句话是“我还醒着”，第二句话是让他多说几句话。如果不是他追问，她还要隐瞒多久才会把坏消息说出来?

小凤凰听到他话语中的怒气，不知为什么嘴角反而微微上挑，正要开口说哪怕腿断了也不算大事，或许也没有那么糟糕。顾长明的手勉强转过去，盖住了她的小半张脸，等于挡住了她的嘴。

他听到外面有脚步声，有七八个人，匆匆忙忙从谷堆边走过。有人在询问刚才进来的那个客人哪里去了，还有问今早那个酒保哪里去了的。顾长明刚才大致在酒坊中走过半圈，并没有见到其他人，这个酒坊中果然大有文章。

如果只有他一个人的话，他肯定是直接杀出去。可是他身边的小凤凰气息那么弱，万一出了状况，她可能会遭受到更重的伤。于是顾长明选择躺在原地，一动不动，直到身边的声音消失了，他才缓缓放开捂着小凤凰嘴的手：“你还好吗?”他故意忽略了掌心碰到的柔软，还有微微的湿润。

小凤凰想说话都说不出来了，刚才顾长明的手盖上来的瞬间，她有种真的要窒息的错觉。虽然她的眼睛看不见，却依然能够想到那双手指节修长有力，五指微张的时候特别好看。她想自己一定伤得很重，否则怎么会产生这样的错觉。

“让香香出去，看看外面是不是有人埋伏。”顾长明侧过脸，这次是真的咬着她的耳朵在说话了。

小凤凰的耳朵烧了起来，顾长明的声线变成了棉线，弯弯绕绕进了她的耳洞，在里面画出曼妙的曲线，使得她接近他的那半边身体都酥软了。

她饲养香香的时候，用了特殊的手法，只需要用最简单的口令，香香便立刻能够领会她的用意。香香很快便用小前爪在谷堆中刨出一条小道，往外爬了出去。

谷物始终像是流水，空开的缺口又会被新的谷物填满。小凤凰艰难地看着香香消失，两个人都很有耐心，她以为顾长明会一直沉默下去，但她的手腕却又被他的指尖按住。

这个人到底要给她多少意外才肯罢休?顾长明知道小凤凰是个外刚内柔的性子，最早在曲阳县的时候，受了那么重的伤也不见她喊疼，还是柳竹雪每天来汇报，他才知道她的伤情，说不出多同情她。

他担心小凤凰一直说没事，而实际却受了致命的伤，那股血腥气连谷物的味道都掩不住。小凤凰身上肯定有个不小的伤口，而且在源源不断地往外流血，之所以周围没有湿漉漉的，大概是被谷物吸收掉了大半。

顾长明摸到小凤凰虚弱的脉象，很缓慢地输了些许真气给她。两人的武功底子相差太多，顾长明不敢给得太多，怕她的经脉在伤重的情况下承受不住。

小凤凰明白他的好意，又怎么能够拒绝？强忍着身上的痛楚，努力把这股细细的暖流吸收到自己的经脉中，与真气汇合成一线。

香香的动作很快，随着窸窸窣窣的声响，它又原路返回，而且精准无比地回到了小凤凰的左边耳朵旁，用两只小前爪不停地拨拉着她的耳垂。

“顾公子，它说人都出去了，我们也可以出去了。”小凤凰忽然有些舍不得出去，要不是还不想死，她愿意在这里多躺会儿的。她还心怀侥幸地想香香只是小宠，顾长明未必能够相信它，没准儿他会多考虑片刻，那么她就要好好珍惜仅剩的时间。

顾长明根本没有丝毫的犹疑，小凤凰的话音一落，他便把小凤凰扯到自己胸前，单手扣住她的后脑勺不放，另一只手重重击出一掌。顿时谷物四溅而散，顾长明抱着小凤凰跃身而出。

等到两人稳稳落地，顾长明的第一反应是先检查小凤凰双腿的腿骨。她刚才说得轻描淡写，要知道她的轻功极佳，如果真是腿骨骨折，纵然养好了，以后轻盈灵巧的程度肯定也是要大打折扣的。

顾长明反而比她更在意这个：“你的腿没有大碍，骨头还好，应该是被重物压的时间长了让你产生了错觉，回去找个大夫再来仔细看看，我们走……”

小凤凰拉住了顾长明的衣袖：“顾公子，我们不能走，小葫芦在这里，那些孩子也在这里。”

“你说什么？”顾长明厉声喝道，“你确定吗？！”

戴果子从来没有这么狼狈过，面前是一条全身染血的大狗，大狗的全身时不时还会抽搐一下，仿佛只要一个不留意它随时都会再清醒过来，扑上前咬断他的喉咙。而他的臂弯中是全身脱力、受到极大惊吓的柳竹雪，戴果子没敢出声喊她。刚才柳竹雪的情况有多糟糕，他全都看在眼里。柳竹雪晕过去了，暂时休息一下，对她的身体反而有好处。

戴果子慢慢地把柳竹雪的身体拨转过来，背在了身后，另一只手把融雪剑随意插在自己的腰带里。背上多了一个人，戴果子却没有多少感觉，柳竹雪很轻、很软，而且很香。她的脑袋垂落在他的左边肩膀上，急促的呼吸渐渐转慢，一下下都打在他脖颈侧的皮肤上。戴果子有些无法形容这种微妙的感觉，如果没有一条半死的狗破坏气氛的话，他的感觉应该还会更好些。

“小雪，我先带你回去。”戴果子先前是无意识喊了心里头的昵称，这会儿人都昏迷了，他可以大大方方地喊她，“我们只有两个人，我回头再来处理它。”

如果只能先带走一个的话，戴果子肯定会选柳竹雪。城西坟场，这条犯下大罪的西域犬怎么会在这里的？天知道等会儿会不会还有更出人意料的事情发生。

没等他走出十几步，柳竹雪醒了，她身体没有受伤，一下子晕厥过去只是因为心绪变动过大。半昏迷中，她听到果子在喊她。

小雪……小雪……他喊得很随意、很舒服，让她舒服得想要继续睡下去。只有母亲才会这样喊她，那还是在很多年以前。

身体颠簸了两下，柳竹雪的意识在逐渐清醒，她知道自己在移动，戴果子没有扔下她，可是他又把什么给扔下了？

柳竹雪发现自己好像有重要的线索想不起来了，睡意却慢慢把她给包裹住了。不行，她要是睡过去的话，就真的什么都想不起来了，醒过来，快点儿醒过来。

这个声音在她的脑海中越来越响，来回震荡。她猛地一下睁开了眼睛，看到面前的场景和自己想的相差无几。戴果子背着她往前走，柳竹雪转过头去，看到后面的坟地如小山一般地隆起，闻到周围空气中的腥臊气味。

她把昏迷之前发生的事情，全部都想起来了：“果子你停下来，你快点儿停下来。”

“你的身体不对劲儿，我要先送你回去。”戴果子没想到她醒得这么快，先是惊喜，随后是诧异，“那只会咬人的畜生已经被我们制伏了，你不用担心。”

“果子，要是我们走了，那谁来把它带走？”柳竹雪恨自己手上使不出力气，整个人绵软地趴在戴果子的背上，“我们要是这样做会前功尽弃的。”

“你比它更加重要。”戴果子的脚步没有丝毫的迟疑，“你师父难道没有教过你，无论如何都是活着的人更加重要吗？”

“果子，果子，不能走，我不许你再往前走！”柳竹雪见根本说不动他，心里头一着急，喉间轻动吐出一口血，全部喷在戴果子半边脸上。

两个人同时呆住了，不知道该怎么处理这样的状况。

戴果子想用手去把脸上的血渍抹掉，又怕擦得太快，柳竹雪会误会他嫌弃她。而且他担心好端端的一个人为什么会吐血，难道说那条该死的畜生伤到了她？

柳竹雪从来没有想过，有一天自己会把血喷在一个男人的脸上。这……这算不算已经做了男女之间的非分之事？

第十七章 | 反正我不走

“小葫芦做下了印记，最后的线索就在这里，绝对不会有错。”小凤凰大口大口地吸着气，骨头还是疼得厉害。周围一片狼藉，她看了一眼，谷堆像是被人从中间塞了个大炮仗，彻底炸开了。那些人不会离开太久，很快就会发现他们已经暴露了，到时候小葫芦怎么办？失踪的孩子怎么办？她道：“没有救出孩子，我们不能走。”

“你撑不了多久的。”顾长明探过她的脉象，知道她随时会脱力，“这样吧，你先离开这里，我留下来继续找线索。”

小凤凰咬了咬嘴唇，反正他都说她的腿没事了，她勉强稳住身形直接拒绝：“不，我不走，一起来就要一起走。”

顾长明斜眼看着她：“谁和你一起来的？”

小凤凰缩了缩脖子，不敢吱声了。她垂眼看看脚边的香香，有些时候人还不如小宠，你看看他就没有要赶你走。香香似乎察觉到主人的目光，仰起圆脑袋含情脉脉地看着主人。

“反正我不走。”小凤凰左脚踩右脚，又右脚踩左脚，顾长明说得没错，她的骨头没有受伤。血脉逐渐通畅以后，感觉好了很多，“说什么都不走。”

“你的伤口在哪里？先指给我看。”顾长明倒是没有再为难她。

小凤凰却一脸尴尬，她低垂脑袋，把顾长明的视线牵扯过去：“在肚子上。”

“肚子哪里？”顾长明没和她客气，一只手按住她的肩膀，“指给我看。”

小凤凰感到肩膀一沉，这人霸道起来真是可怕，她原本想要胡乱地指一下，又觉得应该蒙不过去，到时候只会更得罪他。在这个人面前，最好不要说谎话，否则后果自负。

“这里。”小凤凰飞快地在肚脐底下一寸的位置指了指，“刚才我已经……”

顾长明的手按住了她说的位置，小凤凰整个人都不会动了，脑子不转了，眼睛不眨了。她的心里头有个声音在叫：天哪，天哪，天哪，顾长明在摸什么地方？！为什么这种位置，他摸起来也是像君子那样一本正经？！

“行了，我给你点穴止血，不让伤口恶化。你不想走的话，我们继续找线索，务必把人救出来。”顾长明神色坦然地收回手，指尖沾染到一点儿小凤凰的血。这丫头果然是骗人的，伤口还在流血。

小凤凰眼巴巴地看着顾长明把指尖的血在衣角擦拭去，那一抹暗红，让她心跳加速，时不时想往那个位置瞥一眼。一眼好像还不够，她再要看的时候，后脑勺被顾长明按住了。

“别看那些没用的，先把你找到的线索告诉我。”顾长明当然知道她在看什么，本来再自然不过的事情，被她这样一眼两眼的要看出毛病来了。

小凤凰连忙说起正事。她在小葫芦乞讨的范围内潜伏不动，以防万一。小葫芦装得很好，一点儿也看不出破绽，因为又是瘸子又是哑巴的，他今天讨得的银钱也比别人都多。

正当小凤凰以为没什么异常会发生的时候，有人用大碗装了饭菜来分发给那些小乞丐。小葫芦的手里也被塞了一碗，他有样学样，用手抓着吃了两口，看起来味道还不错。

“我见到他突然从地上站起来，虽然没有忘记走路要一瘸一拐的，但是他走得很快很快，而且还回头朝着我藏身的位置看了一眼。”小凤凰没有告诉他会藏在哪里，不过都是齐坤门出来的，这些默契还是有的，“然后他走出了我的视线范围，如果我不动的话，就会和他失去联系。”所以小凤凰当机立断跟了上去。

小葫芦刚走到街口拐角的位置，立刻有两个男人出现在他的左右。那两个男人是那种衣着穿戴非常平常，混在人群里根本不会被察觉的。小凤凰努力想要记住些他们，却找不到任何可以让人记住的明显特征。

小葫芦一路都寻找机会留下印记，生怕小凤凰跟丢自己。其中一人拿出炊饼塞在小葫芦手里，小凤凰心口一抖，差点儿放声喊小葫芦千万不要吃。来路不明的人，不知道夹杂着什么的炊饼，天晓得那些失踪的孩子吃了什么，才会无声无息地不见了。

那人似乎笑着和小葫芦说话，还拍了拍他的头顶。小葫芦迟疑了片刻，把炊饼撕开大口塞进嘴里。没道理一个小乞丐看到好吃的不张嘴的，既然装就要装到最像。

“炊饼被下了药。”顾长明听小凤凰说到这里，对小葫芦的印象大有改观，“他知道的，但还是吃了。”

“吃完以后，小葫芦走路的样子更古怪。我数着步子，走了十五步的时候，他一头栽倒，人事不知。旁边的男人弯身把他背起来，另外又在他身上没头没脑地盖了一条毯子，不让别人发现他的踪迹。”小凤凰一路跟着，到了酒坊门口，眼睁睁看着两人把小葫芦带了进去。又等了一炷香的时间，没有人出来，小凤凰咬了咬牙，决定进去探探底。

“很奇怪，他们进去的时候，我还看到有人出来迎接，该有四五个人。但我一路进来却不见半个人影。”小凤凰的眼底浮现出一丝茫然，“这个酒坊很古怪。”

“那是谁伤了你？”听到由远而近的脚步声后，顾长明单手把小凤凰往墙角一按，随即在不动声色中背脊紧贴住墙。

城西坟场中，冷风飕飕。柳竹雪不动，戴果子也不动，两人面面相觑，一脸尴尬。

“先……先把血擦了。”柳竹雪想要找随身带的帕子，戴果子倒是干脆，一抬手全擦在自己的衣袖上，她只好说，“那你回去以后，把衣服交给我洗。”

戴果子简直不敢抬头看她，低低应了一声，反正她怎么说怎么好。

“果子，我勉强能走，你不用背着我回去。”柳竹雪想让果子接个话，平时最伶牙俐齿的人，今天是舌头受伤，还是嗓子眼儿堵上了？！

“你刚才手脚都发抖，不能掉以轻心。”戴果子结结巴巴的，总算是开了口，“能自己下地走路当然是最好的，你别太勉强自己。”

柳竹雪绕着他转了个圈：“你看我的样子像是很勉强吗？既然我能走了，就想办法把那条大狗拖回去吧，谁也不用为难了。”

戴果子抬起头，见柳竹雪嘴角还留着一点儿血渍，衬得她一张芙蓉脸雪白雪白的，他不禁眼神有些恍惚起来：“你方才吐了血，需要调息，我们再等会儿。”

“不等了。”柳竹雪看着他腰带中束着自己的融雪剑，双颊有些发热，“我听你的话，不会太勉强自己的。找个东西把那条狗绑住了拖着走，我跟在你旁边就行。”

这个建议戴果子勉强能够接受，只是放眼望去，坟场中除了冰冷冷的墓碑就是横生的杂草，哪里能找到结实的绳索？他的目光从绑住大狗嘴筒子的外衣，再溜到柳竹雪身上。她穿得不多，而且姑娘家的衣服料子柔软贴身，不见得会有多结实，实在是中看不中用，还是打他自己的主意比较靠谱。

“柳姑娘，我有个办法，你别太介意。”戴果子边说边把外裤脱了下来，幸好里面还有一条单薄的衬裤，但是被风一吹凉得透心。

柳竹雪微微侧过头去，咬着嘴唇道：“不介意，你快些便是。”

戴果子被她说得有些不好意思，幸好他的皮肤不白，有些许异样也不那么容易被看出来：“我会抓紧弄好的，不过我还需要你来帮帮忙。”

他的裤子还是在曲阳县的时候，孙友祥特意给他定做的，说是他成天在外面跑，风吹雨淋的一定要选最牢固的料子。这会儿戴果子想用力把裤子撕开再搓成绳子，撕了几下裤子都纹丝不动，真不知道该庆幸还是该说倒霉了。

“用我的剑。”柳竹雪蹲在他的身边，当真是一点儿也不介意的样子，“要怎么弄，你指给我看，我来裁。”

戴果子大致比画了几下，柳竹雪手起剑落，一点儿也不差地全弄妥当了。果子把裁开的布条码放整齐，示范给她看：“这布料虽然结实，但是万一途中那条大狗回光返照什么的，还是有危险。要像这样编织起来，会比原来的结实程度提高数倍。”

“这些都是孙大人教你的？”柳竹雪见他双手翻飞很是灵活，不多会儿裤子变成长绳，又被递了过来。

“我先试试有多牢固。”她手里运起内力，左右一扯，绳索纹丝不动。

“你再加些力气，不用担心会破坏绳索。”戴果子让她再试了两次，感觉应该差不多了，便把绳索拿过去捆扎住大狗的两条后腿，又撕下半幅外衣垫在底下，“这样等会儿拖动的时候，摩擦力会少些，它感觉不到痛就不会惊醒。”

“你放心，我在旁边随时看着它。万一它挣扎起来，我就要了它的性命。”柳竹雪面对的是灭柳家一门的罪魁祸首，她以为自己会发疯一样抽剑砍上去，以解心头之恨。等真到了这一步，不知是不是因为戴果子的态度太镇定，在过度的惊吓刺激后，柳竹雪反而平静下来了。果子说得很对，哪怕是这条狗咬了九皇子才会发生后面如此恐怖的惨案，但狗也是无辜的，它不过是坏人手中的道具傀儡，必须抓到幕后真凶才对得起无辜惨死的那些人。

第十八章 | 攻敌攻心

小凤凰的警觉性很高，早就被这些年的摸爬滚打磨炼出来了，一点儿风吹草动都躲不过她敏锐的洞察力。顾长明的动作一起，她立刻配合，闭嘴，站稳，两人几乎并肩而立。因为站得直、贴得紧，呼吸放到最轻，他们几乎与墙面融为一体。

果然有人回来了，近在咫尺。小凤凰一颗心都快提到嗓子眼儿了，想到顾长明就在她身边，又仿佛什么都不怕了。顾长明这个人虽然外表是玉树临风的贵公子，实则性格坚定如磐石，是最值得信赖的依靠。

顾长明冷漠地看着回来的人面对眼前谷物四散后目瞪口呆的样子。如果回来的只有一个人，应该是最好的机会。酒坊这么大，暗里不知道设置了多少机关埋伏，如果有人指引的话，应该会容易得多。

小凤凰感觉手指被顾长明碰了一下，她偷偷用眼角余光去看，顾长明眉眼一动示意他先动，她断后。小凤凰回碰一下表示收到信息。两人根本不用开口，却有种超乎寻常的默契。

顾长明好似从墙壁上轻轻滑落的壁虎，那人刚想要跑去喊其他人，眼前一花，又多出一个陌生人。

尖叫声来不及从喉底发出，顾长明五指紧扣，握住了对方的咽喉。那人没想到顾长明会是如此狠的角色，拚命想要用手把脖子上的桎梏拉开，顾长明的手指却越收越紧，几乎嵌进对方的血肉之中。他的嗓音优雅而淡然："我想问你几句话，如果你愿意配合的话，我可以放你一条生路。如果你想求死的话，我也不是很介意。我数到三，你用眨眼或者闭眼来告诉我答案。"

不给对方迟疑的机会，顾长明紧接着就开始数数："一，二，三！"

顾长明的手指在数数的同时收得更紧，对方的肺中只剩下最后一丝空气，开始神志不清，哪还有空隙去细想，连忙用尽全身力气拚命想要眨眼睛。

小凤凰贴墙看得清清楚楚，她只知道顾长明先前在曲阳县的时候对自己的态度冷酷到不近人情，这次回到开封府也是她好说歹说才勉强留了下来。今天见他如此手段，才明白原来他对她一直都是最轻缓的态度，心口顿时又活泛起来。

“很好，你做出了最正确的选择。”顾长明将手指逐一放开，等他把右手收回再背到身后时，对方用双手抚着胸口，大口大口地喘着气，像是要确定自己还活着。

顾长明没有急着催促，这人没有援兵，否则的话，刚才那一瞬间，他的眼底不会流露出诸多绝望。一个人如果有值得信赖的同伴，便是在生死瞬间还是会抱有一丝翻盘的期冀。

“你想知道什么？”这人脖子外侧受到重创，说话非常勉强，用的基本是气声，不仔细听的话，更像是蛇芯子嘶吐的声响。

“孩子在哪里？”顾长明既然要问就挑最简明扼要的，也是他最想知道的问题。

对方整个身体一僵，顾长明的话抢在他之前：“我知道的肯定比你想象的要多，不要试图敷衍或者蒙混过关，我的耐心非常有限。”

他的右手随意抬起，已经吸引住对方绝大部分的注意力。因为刚才就是这只看起来优雅的手，差点儿要了他的命。

“在酒窖底下。”对方丝毫不怀疑在顾长明面前撒谎的下场会很惨，说实话才是保命的最好方法，“我没有权力进去，你就算杀了我，我也做不到。”

丑话先说在前面，对方有些小聪明，知道顾长明只身闯进来的目的就是找寻那些孩子。他可以把所知的都说出来，但是做不到的就是做不到。

“那么谁可以进去？”顾长明始终在衡量推算，这人说出来的话有几分可信。到目前为止，这人还没有撒谎。

“我不知道。”他的语气虽然和前面几句几乎是一样的，眼角却不受控制地抽搐了两下。

“你撒谎。”顾长明直接点出他的破绽，“而且还是最拙劣的谎言，看来你是没有诚意合作了。那我也省事了，相信下一个人会带给我更多更可靠的线索。”

对方以为自己至少还能蒙过去一两句，没想到什么机会都没有。那只手再次握了过来，他连转身逃跑的勇气都没有，膝盖还是软的，便是放开让他跑，估计跑不出多远他就会被重新抓回来。更深层的恐惧直接把他给包裹住了，他剩下唯一的应对之策就是双手环抱住自己的肩膀，蹲在地上簌簌发抖：“我说，我会说的，求求你不要杀我，不要杀我。”

小凤凰看得眼睛一眨不眨，攻敌攻心，今天她总算是开了眼界，见到了顾长明流露出来的另一面——阴暗而压制力极强的那一面。

柳竹雪从来没有想过，自己有一天会看戴果子拉着一条血肉模糊的大狗往前走。她几次想要上前帮忙，都被戴果子厉声拒绝了，说是不想见到她再次晕倒在路边。虽然果子看起来很凶，但柳竹雪心里却微微发甜。

“这条该死的畜生，不知道害了多少人的性命，还要小爷伺候它。等案子破了，小爷一定要报仇。”戴果子越走越累，两条腿都快要迈不开了。

“果子，我们把它拉到哪里去？”柳竹雪始终心惊胆战的，生怕一个不留神，大狗就会醒过来，张开血盆大口，她的一双眼始终没有离开过大狗，“拉到顾家去的话，路程太远了，而且还要经过人多的街市。”

戴果子停了下来，完全没有听柳竹雪说话，只顾看着前方的某一点。他口中喃喃道：“你看那边，是不是还有好几条狗？”

柳竹雪顺着他说的方向看去，真有黑乎乎的影子，离得有些距离，所以看不真切。如果还有相同体形、力气的大狗在那里等着的话，以他们两个剩下的力气不知道够不够保命的。连素来性格温婉的柳竹雪都忍不住想要破口骂人了，到底是谁在城西坟场养了这么多吃人的怪物？！

“别动，再看看情况。”戴果子放下拉扯在肩膀上的绳索，示意柳竹雪站在他身后，无论武功高低，男人生来就应该保护女人。

要是换作以往性子的柳竹雪，肯定是绝对听从的。但经历过前一阵子的剧变后，她的想法有所改变，直接拔出融雪剑挡在了戴果子身前：“我的武功比你强，应该我在前面。”

她早已经不是柳家后院闺房中的千金大小姐了，这是她自己选的路，当然要坚定地走下去。

戴果子低头苦笑，他还真的是为了一条狗把吃奶的力气都用完了。他这会儿双手发软，别说是打架了，连举起来都费劲：“再等等，再等等，我看着又不像是狗了。”

狗不会这么小心翼翼，更不会到这会儿还安静得不发出一点儿声音。虽然戴果子的武功不太好，但是待人处事的能力早在曲阳县就磨炼好了，他没有阻止柳竹雪，只给了她一个暂时安静的手势。

等黑影近了又近了，戴果子肩膀一软，还真是看走眼了，哪是大狗，分明是几个穿黑衣的男人。这穿戴看起来像是在哪里见过，很是眼熟。

“司徒岸。”柳竹雪无声地对着果子做了个口型。

戴果子在脑子里一比对，还真是和司徒岸穿的一样。说起来司徒岸的身份有些特殊，穿戴也和宫中普通侍卫不同，明眼人一看就知道区别之所在。问题在于，这些人是敌是友？是助纣为虐，还是想要销毁证据？

领队的那个走得很快，生怕他们误会，直接开口道：“我们是奉了太后的懿旨，协助顾公子破案的。”说完他还把双手摊开来，表示没有任何武器在手。

戴果子一听就乐了：“太后派你们跟踪我们？既然我们身边有太后的人，那顾长明那边也有了？”有句话太大不敬，他不好意思说：你们一个个儿都这么能干，还要顾长明掺和什么？是让他当替罪羊，还是挡箭牌？

“顾公子那边又有所不同，应该是司徒大人亲自跟进的，我们不太清楚。”领队很年轻、很英俊，边说话边用眼角余光偷偷瞄着柳竹雪。

戴果子没好气，真是太不把他放眼里了，当着面都敢偷看他的小雪。既然你们想要跟踪，那么不安排点儿重要的任务，就太对不起你们领着太后的俸禄了。他重重一击掌，随即指着身前半死的大狗：“既然都是太后的人，那么就好说话了。我相信太后很乐意看到它，这个功劳就让给你们吧。”

领队的眼睛里都是精光，揣摩太后的心意是他们这些人的首要任务，知道戴果子所言非虚：“你当真愿意把功劳让给我们？你放心，我们不是不识好歹的人，到时候也会分你一杯羹。”

“那就有劳几位兄弟费心了。”戴果子三言两句的，就已经和太后的侍卫称兄道弟了。他的这种本事让柳竹雪在旁边看得忍不住偷笑，她倒没想在太后面前争什么功劳，对她而言不被太后惦记才是最大的好处。顾长明不知花费了多少力气才和太后谈妥放她自由的条件。柳竹雪不愿意辜负顾长明的一番苦心，所以戴果子说，她听着，绝对不插嘴。

第十九章 | 旁敲侧击

顾长明没有显露出丝毫杀气，对方却已经彻底溃败，神志都有些模糊："我没有资格去，但是我知道谁可以去。"

"谁？"一个字，言简意赅。站在旁侧的小凤凰发现顾长明的瞳仁颜色更深了，她多看一眼都觉得心惊，连忙把目光转移开了。

"你看我穿的是蓝色的衣服，必须要找到穿黑色衣服的才可以，他们有权限可以下到酒窖底下。"这人仿佛是用尽了全身的力气，说完这句以后双眼翻白，晕了过去。

黑色衣服的？顾长明想到刚才酒保穿的衣服应该算是土黄色。那么说来，这里是按照衣服的颜色划分等级的，颜色越深的权限越高。

小凤凰强行按捺住心绪的波动："这个人要怎么处理？"

"拖到角落去，尽量晚些被人发现。"顾长明对待上一个用的也是这样的手法。

"他很容易醒过来的，到时候只要他高声一喊，吃亏的肯定是我们。"小凤凰以为顾长明会快刀斩乱麻，反正这里的人肯定都不是好人，不用留情。

"我刚才答应过他，如果他照实说了，我会饶他性命。"顾长明闭了一下眼，再睁开时，瞳仁的颜色恢复了常态，"听起来有些蠢，可这是我做人的底线。"

小凤凰略微无奈地答应了，如果见一个杀一个，不分青红皂白，那也就不是长明公子了："你帮忙望风，我把人处理妥当。"小凤凰虽然接受了顾长明的建议，但没打算让这个人好受。反正能拖多久是多久，处理隐患必须有针对性。

她熟练地捏住此人的下巴，把谷物塞了两大把进去，他的整个腮帮子都鼓了起来。然后她抽出随身带着的布条，把此人的嘴巴、手脚全给捆起来，再把他塞在隐秘的墙角，还推了酒缸过来遮挡。

等她做完这些，一转身便见顾长明在看着这边。小凤凰嘴角一挑，用食指和中指指了指自己的眼睛，又指了顾长明的眼睛，有些话直接问出来似乎不太好，一个手势足矣。

"我会一点儿读心术。"顾长明居然没有对她隐瞒，"父亲教了我一些，后来我对读心术很感兴趣，自己又找到不少相关的书籍来看，慢慢摸索出了点儿门道。”

“是不是你抓住重点，对方就会不由自主地把心底里想要隐瞒的统统说出来？”小凤凰心想：你要是有这个本事，怎么不对我也用一下？没准儿我还真会把齐坤门的秘密全部抖搂出来。

“对付心志坚定的人，读心术的效果会差些。如果我强行切入的话，对方的记忆会出现混淆，迷失在真实与幻境中。到时候对方的身体损伤会很大，所以我轻易不会使用。”顾长明直接看透了小凤凰的心思，“也不想对你用。”

这话听着冷冰冰、硬邦邦的，小凤凰却开心地笑了起来：“我知道你对我挺好的。”

“你要是愿意这样想的话，我也不点破你。”顾长明没有继续和她谈论下去，“找，先找到穿黑衣的人，用最快的速度把人放倒，再好好审问。”

“这里根本没有人。”刚才动静不小，小凤凰想着好歹能吸引些人过来一探究竟，“也不知道是真的没人，还是那些人心肠太硬，根本没把同伙的死活放在心上。”

“后者的可能性更大些。”顾长明想到那人说的酒窖，这里是酒坊，有酒窖一点儿不稀奇，问题是入口在哪里。他已经运用了一些手段，那人但凡知道的肯定都会尽数吐露。然而那人能够说出来的实在有限，顾长明见好就收，明白没有多费力气的必要。

“要是关着孩子的话，必然要用一扇门的。”小凤凰反手过去把袋子里的香香抓了出来，“我们的鼻子、眼睛再好也不及它的。”

顾长明对香香的本领很是认可，他和香香语言不通，都能够一起找到小凤凰。在浓郁酒香的干扰中，分辨出一丝若有似无的白和罗，香香也算是立下了功劳。

“你在小葫芦身上撒了什么香？”顾长明认真地问道。

“还是白和罗，我身上带着的有限，只能稍微加加减减，让小葫芦身上的香味变得和我身上的不太一样。”小凤凰见顾长明没有反对，弯身把香香往地上一放，“你四处找找，除了我身上，哪里还有白和罗的气味？”

香香像是听懂了她的吩咐，先是绕着小凤凰的双脚边转了一圈，再次确认了白和罗的香气。没等小凤凰再次发号施令，香香的两只小前爪已经牢牢扯住了顾长明的裤管，小眼睛都在放光：主人，主人，你看我厉害不，马上就能找到另一个身上有白和罗香气的人。

小凤凰差点儿没气得上前抓起香香的尾巴，把它倒吊着提起来，好好教训一番。她朝着香香瞪了一眼："快去找，找不到别回来！"

西郊坟场。

戴果子压根儿没有要去太后面前立功的心思，这条重得要命的畜生终于有了合适的去处。他一个人拖着格外吃力，换成四个孔武有力的大内侍卫，效果就不一样了。

"果子，这明明是我们抓住的。"柳竹雪虽然不想抢功劳，但她也不想戴果子辛苦得来的成果轻易地让给别人，"为什么他们都没开口，你就白送过去了？你别听他这会儿说得好听，等到了太后面前他能把你这个人彻底忘记，再没有你什么事了。"

"你分析得很好、很准确。"戴果子没有反驳柳竹雪的话，反而问那个领队的，"你觉得她说得对不对？"

领队的一下子尴尬起来，他要是说对，摆明自己是要过河拆桥了；但他要是说不对，难道还真把他们也带到太后面前？到时候太后问这条大狗到底是谁抓的，当着正主的面，有些话就算他脸皮再厚还是说不出来的。

戴果子一看这架势还有什么不明白的，虽然同样是太后身边的侍卫，但显然那个司徒岸才是太后的亲信，而眼前的这几位根本不知道他们的真实身份，这样很好，柳竹雪安全了。

"这位姑娘有些误会了。"领队的总算是想好了说辞，"我们会把这位兄弟的功劳记上，不会独吞的。"

这听起来太像敷衍的谎话了，戴果子没有直接点破，反而笑嘻嘻地说道："那就算你们欠我一个人情了。"

那人偷偷捏把汗，生怕他们不相信。但是见他们这么容易相信，又觉得好像哪里不对劲儿。

"你们要把这条该死的狗弄到宫里去？"戴果子旁敲侧击地问道，他套话的路子很深，有时候不比顾长明差，"我听说太后以前挺喜欢养狗的。"

"以前是喜欢，那是因为九……"刚要说出"九皇子"三个字的领队，突然脸色铁青，目露惊恐之色。

戴果子听到了一种奇怪的声音，他仔细一听，发现声音正是那条看着半死不活的大狗发出的。就在戴果子微微眯眼朝着它看过去的时候，它那双始终紧闭的眼睛，猛地睁开来，里面血光隐隐浮动。

四个负责搬运大狗的侍卫同时手中一紧，差点儿被拉扯过去，连忙稳住脚，原地站定。

那条奄奄一息的大狗，喉底发出的声响更加明显了，脑袋左右一晃，缓慢地重新站了起来，它的嘴都快要闭不上了，口水不停地从龇开的牙齿中流出来。

“我就说有人接手绝对是好事吧。”戴果子的手脚没有了绳索的束缚，变得敏捷了许多，他拉住柳竹雪就往后退了几大步。他的嘴角扯出一抹冷笑，想要去太后面前邀功是这么容易的事情吗？他可以不计较功劳，但也要问问这条恶犬答不答应。

“当心，都散开。”领队的话音未落，就见大狗朝着离它最近的那个侍卫扑了过去。它嘴巴张开时比人脑袋还要大，空气中散发出一股腥臭的气味，像是什么东西严重腐烂了。

那个侍卫武功不错，却被大狗迎面扑过来的气势给镇住了。他明明想要后退甚至逃跑，但付诸行动的时候，双腿却软到无法动弹。眼见着大狗就要咬住他的脖颈，所有的牙齿都露出凶光。

一刹那，柳竹雪动手了。她的剑招仿佛是九天而下的一道瀑布，银光四溅，夹杂着朵朵常开不败的剑花，直指大狗的嘴角而去。

大狗完全没有恐惧，好像只剩下野兽想要进食的天性、本能。虽然柳竹雪的长剑分担了它那惊人的咬合力，但还是有几颗长牙扎进了侍卫的皮肉中。

听到一声惨叫后，领队的才反应过来，朝着剩下的人怒喝道：“还愣着做什么！先救人，再把这恶犬放倒。实在不行把它的四条腿都敲断，看它还怎么咬人！”

训练有素的侍卫摆出二三二三的阵法，朝着大狗逐渐收拢，将其困在最中间。被咬伤的那个人终于被成功解救下来。他惊魂未定，明明已经离开最危险的地方，还是忍不住一声一声地尖叫。

“把他的嘴巴捂上，捂得严实些，回头我再和他算账。”领队的生怕尖叫声激发出恶犬的凶性，到时候恐怕更加难以应付。

“他们人手够了，我们不用蹚这浑水。”戴果子牵着柳竹雪的手，已经快要变成常态，“我们先走。”

“不行，他们可能应付不过来，我要留下来帮忙。”柳竹雪一把甩开他的手，气鼓鼓地离开了。

第二十章｜身处险境

顾长明深知要在这个酒坊里藏十几个孩子不算一件容易的事情。十几个大活人，多少会发出声响，然而连酒坊自己的人都不知道藏匿的地点，其中必然有猫腻。

所谓的酒窖……酒窖！顾长明双眼晶亮，既然称之为窖，肯定是在地底下，而且埋得很深。他回过身来问小凤凰："香香应该会掏洞吧？"

"它虽然长得比普通耗子好看些，本能还是一样的，你肯定没有仔细看它的爪子。有那样的爪子，肯定是非常会挖洞的。"小凤凰一提起香香，脸上的骄傲都快要掩饰不住了。

"既然是本能，那么你让它往最深的地方挖。"说完这句，顾长明便没有了其他的交代。尽管小凤凰不太明白目的所在，但对其是极为信任的。很快她便把香香召唤回身边，拎起它的小尾巴，把顾长明的要求凑在香香耳朵边重复说了好几次。

香香在落地时，不像先前那样四下乱窜了，而是撒开四条小短腿，很有目的性地往外跑。

小凤凰差点儿想把香香重新抓回来，让你挖洞，你想跑到哪里去！她的手才伸出去，就被顾长明直接拦截住了："它做得很好，赶紧跟上它。"

顾长明和小凤凰跟着香香往外跑，就在快要出酒坊的时候，迎面进来两个人，四人对视一眼，对方的脸上刚显出惊讶，反应极快的顾长明便已经动手了。

小凤凰很有默契地在旁边帮忙，瞬间把对方全放倒了，而且他们轻手轻脚的，连酒坊外走过的路人都没有惊动一个。

"还不是穿黑衣的。"小凤凰记着前面那个人的话，一定要穿黑衣的才知道酒窖的所在。

顾长明捏住其中一人的下颌："酒坊里其他人都去了哪里？"

那人见顾长明的手指修长白皙，明显是个世家子弟，手底下使的却是狠劲儿。从顾长明指尖传过来的力道，让那人的眼泪一下子冲了出来。

“你最好说实话，我不会为难你。”顾长明的话坚定而沉着，听起来可信度极高。

小凤凰在旁边听得心醉神迷的，顾长明声如其人，听其声知其人，只要不是他的敌人，听他的声音分明是件十分享受的美事。

但对方绝对不会这样想，下颌传来剧痛，仿佛下颌骨连带着牙齿都要被捏碎了：“都派遣出去打探消息了。”

顾长明发现每抓住一个人便能得到多一点儿消息，这个酒坊里的人似乎各司其职，对旁人在做什么都没有多少了解。这样的好处是效率高，正因为不清楚，生怕被同伙超越，所以他们都会拼命完成手里的任务；缺点是他们没有向心力，更不会多为其他人考虑，否则的话，他不会这样一次次轻易得手。

“你们在打探什么消息？”顾长明的能力是可以把搜寻到的蛛丝马迹在心里绘制出一幅完整的地图，哪怕是缺少几片也没有大碍。

那人痛得眼泪鼻涕都已经流下来了，恨不得顾长明快些把想问的都问完，然后放开手：“打探哪里有合适的……”

“你疯了吗？把这些都告诉外人，知不知道以后会怎么死？！你要死也别拖累我啊！”另一个人的嘴巴没堵上，这会儿聒噪起来了。顾长明毫不客气，一个手肘敲击过去，直接把那人的下巴打脱臼了。看起来他还想努力动嘴巴，却完全失去了控制，口水从嘴角不停往下流，说出来的字含糊不清，根本无法拼凑在一起。

“你继续说。”顾长明下了重手以后，眼角的余光都没有多看对方一眼，反而对手下这个审问的人还略微客气些，“如果你想按他说的去做，那么不用担心以后会怎么死，因为你没有以后了。”

那人早被顾长明的气势压制住，对他说出来的每句话都深信不疑。而且顾长明显示出来的实力摆在那里，要取两人性命易如反掌。

“我都说，我都说。但你也要信守承诺，不能杀了我们。”那人忍着痛想要顾长明给一个保证。

顾长明听到他说“我们”两个字的时候，眉尖轻轻一动。刚才那个人显然没有把这人放在眼里，要不是有他们在旁边，刚才估计上去就是拳打脚踢了。然而这人非但不记仇，还在自己最危急的时候，顺道替同伴求了情。

这人还等着顾长明继续施压，下颌一松，顾长明却把手指抽离开了。他以为顾长明还会使出更加骇人的手段，苦着脸道："我不会撒谎的，你要相信我。"

"我信你，至于那个人……"顾长明索性把另外一个敲晕了，"我不信。"

"上头派我们去找身有残疾的，最好是不同残疾的孩子。那些手坏、脚坏的已经不稀奇了，越是少见的越好，年纪越小越好。"那人叹了口气道，"我已经三天没有找到合适的孩子了，今天上头就要重重责罚于我，所以你们的出现，我一点儿也不感到奇怪，奇怪的是你刚才说相信我。"

"一个人明明知道自己身处险境之中，还能替百般看不起自己的人求情。仅凭这一点，我也会选择信任你的。"顾长明示意他继续往下说。

"听说昨天有人带了个双重残疾的孩子回来，那孩子腿脚不好还是哑巴。他是完成了任务，我可怎么办才好！"要知道狠下心来还是能找到合适的目标的，但是正如顾长明分析的，这人是个心软的，见孩子可怜，便不忍心下手。哪怕是有些先天不足之症的孩子，家里多半还是把他们当健全孩子在养活的。被他们选中带回来的，虽然从没有人提起过，然而也没有人见到过有孩子从里面走出来。

"刚把这个双重残疾的交出去，没多久又有好消息传了出来，说这孩子何止是双重残疾，其身体结构诡异，本身已经是稀罕物。所以上头对我们的要求更加严苛，你看我在外面游荡一天，没有吃过一口饭，还是没有抓到人。"那人语速极快，把该说的、不该说的全部倒豆子一样，倒给了顾长明。

"酒窖在哪里？"顾长明试探，也是想确定一下前面那人说的可信度有多少。

"这个我还真答不上来。你也别看他，他不比我好到哪里去。"那人见自己的同伴醒来后恶狠狠地瞪着自己，又叹了口气，"你别怪我说得多，我们两个的任务很久没完成了，今天恐怕就是我们最后的期限了。"

他的话语中既有遗憾又有痛楚，从嘴角蔓延到眼底，那一片小小的笑容都被掩藏住了。

"你肯定想说，万一今天可以抓到上头想要的那种货色呢。可是别提我了，你几次看到人家爹娘来找孩子，明明可以带着孩子逃走的，却把孩子原地放下，而且还是放在角落那种地方。远远看着，远远等着，见孩子的爹娘牵着孩子的手走了，你才露出一丝安慰的笑容。"那人不住地苦笑道，"那天我问你，你真觉得我们在做正确的事情吗？"

顾长明没想到会抓住两个这么会说话的，这一番话别说是长久相处的同伴，便是他这样一个外人，听着也觉得句句合情合理，打动人心。

下巴脱臼的人越听越激动，奈何想说的话无力述说，顾长明在旁边看不下去了，伸手“咔嚓”一声把他的下巴又给推了回去：“只要别乱喊救命把同党招来，你们可以再商量商量，把你们知道的都说完，我自然会放你们走。”

“我知道的最有用的线索已经都说完了，刚才看你们正要往外走，你们不是想在我们酒坊里找吗？要知道往这边一出去就不再是酒坊的地盘了，你们这会儿回头还来得及。”他说完这些看看身边人，“既然任务没有做完，回来自行领罚实在是太没有意思了，要不我们再出去找找机遇？”

对方轻轻“嗯”了一声，两人再看顾长明时，眼神有些不一样了：“你真饶过我们性命？”

“我要你们的性命没有用，杀了就是凶案，揣在怀里像块冰，焐都焐不热的。”顾长明还特意让开半个身子，方便他们通行而过，“你们的良知尚在，如果换成是我，会尽早离开这种地方。否则哪怕没有直接经手，你们依然是帮凶，所有发生过的事情都与你们息息相关。”

两人被顾长明说得脸色一阵红一阵白的，想要保证以后不会做伤天害理的事，又觉得想要脱离难于登天，这种保证只要他们人还留在老东家，就是毫无意义的废话。

那两个人已经快步走远，其中一个想了想还是停下脚步来看着顾长明和小凤凰：“我知道你们在找什么，也知道你们要找的都在地底下，我没有本事，至于怎么混进去，全靠你们自己了。”

小凤凰全程没有插过嘴，他们说得太咬文嚼字了，她听着累，脑仁都跟着一阵阵发紧，疼得眼睛都快睁不开了。等到她的耳朵边听到吱吱声，再次睁开眼睛的时候，本没有准备会得到多大的惊喜，却没想到这一次是真的。

香香似乎出去逛了一大圈，找到好东西屁颠屁颠地回来了，上来就去咬顾长明的裤子，气得小凤凰哇哇乱叫：“到底是谁供你吃了三年好东西的？是谁带你出来大开眼界的？你就这样忘恩负义？！”

“你别意气用事，先看看香香在外面发现了什么。”顾长明把脚往后让开，香香才不会那么轻易退缩，反而往前一步，对着顾长明拼命点头。

第二十一章丨一山更比一山高

顾长明一向行事果断，看到香香的小动作，省下后面的话，直接让香香在前面带路。小凤凰看着顾长明和香香的互动，牙齿咬得咯吱响，什么美色当前，抛弃旧主，说的就是香香这种养不熟的白眼鼠。

香香的精力很不错，顾长明以为它这样东窜西窜早就乏累了，没想到它的四条小短腿照样跑得风驰电掣的。一转眼的工夫香香已经到了酒坊外面，顾长明心生疑窦，却还是坚持不放弃。香香转弯又转弯，兜兜转转地回到了酒坊后院墙。

顾长明的方向感很好，抬头看着眼前的高墙。这面院墙的高度是普通人家院墙的两倍，即便是轻功很好的人，上去也要费点儿真气。而且他知道墙壁的那边就是酒坊堆放各种酒缸的地方，他刚才已经在附近排查过，没有找到入口。

“顾公子，等一下。”小凤凰看香香已经急得前爪在院墙上用力挠了。香香再通人性，毕竟不能开口说人言。小凤凰以平时对香香的了解去理解它的想法，觉得香香是要他们翻过院墙进去。但是，这不是前后矛盾了吗？他们明明是从酒坊里面出来的，绕到后院再进去，岂非多此一举？

所以小凤凰第一个反应是香香弄错了，大概是酒香加上谷物发酵的那种强烈刺鼻的气味，干扰了香香的嗅觉。要是香香把他们带到不对的线索上，以致误了正事，她可承担不了这个责任。这少说也有十几条人命，大部分孩子还没有超过十岁。

她下意识上前两步要把香香抓回来，香香一看她的反应更着急了，“吱吱”叫个不停，而且还跑回到顾长明的脚边，爪子就快要抠到他的鞋面里去了。

“小凤凰，耐心等一等。”开始的时候，顾长明和小凤凰有差不多的念头，这墙里墙外的有什么差别？但是看香香的反应，又不像是搞错了。这会儿，香香的叫声越发急促、尖锐，要是换了个会说人话的，怕是已经在破口大骂了。

“我上去看看。”顾长明抬脚把香香轻轻一挑，它整个圆乎乎的身子在半空蜷缩成团，打了两圈滚，恰到好处地落在了小凤凰的怀里，“护着它点儿，它很能干，很好。”

小凤凰养了香香三年多，哪有不把它当成宝贝的道理？她这是为了顾长明，才肯把看家小宠拿出来献宝，听到顾长明夸香香，那和夸她是一样的。从最初时的强烈排斥到目前的夸赞，小凤凰相信努力终有回报。

顾长明已经稳稳当当地站在了院墙上，他的风姿极好，这样迎风而立，仙气十足。

小凤凰仰着头见他站在院墙上一动不动，不上不下的，觉得奇怪："顾公子，院墙有什么问题吗？"

顾长明沉默片刻，忽而低头笑道："还真的是很有趣，你也上来看看。"

小凤凰的轻功绝对不在他之下，刚才没有跟上来，不过是因为顾长明没有让她上去。这种情况之下，留一个人在地上守住退路，也是很有必要的。

她出身齐坤门，太知道做人的进退之道，但有时候也识趣过了头，特别是在自己喜欢的人面前。小凤凰仰头看着顾长明的笑容，小腿差点儿抽搐，嘴里连忙应道："好，你等我。"

两人并肩在院墙上站住，小凤凰像是看傻了一样，喃喃问道："这是什么？"

"我刚才也在问自己这是什么。"顾长明以为不过是一道院墙，上来以后却发现风景独好，院墙中还有一道道墙。他仔细一数，共有五道墙，两两相隔也有一尺半的距离。如果来的不是彪形大汉，勉强可以供一人通行。

"这个酒坊很大。"顾长明眯了一下眼。这个酒坊大到外面围了五层墙，可是他在墙内墙外的时候，根本没有发现其中的蹊跷。

"我们之前看到的那道墙根本不是此刻脚底下的这道。"小凤凰的脚底发痒，"底下可以通行走人的话，我们应该下去的。万一我们摸索着就找到入口了呢？香香还真是发现大秘密了。"

"不能下去，至少不是此刻。"顾长明见小凤凰虽然没有反驳他的话，但眼底还是带着一点儿疑惑的，他继续道，"如果底下有陷阱、机关，我们下去就是自寻死路。"

小凤凰心说没准儿就是做做样子吓人的，这是在开封府，要打造一个满是机关的酒坊谈何容易？

顾长明自然能看出小凤凰的想法，他忽然出手在她的耳边一抚。小凤凰完全不知道他要做什么，只感觉他指尖的微微凉意贴到自己的鬓角边，一动也不敢动了。

等到他把手收回去，她才看到他的手心是她发鬓边的珠花。顾长明本来是想借用一下，珠花在手，他马上发现不对劲儿：“你随身带着的好东西还真不少。”

“里面是最小号的霹雳弹，防身用的。”小凤凰被他看破，一点儿也不慌乱，“我虽然轻功还行，但也知道一山更比一山高的道理，多给自己留条退路总是没错的。”

“霹雳弹是霹雳堂独门打造的，价格不便宜，便是这样小小一颗也是需要百贯钱的，你出手倒是很大方。”顾长明把珠花轻轻一捏。

“别捏别捏，一百贯也只够你玩一下。”小凤凰尴尬地笑笑，“别看我另一边的珠花，里面虽然不是霹雳弹，但一点也不便宜。”

见她这么老实，顾长明低头笑道：“你还有多少老底？要不要寻个机会，一起告诉我？”

“全身上下都有。”小凤凰说完这句才发现太有歧义，哪还敢抬头看顾长明的神色，生怕他误以为自己为人轻浮，以后更加看不起自己。

“要是你说你这一身的退路要一千来贯钱，等这次的案子破了，我马上把你送走，我这庙小装不下大菩萨。”顾长明正色言道。小凤凰的脑袋越来越低，除了她的发顶，什么都看不见了。顾长明多留了个心眼儿，两人本来又凑得近，便见到小凤凰的一头乌发中还有几支黑色的，大概是用来固定头发用的小玩意儿。

小凤凰欲哭无泪，要是因为这个赶她走，那她就把身上值钱的全部扒下来，只求不被赶走。

这一边，柳竹雪和戴果子连说话的空隙都没有。来的人虽然不少，武功却很是平常，全靠柳竹雪一把融雪剑强行把恶犬的攻势给压制下来。

本来受到重击的大狗，不知是不是闻到了面前诸多生人的气息，它身上的几处伤痕，非但没有削减它的力量，反而变相地刺激到它，本能地想要撕裂眼前的一切。

柳竹雪顶多只能不让大狗伤到自己一丝肉皮，她已经确定九皇子病发的源头就在这只狗身上了。九皇子本身不是坏人，是因为染了怪症才会变得无法控制自己。

要是她被大狗咬伤或者抓伤，虽然暂时不会致命，但是会逐渐变得和九皇子一样。九皇子的事情已经变成了柳竹雪此生最大的阴影，每次只要回忆起那血腥的一幕，她的双手都会忍不住颤抖，她的牙齿会不停地发出“咯咯”声。

“姑娘，姑娘，你再撑一下。我们有专门捕猎它的铁网，等我们布置妥当，便将其一举拿下。”领队的不停地说话，没有干扰到恶犬的攻击，反而让柳竹雪分散了注意力，差点儿让恶犬寻到个破绽，利齿直接咬上来。

戴果子在旁边看着干着急，柳竹雪几乎使出了全力，而两人之间的武功差距让果子压根儿无法插手帮忙，只能在旁等待转机。再听到这个领队的话，戴果子第一个反应就是要冲上去揍人。这么多大老爷们儿，还是领着太后的懿旨来的，居然连条发疯的狗都抓不到，还要个姑娘硬撑着，还有没有天理了？

忽然，远处传来一声犬吠，急促而高亢。明明是隔了很远的距离，却让人忍不住想要放下手中的事，转过去看看到底出了什么事情。

柳竹雪毕竟研习的是峨眉派的心法，最讲究平心静气。柳竹雪本来在心法上很难突破了，最近家中发生变故后，心绪大起大落，反而有所感悟，武功倒是有了新一层进展。

这样的犬吠不能影响她的意识，融雪剑与她心意相通，锋芒不减分毫。反而是侍卫那边有两个不怕死的扭过头去看身后，被恶犬一口一个，全咬在肩膀上。

领队的低声骂娘，随即抽出朴刀，二话不说上前就是“唰唰”两刀，把两人受伤的手臂全给砍了下来：“幸亏咬的位置偏下，毒性还未曾经过肩膀入心，否则你们直接就交代在这里了。”

戴果子纵然一向大胆，但看到活人的手臂被砍断后就落在自己的脚边，心里还是翻江倒海般难受：“这狗虽然古怪但未必有毒，你们既然是宫中来的，更应该把人送回去让宫中的太医看看是不是还有救。这胳膊砍下来就再也接不上去了。”

“不是毒，我们知道的，这比中毒更加可怕。”领队的突然冲着戴果子龇了龇牙，“一旦被感染，会想吃人的，特别是你这样看起来精力旺盛、长得也好的小哥。”

这一次，戴果子真的不客气了，朝着领队的那张脸就是一记老拳，直接打中了他的鼻梁骨。看着领队的飙出两道鼻血，戴果子心里有种说不出来的快感：让你小子仗着太后狐假虎威，是该让你长点儿记性了。

第二十二章 | 破解机关

顾长明见小凤凰一脸惊惶失措，像是被他的话镇住了，一副楚楚可怜的小模样。不知为何他心念一动，安抚道："既然都说了是保命的，你自己收好就是。"

"是，我胆子小，特别怕死。"小凤凰听他语气中略有松动，偷偷喘了口气，"我总想着多一件防身的物品，就多一分生机，要是我有你这样的武功，就天不怕地不怕了。"

顾长明浅笑着看她，这张嘴真是会说话，一面把自己往弱势上拉扯，一面又把他夸赞了一遍："我有这样的武功也不是天不怕地不怕的，比我厉害的人太多了，比如眼前的这个机关就已经出乎我的意料了。"

小凤凰的脸上忽然露出一抹娇羞的神色："我接触的机关倒是不少，或许可以让我打头阵，走在前面试试。"

顾长明一想，还真是这样。小凤凰是齐坤门出身的，又擅长踩点儿布局，解开普通机关简直是信手拈来。孙友祥书房中那个藏匿黄金的暗室，对小凤凰来说不过是小菜一碟。

"那你见过类似的机关布局吗？"顾长明的心中刚升起一线希望，便见小凤凰摇头，他心中一沉，"从来没有见过？"

"虽然我从未见过这样的机关，但天下机关却有大致的规律。不过是生门死门、五行八卦，万变不离其宗。"小凤凰向顾长明摊开手来，"珠花先还给我，让我看看如此玄妙的机关到底有多厉害。"

顾长明自然是完璧归赵，霹雳堂的东西一般人还真舍不得用。小凤凰接回手里，眼睛都不带眨一下，掌心一翻已经对准底下的第三、第四层中间扔了下去。

霹雳弹落地，瞬间爆发出夺目的光芒，让所有的阴影之处都显露了出来。顾长明是知道霹雳弹特性的，一开始一手捂眼，随即放开，正好把底下的景象尽收眼底。他专注地看的时间有些久，强光伤眼，等再抬起头时，眼圈都是红的，眼角更是有些湿润。

小凤凰从来没有见过这样的顾长明，反而觉得收起一本正经的他更加吸引人。他的眉眼本来就长得英挺，被这略带湿润的红眼圈一衬托，变得柔和了许多，顾盼生姿。

“看我做什么？你应该多看看底下的机关。”顾长明的手指在两边眼角一抹，很快恢复了常态，再看小凤凰那种痴痴的样子，他觉得好笑又不忍揶揄，毕竟是年轻姑娘脸皮薄，有些话说破就不好了，“霹雳弹的余威过去了，你看到了什么？”

“你……”小凤凰最近心思特别单纯，想到什么就说什么，“你今天和平时不太一样。”

“没什么不一样，是你想多了。”顾长明把脸别开，任凭他再冷静，也经不起小凤凰这样恨不得在他脸上烧灼出深痕的目光，耳根那里隐隐有些发烫。

“我看到了七处机关，可能比你要差一点儿。”小凤凰飞快地用手指在空中指了七下，“其他的我暂时没有看出来。”

顾长明原来以为她什么都没有见到，在这样心不在焉的情况下，她还能看出七处机关，很是不易了：“我只比你多看出三处，机关不算明显。”

“然而我们还是不清楚这些机关的杀伤力有多大。”小凤凰说的都是点子上的话，绝对是内行。

“很大，比你想的还要大。”顾长明见她嘴巴一张一合，便知晓她想问的是他如何知晓内情的，“因为设置机关的人，对这套机关太过于自信，以至于连最基本的人手都没有派遣。你看这个机关是在酒坊的掩护底下，然而这些人偶尔从酒坊过，也不能算是机关守护人。”

“设置机关的人觉得根本没有人能够破解他的机关，对不对？”小凤凰忽然很想展露一手，咧嘴一笑道，“我下去试试？！”

她压根儿没有等顾长明回答，双脚一滑，乍一看像是没有站稳跌落了下去。只有顾长明知道，她刚才这一招很是厉害，双脚始终没有离开院墙，人是匀速而落，她这样做是为了将触动机关引发的动静控制在最小范围内。

小凤凰踩到实地后，整个人精神一振，准备一展身手。虽然在光线未明之下，顾长明不能仔细看到小凤凰的一举一动，不过在耳力的帮助下，他知道她是在拆所经过的机关，手速比平时更快，这么一小会儿的工夫，已经拆了三个，外带还彻底破坏了一个。

“顾公子，你要下来吗？”小凤凰竭力抬起头来，想看清楚顾长明所在的位置。与此同时，在她防守最为薄弱的瞬间，地面上突然又有了新的变化。

顾长明听到小凤凰发出一声闷哼，知道出事了。

领队的被戴果子偷袭成功，知道自己样子狼狈，连忙用手把鼻子给捂住，又指挥手下包抄两人："你明知道我们是太后的人，还敢如此轻举妄动。我要让你长个记性，知道这世上什么人可以招惹，什么人不行！"

戴果子无所畏惧，不过是太后身边的几条狗，便是司徒岸亲自过来，也没有什么好担心的。况且他还有个厉害的柳竹雪在身边护着他，那些人刚要包围上来，柳竹雪的手腕一抖，融雪剑便朝着四周挥洒出漫漫雪光。

不等柳竹雪的剑招收回，戴果子的耳边便听到了此起彼伏的惊呼声，那些才围过来的人，被柳竹雪用一招足足逼退三四步都不止。如此危险的情况下，柳竹雪招式不停，融雪剑再次递出，把那条闻着人味儿要扑过来的大狗也给逼开了。所有的动物都有一种本能，那就是在群体中可以轻易分辨出强者和弱者。

在大狗眼里，柳竹雪就是绝对的强者。所以它学聪明了，没有选择与柳竹雪硬拼，转身朝着宫里来的侍卫们扑了过去，见人就咬，逮到谁就先用大爪子拍倒在地，然后选中好位置，低头就是一大口。

那些人刚才见领队的把被咬者的手臂都砍断了，知道今天算是遇上棘手的敌人，别说是包抄柳竹雪了，恨不得在这个美人的掩护下，自己先逃跑才好。

柳竹雪早就不是柳家那个不谙世事的大小姐了，更不会以德报怨，她把大狗逼退后，把戴果子往后一拉，连上前帮忙的力气都省下来了。

领队的以为柳竹雪在捉拿恶犬的凛然大义上和他们是同一线的，万万没想，才隔没多久，这位美人就倒戈了。而作为她的同伴兼战友，对面的那个男人不慌不忙，始终躲在柳竹雪后面，对她的武功非常信任，还美美夸奖了她几句。

"别打了，别打了，请两位还是先帮忙把要事解决了。刚才言语中要是冒犯到两位，那也是因为我眼见着完不成任务，心里着急，难免有些口无遮拦，请两位多多包涵，多多包涵。"领队的非但好声好气地求情，还特意转到了柳竹雪的那一边。

在这种危难时刻，最需要的就是武功高卓的人。这个看起来娇滴滴的姑娘，武功很是不错，刚才对付恶犬的那一招已经是让人眼界大开的好本事。

戴果子没有给领队的丝毫接近柳竹雪的机会，他才不怕别人说闲话，横立在领队面前。领队的紧收脚步，差点儿就一头撞在戴果子的胸口上。他一抬头发现自己还没有戴果子高，心里更生气了。

领队的以为自己那一段话说得合情合理、感人肺腑，却没想到他说完以后直接冷场了，连他的手下都以为自己的耳朵出了问题，没想到会听到领队的这样低声下气地和别人说话。

“既然你不是有意冒犯，我们也不想计较太多。”看他态度不错，戴果子直接给了一个台阶让他下来。

而那一边被铁丝绕住的大狗，拼命想把身上多的这些东西全部都咬下来。咬着尾巴在原地转圈却就是不行，它抬起赤红的眼睛，环视一周，仿佛在确定当场一共有多少人，随即尾巴一卷，快步而起，连带着那些铁丝一起，朝着外围冲了出去。

“不能放走它，否则得病的人会更多，多到整个开封府都要沦陷的。”领队的稍微想了一下，要是按照九皇子那样的，不多说，再来十个八个的，也是够呛，“难道你忍心看着城中百姓受苦？”

戴果子不得不承认，这个领队的有些小本事，明明柳竹雪一路都没有怎么与他开口说话，他却已经把柳竹雪的性格摸透了小半。

柳竹雪本来一直面容似覆盖了冰雪一般，一听到“百姓受苦”四个字，脸色微微一变：“这些都是你们所作所为结出的恶果，为什么要让开封府的百姓受罪受累，你给我说清楚！”

“姑娘，姑娘，你真的是误会了。”领队的想要往后退一步，这才发现柳竹雪把身上的敌意微微收敛，也把融雪剑上的杀气藏好，此时的柳竹雪就像是哪一家的大小姐走错路，跑到这个两边不搭界的地方来。

“你说的话，我本来不想听的，但你也算真诚，来都来了，自然是要帮忙的。”柳竹雪轻咳一声道，“果子，你意下如何？”

第二十三章 | 帮忙圆场

柳竹雪嘴上说着话，手中的剑却像是长了眼睛，“唰唰”连击十几剑，把大狗逼得不得不往后退。虽然是极短的时间，却为侍卫们争取到重新用新的网子从大狗的身后把它的身体罩住的机会。

有了上一次失败的教训，侍卫们又往大狗的身上盖了两层铁网。铁丝中遍布倒刺，大狗越挣扎越流血不止。柳竹雪见其气焰慢慢消减下去，知道它已经是强弩之末，若非有同类在呼唤怕是早就坚持不住了。

“果子，我懒得和他们说话，你去说明白就是。不管什么功劳，我们求的本来也不是这些。”柳竹雪说这话的时候，掩不住眼底的悲伤。便是她父亲官拜开封府少尹又如何？还不是随随便便死了发丧，连死因都不敢公布于天下？

经历了这些，柳竹雪哪还会看不穿这朝廷内外的残忍纷争？也难怪顾长明说什么都不入仕，他这般才华该用在其专长的地方，而不是把宝贵的精力花在和别人钩心斗角、尔虞我诈之上。如果父亲早些有如此觉悟，就不会去答应太后所谓的跟九皇子联姻，也不会早逝。

这世间没有后悔药，不过活下来的人，白白又多受了许多的苦楚。

戴果子本来就对柳竹雪言听计从，她又是极有分寸的人，说什么、做什么都是经过再三衡量的，绝对不会有任何差池。这会儿听她在旁人面前有商有量地同他说话，他眉眼一弯道：“人多力量大，的确要好好帮忙才是。”

领队的只求柳竹雪手中的那把剑不要对准他自己就好。这姑娘看着娇滴滴的，但发起脾气来，也是够分量的。到了这会儿领队的才想到要自报家门：“听说两位认识司徒大人，我也算是他的手下，免贵姓邵，单名一个应字。”邵应也不敢问他们两个姓甚名谁，反正回头问问司徒大人就好。

“你们惹下这样的祸事，我们本来是想给你们点儿教训的。但刚才你说的看不得百姓受苦，倒是很合我们心意，既然你有如此善心，那么其他的我们都可以不计较了。”戴果子绕过柳竹雪，指着那条还在低吠的大狗，“这畜生麻烦就麻烦在不能直取其性命，如今你们几个要是再让它半途跑了，那么太后面前你们只能自裁谢罪了。”

“是是是，你们说得极是。”邵应今天受的惊吓、出的冷汗，大概都能赶上过去三年的总和了。平日里就算是在太后面前他也不至于这样抬不起头来，只一味被指着鼻子教训。偏生对方还不是什么高官，只是两个年未满双十的孩子。

他不知道司徒岸是如何和这些人打交道的，他们两个是有真本事。这样的人物，得罪不起。

“你们把它带走，我们就先回去了。”戴果子说得理直气壮，“你们把它交到太后那里，太后自然会认真处理好此事的。”

邵应在心里暗暗骂了几声：我进宫都多少年了，要怎么在太后面前表现，还要你这个小屁孩子来教？

“功劳还没有到手，你就在心里编派我们，这种习惯可不好。”戴果子也不是省油的灯，邵应那点儿小心思哪瞒得过他？既然柳竹雪今天已经露了一手，那么他不介意在邵应面前再加点儿压力，只听他嗓子一沉，学起司徒岸说话的声音简直惟妙惟肖，“邵应，我们先回去了，你要是有任何不满，城东顾府见。”

邵应一脸阴晴不定，这本事也太骇人了，要是他的眼睛被遮挡住，根本分辨不出真假，也不知道这人是只会学司徒岸，还是只要是听过的声音都会学。如果是后者的话……邵应实在不敢多想，因为还有个大问题在眼前。这人说的这个城东顾府，是哪个顾府？身后有个人脸色一变像是想到了什么，上前一步凑到邵应耳边低低说了一句，邵应立刻就想起来是哪个顾府了。真是该死，以后出任务前他要把对方的身家先查清楚才是，要知道眼前这两个人是从那个顾府出来的，他一开始就应该恭恭敬敬的才是。

柳竹雪一直在旁边冷眼看着，真是一个字都不想多说。有些事情交给果子处理的确更加妥善些，等听得差不多了，她直接问道：“果子，说完了没有？我们能走了吗？”

“说完了，这位邵大人格外好相处呢。我们走吧。”临行前，戴果子朝着邵应挤挤眼，做出一副“你心里头在想什么，绝对瞒不过我”的表情。

邵应忍气吞声，只能回戴果子一个心知肚明的笑容。

柳竹雪走得极快，戴果子大步流星地追上来，走到与她并肩的位置，脱口问道：“我们要去找另外一条该死的狗，对不对？”

顾长明听到小凤凰的闷哼声，没有多问。这种机关一旦触发，根本不容人考虑，他几乎是立即跃身而下，先抓住了小凤凰的半边肩膀，再顺着她的身体往下寻找。小凤凰的纤腰上，被一条类似荆棘的物体环绕住，生出巨大的拖力，像是要把她整个人拖到院墙里去。

等顾长明再定睛看墙面上，才发现不知何时墙上已经伸出密密麻麻的铁钉，少说也有三寸长，有七八十根之多。小凤凰显然也看到了，哪怕她平日里胆子再大也经不起这样的惊吓，一张脸惨白惨白的。

顾长明发现有一股力道在不断地和他较量，他袖中的剑飞旋而出，顺着小凤凰身周绕了一圈，没有伤及她的人，却把她腰间的束缚给尽数绞断了。

“你没事吧？”顾长明刚想要松手，小凤凰便不管不顾地往他的肩膀上扑了过来，少女带着白和罗的香气入怀，他站在原地连一根手指都没有动弹，“吓到了就休息一会儿，我还等着你继续干活儿呢。”

小凤凰扑过来的时候做好了被顾长明一把推开的心理准备，却没想到他虽然没有躲开，说出来的话却照样能气得她牙根痒痒的。她嘀嘀咕咕道：“我知道你留着我就是为了让我干活儿。”

“那你以为你还有什么作用？”说这话的时候，顾长明分明是嘴角含笑的。这个小凤凰在最危急的时候，还是和寻常女子的反应有些不同的，但他居然不讨厌她这种与众不同的相处模式。

“我的用处多了，以后等顾公子慢慢来挖掘。”小凤凰还是不舍得离开他的肩膀，明明看着瘦削的身材，却饱含了极大的潜力，这人身上真是又矛盾又神秘非凡。

“那你先告诉我，你死皮赖脸留在我身边的原因。”顾长明居然在这个时候把最不该问的问题说了出来。

小凤凰猛地抬起头来看着他的侧脸，峰峦起伏般的线条，看得她目不转睛，随即她轻轻一笑道：“因为我喜欢你，就想要留在你身边，可以每天这样看着你。”

顾长明愣住了，他想过小凤凰或许会想出很多种不同的说辞，用最像真话的假话来应付他，但没想到她却用了这一句最像假话的。而且她近在咫尺的眼波中，隐隐流动的都是深情。

“行了，继续往前走吧。”顾长明稍微一让身，两人已经分开来。

尽管他们之间的距离不过尺许，小凤凰却知道，他不接受自己的说法，暂时也不会让自己再接近了。连她都觉得刚才那句话太像是在说谎，也只有说话的人自己才知道其中都是真心话。

身边有顾长明压阵，小凤凰的心志更为坚定，一连又解开了七八个小机关，她终于扛不住肩酸脖子痛，“哎哟”一声停下手来抱怨道：“这到底是什么见鬼的地方，到底要有多少耐心才能设置这许多机关？”

“如果是从里面打开机关的话呢？”顾长明说话还是这么一针见血。

“要是从里面直接打开机关，估计动一下就成了。这种机关就是打造布局的时候最费心力人力，还有破解的时候要大费周章，平日里使用的话倒是非常简单的。”小凤凰忽然就明白了，“你的意思是说，这机关从来就是只能从里面打开，外面的人进不去的？怎么才能做到这样呢？中间有很长的距离，里面的人根本听不见外面的动静吧？”

“如果说根本不需要听见呢？定时就可以。”顾长明不觉得这有何难，“或者每天哪个时辰，或者相隔三天五日的，只有这个时间可以顺利通过这些机关。记得酒坊的那些人说过，他们没有权力进来，因为不知道开启机关的具体时间，他们贸然闯入只会中埋伏白白送命。”

“这么看来他们的分工真够明确的，有在外面做事的，还有在里面……”一路过来，光线很暗，小凤凰的眼睛好不容易才适应了，“我们刚走了十分之一，要是强行闯进去的话，肯定要受伤，要是等这样慢慢推进的话，还需要很多的时间。”

“要是换我来试试呢？”顾长明早就把袖中剑收起来了，十指在小凤凰的面前上下一翻，手指修长有劲，“你觉得我行不行？”

第二十四章 | 难上加难

顾长明的一双手动作极快，小凤凰在旁边看得目不转睛。素来只知道长明公子擅长破悬疑棘手的案子，没有人说过他对五行八卦、机括巧簧之术也这般精通。小凤凰想到先前在其面前夸下海口，颇有些班门弄斧的尴尬，又不敢问他怎么会这些旁门左道的东西。

“我有个师兄，比我还擅长此道，可惜他不在附近，否则速度会更快。”顾长明想到师兄这些天音信全无，刚进开封府的时候，甚至弄出人命案栽赃他杀害师兄。现今他依然无法得知师兄的具体下落，心中烦躁，手底下微有偏差。

小凤凰时刻注意着顾长明的一举一动，耳边听到“咔嚓”的轻响，知道又要糟糕。幸好顾长明反应极快，在机关发动之前，抓住了小凤凰的肩膀，往后退到了更为安全的位置。

这边机关中三排强弩同时射出，被他们尽数躲过。不等小凤凰松口气想要开口说话，两人原本站着的位置地面下陷，根本站不住脚。方才小凤凰有一句话说得不错，机关无非是生门死门。他们站的位置明明是个生门，为何又会变得如此难缠？

小凤凰努力吊着一边手臂，她毕竟力气有限，只剩下三根手指紧扣住顾长明，他手臂往上一搭，想要稳住身形，设置者像是算准了机关中所有的变数，搭手的位置又横生倒刺。顾长明担心刺上有毒，索性放开手。

既然是生门，就应该有其存在的理由。顾长明在半空中变换身形，把小凤凰的大半个人扣在怀里。她倒是又老实又识趣，窝在那里一动不动。

两人一起下滑的速度极快，顾长明担心的是底下会有更厉害的机关在等着落下陷阱的闯关者。幸而脚尖碰到实地时，除了坑坑洼洼的地面以外，再没有其他意外。

小凤凰似乎不相信他们的运气会这样好，在身上一通乱摸想要把火折子先点起来，却被顾长明握住了双手。他的声音低低落在她的耳边：“不要点火，也不要大声说话，这里有蹊跷。”

在深不见底的暗处，顾长明分明感应到有其他人的存在，那些呼吸急促而混乱，虽然是经过了强行的压抑，听起来更加诡异。他本来以为上面有人碰到机关掉下来，这些人会马上包抄过来，等了片刻双方相隔的距离却没有丝毫的变化。顾长明的眉头皱起，难道说对方根本没发现有意外的闯入者？

小凤凰十分听话，连窝在他怀中的姿势都没有变动。难得遇上这样的好机会，两人离得这般近，她都能闻到顾长明衣服上淡淡的清香，和顾家书房里常年熏着的香是同一个味道。

“顾家有两个书房，熏的香都不一样。”这话在小凤凰心里藏了许久，要不是因为眼前大片的黑暗让她有些迷乱，她是绝对不会在顾长明面前说破的。

顾长明心口一紧，父亲的书房里的确熏着完全不同的香，然而父亲离开之后，那间书房等于是禁忌之地，他都没有再进去过，为什么才住到顾家不久的小凤凰却知道其中的差别？

然而顾长明一向很懂得分清事情的轻重缓急，眼前并不是审问小凤凰的适当时机。他只当没有听见这句话，换成右手去抓住她腰后的衣服，把她从自己的怀里给拉扯开一些。

既然对方始终没有要攻击过来的意思，那么只能换他们主动出击了。顾长明让小凤凰把火折子吹亮，她身上藏着的都是好东西，这支火折子的光线柔和，光照范围又大，虽然是在黑暗中，眼睛很快就适应过来了。

“这地方暗得完全不见光，还能关人吗？”小凤凰想过要把香香放出去，香香的眼睛更能适应黑暗。可是香香如果在此地走失，想要再找回来就难上加难了，她不敢冒险，至少目前不敢。

“关人不需要光，如同你我一样，需要的时候点上一盏灯，什么都有了。”顾长明想在光线充足的情况下再确定一下对方的确切位置，却发现在火折子亮起的瞬间，除了他们两人的呼吸，再没有其他的声响了。仿佛曾经听到的那些都不过是黑暗中的幻觉，要是换成其他心志不够坚定的人，肯定会怀疑先前的发现。顾长明从来都是自信到极点的性子，既然听到过就不可能是错觉。

这个世上能够给予他压力、让他产生幻觉的人，少之又少。就算有那么几个，也不会是蛰伏在此处的宵小之辈。

“小凤凰，把火折子灭了。”顾长明心中有个大胆的设想，等到火折子一灭，他又耐心地等了片刻，那种发腻沉滞的呼吸声再次出现了，而且还不止两三个。顾长明尽力在听在分辨，他听到有七八个不同的呼吸声，此起彼伏。

柳竹雪有些不想回答戴果子的问题，情况就是这么棘手，好不容易把一条狗制住，却发现自己的目标还更深更远。对付眼前这一条大狗尚且力有不逮，要是还有三条、四条，那就真的让人不敢往下细想。

“我们不是每一次都能这么幸运，那些宫中的侍卫虽然有些傻，但是做事还是挺靠谱的，毕竟上面还有太后压着。”戴果子不相信司徒岸能派出其他的侍卫，一路时刻跟随他们。

“你说司徒岸既然能够派人在暗处跟着我们，会不会也有人跟着顾大哥和小凤凰呢？”柳竹雪倒不太担心目前的情况，大狗再厉害，最多到迫不得已的时候，直接杀死保命。

“顾长明对于这种路数比我们要精通得多，你信不信，他非但不会被那些跟踪者抢得先机，反而能够使对方的人力为其所用？”戴果子还真是担心不起来，刚才柳竹雪一人一剑与那条大狗的厮杀场面已经够刺激他了。

以前，戴果子总说学武没有多大作用，孙友祥不知道笑过他多少次，即便是当个捕快，肯定也是武功好的才方便。当时戴果子一心认为当好捕快，更重要的是动脑。

等到戴果子的人生中出现顾长明以后，所有的平衡都被打破。当他连身边的柳竹雪都无力保护的时候，有些恨自己当年偷懒，不好好习武。危机来临的瞬间，柳竹雪挺身而出，他会被她藏到身后，只因为他的武功在他们眼中实在是不堪一击，甚至还不如那个小凤凰。

“我以为那条狗既然会见人就咬，肯定是丧失了神志的。可是刚才你看见没有，另一条犬吠的时候，它的眼睛是亮的？”柳竹雪特别细心，所以能够观察到旁人不注意的小细节，“你说那条呼唤它的狗又是哪里来的？”

“不是母子就是两口子。”戴果子很爽利地答道，“除了这两种情况，不会再出现第三种了。动物的情感不像我们这样复杂，大部分情况下都是遵从本能。你说看到它的眼睛发亮，肯定是发现了非常亲近的同伴，可我不知道该去哪里寻找它的同伴。”

“它眼神看的方向，我记得很清楚。”柳竹雪侧过头来问道，“一条狗的叫声能够传多远？”

戴果子重重一拍巴掌，眉开眼笑道：“你说得太对了，我们能够听见的犬吠，距离实在有限，只要方向不错，逐一排查肯定能够找到。”

两人的行动极快，柳竹雪的长处尽数显露出来。她在前面带路，又提醒戴果子一定要留意身边的异常，千万不要因为先前抓住的那条狗体形硕大，就以为要找的第二条狗也是大狗。

“难道不是吗？”戴果子奇怪地反问道。

“我的意思是不一定是，如果它们是母子的话，外形相似的可能性极大。如果是结伴的两口子可就不好说了。”柳竹雪心里反复在翻找细节，太后那边传出来的消息说九皇子收到的是一条西域犬，另一条会不会也是？

戴果子忽而咧嘴一笑道：“忘记告诉你一件事情了。”

“你说。”柳竹雪有些漫不经心地顺着戴果子的话说。

“我还会学很多动物的叫声，比如狗叫。”平时戴果子不把这个技能往外说，他是人，可以学其他人说话，要是老让他学畜生叫唤的话，会让他的日子变得很艰难。

“那就是说，你会学刚才被抓走的那条狗的叫声？”柳竹雪猛地在原地站定了，“你确定能学到让其同伴都分辨不出来的程度？”

“我确定，非常确定。”对戴果子来说，各种声音的模仿是模仿声线，如果是说话特别有特点的话，那就要格外突出特点，混淆别人的视听。而刚才那条大狗的叫声中，充满了哀伤还有不甘心。

柳竹雪好奇地看着果子，心里在想：你既然说自己会这样厉害的招数，你倒是学一个给我见识见识啊。

没想到戴果子轻咳了一声道：“柳姑娘，请你先背过身去。”

柳竹雪连“为什么”三个字都没有问，二话没说立刻转身。沉默了一小会儿，仿佛是戴果子在酝酿感情，随后柳竹雪听到了犬吠声。刚才恶战的刺激压根儿还没有退散，罪魁祸首的叫声突然出现在耳边，柳竹雪吓得飞快转过身，生怕那条大狗阴魂不散，挣脱了邵应那一小队人，又原路返回了。

等柳竹雪看到身后除了嘴角含笑的戴果子，再没有其他的人出现后，她一脸惊喜：“你居然可以学那么像！”

第二十五章 | 越来越近

在心仪的女子面前学狗叫，戴果子没觉得有什么值得骄傲的，所以他强调让柳竹雪要转过身去。说起来，无论是人还是兽类，发出的声音中都带着本身的情绪，只要学会其中的诀窍，在戴果子看来实在不算是难事。

柳竹雪本来还想多夸他几句，见着他一脸的尴尬，她心细如发，立时明白是什么原因，含笑走到他身边，与戴果子一起等待。不过是几个呼吸之后，就有回应传了过来。

戴果子只说了一个字：“走！”

柳竹雪掠身而出，比戴果子还快了一步。戴果子跟随其后，两人穿过两个街角，柳竹雪停下脚步，看着面前的深巷。两道高耸的院墙之间，常年不见日光，尚未接近就已经闻到浓重阴郁的气息。

“果子，要不要进去？”柳竹雪不是害怕，而是女人的本能让她有些迟疑。

“我再试试，看看能不能把它诱骗出来。”不用戴果子再提醒，柳竹雪很快转过头去，示意他不用介意自己的存在，抓紧就好。

戴果子清了清嗓子，又是一连串清越而响亮的犬吠声，与刚才那种压抑不同，连柳竹雪都听出里面有些小小的喜悦，仿佛是招呼同伴出来一起玩耍。

试了两次，深巷中的那条狗却意外变得沉默，戴果子还在想千万不要是巷子还有其他出口，另外一条狗已经跑开了。

“怎么了，没有反应？”柳竹雪刚有些失望地走到戴果子身边，便像是看到了什么，整个人都僵在原地。

戴果子的反应极快，转过头去便看到一片暗色中，隐隐出现了一双血色的眸子，与刚才被邵应几个带走的一样。不不不，不是一样，这条狗的双眼中血色更重，动作更加迟缓，即便如此它还是渐渐地显露出了身形。

柳竹雪紧张地握住融雪剑，两人默契十足，谁也没有开口出声。那条藏身在巷子里的狗，终于露出了全身，它比被抓走的那条明显要小一些。戴果子目光呆滞地看着这条狗的肚子，怎么可能？这样大的肚子，这条是母狗，而且就快要生小狗了！

他们始终觉得会主动攻击人的狗都是病狗，应该被抓捕起来，一起处置的。那条被带到太后面前邀功的狗，多半就是咬伤九皇子的，等见到眼前的这条狗，戴果子就不太确定了。

“它……它是不是怀着小狗？”连单纯的柳竹雪都可以看出来，母狗的肚子大到快要垂在地上了，难怪它会走得这么慢，它的身体笨拙沉重，根本走不快。

母狗四下张望，一双眼像是随时会流下血泪一样，确定没有见到想见的同伴后，它的血眸死死地盯住了戴果子，仿佛猜测到刚才的叫声就出自此人之口。

戴果子被这样怨气十足的眼睛瞪着，下意识地往后退了一大步。如果不是顾忌肚子里的小东西，估计这条狗已经扑上来要撕开他的咽喉了。

“我们该怎么做？”柳竹雪可以抽出融雪剑杀了它，但是多少有些于心不忍。

“尝试跟它说话，看看它是不是发了疯。如果它还能够听懂人言的话，那么我们就可以跟它进行沟通了。”戴果子突然有个奇怪的念头冒出来，这些看起来近乎癫狂的狗，应该是有专人饲养的，换句话来说，如果这狗可以听懂人言，那么他开口的话可能不是很方便，“你来试试。”

“说什么？”柳竹雪一时半会儿反应不过来。

“说我们没有恶意，如果可行的话，尽量先让它安胎把小狗生下来。”戴果子在想自己是不是疯了，便是这狗能大概听懂人话，也不见得能听懂这样复杂的话！

柳竹雪倒是没有质疑他的想法，先尽量放松脸上的表情，露出无害的笑容，往前走了一步："我们没有丝毫恶意。"

刚说了这一句，远处便有什么锐利的东西破风直射而来。戴果子反应还算快，脑袋微微一侧，有东西贴着他的耳朵边飞过。不等他说"小心"，柳竹雪已经把羽箭用剑鞘打开，没想到隔了这么远的距离，羽箭的速度和力道都丝毫不减，她的虎口一震，险些开裂。

那条母狗明显受到刺激，没有往深巷中躲回去，而是凭借本能选择撕咬离自己最近的目标，朝着柳竹雪的胳膊张开了血盆大口。

柳竹雪不是没见过狗，但这样一张嘴能超过半个脑袋大小，所有锋利牙齿全部露在外面的品种，她还真是没见过。她从一开始就不想攻击怀孕的母狗，此时依然不会伤其性命。轻盈地往后一跳，她继续安抚道："箭不是我们射的，我们真的是想要帮你的。"

"两位真是好兴致，与这条会咬人的畜生有说有笑的。要是被它咬中，你们便会后悔做出如此愚蠢的决定。"司徒岸从高处跃身而下，手中拿着一把强弓，对准母狗"唰唰唰"又是三箭。

被困在机关中的顾长明，全身紧绷，不再轻易走动，以免惊扰到黑暗中不知道是什么的存在。

"顾公子，他们越来越近了。"小凤凰强压住想要重新点燃火折子的冲动。两人的行动，必须要听从一人的指挥，那么她肯定是选择听从顾长明的安排的。

"再等一下。"顾长明在心中暗暗数数，突然扬声道，"小凤凰，点燃火折子。"

这一次眼睛适应的速度更快，顾长明看到身周已经被人包围成一个半圆，这些半大的孩子，除了呼吸完全没有其他的反应。

火折子的光仿佛压根儿照不到他们的脸上，被尽数吸收进了茫茫无边的黑暗中。小凤凰连忙又摸出一支火折子，点了个双份。

还真别说，双份火折子的亮度高，顾长明连这些人的长相都看得很清楚。然而一张张陌生的脸，脸色苍白，眼神呆滞，对光线的反应也非常迟缓。

"他们是不是都被喂了药，而且是很重的药量？"小凤凰已经看出不对劲，他们是看到光线以后，才围上来的吗？围上来以后呢，他们会做什么？

“这些人里面有没有小葫芦？你尝试联系一下。”顾长明看着这些人的眼睛，果然他们毫无反应，可是他又本能地觉得千万不要被这些人近身，否则会发生很糟糕的情况。

小凤凰不能放出香香，她还有其他更好的办法。她掏出怀中的小瓶，拔去瓶盖将瓶口对准火折子，热气往里面一熏，白和罗的香气浓郁了数倍。顾长明站得近，深深吸进一口，在地底下吸入的沉闷之气，尽数被白和罗的香气引出了身体之外。

这些人对白和罗的香气反应也很微弱，明明空气中充满了这种好闻的气息。小凤凰的目标本来就不是这些人，她把瓶口倒灌，自己慢慢在原地转了个完整的圈子。

忽然，他们听到一声巨大的喷嚏声，从包抄他们的人群的最后面传了过来。小凤凰的喜色一下子跃然于眉尖之上：“小葫芦，小葫芦在那里！”

顾长明很快锁定了小葫芦的方向，身形如同鬼魅，从这些人的空隙中，滑不溜秋地穿越而过，抓住小葫芦的衣服把人给拽了出来。

小葫芦一路都在打喷嚏，电光石火之间，顾长明还要避让开，不要被他的口水喷到自己的脸上。

小凤凰把装白和罗的瓶子赶紧收起来，这香料昂贵至极，差不多与黄金同价，也就是她特别喜欢才舍得自掏腰包。

顾长明把小葫芦一直拖到小凤凰面前才松开手，小葫芦虽然还在不停地打喷嚏，但他的表情却和其他人一样呆滞。

“他好像有些变化了。”顾长明单手往小葫芦的后腰上一拍，迫使其站稳双脚，不至于仰头摔倒，“你没看出来？”

小凤凰和小葫芦相处的时日更加长久，怎么会看不出来？正因为太清楚其中的转变，小凤凰才越发觉得有些不可思议。小葫芦整个人都长开了些，不仅仅是指他的五官长相，还有他的整个身体。如果不是早知道小葫芦的先天不足之症，小凤凰肯定会说小葫芦在短短的时间里，似乎长大了点儿，甚至长高了。

她的目光沿着小葫芦的腰，一路往下看他的双腿，再回到头顶，她又伸出手来比了比：“他的确是长个儿了，长了一寸有余。”

“他是最后被抓来的。”顾长明暗暗心惊，对方的效率高到惊人，这样说来，包抄住他们的这些半大孩子里面，没有一个是痴子，他们也完全没有看出这些孩子身上有其他的缺陷。

“小葫芦，小葫芦，你给我醒过来。”小凤凰干着急，用了好几个手法都没有促使小葫芦醒过来。要知道齐坤门虽然是旁门左道，对门下的弟子训练却格外严格。

而眼前的小葫芦却依然神游在外，根本没有认出眼前的两个人是冒风险前来营救他的人。

“难怪不用锁，他们压根儿不会逃跑。”小凤凰觉得后背发凉，才刚刚转头，便发现有个孩子已经紧贴在她的后背上，鼻子正在往她的脖子边凑过来，像是在闻她身上的香气。小凤凰吓得大半条命都要从脑顶飞出去了，她一手按在对方的脸上，试图把其远远推离开。

第二十六章 | 不想领情

小凤凰只觉入手之处，软得不像话，整个手掌似乎都陷了下去。小凤凰胆子再大，毕竟也是个小姑娘。她的手一抖，火折子掉在地上，光线暗了一大半，而那个冰凉的鼻息已经快要贴到她的后脖颈了，她的身上起了一层薄薄的冷汗。

顾长明长臂一捞，把火折子重新拿回到手中，另一只手揽住她的肩膀，声音异常温和：“没事的，他们不会攻击你的。”四下虽然处处透着诡异却完全没有杀气，他的目光锁定在小葫芦身上，他用火折子在小葫芦面前用力晃了晃，“你和这些孩子不同，还不赶紧给我醒过来！”

火折子几乎是贴在小葫芦的面孔上，热气一拨拨喷过去，眼看着小葫芦的眉毛、睫毛都要被火苗燎干净了。小葫芦被烫得“嘶”了一声，想要往后躲。顾长明根本不给他喘息的机会，火折子几乎按压在了他的皮肤上。

“烫，烫，烫。”小葫芦重复地喊，双脚在原地乱跳，再抬起头的时候，神志像是回来了七八成，“小凤凰、顾公子，你们怎么也在这里了？”

小凤凰听到小葫芦可以正常说话了，气不打一处来，想到刚才受到的委屈，直接扬手对准他的脑袋就是一巴掌：“你是不是故意装成那个样子吓我的？你说，你说啊！”

小葫芦被她打得“哇哇”乱叫，抱着头还不敢跑：“我哪是故意装的？我被带到这里之前就什么都不记得了。你不是答应过要看护好我的吗，你人呢？怎么这会儿才出现！”

“我们好不容易才进来，都不知想了多少办法啊！”小凤凰听小葫芦一吼也大声地给吼了回去。

“你们两人全都闭嘴。”顾长明低声一句话，分量十足，“小凤凰把白和罗的瓶子打开，想办法让香气越浓郁越好。”他从刚才就有所发现，不知道是不是巧合，白和罗似乎能够解开这里所有人被下的迷药。

小凤凰一听这话也顾不得心疼了，把瓶子往地上用力一摔，瓶子摔了个粉碎，浓郁的香气再也抑制不住，喷薄而出。

在旁边看着的小葫芦都肉疼得一哆嗦：“你还真舍得下本。”顾长明不知道这香料什么价，他还能不知道？小凤凰平时和他交好，才舍得给他半个指甲盖大小的一点儿。这一瓶少说也有十几个指甲盖的分量，她说摔就摔，眼睛都不带多眨一下的。

“我要是舍不得这个，回头连你都救不出去，这半辈子算白活了。”小凤凰的荷包里还有一瓶存货，刚想也一起拿出来算了，便被顾长明的眼神给制止了。

等她发现不对劲儿的时候，身边包围过来的人，除了安静地呼吸，还开始发出各种奇怪的声响。有人在喊痛，有人在哭，甚至有人在喊娘，白和罗的效果比他们想的还要快、还要好。给这些人下迷药的要是知道有人误打误撞地把药性给解开了，估计能把鼻子都气歪了。

顾长明的目光在这些半大孩子中间环视一周，他想要找出最关键的那一个：“大宝，大宝，你在不在这里？”

没有人回应，顾长明又喊了一次，反而是小葫芦想起了什么，凑上前道：“不只这里有人，那里还有。”

声音未落，顾长明已经顺着那个方向过去了：“小凤凰，你先和小葫芦一起照看着孩子们，别四处乱走，这里还有其他的机关。”

小凤凰刚想说与其留在这里有诸多危险不如先出去，听了顾长明的话，又把话给咽了下去。她翻手把随身带着的两把匕首取出，扔了一把给小葫芦：“你也是个中好手，居然会这么容易着了道，我一路都以为你是装装样子的。”

“你太抬举我了，我的武功底子有多少，你还能不知情？”小葫芦把匕首接在手中，有个兵器防身，腰杆都能挺直些，“他们的手法和用药都很特别，我怀疑他们不是中原人士。”

“我看着也不像，白和罗同样不是中原之物，既然两物正好相生相克，没准儿就来自同一个地方。”两人选择背靠背站立，两人都举着火折子，她想到顾长明的吩咐，朝着身边的人轻声解释道，“你们都别怕，我们是来救人的。这里的机关陷阱不少，不要盲目逃跑，先让刚才那位离开的公子把坏人给解决了，我们才能放心出去。”

“他要是先跑了呢？！”有人质疑道，“你都说得这么危险了，他怎么还会回来？！”

小凤凰没做过好人，难得做一次，还被人堵得说不上话来。换作她是这些孩子，大概也会这么想。既然这里有机关，有陷阱，那么何必再按原路回来？有机会肯定是能跑多远就跑多远了。

但是顾长明绝对不会这样做的。她对这个人的品行深信不疑，要是说她的人生中只见过一个好人，那么这个人绝对是顾长明。

“因为他辛辛苦苦来到这里就是为了救你们。如果他是怕死之徒，来都不用来，在外面吃香喝辣胜过在这里被不识相的人问东问西。”小凤凰的话一落，小葫芦背着身给她竖了竖大拇指，示意她这句话说得好，等于给所有人吃了一颗定心丸。

如果顾长明要跑，根本就不会来，这是说服别人最好的理由。果然没有人再敢放声乱问了，而是慢慢向他们聚拢过来，仿佛是黑暗中，向着光明聚拢的飞蛾，走向他们已经是身体的一种本能。

柳竹雪从见到司徒岸的瞬间起，整个人就进入备战状态，眼睛、耳朵全部变得很敏感。只要司徒岸有丝毫的举动，她立马儿会加以反击，不会有丝毫的犹豫。所以司徒岸出手的三箭，都被融雪剑尽数挡下，柳竹雪甚至一个错步，站到了母狗身前，让司徒岸没有办法继续偷袭。

“你这是要做什么？！”司徒岸看不懂柳竹雪的做法，“它是害死九皇子的罪魁祸首，你想死，也别辜负了顾长明的一番苦心。”

没想到，戴果子挤过来站到了柳竹雪的身前：“我要是你，这种时候就不会说这么难听的话。”

“你们两个是不是都疯了？”司徒岸以为这个识趣的小子，会劝劝柳竹雪不要蹚浑水，把正经事情办妥才好，没想到他还来了个火上浇油，一副唯恐天下不乱的腔调，“全都给我让开。”

柳竹雪丝毫不为所动，反手便想去碰一下母狗的脑袋。她以为它会警惕地张开血盆大口，谁知道她的手指根本没有受到任何阻击，便摸到了母狗毛茸茸的脑袋。

和她想的差不多，这两条狗都是看起来癫狂，随时随地会咬人一样，实则意识清醒，根本不是疯狗。

疯狗怎么会知道柳竹雪和戴果子是在保护它，并且还对柳竹雪彻底放松了警惕？是有人故意栽赃嫁祸，想把九皇子之死让两条无辜的狗来顶罪。

这个人肯定是很了解太后、很了解九皇子的人，他应该就在宫里头。

“我不会让开的。”戴果子耸了耸肩膀道，“你越是这样做，我越是觉得你心虚。”

“我是奉了太后的懿旨捉拿恶犬的，我怎么会心虚？我为什么要心虚？”司徒岸依然对两人心存忌惮，这两个人虽然不算什么，但他们背后的顾长明绝对是个麻烦人物，他要在能够抓到大狗的情况下，尽量避免与他们产生矛盾和摩擦，“你们还没有看清楚真相吗？就是有人把狗送到九皇子那里，让九皇子被咬发病的，先抓住恶犬，才能顺藤摸瓜抓到幕后黑手。”

“太后说过西域犬只有一条，所以九皇子非常稀罕，成天同吃同住都不肯撒手。”戴果子一针见血地指出问题所在，“为什么我们见到的所谓的西域犬却是一公一母的两条？其中母的还怀了身孕，疯狗还会怀孕护崽？我是乡下来的，见识少，以前闻所未闻。”

“你到底想要说什么？！”司徒岸急得额头上都冒出汗来了，“要是狗跑了，太后面前，我们不能交差，你也保不住自己的小命。”

“你别吓唬我们，我们真不怕。”戴果子有一只手背在身后，这会儿被柳竹雪的手握住了。她的手指柔腻细滑，戴果子呆了呆，没舍得再动。

“我知道你们不怕，你们都是真英雄，就我是小人，行不行！”强硬的不行，司徒岸只好放软话，“顾长明是太后亲自委派的，我们最多是个辅助。要是事情没办好，他可以挥挥衣袖直接走人，但是我们可就没好果子吃了。你们让开，让我们把这条母狗带回去，其他的事儿都好说。如果柳竹雪想要重新入柳家的族谱，甚至回到兄长身边去，我都可以想办法的。”

司徒岸说出来的条件，非常诱人。这些是太后都没有开口答应的条件，而且司徒岸确定，这些是柳竹雪做梦都想要重新拥有的，毕竟是柳家的大小姐，如今持剑跟着这小子四处乱窜，名声坏了不说，这一辈子都要藏匿起真实身份，隐姓埋名地过下去。

柳竹雪没有松开戴果子的手，站在其身后给了司徒岸一句话："我除了依然姓柳以外，和原来的那个柳家已经再无任何瓜葛。多谢司徒大人为我想得如此周到，但我不想领这份情。"

第二十七章 | 笼中人

顾长明懂得要应对这种情况，唯快不破。这些人与他素未谋面，没有最基本的信任感，不过是因为生死危机，有这么个人肯出手相救罢了。时间一长，小凤凰怕是压不住，到时候乱起来，黑暗之中谁也不能确定会发生什么。

大宝才是案子的关键，顾长明从来不说这是他的直觉，破案凭借的是经验、手法，还有一点儿运气。他始终觉得大宝才是解开诸多谜团的引线，如果整件案子是一帖猛药，那么大宝就是那个药引子。

刚才小葫芦大致指了个方向，顾长明连火折子都没有取，身形极快，仿佛是一道光影，瞬间挪移到了另一处。

和那些散养在外面的孩子不同，顾长明的手指碰触到铁笼子的时候，心里"咯噔"一下。这些先天不足的孩子，有必要用铁杆比手臂还粗的笼子圈禁吗？是怕他们会逃，还是怕他们会像病发的九皇子那样伤人？

顾长明取出自带的火折子，划亮了。铁笼很大很宽敞，里面却只关着一个人，正背对着他就地而坐，肩膀一耸一耸，似乎在与手中的什么东西较劲。

不过是一眼，顾长明便知道找对方向找对人了，他没有再往前走，铁笼子看着有些古怪："大宝，你是大宝吗？"

很清晰的咀嚼声突然传过来，顾长明的话像是扔进深井中的一颗石子，激不起一丝水花。顾长明没有失去耐心，继续说道："大宝，你娘亲四处找你，都快急疯了。如果真是你的话，我保证可以带你出去，还会想办法治好你的腿脚。"

他突然有些后悔没有把戴果子带来，果子在的话学那个江婶说话，这孩子多少会有所反应。这个时候只能依靠自己了，而且时间实在有限，他不能因为这一个，放弃了外面更多无辜的生命。

“即便你不是大宝，我也会带你离开这里。外面还有很多像你一样被抓来的孩子，我们一起走吧。”顾长明的火折子刚靠近铁笼，就听到铁笼的表面嗞嗞作响。原来铁笼上涂了桐油，如果有人想要在这样黑暗的情况下，手拿火把靠近过去一探究竟的话，整个铁笼都会烧成火光一片，里外的人都躲不开。

为了以防万一，顾长明把火折子给熄灭了。黑暗中，那种牙齿撕咬咀嚼声更加清晰地传入耳中，顾长明微微合眼，不愿意多想眼前人背转过身在吃些什么。

对方依然没有丝毫的反应，顾长明没有时间再等，在手腕处划出一道伤口。腥甜的气味在黑暗中萦绕周转，随即鲜血滴落在地，仿佛是春雨从屋檐上滴落，跌在地上，一摔即碎。

那人在用力吸气，鼻翼抽动的声音格外明显，像是在寻找新鲜血液的源头。顾长明在心中默默倒数，从十到一，然后重新燃起火折子。对方已经转过身来，双手双脚落地，慢慢靠近过来。明明是一张无辜的孩儿面，嘴角的殷红却艳丽得像是才开放的花。

顾长明飞快地朝着他的身后看了一眼，地上是块方正的生肉，肌理很粗糙，多半是牛羊肉或者马肉。顾长明心里微微一松，声音很温柔：“大宝，你想回去看看你娘吗？”

孩子已经爬到跟前，隔着铁杆的间隙，一双晶亮的眼睛看着顾长明手腕上的伤口。火苗忽长忽短，照得顾长明那一段皮肤白皙如霜，他不禁伸出舌头来沿着嘴舔舐了一圈。

“大宝，吃点儿生肉不算什么，就算你想要喝血也有很多办法可以解决的，但是你必须先开口同我说话才行。”顾长明的话一落，不知道是哪个细节刺激到了对方。刚才还很平静的孩子，神情大变，几乎是号叫着飞扑过来。中间有铁笼相隔，他却不管不顾，更不忌讳什么桐油，左右手抓住了铁杆用力地摇晃了起来。

顾长明观察过，整个铁笼不是悬空的，而是上下都嵌进了建筑体之中，想要晃动谈何容易，更何况大宝本身没有丝毫的武功，还是个腿脚不好的孩子。

很快，顾长明发现自己想错了，大宝有足够的力气可以晃动铁笼，整个笼子开始咯吱作响，而且幅度越来越大。

顾长明不由自主地往后退了一步，如果把笼中人放出来，那么其他人怎么办？包括小凤凰和小葫芦在内，是不是就要变成砧板上的鱼肉，任由笼中人宰割？

那天晚上柳府的惨景，历历在目。当时九皇子的情况看起来还不如这个糟糕呢，他对从未相识的柳府中人，像收割野草一样，片甲不留。

“蠢货，你用鲜血诱他使出全身的力气，等他出来以后，谁还能阻拦他！”黑暗中有人气急败坏地咒骂。顾长明的注意力全部都在大宝身上，没有留意到此人。本来他已经心急如焚，听到这句训人的话语，他不怒反笑，连最基本的阻拦动作都收起了。

司徒岸以为自己说出来的条件会让柳竹雪感激涕零，把他视作救命恩人、再生父母，没想到柳竹雪会是这样的反应，他不禁眯起眼对准戴果子身后多看了几眼。前开封少尹柳致远的女儿，明明应该是弱柳扶风之姿，没想到经历这一番磨炼后，却成全了她外柔内刚的性子。

“司徒大人，你的话说完了，该轮到我说了吧？”戴果子知道，眼前这个人虽然唯利是图了些，却还不算是坏人。而且司徒岸手中的权限极大，他们没有必要当面顶撞，将其惹怒，否则吃亏的只会是他们这些平头百姓。

目前的事态还不算僵死，尚有转机。他和柳竹雪应该一进一退，既然柳竹雪选进，他就勉为其难选退：“司徒大人，先前我们已经找到一条类似你们要找的大狗，让你的手下带走了。”

“邵应？”司徒岸脸上的紧张神色松开了些，既然戴果子他们肯交出一条，那么另一条他们应该也会交出来的。他本来还以为这两人要为了一条发疯的母狗和自己拼命呢。

“是，邵应，他说把那条狗带回去，就算是替司徒大人给太后交差了。”戴果子稍微让开点儿身，让身后的一人一狗露出来，“看起来两条狗是一家子，那么肯定是要送到一处去的。”

“果子，你！”柳竹雪的话语被戴果子的手势再次拦住，彼此间有默契与信任，她选择相信果子能够把事情处理好。

“本来我们都以为这两条狗已经失去理智，成了见人就咬的疯狗。可是司徒大人眼睛雪亮，一定也看出来了，至少这条母狗不会主动攻击人，它就是想要护住肚子里的小崽子。”戴果子摊开手，虽然司徒岸的武功远远胜过他，但这个动作却能够让对方彻底放下警惕心，专心听他说话。

司徒岸拧了两下眉心，问：“那么你的意思是？”

“我们不把这条狗交出来，司徒大人有一百种不同的方法让我们死，这样也没多大的意思。不如司徒大人把狗带回去，把我们也带回去。我们兵分两路，顾长明在追击的是另一条更加重要的线索，等他回来了，一合计把线索全交给司徒大人，再由司徒大人亲自传达给太后，请太后她老人家定夺，不知司徒大人意下如何？”戴果子的语速放慢，难得司徒岸还有耐心听他说完。

柳竹雪在后面又气又急，都想用指甲使劲儿去掐戴果子的手心。怎么和先前说好的不一样？这个司徒岸素来心狠手辣，要是他们把狗交上去，狗直接被斩杀了怎么办！

“柳妹，你要相信司徒大人也是为了你我好。”戴果子故意长长叹了口气道，“这母狗肚子里还有小崽，它会投鼠忌器乖乖听话的。想来司徒大人更想要的还是活口。”

无论是畜生还是人，活口才能够提供更多更完善的线索。

“行，我可以答应你们，只要它不主动攻击人、咬人的话，我不会直接杀了它。”司徒岸不是笨蛋，九皇子的案子迫在眉睫，案情中明明只有一条狗，如今却出现了两条。虽说宁可错杀一千也不能放过一个，但是姓戴的小子一番话说得也有道理。杀狗容易，应付太后就难了。

“我们跟着司徒大人进宫，到时候也算是确确凿凿的两个人证。”戴果子反手在柳竹雪的手心飞快写字，“别让狗叫，不会伤其性命。”

柳竹雪再次选择了相信戴果子，一手按住了母狗的头顶。她的掌心细腻柔软，仿佛是最好的安心丸，手指不轻不重地拨拉着母狗的短毛，听到它的鼻息声渐渐平缓，才转过身蹲下来，几乎与它平视：“我们不会伤害你和你的孩子的，但是你要跟着我们去另外一个地方，孩子的爹也在那里，你能听明白我的话吗？”

母狗迟疑了一下，还真的没再咬人，湿漉漉的鼻子凑过来，在柳竹雪的手背上轻轻划下一道痕迹，表示认同。

戴果子朝着司徒岸挤挤眼：我就说了这狗不咬人，只是看着凶而已。

第二十八章 | 最大的隐患

粗如手臂的铁杆，在巨力的摇晃下，发出的动静越来越大。顾长明站在原地，静静看着，像是在等待着什么。

那人以为顾长明会出手阻拦，没想到铁笼都要被拆了顾长明还是毫无反应。那人扬手一挥，长鞭犹如毒蛇直击目标，朝着笼中人的脖子卷了过去，瞬间生出毒牙夺人性命。

这个时候顾长明出手了，明明长鞭速度奇快，在他面前却不值一提。袖中剑轻巧而出，在长鞭的七寸叮了一口，又躲回顾长明的衣袖中。长鞭顿时失去力道，毒蛇变成绳索委顿在地，再没有余力作恶。

与此同时，铁笼被扒拉开一个大口子，里面的人随时都会冲出来。

顾长明的嘴角扬起一道优美的弧线，身后的人哀号连连："疯了，你真是疯子！"

"把无辜的孩子拐带来，让他们试药，把他们从好端端的人变成怪物，到底谁是疯子？！"顾长明厉声呵斥道，根本不管铁笼中的那人会怎么样，他袖中剑已经神出鬼没地再次出现，指住黑暗中的某一点，所有的咒骂声立刻尽数被吞咽下去。剑尖再往前半分，足以刺破对方的咽喉。

"他一旦出来，谁来制止他？！"那人的气焰完全被压制住了，但他还在继续啰唆，"你的武功好，所以不在乎这些对不对？但外面那些人呢？你口中的孩子，哪个能够逃得掉？没有解药的，我告诉你别妄想了，没有解药的。"

顾长明的怒气始终没有被激起半分，他冷静得就像平日坐在自家书房中看一卷喜欢的书："这是你作下的恶，那么由你自己吞下这个果。"

那人感觉到肩膀被大力一扯，身体不由自主地向前扑腾了几步，明显就是朝着笼中人而去。他拼命想要站定双脚，顾长明没有给他机会，手底下又加了两分力，手指快要掐进他衣衫下的皮肉中。

"你知道我是谁，你知道我是谁！"那人的鼻端几乎闻到从铁笼中迎面而来的血腥气，似乎下一刻这恼人的味道就会扑在自己身上。怕死的念头一起来，嘴巴也不再严实了，“顾长明，你给我松开手。”

“我不知道你是谁，我以前没有见过你，以后也不会再见了。”顾长明一旦冷血起来便是铁石心肠，不管那人如何惨叫，还是把人往前推，“他是不是大宝？你说！”

这是顾长明心中最大的疑惑，一直等到此时此刻才问出来。那人已经顾不上其他的了，只求他能够松手：“对对，就是大宝，江大宝，他已经彻底变了，别把他放出来，否则你会犯下大错的。”

“到底是谁犯下了大错！”顾长明等到了想要的答案，心口微微发酸。江婶收了十贯钱，自欺欺人，以为这些人把大宝借走，还会如期归还。虽然她嘴上不说，其实对大宝早已经有了嫌弃之心，可能是一个人照顾有残疾的孩子太过辛劳，她累了，也倦了。所以尽管她觉得这种好事里面，处处透着古怪，还是心一狠把大宝送走了。

顾长明听到身后有粗重的鼻息声，差点儿就要贴到他的后脖颈边，一口咬下去了。他心里默默念了一句：大宝，你没有错，错的是这些大人。

被抓住的那人，看样子也算是个狠角色，这会儿应该是看到大宝近在咫尺，所有的力气全部用来发出惨叫，连一句完整的话都说不出来了。

顾长明手掌化刀，身形快如鬼魅，带着个人都能迅速转到大宝的身后，对准大宝脑后最脆弱的部位，一掌劈了下去。大宝张嘴露出牙齿的动作还没有来得及停下，身后遭到重创，毕竟是血肉之躯，直挺挺地向着前方倒了下去。

被顾长明抓在手中的那人没有看到这一幕，在顾长明对大宝做出致命一击的时候，那人双眼翻白晕了过去。顾长明弯身捡起掉在地上的火折子，同时照亮了地上两个人的脸。

大宝的大半张脸都被血糊着，然而他的五官清秀，头发覆盖着额头，还是个半大的孩子；另一个穿的却是宫中太医的官服，顾长明冷笑一声，这张脸太陌生了，刚才皮鞭出手的时候，他就在想这人也算是高手，怎么会㞞成这么不堪的模样？

穿着太医的官服就真的是太医了吗？顾长明用手中的剑挑开对方的衣襟，露出左边肩膀，影影绰绰的花纹露了出来。

宫中太医院的太医能打一套完整的五禽戏而气不喘面不改色的已经很是难得了，能把皮鞭玩得这样自如的，怎么可能留在皇上身边？简直就是最大的隐患。

这些人把皇上的胆子想得也太大了点儿，敢情压根儿没有近距离和皇上相处过，一切不过是揣测。

顾长明在两人的身上各点几下，确保一个时辰内他们不会醒过来，两个都保持沉睡的状态才好。没等他站起身，凌乱的脚步声由远而近，出现了一群人，把他团团包围在其中。

司徒岸答应戴果子以后，才发现这小子了不得，三言两语就把人给绕进去了。这口才很是了得，比起顾长明，司徒岸更愿意和左右逢源的戴果子打交道。司徒岸总觉得顾长明不通人情世故，很多事情不会变通，简直让人伤透脑筋。

柳竹雪对司徒岸始终不太信任，看着他的手下把母狗赶进木笼子，抬上板车，恨不得马上跟着那辆车进宫。

司徒岸朝着戴果子使了个眼色，暗示这样可不行。要知道把这么一条危险的东西运进宫中，对他来说也是很费劲儿的，又要完成太后交代下来的任务，又不能出丝毫的差池，哪有外人看起来那么容易？

“不介意的话，和我同坐马车进宫吧。”司徒岸一副好商量的样子，很是难得了。

柳竹雪刚想硬一下脖颈，便被戴果子从身后扯住衣服，他压低了嗓音道：“你以为他真会给我们脸面吗？那是因为太后指望着顾长明破案，而我们是顾长明的人，否则他这样的大官为什么还要和我们商量？”

“官大了不起啊！”柳竹雪不服气地回嘴。

戴果子一本正经地点头道：“官大是了不起啊，官大一级压死人，你难道还不懂其中的猫腻？更何况他和我们之间何止差了一级，你就知足吧。”

柳竹雪不否认戴果子说得很有道理，但是这辈子她看司徒岸都不会顺眼的。虽然跟着坐上了马车，但她整张脸都很别扭地朝着车厢壁，一路上只字不提。

司徒岸更没有和他们周旋敷衍的精力，本来还想问问顾长明去了哪里，上车前，手底下有人前来回禀，说顾长明带着个年轻女子进了家酒坊，几个时辰了都没有出来。

“还干等着做什么！派人进去查，顾长明会进去的酒坊绝对不是酒坊这么简单的。”司徒岸越想越觉得不对劲儿，恨不得自己分身有术，分出一半的精力再跟进顾长明那边的进度。

“派了几个人进去暗查过，里面就是一家酒坊，堆放了各式的酒坛子，只是里面一个人都没有，掌柜的、酒保全不见人，连顾长明和那个姑娘也不见了。”手下人说出这些时，司徒岸的脸色越来越黑沉，他知道上官要发作了，脖子一缩等着暴风雨的来临。

“司徒大人，还去不去宫里了？”戴果子撩开车帘，笑嘻嘻地问道。

司徒岸顿时清醒过来，他只有一个人，顾得了这边就顾不了那边，与其来回奔走却两头落空，不如先确定眼前的事。顾长明做事踏实，应该不会出什么问题：“来了，就出发！”他对着手下一挥手，让其继续去打探消息，随即单手撑在车辕边，飞身上车。

“刚才我好像听到有人提起顾长明的名字，他出事了？”戴果子这么一问，缩在角落里的柳竹雪马上提起精神来。

“我的手下能力有限，跟丢了顾公子，不知道顾公子查到什么重要的线索，一路紧追而下，把身后的人都给甩开了。”司徒岸当然不会说顾长明或许在那个酒坊中出事了，否则马车上的两个人丢下他，回过头去找人，那他就麻烦大了。

“那是，顾大哥的本事这么大，你的手下跟踪他，肯定早被他发现了，所以才把尾巴甩开的。”柳竹雪颇有些小得意，好似顾长明能让司徒岸吃瘪，就是替她出气了。

“那是太后都深信不疑的厉害角色，即便我的手下十几二十个人加在一起都比不上。”司徒岸见柳竹雪转过头来，笑得那叫一个娇美如花，心头有些不爽，故意将目光从柳竹雪的脸上又移到戴果子的脸上，“这些日子柳姑娘逢凶化吉，否极泰来，都是顾公子的功劳。刚才柳姑娘一听到顾公子的名字，立时喜笑颜开，如果在下没有猜错的话，他们两人应该是好事将近了。”

于是，这一路上，马车中保持着诡异的宁静，戴果子和柳竹雪都闭嘴不说话。司徒岸达到了自己的目的，心里偷笑：再厉害也不过是几个毛头小子，真以为老子这些年在官场、在宫中都是白混的吗？一句话就能让你们堵着心，偏偏老子说的还是好话，你们想发作都没有借口。

一直等马车停在宫门外，柳竹雪看着司徒岸先下车，脸色有些尴尬地看着戴果子：“果子，我对顾大哥没有那个心的。他是看我可怜才好心收留我的。”

“你和我说这些做什么？我也只是他好心收留的人的其中之一。”戴果子桃花眼带笑，一点儿都看不出他真正的心情是好是坏。

第二十九章丨变成怪物

小凤凰后背抵靠着小葫芦，让身边的那些孩子千万不要跑远，最好全部聚拢在一起。此处光线太暗，不知道还有多少坏人躲在暗处。

“我们有个很厉害的帮手，你们刚才也见到了，再撑一撑等他回来就带你们回家。”小凤凰的声音很清脆，在这种时候很能安抚人心，“一个不缺，带你们回家。”

“你还真敢夸下海口，这些毛头孩子缺胳膊少腿的，除了会拖后腿还能做什么？”小葫芦本来想着把敌人的老巢找到，小凤凰自然会带着自己直接离开，“你几时起变得这么心软了，就因为那个顾长明？”

“别说我，你又为什么答应以身犯险，是不是也因为那个顾长明？”小凤凰笑眯眯地回嘴，这是两人习惯的相处方式。小葫芦的嘴巴毒，她也没好到哪里去。但是他俩心里头都清楚，他们两个和齐坤门中的其他人或许有些不一样，所以才会特别亲近。

“我是同病相怜，同病相怜不可以吗？”小葫芦嘴上是绝对不肯承认的，人都来了，说明了所有。

“既然来了，就尽力护他们周全，有顾长明镇场子，没什么好担心的。”小凤凰手中的匕首一转，雪亮的光芒，映射出她清秀的面容。

大概是两人的态度感染了周围的人，那些孩子渐渐平静下来，依照小凤凰的叮嘱，紧紧挤在一起，相互给予勇气。

小凤凰始终警惕着，却没有其他人过来，难道说是他们运气太好，这里把守的人正好都离开了？小凤凰随口问了一句：“你们逐一报数，等会儿出去的时候，一个都不会落下。”

好不容易把数字给报完了，一共有十七个孩子，其中有人惊呼：“怎么和我在一起的那个小丫头不见了？”

小凤凰以为所有抓来的孩子都是小子，没想到里面还有个丫头：“刚才谁在说话？过来说清楚，和你在一起的小丫头多大了？几时发现不见了？”

“我也不知道到底多大，大概五六岁，她脑子不好使，但是知道害怕，一直抓着我的袖子。”那个说话的少年明显比别人高了一头，也没有那么胆小。

小凤凰看了他一眼：“你是城西小老大手底下的？”少年穿的衣服上全是补丁，一看就是个小乞丐。

“你们认识小老大！”少年一下子激动起来，“是小老大让你们来救我的对不对，对不对？”

“先说小丫头，她几时不见的？”小凤凰没空和他闲扯这些，小老大派人来救你们？我看你的脑子也不好使了，“你不是说她一直抓着你的衣袖吗？”

“刚才你们两个人说话的时候，让我们凑在一起，又要点数，我就发现她不见了。”少年努力四下张望，奈何光线实在太暗，除了一片黑，什么都看不见。

“你喊她试试，她有名字吗？”小凤凰跟着干着急，又不想离开小葫芦身边。天晓得坏人几时出现，她的武功有限，怕是保护不了这么多人。

“她脑子不好使，话都说不清楚，问她的都答不上来，没有名字的。”少年越说越急，“她个子很小，胆子也小，应该不会走远的。你把火再点亮一点，没准儿她就在周围，只是我们看不见而已。”

小凤凰用肩膀碰了小葫芦一下：“你把火折子再弄亮点行不行？”

“保持原状最太平，等顾长明来就好了。”小葫芦不敢冒险，虽然没有敌手，但他后背始终凉飕飕的。没准儿一直看不见的高手潜伏着，就等他们露出破绽来，“我总觉得附近有不安全的东西，你应该也有所察觉。”

小凤凰心里纠结，要是跑丢的是个小子，她绝对没有这么紧张，可跑丢的是个脑子不好使的小丫头，落在这里没有带走，下场肯定就是一个死。

“噗”的一声，火折子亮了。小葫芦心里暗暗咒骂了几十句，你几时这么有胆量，这么不怕死了？在火折子亮的瞬间，小凤凰迅速向四周探视，她的眼力好，耳力也好，刚才一片叽叽喳喳的吵闹声中，听不真切。小凤凰很快发现不远处地上趴着个小丫头，一条腿在不停地抽搐，像是受了伤。

“小葫芦，你盯着点儿，我马上回来。”小凤凰一移开身体，便觉得后背一凉，仿佛是不祥的预感。等她快步走到小丫头身边，蹲下来想把人抱起来时，地上的人先动了。

“小凤凰！”经过一场恶战，顾长明踏血而回，正好见到地上一道趴着的黑影，行动迅速和大宝简直一模一样，朝着离得最近的小凤凰恶狠狠地扑了上来。

顾长明的动作再快也就只能用手指勾到小凤凰的衣领把人往后拽了一尺有余，小凤凰的胳膊被一口咬住，锐利的牙齿直接刺破衣物，刺进皮肉之中，她连惨叫都发不出来。

行凶者已经被顾长明一掌击中，小小的身体高高抛起又重重落下："都散开，离开她！"

顾长明反手撕开小凤凰的衣袖，露出她光溜的胳膊，火折子落在地上，还能照出一小片的范围，正好照见那个深深的牙印。

牙印已经转变成青紫的颜色，小凤凰完全傻在那里，这怎么看也不像是个小丫头能够咬出来的痕迹，不像是人咬出来的。

顾长明接过她手中的匕首把牙印周围一圈全部割破，把里面被感染的血挤压出来，头也不抬地叮嘱道："小葫芦，注意那些孩子有没有异动，他们都被人喂食了相当猛烈的药，随时会变成咬人吃生肉的怪物。"

本来小葫芦胆子都快吓破了，但是顾长明的声音带着一种安抚人心的力量，让他的神魂很快归位："要是还有会咬人的，我能不能攻击？"

"可以，直接攻击，不要有任何犹疑。"顾长明低头为小凤凰继续处理伤口，毒血被不断地挤出来，她的整条手臂都快因为失血变成惨白色了，"稍有松懈，只会造成更大的伤害。"

小葫芦有种错觉，顾长明的心肠比他们这些旁门左道的更加硬，说到"攻击"两个字的时候，他眉头都没有皱一下。

"血不能完全挤出来，必须快些出去找到解药。"顾长明一直挤压到流出的血液是鲜红的颜色才停下。

"如果没有解药，我是不是也会变得和她一样？"小凤凰指着地上那小小的一团，那个小丫头完全没有生命迹象了。顾长明一掌已经要了她的性命。

"你的伤是被咬造成的，不会这么快，我们会想办法的。"顾长明抬起头来，双眼晶亮，"你在看那个伤你的孩子？"

"她真的只是个孩子，她什么都不知道。"小凤凰别过脸去，眼睛微微发酸。

顾长明没有说，就在刚才有个差不多的孩子，在被重击加点穴的双重发力下，迅速醒了过来，把企图围攻顾长明的十几个人全部撕咬而死。那个冒充太医的离得近，第一个被咬死。

顾长明想到在柳府看到的那一幕，这些人终于又弄出个和九皇子一样的怪物，攻击力比九皇子更加犀利狠毒。毕竟柳府那些人都是手无缚鸡之力的普通人，而攻击他的人手执兵器，都是有武功的，可依然没有还手之力。

衣角上的鲜血是大宝的，顾长明最终杀死了大宝，并在那些被咬死的人身上都补了一剑。柳府的那些死人，尘归尘，土归土了，这些人还真的是说不好。

等他火急火燎地赶过来，便发现小凤凰在不知情的情况下被攻击了，而且他眼睁睁地看着却无法护着她，她还是被咬了。

小葫芦的嘴巴张了张想说“我明明阻拦过她，不让她做滥好人的”，然而此时此刻说这些根本没有意义了。

“暂时不会有人来了，你们能走的话全部跟着我，先出去再说。”顾长明想要扶小凤凰一把，但被她飞快地躲开了，他有些生气，“我都说了你这是间接受伤，不会这么快病变的。”

“我断后，你带着他们走，小葫芦走在中间。”小凤凰一咬牙，往队伍后面走去，“一共是十七个人，刚才都数过的。不要慌乱，一个搭着一个的肩膀。”

“我们没有吃过乱七八糟的药。”黑暗中有个孩子小声地哭起来，每个人都目睹了刚才那一幕。虽然不过是瞬间，他们却受了极大的惊吓。

“他们说我们身体不好，要养养才能吃药，我也没有吃。”又有一个孩子在旁边附和道，“我不会变成怪物的。”

“出去以后，会给你们检查身体的。我也希望你们都没有吃药。”顾长明走在最前面，顺势抓住了离他最近的那个孩子。

那个孩子全身瑟瑟发抖，本来想要哭的，眼睛里都是泪水。被顾长明的手一拉，像是不相信一样，微微垂眼看着两人相握的手，结结巴巴道：“我……我也没有吃过药，我一直在拉肚子。”

顾长明轻轻“嗯”了一声，表示相信。他明明可以走得很快的，步子却又平又稳，确保身后的孩子都可以跟上。走了七八个以后，小葫芦插队进去，临进队伍前他还回头看了小凤凰一眼。

黑暗中，小凤凰的脸雪白，小葫芦感觉她像是某种曾经在黑暗中见过的花朵，会发出馥郁芬芳的香气，却只能开足一夜，便会尽数凋零。

第三十章 | 震慑人心

顾长明带着一行人出来的时候才发现外面天亮了，薄薄的日光映射下来，把身后人照得有种原形毕露的错觉。这些孩子用小葫芦的话说不但是缺胳膊少腿，而且衣衫褴褛，多半都是街口捡回来的小乞丐，或者是家境极差、用很少的钱换来的。

小凤凰最后一个出来，大半条手臂露在外面，脸色苍白但很坚定。她发现顾长明看过来时，马上露齿而笑，示意自己没有大碍，不用担心。

顾长明弯身撕下半幅衣衫，走过去盖住她已经发青的手臂："先等一等，我点个数，你刚才说一共有十七个孩子，对不对？"

"是，我点好的。"小凤凰连忙用手按住半幅衣衫，不知为什么眼圈微微发红了。

"我们能走了吗？不是说送我们回家的吗？"有人小声地问道。

"没有家的怎么办，又要送到哪里去？"还有人在质疑小凤凰先前说的话。

小葫芦气得差点儿破口大骂，果然这世上还是做坏人才省心，小凤凰连命都快搭进去了，半句好话没听到，还被问东问西，好像她做这些能从这些小乞丐身上得到什么好处一样。

"十七个人，一个都不许离开，官府的人很快会过来的。"顾长明眉尖一蹙，显然也没料想到这些被救出的孩子会这样。

"为什么不让我们走？你们是不是也想对我们做……"说话的人没来得及将后面半句难听的话说出来，便被顾长明指尖弹过的石子打中穴位，"呜呜呜"再说不出话来了。

顾长明拍了两下小葫芦的肩膀，把小葫芦那一腔怒火都给拍下去了："你做得很好，我只是有些惋惜，你难得做一次好事，却不能得到相应的回报。"

本来小葫芦气得想要抽人，被顾长明这么一说，多少有些不好意思："我又不要什么回报，就是看在你和小凤凰的面子上帮忙罢了。他们能给我什么？你瞧瞧他们这一身的破烂，一脸的脏。"

"你们必须在这里等官府的人过来，让大夫帮你们检查身体，等确保没有问题以后才能离开。”顾长明的声音从来不会抬高，但话语中却蕴藏着强大的气势，底下没有一个人敢反驳。毕竟刚才出言不逊的那个人，还一动不动地站着，连眼睛都不会眨。

“你们嘴上不说，但我知道你们心里还是会想为什么要听我的话。因为我们救你们出来，就是为了让你们不再有害人的机会。”顾长明两三步走到小凤凰身边，把她的手臂举起来，“看到没有，刚才她在里面被你们中的一个袭击，才会变成这样。你们要是也因为药物而转变成那样，撕咬身边最亲近的人，你们愿意吗？伤害你们的父母、同伴，你们忍心吗？”

四周静默一片，小葫芦背过脸去，不得不承认，顾长明的一张嘴还真是能说大道理，而且还能从中听出真情。

小凤凰的伤口倒是不疼，但是自己也明白情况不太妙。那青紫的颜色还在缓慢扩散中，如果渗入到心脏或者脑袋里，谁也不能保证会发生什么。

“顾公子，我和他们一起等着官府的人过来，我也需要大夫检查身体。”小凤凰不想自己变成怪物以后，第一个咬的是顾长明，小葫芦也不行。

“你的情况特殊，我带你去找大夫。”顾长明的目光一扫，清点完人数，“如果你们觉得家人和朋友都不重要，小乞丐也不在意你们是小老大苦苦求着才会有人前来搭救的，那你们就走吧。”

“顾公子，顾公子，你要去哪里？”小凤凰见他回过身，居然又要从出口进去，“我跟着你一起。”

小葫芦看了一眼那十七个幸存者，他们这会儿居然一个都不想离开了。大概是顾长明说的话太震慑人心了，如果不在乎，你尽可以离开，那么你伤害的必然是你最亲近的无辜者。

“刚才那个小丫头好像有些问题。”顾长明没有走近确认那个小丫头是不是真的被一掌击毙，当时情况有些不好控制。如果是原先那么稚嫩的身体，肯定是经不起那一掌的，但是被药物改造过以后，还真是说不好。万一他们离开后，她又出来祸害别人，岂非他的罪过？

“她怎么了？”小凤凰紧紧跟随其后，“还会再变一次？”

她的轻功这么好，加上顾长明的临时一抓，都没有避让开这么个小丫头的攻击。那速度要快到什么程度，小凤凰都不敢细想。这样的小怪物要是冲上大街的话，根本没有一个路人有希望生存的。

“无论生死我都想把她带出来，可能找出你的解药的希望就在她身上。”顾长明心中有两个疑点：一是那个冒充太医的人应该是这里的头目，为什么要冒充太医，其背后的推手是谁？二是为什么要选身有残疾的孩子，难道说这药物有缺陷，对健全人无效？

当时大宝从铁笼子里扑出来，加上那十几个人的围攻，情况实在太混乱了。顾长明本来还想要留下活口的，大宝却完全不配合，本能地规避武功最高的顾长明以后，把眼中能够见到的活物全部撕咬至大量失血而死。

顾长明不想去回忆当时鲜血铺天盖地的情景，还有绝望的哀号声。虽然顾长明明白，这些都是他们自作孽，可是他又觉得那场景实在太残忍了。他低下头来看着自己的手，也是这只手把那么小的丫头给打死了。

“小凤凰，我是不是应该对那个小丫头手下留情？没准儿还有挽救的可能。”顾长明发现自己心口有什么东西，左右摇晃了一下，“不对，你是受害者，你应该更想严惩凶手。”

“顾公子，你刚才有一句话说得很对，如果你不出手，一时的仁慈只会换来更大的伤害。一旦她的行动完全展开，那十七个人中，我们又能护住几个？”小凤凰把衣衫拧成麻花形状，把手臂紧紧扎住，“如果是我，同样会出手，救一个和救十七个之间，我不会犹疑，更不会说都要救。对不起，老天爷不开眼，我也做不到。”

顾长明低头轻笑道：“我居然觉得你说得很好，比我想得更好。”

刚才还言之凿凿的小凤凰，一看到那个笑容，整个人都恍惚了起来，接近顾长明的半边脸连带着耳朵浮上一层粉色，居然害羞起来，声音也变得像蚊子嗡嗡一样：“顾公子过誉了，我就是想到什么说什么而已。”

“哎，外面十七个要是都跑了，我们岂不是白辛苦！”小葫芦难得还惦记着不相干的外人。

“也不算白辛苦，不是把人都给救出来了吗？”小凤凰笑眯眯地答道，“这才是我们的初心。”

顾长明忽然站定脚，一手把两人都护在自己身后，不远处的地上，那个小丫头还是脸孔朝下一动不动。

“你那一掌应该是足够要了她的命的，要是会变异早就变了啊。”小葫芦有些不明白顾长明的小心翼翼，而且他在另一边解决掉的人应该更多，也不见他担心这个担心那个的，只有这个小丫头让他记着了。

“是，要变的话早就变了，可我心里总是不安。”顾长明的左脚往前踏了一步。

地上小小的一团，双脚微微一颤，又是几下抽动。

小凤凰和小葫芦的嘴巴都张大了，还是顾长明厉害，居然能够算到真会出事。

顾长明的袖中剑已经握在手中，双眼警惕地盯着地上。如果现在快步走过去，他足以在瞬间将其粉身碎骨，然而好像冥冥之中有个声音让他再等一等。

只是等一等的工夫，地上的影子慢慢仰起脸，坐起身，还原地转了半圈，把一张脸对着他们。

此时，小凤凰手里的火折子差点儿拿捏不住，幸好小丫头的脸没有什么变化，还是很瘦小的脸盘子，嘴角挂着点儿殷红，正是先前咬她时留下的血渍。

“顾公子，你还不动手，在等什么？”小葫芦倒吸一口气，然而顾长明已经以身犯险，站在他们的面前。他又不能转身就跑。

“再等一等。”顾长明像是对小丫头特别有感触。

那张小脸抬得更高了，分明在看的就是顾长明。小凤凰自认在齐坤门这些年，出了不少任务，胆子也是够大，但是这么诡异的场面还是她让后背一阵阵发冷汗。

小丫头的舌尖探出，将血渍勾进嘴里，还发出吧唧吧唧的声音，正对面的三个人反而鸦雀无声。

“一击鼓，草木生；二击鼓，忆空白；三击鼓，往昔伤。”小丫头很有节奏地念完这三句以后，重新仰面倒了下去，自此再也一动不动。

“她……她刚才念的是诅咒吗？”小葫芦拼命地用双手搓揉自己的胳膊，上面早就爬满了鸡皮疙瘩，“是不是听见这些话的人都要倒霉？”

“不，我以前就听人念过这些。”顾长明特别冷静，把刚才的句子重复了一遍，“一击鼓，草木生；二击鼓，忆空白；三击鼓，往昔伤。”他心中有了一幅拼图，缓缓浮现，将三块捡拾而来的碎片镶嵌了进去。

三件案子，一击鼓，二击鼓，三击鼓……

数字整齐地排列下去，几时才是尽头？还是说打一开始，就已经是一个死循环，哪怕是他们拼命想要往前奔跑追赶真相，到头来还是会回到原点？

第三十一章 | 万无一失

柳竹雪见着戴果子笑嘻嘻的，心底下知道应该是自己所说的哪一点把他得罪了，一时半会儿还问不出个所以然。戴果子已经走到离她十几步远的地方，忽然站定脚转过头，把手伸向她："还愣着做什么，快点儿过来。"

本来他还有着一肚子的气，想想柳竹雪恐怕对太后心有畏惧，这会儿好不容易肯进宫来，还不知道心里头忐忑成什么样子，终是不忍心让她心惊胆战的。虽说自己也起不了什么作用，好歹能够在身边给她点儿支撑。

柳竹雪走到他身边，小心翼翼地看着他："果子，别生我的气。"

"没有生气，我不会和你生气的。"一看到你的样子，心直接软了，怎么气得起来？

"司徒岸要把我们带去太后那边，太后曾经下令让我离开开封府，此生都不要回来。可我这一出现，不等于是拂了太后的颜面吗？"柳竹雪见司徒岸不在身边，连忙小声问道。

"司徒岸那个人是最会拍马奉承的小人，他绝对不会做不利于自己的事情，你放心好了。若是太后见不得你，他绝对不会把你送到太后面前去自讨无趣，所以留在这样的人身边，我们反而是最安全的。"戴果子递过去一只手，"别怕，有我呢。"

柳竹雪看着那只手，虽然果子武功一般，说这句话的时候却是斩钉截铁，特别爷们儿。她毫不犹疑地把手交过去，发现他的掌心温暖，仿佛把汩汩的勇气全部都传递了过来。

"你们两个就不能走快点儿？"司徒岸已经安排人把两条狗全送到秘密的关押之地，务必用最粗的铁链、最牢固的铁笼。在宫里头绝对不能有丝毫的差池，否则有九个脑袋都不够掉。做完这些，司徒岸有些后悔自己一时头脑发热，答应那两人的要求，自找麻烦。

要知道直接在宫外解决掉，才是万无一失的好办法。

戴果子一看司徒岸脸色不善，把早就想好的说辞奉上："在宫外面要杀两条狗很容易，对司徒大人而言就跟踩死两只蚂蚁一样。但若是真凶并非双犬之一，而太后以为你已经破了案，日后一旦再出现纰漏，你犯的就是欺骗太后的重罪。”

司徒岸不怒反笑道：“你这小子是从哪里学来的言论，敢在这里威胁我？或者你心里头把我当成小人，觉得我前头与你们达成协议，转头就会不认账了？”

“我相信司徒大人能够坐到今天这样的位子，能够得到太后的信任，肯定不是唯利是图、只看眼前的小人。”戴果子见招拆招，话语里隐隐地把司徒岸的话给承认了。

“你小子好大的胆子！”司徒岸哪会听不出来，立刻怒斥道。

戴果子抓抓后脑勺，一脸痞笑：“要是没有胆子，我怎么敢到宫里头来？这等于把自己的一条小命都交在司徒大人手中，要是还说对大人不信任，我已经不知道什么才是真信任了。”

司徒岸难得被人打一棒子喂一颗甜枣的，刚要冒出来的火气顿时散了：“行了，行了，在宫里头无论何时何地你们都要记得自己的身份，不要给我添麻烦才是。我可事先声明了，虽然是进了宫，虽然是到太后的寝宫中，但你们能不能见到太后却是未知。”

戴果子连忙摇头摆手：“司徒大人误会了，我们就是来做个人证，不求见到太后她老人家的真容，这种高难度的事情，等顾长明回来，让他去应付就好。你一定也知道，这些事他才是最擅长的。”

司徒岸深深地看了戴果子一眼：“要不是我知道你和顾长明是一路人，早就怀疑你是不是对其心有不满，每一句话都夹枪带棒的，不让他好过。”

正说着话，突然有人飞奔而来，到了司徒岸身边立定，附在他的耳边飞快地说了不少话。司徒岸的脸色变了又变：“你是说他们出来又进去了，那么你们有没有找到出入口？”

那人连忙又轻声说了几句，这次声音没那么小，戴果子努力探听，果然听到了顾长明的名字。这些人始终在跟踪顾长明和小凤凰，就和邵应一直跟在他们身后一样。

要是这么不放心，你们大可以自己来，何必要把功劳分让出去。

“先把他带出来的人全部看紧了，一个都不能跑掉，否则你们提脑袋来见。”司徒岸挥手让手下离开，一转头就见到两双亮晶晶的眼睛，分明是多多少少听到了一部分，“你们也别急着问我，反正顾长明目前尚且安好，还把那些失踪的孩子都给找到了。”

柳竹雪明显感觉到戴果子的手握紧了，抬头看过去，两人在彼此脸上都看到微微松了口气的表情。

在火折子光线的映照下，顾长明看着地上小小的一团依然是那么安静，仿佛从来没有被人恶意塞过猛药，也从来没有那么残忍地撕咬过他人。

“刚才我有一瞬间的冲动，真想用一把火把这个该死的地方烧得干干净净，寸草不留。”顾长明深吸一口气，“不过这里面有太多名堂，只有我们三个人，人手肯定不够，小凤凰又受了伤。我倒是想到一个更合适的人选，回头让他来，他肯定很乐意。”

“我没事。”胳膊上的伤口周围已经都麻木了，小凤凰感觉不到多少疼痛。她也不是没受过伤的人，做以前的行当，摸爬滚打少不了，所以她很有经验。她知道伤口疼还是好的，熬一熬就过去了，这样不疼不痒的才最糟糕。

等三个人原路返回，外头原本应该等着的十七个人全部不见了。空荡荡的一片地，连个人影都没有。

小葫芦有些幸灾乐祸起来，要说十七个人全跑了才叫有意思。虽然他的一番努力白费了，但是能让小凤凰意识到做好人是件多么赔本的买卖，以后还是少做为妙也是好的。

“不会的，肯定有其他原因。”顾长明真心不想见到小凤凰眼中的失望之情，“有人来过了。”话方出口，他便察觉到什么，迅速转身对着前方沉声道，“不要鬼鬼祟祟地躲着，都给我出来。”

对方分明有些心不甘情不愿的，一只靴子从阴影中踏出来，已经暴露了自己的身份。

“司徒岸的人？”顾长明大致明白发生了什么。

在当地官府派人出来接手此事之前，宫中的人又早了一步。整个案子起源本来就在宫中，又有太后的懿旨在上头压着，司徒岸肯定是尽心尽力了。

“什么都瞒不过顾公子，在下周启飞，司徒大人派我过来给顾公子帮点儿小忙。”那人一见顾长明板下脸来，心知此人是万万不可得罪的，便连忙换了一副嘴脸，“大人说了，顾公子的办差本事是极好的，但是身边统共没几个人，实在是忙不过来，我们正适合打下手。”

“你们一共带走了几个人？”顾长明完全没有心思和这人扯皮，直接问重点。

“十七个，顾公子，不知道人数对不对？”周启飞很诚恳地看过来。

“不是二十个吗？我明明记得是二十个的，你们怎么只带走了十七个？”在旁边实在听不下去的小葫芦开了口，他这话一点儿也没毛病，外头十七个，加上里面变成怪物死掉的两个，再加上自己，不是正好二十个吗？

对方一听这话，脸色大变，还想要细问顾长明，就见顾长明回手一把按在小葫芦的脑袋顶上：“几时能开玩笑，几时要说正经事，你要分辨清楚，刚才那个玩笑一点儿都不好笑。”

周启飞这才明白这小鬼一本正经说的全是谎话，不能得罪顾长明，连这么个小东西难道还制不住？周启飞一心想要在顾长明面前露上一手，单手五指一张，对准小葫芦的胸口抓了过来。

他们绝非等闲之辈，早就查出小葫芦虽然长得像个孩子，实际上早就是成年男人的想法和武功。所以周启飞下手半点儿也不留情，哪怕小葫芦往后急退，胸口的衣服还是被周启飞的手撕扯下来一大片。

接下来，顾长明以快制快，与周启飞交手十几招，打得对方没有半分胜算，直接喊认输了。

“你为什么要对他下手？这就是宫中侍卫的教养和手段吗？”顾长明呵斥得对方连脑袋都快扣到胸口了，“你应该庆幸自己不过是抓破了他一点儿衣服，而没有伤到他。否则的话，我绝对不会轻饶随意下重手的人。”

“我这也不能算是重手啊，再说了他又不是真的小孩子，否则的话，他哪能够留得下来？肯定也是要一起被带走的。”周启飞虽然被顾长明的气场直接压制住了，但他毕竟是宫中侍卫，伴君如伴虎也习惯了，不至于语无伦次。

“他脑子很清醒，从来没有服食过什么药物。”顾长明听他似乎想对小葫芦下手，连忙申辩道，“他和那些孩子是不同的。”

“万一药物是掺在饭菜里的呢？甚至涂在衣物上，散播在空气中，都是极有可能的。”周启飞故意朝着顾长明作了个长揖，“我思来想去，把他留在顾公子身边非常不妥，还是由我一并带走吧。”

第三十二章｜三丸药

司徒岸办事雷厉风行，戴果子和柳竹雪跟在其后，见他没有避讳，当着他们的面安排了诸多事项。手底下的人对他十分信服，只有听从与执行，绝对没有丝毫疑问。

“邵应带回来的那条狗已经死了。”司徒岸忽然转头说道，“关在笼子里，半个时辰之前，吐血不止，看守的人想救都来不及。虽然没有直接送到太后面前，但它也是死在宫里，这种情况不要说是一条狗，便是一个嫔妃都不能久留的。”

柳竹雪没有听明白，戴果子却听懂了，那条狗估计已经直接烧成灰，再深埋在土里了，以防有任何传染源。那条狗虽然没有发狂到见人就咬，但看着情况也不是很好，他当时也是在场的，对这些举措表示认同：“那么怀孕的那条母狗呢？”

“目前情况还算稳定，至少看不出会暴毙的样子。”司徒岸临时改变了主意，“我本来说要去太后那边的，但如今顾公子查出不少线索，他们已经从一处密室出来，你们要不要跟随我一起过去看看？回头再一起见太后也不迟。”

柳竹雪本来就没想和太后相见，心里头放下是一回事，见到罪魁祸首是另一回事。没有太后给她指婚，就没有后来这么多糟心的曲折。当时太后明明知道九皇子已经人不人、鬼不鬼的，却还要按着生辰八字给小儿子找冥婚对象。虽然她福大命大，却都应在了父亲身上。尽管父亲对她有些不妥，却罪不至死。

“要不我们就先去和顾大哥会合再说？”柳竹雪看向戴果子，等待他的决定。

“你说什么就是什么，听你的。”戴果子这会儿一点儿都不置气了。柳竹雪眼里满是小心翼翼的神色，她从头到尾都畏惧太后，只是不肯承认而已。他心口微微一疼，为什么要让自己喜欢的人提心吊胆，在宫里如履薄冰？这种事情本来交给顾长明才最合适。

姓顾的虽然看起来很不好相处，却因为从小耳濡目染，精通与权贵相处之道，什么是不可触犯的底线，最清楚不过。说起来没有顾长明两次从中周旋的话，柳竹雪的性命肯定是保不住的。

司徒岸看起来很赞成他们的决定：“事不宜迟，我们要抓紧时间，免得夜长梦多。”

“我们又不要赏赐，做事都是白搭力气，有什么好怕的。”戴果子闲闲地将手臂往胸前一抱，嘴角轻轻一挑，露出一丝笑容，“司徒大人这话，说得不太中听。”

司徒岸先前还觉得戴果子是最容易沟通的，怎么他关键时候又要掉链子？一迭声地回应：“对对对，戴小哥说得都对，不是你们夜长梦多，是我自己胆小怕事，要是不能及时完成太后交办的任务，到时候吃不了兜着走的人也只有我一个。”

戴果子没想到他这么快就认㞞了，本来还想用话语激他几句的，看样子是用不着了。

“马车就在宫门外，原地未动，两位请。”司徒岸恨不得赶紧把两人给送走，刚才有消息传过来，太后听说抓来的大型犬突然暴毙，非常不满，已经放下话来，十二个时辰内不能查出九皇子的真正死因，所有人一并重责。

这“所有人”里面，司徒岸肯定是为首之人。十二个时辰不过是一天的时间，虽然时间紧迫得不像话，但是司徒岸相信到时交不了差太后的确会重责。

没有把九皇子保护周全，这一口恶气，太后因为九皇子后来杀生太多，始终憋在心里，只等着合适的机会，尽数吐出来。谁也不愿意当承受太后怒气的那个倒霉鬼。

柳竹雪还没有坐稳，马车已经飞一样滚动了。她的身体左右摇摆不停，用手勾着车窗的一角，才勉强坐好：“果子，我以前觉得司徒岸非常犀利无情，怎么今天他连你都说不过了？”

戴果子不以为然地一笑，用手指指头上：“一山还有一山高，他怕的又不是你我。”

“那是太后？”柳竹雪有些莫名地解气，“太后要是不喜欢他，他的官职就会保不住的。”

“你爹没有教过你吗？一个司徒岸不足为惧，只要太后皇上在，随时随地可以提拔别人上来，到时候又是上官岸、皇甫岸、尉迟岸，并没有多大的区别。”戴果子不好说，司徒岸已经算不错的了，至少这人的私心不重，更不会欺上瞒下，而且司徒岸多半对他还留着点儿旧情。

“他是不是说你长得像他的一个故人？”这点滴的旧情，连柳竹雪都察觉到了，“你不是曲阳县的孙大人抚养长大的吗？难道说这个司徒岸还认识孙大人？”

顾长明没有多加理会周启飞的要求：“你们既然早有准备地赶过来，那么随行有没有带着大夫？”

“大夫肯定是有的，还是宫里头的太医。”周启飞眼前一花，顾长明已经朝着他们过来的方向走去，手中还拉着个年轻的女子，周启飞连忙扬声道，“施太医，施太医在不在？”

小葫芦想要跟着两人一起过去，却被周启飞单手抓住肩胛骨，想挣脱却是怎么都做不到。周启飞笑嘻嘻道：“你也需要排查，不能因为你说没有吃药就放过你，万一你撒谎呢。”

小葫芦被他抓得生疼，再一想到自己这边的两个，大概早把他给抛到九霄云外去了，气得直喘粗气：“你放开我，我不会跑的。”

周启飞在心里衡量了一下，这么个三寸钉能有多大的本事？然而他刚把手放开，小葫芦仿佛已经化身成一支箭，快速朝着顾长明直射而去。周启飞再想要把人捞回来，却差了一口气的工夫，小葫芦已经快和顾长明肩并肩了。他压根儿没有可能当着顾长明的面抓人，这次换周启飞气得头顶冒烟了。

顾长明见着个中年青衣人，听到周启飞的呼声后，闲庭信步地走出来。顾长明问道：“施太医？”

施太医的气度极好，双眼从顾长明身上直接划过去，停留在小凤凰的手臂上：“这毒素已经进入五脏六腑之中了。”

顾长明一惊道：“我刚才替她做过处理，没有黑血流出，后面流的都是红色的血，怎么会进入五脏六腑？”

“你再过来看看。”施太医将覆盖在小凤凰手臂处的衣料揭开，刚才已经略微好转的胳膊，却颜色沉淀得更深，“这会儿是不是都不疼了？”

小凤凰见施太医用手指掐着伤口附近，然而自己一点儿感觉都没有，知道自己的情况的确更加糟糕了。小葫芦赶上来，直接张嘴道：“是不是要把她的手臂剁下来，才能够保命？”

施太医重重瞪了小葫芦一眼：“好好的年轻姑娘，怎么能够剁下手臂，下半辈子她还怎么过？我是没有根治这种毒素的本事，不过我给你三粒药丸，每两天服食一粒可以撑住六天，让毒素留在目前的位置，不会迅速扩散开来。不过我丑话说在前面，过了六天，你要是还没有找到解药，怕是会直接毒素攻心，回天无术了。你愿意尝试吗？”

小凤凰斟酌了下，六天时间真的可以做很多事情：“那就请施太医赐药吧。”

顾长明一手拦在前面：“如果不服药的话，她还能撑多久？”

“像这个小兄弟说的，把她的手臂剁了可以坚持大半个月，不剁手的话，七八天以后还是会更加严重的。”施太医说着话，手上一点儿不耽搁，在小凤凰的手臂上扎入金针，很快乌黑色的血液沿着针尖一条条流了下来，“吃药有个好处，这六天她和寻常人无异，那么赶路也能方便些。”

“不能再多一丸药吗？”顾长明知道多一丸就是多两天的生存机会。

“药是很珍贵稀缺的，宫中虽不止这三粒，然而一个人的极限就是三粒，药性太猛，若是吃到第四粒，我可以保证不管解药在哪里，她都等不到了。”施太医把一个小玉瓶抛过来，“你怎么和你老子一样，做什么事情都要问这么多？医术方面你们姓顾的远远不如我，必须听我的。”

“施太医认得我？”顾长明对这人没有半分印象，要知道他的记性很好，特别是近十年发生的事情，连蛛丝马迹都历历在目的，可为何就没有施太医的影子在其中？

“你照照镜子，看看那眼睛、鼻子、嘴巴，哪一处不像顾武铎？我哪需要见过你？见过你父亲就知道你是谁了。”施太医的语气缓和了不少，“别指望着第四粒药丸，这不是解药，不过是在透支她的性命。”

“领教了。”顾长明很客气地给施太医行了个礼，既然是认识父亲的，肯定是宫中的老人了。不知什么原因，施太医今天会被司徒岸从宫中请了出来，带到这里。

“不客气，我也希望这个小姑娘能够痊愈，到时候一定让她回来，让我见见她，再给她扎出点儿血来让我看看，到底是什么高明的手法可以治这样难治的伤。”施太医突然又盯着小葫芦看了几眼，“我这里有个药方，你要是坚持喝三年的话，没准儿会长些个子，你愿不愿意试试看？”

小葫芦对着施太医咧嘴一笑道：“老子就喜欢长这么高，老子乐意！”

第三十三章 | 恶因恶果

顾长明没有犹疑，捏住小凤凰的两腮，把一粒药丸送了进去。小葫芦找到个水囊，双手捧过来，送到小凤凰嘴边，看着她缓缓喝下去。

“你对她倒是真心好。”顾长明的手掌贴在小凤凰背后，刚才吃不准她的身体到底如何，一点儿也不敢用真气辅助。如今对症的药来了，自然要尽快把药效逼出来。

小凤凰闭目凝神，运功配合，感觉到顾长明的手掌温柔地贴住自己的后背，他的掌心温热，贴合处传出一股助力，很快散开到她的四肢与五脏六腑中。

小葫芦知道这是小凤凰的关键时分，站在旁边为两人护法。对她真心好有什么用？这个丫头一颗心还不是只装得下一个顾长明！

小凤凰睁开眼来，清澈的双眸中带着一层血丝，好在她的脸色不再是青灰的颜色了。顾长明缓缓松开手，小凤凰仿佛想到了什么，脸颊边新添了一抹红。

“感觉如何？”顾长明目不转睛地看着小凤凰，如果他可以再快些回来，那么她就不会受到如此重创，更不会性命堪忧。

而小凤凰的嘴角含着一丝笑容，声音渐低：“我还以为有更多时间的，原来老天爷只给了我六天。”

“不是说过了六天就没有期冀了！”顾长明一眼看出小凤凰的心思，重重握住她的半边肩膀，“我没有说放弃之前，你不许临阵脱逃。”

小凤凰心里先是一甜，随即酸楚不已：“顾公子，我听你的便是。不过六天的时间很短，我有重要的事情要告诉你。”

“好，你说，我听着。”顾长明的浓眉长睫在小凤凰的面前几乎只有咫尺。

小凤凰脑子里面一片空白，忘记了自己想说的是什么，嘴巴张张合合很没出息地一个字都说不出来。

“等一下，他们来了。”顾长明看到司徒岸骑马而来，这个时候作为太后身边最得力的侍卫，出现在这里不足为奇。然而司徒岸身后还有一辆马车，赶车的分明就是戴果子，不用多想车子里的人肯定是柳竹雪了。所有人都到了，也好也好，他微微眯眼，小凤凰的伤势是等不起了，这会儿直接就地全部解决掉，立马去找解药。

“顾公子。”司徒岸见到顾长明先是松了口气，坐骑都没有停稳，整个人化身为鹰，飞扑而下，“看样子我们赶来得正是时候。”

周启飞被顾长明堵着一肚子的火气，一见顶头上司来了，赶紧上前把目前的情况集中回禀。特别是顾长明身后带着的两个人，一个分明已经中了奇毒，另一个和那十几个被带走的孩子一样，在这酒坊的机关密室里待了一阵子，说不好会不会出现异状。

“我知道了，你先退下吧。”司徒岸分明没有把这些当成要紧的，有顾长明在，他带来的人自然会处理好。顾长明不是因为相识就会心慈手软的性格。况且和顾长明走得最近的两个应该是戴果子和柳竹雪，而并非他身后这两个。

“可是大人，一旦有异变，情况会变得非常棘手。大人应该让顾公子把人交出来，在奇毒发作之前用铁链锁上，甚至关到铁笼中才比较妥当。”周启飞眼见着到手的功劳要被司徒岸一句话给抹杀掉，也是干着急。

“如果真的会发作，铁链、铁笼有用吗？”顾长明耳聪目明，便是周启飞压低了嗓音，还是只字不漏全部收入耳朵，“司徒大人，我有急事要办，先把这里的事情都转交给你，我是立时要走的。”

司徒岸“嗯”了一声，倒是很识趣，没有问到底是什么要事，方才周启飞都说顾长明带的人里面有一个已经中招，想必是要赶着救人。

“果子，你们先照看一下小凤凰。”顾长明大步流星，头也不回地带着司徒岸直往密室之中。

这一次密室中不是伸手不见五指了，周启飞做事还是靠谱的，每相隔二十步距离，安放一盏油灯，把整个密室照得灯火通明。

司徒岸闻到其中浓重的血腥气，下意识皱眉：“刚才顾公子在这里与多少人动手？”

“我要是说我根本还没有来得及动手，活人就只剩下我一个了，你信不信？”顾长明说得一点儿也没错，大宝把其他人全灭掉不过是电光石火之间，速度不是武功高低可以衡量的。

顾长明知道那必然是药物的作用，心底有个隐隐的想法，暂时还不好明说。在完全确定之前，他肯定是不能说的。

司徒岸看到那个被徒手拧断杆子的铁笼，尽管地上的尸体已经尽数被处理掉，但血迹依然还在。这一路看过去，简直叫人心惊胆战，司徒岸问：“死的也都是高手？”

“恐怕是高手才死得更快。”像是一种本能的反击，到后来大宝完全不能自控，但他没有去袭击顾长明，仿佛是仅存的意识让他知道这人的本意是来解救自己的，而非和这些人一样反反复复只为了折磨他。

“最后你是怎么杀的那人？”司徒岸非常想去看看凶手到底是个什么庞然怪物。他又转念一想，九皇子中毒之前就是个手无缚鸡之力的纨绔王爷，哪知道后来会变成那样。

“他没有想杀我。”顾长明闭了闭眼，这些细节他都没有对小凤凰和小葫芦说起过。当时，他转过头来，这边已经横生突变，什么都来不及说了。大宝看他的眼神，便是此刻依然清晰地映在他的脑海中。顾长明觉得大宝在对他笑，虽然这可能是他在血战后的错觉。

“顾公子做得很好，要是这样的怪物逃出，开封府中不知要损伤多少无辜的百姓。”司徒岸说得一本正经，却是官腔十足。

顾长明听得很是不顺耳：“既然司徒大人有如此慈悲之心，当初又为何纵容九皇子夜袭柳少尹府，那十几个下人难道不是无辜者？”

司徒岸被堵得脸色发沉，又实在是反驳无力：“当时我没有想到情况会一发而不可收拾，只能说吃一堑长一智，我以后不再犯同样的错误便是。”

“这些人中带头的那个，司徒大人去验尸的时候可以见到，穿的是宫中太医的服饰。为了对比细节，我刚才近距离与那位施太医说话时，都细细看过了，那身衣服毫无破绽。”顾长明点出问题所在，“只是这人一出手，完全暴露了身份。”

“他不知道宫中所有的太医都必须不会武功吗？”司徒岸毕竟在宫中多年，一下子想到破绽所在，“所以被顾公子看穿了，那么依顾公子所见，他来自哪里？”

“西域。”顾长明的声音又低又沉，“西域犬不知道司徒大人寻到没有，这人定是西域来客。西域人擅长使刀，而且喜欢用的是弯刀，哪怕是手中的武器变了，他们的招式也不会变。”

司徒岸只见顾长明的身形一闪，想要防备已经来不及。顾长明的身形如鬼魅，抽出司徒岸随身所带的长剑，依样画葫芦施展开几招，看得他目瞪口呆。

顾长明的动作实在太快，刚才如果不是借剑而是要杀人的话，司徒岸自问根本躲避不开。如果说前几次两人交手似乎是打了个平手，如今真正近身而战，司徒岸明白自己肯定会输得一败涂地。

近而快，便是致命的原因。

确定双方实力悬殊后，司徒岸反而释然了。顾长明的武功再好，也不会和他作对，不会和朝廷作对，更不会和皇上作对。从其过去的所作所为来看，顾长明反而是个极好的辅助者，这样的人是友非敌，还要如何？

所以，司徒岸静静心、定定神，看顾长明重新把这几招过了一遍，果然经过提醒后，能够看出在变招中会露出擅长使用弯刀的痕迹。

“不过他也只来得及使上这三招，就死了。”顾长明在看到此人被大宝咬住脖颈一侧，鲜血喷洒而出丧命时，心中难得有些爽快之感，恶因种出恶果，只能说此人是自作孽不可活。

“凶手是个孩子！”司徒岸才反应过来，顾长明提及过在追查一宗开封府附近孩童莫名失踪的案件，两件案子从东往西，从西往东，最终汇合成一点。而这一点所展示出来的，就是眼前人间炼狱般的景象了。

“西域犬找到两头相似的，一头暴虓，另一头怀了身孕，被关押在绝对安全的地点。”司徒岸的目光不由自主地又往铁笼处横扫一眼，觉得“绝对安全”四个字他应该当着顾长明的面先吞下去再说。

“不但是孩子，而且还是身有残疾的孩子。这些人所做的都是丧心病狂之事，这四五年西域与大宋井水不犯河水，他们为何而来，还在开封府开了这样机关布置诡异的酒坊？当时我人手不够，所以酒坊中很多不是核心人物的小卒已经散开逃走了。”顾长明见司徒岸一脸脑仁疼的表情，“要维持这样一个地方运转，单凭那些死掉的人数目远远不够。”

“行行行，既然顾公子都说得如此明白了，我一定派出所有人手将其同党尽数剿杀。”司徒岸说完这句后，目光便被另一个特别之处吸引了过去。

第三十四章 | 天无绝人之路

司徒岸走到血迹最浓重的地方，拧在一起的眉头根本松不开：“这案子看着是破了，实则越铺越大。请顾公子与我一起回宫向太后她老人家阐述清楚其中蹊跷，我担心只凭我这一张嘴，太后未必相信。”

“幕后黑手现在肯定抓不住，这里最多是个比较重要的分部，如今被一举捣毁，他们只要不蠢肯定会选择暂时放弃。”顾长明假设从九皇子获得西域犬开始，就是个阴谋的实验，那么现在实验已经失败了，“太后那边我暂时去不了，请司徒大人替我多周旋了。”

“什么？你不跟我回宫？”司徒岸眼中锐光一现，“难道是因为外面那个姑娘？”

“施太医给了保命药，只剩下六天的时间，我不能眼睁睁看着同伴丧命。”顾长明边说边往外大步而去，“我答应太后的事情，虽然没有完成全部，至少也完成了七成。我本来就不需要功劳，更不需要赏赐，所以后续的工作就劳烦司徒大人了。”

“太后许你的话呢，你也不要了？”司徒岸自然是知道太后答应给顾长明什么好处，否则这样的人岂是可以轻易摆布的。

“至于我父亲的下落，有一件事情可以确定，那就是他尚且安好还在人世。早些晚些终究会找到他的下落，但我不能眼睁睁看着一条活生生的生命就此消逝。”顾长明主意已定，一旦认定是自己想要做的，别人根本难以撼动。

司徒岸刚要发作的怒火，被他强制压了下去：“我只想说，能够做顾长明的朋友是件幸事。那么回宫以后，我会向太后求个情，你把那位安置好了再进宫也不迟。”

“顾某在此多谢司徒大人了。”顾长明转身作了个长揖。

司徒岸看着他与顾武铎如出一辙的冷峻面容，心念一动道：“与你同行的那个戴果子是什么来历？”

“他曾是曲阳县的捕快。”顾长明没想到司徒岸会对戴果子有浓厚的兴趣。

“前不久曲阳县出了件命案，当地县官都因此引咎辞职了，他是那时候跟着你的？”司徒岸身在开封府，消息倒是很灵通，“那案子很是悬乎，当时你也在场？”

“当时我正好路经那里。难道司徒大人以前见过戴果子？”

“不，是因为柳少尹的案子才见过的。不过他真的很像我的一个旧识，只是那人不姓戴。”司徒岸走出密室，深深吸了口气，感觉外头的空气真是清新，“那边都在等你，我就不多耽误顾公子的时间了。希望那位姑娘否极泰来，大难不死，必有后福。”

顾长明点点头，往那边的四人走去。戴果子先迎上来道：“里面有什么新发现？”他刚才已经听小葫芦绘声绘色地说了里面恶战的情况，恨不得亲眼见、亲耳听。不过小葫芦有句话说得对，外人听着刺激精彩，也要有命活下来才是。

要不是顾长明的照拂，那些缺胳膊少腿的孩子，哪还有性命？怕是尽数交待在里面了，而且还是受尽各种凌虐。

想到这里，小葫芦忍不住缩缩脖子哆嗦了下。而小凤凰的脑袋枕在柳竹雪的腿上，意识已经有些模糊了。

顾长明低头看着小凤凰："施太医说吃了药情况不会恶化的，她怎么会这样？"

"她太累了，体力透支得厉害。我觉得就让她先睡着，等你过来再定夺下一步该怎么做。"戴果子连忙解释，小凤凰只是想要睡会儿，恢复体力。

"我暂时想不出其他的办法，都先回家。"顾长明转头看看小葫芦，"此次多谢你的帮忙，你不用再跟着我们奔波了，小凤凰的伤，我会尽力的。"

"那个人不是什么好鸟。"小葫芦耳聪目明的，听到司徒岸说的那番话，明着是客气，不知道背后安了什么坏心，他虽然不喜欢一直做好事，心里却对顾长明这样的正人君子很是敬佩，"我相信你，也只相信你。"

"还有六天，不是完全没有希望。"顾长明见到小葫芦的眼圈红了，想说如果想留下来的话，不用离开，但小葫芦已经头也不回地往前走了，"如果我要找你，要怎么做？"

"小凤凰清醒着就知道该怎么找到我，要是……"小葫芦的话顿了顿，脚步也缓了下来，"要是运气不好的话，以后你我也没有见面的必要了。"

顾长明立时明白了小葫芦这话中的意思。他忽而见周启飞给身边人使了个眼色，顿时有两个人无声无息地从小葫芦身后包抄过去，把小葫芦给拦住。

顾长明三步并作两步，双手一分把两人同时给制住了。这样两人哪是他的对手，又不敢把动静闹得太大。顾长明嘴角现出一丝冷笑："司徒岸都不会做出与我明面为敌的愚蠢决定，如果你们想要试试的话，我乐意奉陪。"

周启飞跺着脚怒道："顾公子，我们请你来，不是让你破坏整个计划的。你这样把可能异变的人放走……"

"没有可能。"顾长明的声音极低。

"什么？"周启飞几乎没有听清楚，"你说什么？"

"我说没有可能，绝对没有。"顾长明忍不住憋到此时此刻的邪火，双掌猛力一挥，把两人远远击飞，打得周启飞一点儿脾气都没有了。

"果子，套上车，我们回去。"顾长明根本不想看这些人的狼狈样子，也不想看周启飞跑到司徒岸面前嘀嘀咕咕说什么。他连父亲的下落都暂时放在一边了，何惧这种小事。

戴果子一看顾长明出手，心里头也是痛快，小爷出生入死地给你们白干活儿，你们没一句好话还要给脸色，看谁以后还会再和你们合作，好走不送。

柳竹雪的手指轻轻地替小凤凰有一下没一下地梳着头发，让她能够放松舒服些。顾长明弯身把人打横抱起来，这人名字是小凤凰，体格也像是只鸟儿，轻飘飘的没有分量。

小凤凰的眼皮迅速抖动几下，虽然没有直接睁开眼，脸颊边却微微泛红。柳竹雪一眼看过去，似乎明白了什么，一直提吊着的心稍稍放松下来，很懂事地没有点破小凤凰在装睡的事实。

顾长明哪会看不出来？稳稳当当地把人抱到马车上，等柳竹雪也跟着上来，低声道："照顾好她。"

柳竹雪心口酸楚得一塌糊涂，大家都知道小凤凰只有六天的时间了，随时会离开他们。柳竹雪用力点头道："放心，我会尽心尽力。"

等顾长明刚要下车换马，小凤凰却抓住了他的衣角："顾公子……"

"怎么了？"顾长明特别温和地停住，等着她开口，"不用太担心，天无绝人之路。"

"你也坐车好不好？我有些话想和你说。"小凤凰倒是说得很坦荡，一点儿也没有小女人的忸怩。

"那我下车去换马？"柳竹雪忽然意识到自己还留在两人身边，似乎不太明智。

"不用，我要和顾公子说的，你也可以听的，你们都可以。"小凤凰的脸上血色一褪，又是惨烈的青灰，"顾公子答应来找失踪的孩子，有悲天悯人之心是其一，其二是太后将令尊的下落，作为交换的条件。"

顾长明让戴果子将车子驶动，很有耐心地听小凤凰继续往下说。

"你既然没有跟着司徒岸进宫，必然是因为我，暂时放弃了寻找令尊的心念。顾公子，我以前见过你，也去过顾府，这些我没有告诉过你，对不对？"小凤凰想要说的话太多，心里一急才发现自己的气力不足，才说了两句就气喘不停。

"这些都是过去的事情，以后慢慢说也不迟。"顾长明又想要输一些真气给她。

小凤凰勉强把手抽回来，摇摇头道："我不用你浪费这么珍贵的真气，不过是看老天爷愿不愿意让我活下去罢了。顾公子，我最后一次进顾府是去年腊月二十那一天。我记得很清楚，那天下着瓢泼大雨，外头白茫茫一片，又冷又湿。我摸到书房顶上，搬开琉璃瓦想看看里面有什么动静。”

顾长明的脸色沉了下来，他以为小凤凰进府只是想来踩点儿。虽然顾家的名气很大，他却知道父亲两袖清风惯了，这些年家中的开支多半还是靠母亲从娘家带来的殷实嫁妆在支撑。父亲一心为朝野之事，对如何打理家中琐事一窍不通。在这一点上，他和父亲也是一样，幸而有几个老管家，将府中事务打理得井井有条，完全不用他来担心。

“顾公子，我看到的那间书房就是你的那一间，令尊就坐在正中的椅子上，他在看一本很厚的书册。”小凤凰用手大致比画了下，“那本书册看起来就很沉重的样子，他边看边笑，好像里面藏着很多有趣的故事。就在我想要离开的时候，他突然把书册中的纸张全部撕了下来，一把挥到半空中。”

说到这番景象，小凤凰心有余悸。当时她还以为自己的行踪暴露了，想要逃跑却被一股更大的气场压制住，双腿已经不像是自己的，根本不能够挪移半步。

书页在空中翩翩起舞，直到顾武铎动作快如闪电，抓住了其中一页，人是静止的，周围的书页依然在翻飞不止。

小凤凰等到双腿的感觉恢复，几乎是连滚带爬地逃出了顾家。

“腊月二十一以后，父亲再无音讯。”顾长明沉声言道，“你等于是最后一个见到他的人。”

〔第三卷完〕